광주
아리
랑
2

광주 아리랑 2

정찬주 장편소설

다연
DAYEONBOOK

차례

5월 21일

시민군 2

광주 시위대는 담양, 목포, 해남까지 시위차를 타고 달려갔다. 소총과 실탄을 구하기 위해서였다. 그러나 화순 말고는 여의치 않았다. 담양경찰서는 텅 비어 있었다. 총기는 물론 경찰도 없었다. 서울대, 고려대 학생들이 광주로 오다가 담양경찰서에 붙잡혀 있다는 소문은 거짓이었다. 계엄군 편의대가 금남로 시위대를 분산시키려고 퍼뜨린 전략이었다.

설상가상, 담양으로 간 시위대는 돌아오려다가 사고까지 났다. 시위대가 탄 군용트럭이 거칠게 출발하는 바람에 태극기를 든 30대 초반의 청년이 땅바닥에 굴러떨어져 머리를 크게 다쳤다. 놀란 청년들이 "전대병원으로!"라고 소리쳤다. 그는 군용트럭이 산수동오거리를 지날 때 합류했는데, 태극기를 흔들면서 '전우야 잘 자라' 노래를 '시민의 시체를 넘고 넘어 앞으로, 앞으로. 영산강아 잘 있거라, 우리는 전진한다. 원한이야! 피에 묻힌 계엄군을 무찌르고서 번개처럼 사라져 갈 시민이여 잘 자라'로 개사해 불러 차에 탄 고교생 유석의 마음을 격동시킨 청년이었다.

목포로 간 시위대도 무기를 구하지 못했다. 목포경찰서로 갔지만 담양경찰서처럼 무기고에는 총 한 자루 없었다. 이준규 서장 지시로 총기를 이미 고하도로 옮긴 뒤였다. 다만, 목포경찰서 경찰들은 시위대를 피하지 않고 호의적으로 맞았다.

"서장님 지시 사항이요. 시위대가 경찰서에 들어오더라도 절대로 발포하지 말라고 하셨소."

"목포 경찰은 다르네잉."

"서장님께서 시위대 요구가 뭣인지도 들어보라고 했소."

"광주에서 뭔 일이 있는지 목포시민들에게 알려야겠소. 우리 버스를 에스코트해주씨요."

"좋소."

시위대에게 약속한 대로 경찰차가 고속버스를 선도해주었다. 유리창이 다 깨지고 없는 고속버스는 경찰차를 앞세우고 목포역으로 갔다. 목포역에서는 시위대를 환영하듯 이난영의 '목포의 눈물'을 틀었다. 목포시민들이 목포역 앞으로 삼삼오오 모여들었다. 유달산 산자락에 있는 정혜사로 피신해 와 있던 김동수도 목포 친구와 함께 역전으로 나갔다. 한 청년이 역전에 모여든 목포시민들에게 큰 소리로 말했다.

"공수놈덜이 광주시민을 학살허고 있소. 우리도 총을 들고 싸울라고 목포까지 왔소. 우리와 같이 싸울 사람은 버스에 타씨요. 우린 광주가 급헌께 여그서 더 머뭇거릴 수가 읎소."

김동수가 친구에게 말했다.

"난 절에 숨어 있음서 부끄러웠어. 친구야, 인자 광주로 갈란다."

"스님께 인사라도 허고 가지 그라냐."

"맘이 약해지기 전에 버스를 타야겄다. 남을 위해 기꺼이 내 몸을 희생허는 사람이 구도자라고 허지 않냐."

김동수는 고속버스를 타기 전 광주 효천동에 사는 고모에게 전화를 했다. 그런데 고모는 김동수가 광주에 들어오는 것을 "시방 광주는 난리가 나부렀다"며 극구 만류했다. 김동수는 고모의 반대에도 불구하고 고속버스를 탔다. 고속버스는 영암을 들렀다가 광주로 간다고 월출산 쪽으로 달렸다. 김동수는 흐린 하늘을 처다보며 중얼거렸다.

'날씨는 흐렸다 갰다가 허겠지만 난 그런 사람이 아니여.'

고속버스는 광주 소식을 알리기 위해 일부러 영암을 가고 있는 중이었다. 얼마나 미친 듯 과속하는지 시위대를 태운 고속버스는 무법자처럼 내달렸다.

나주 한독고 3학년 김기광은 세지면에 사는 친구 집에서 하룻밤 자고 집으로 가기 위해 버스 정류장에 나와 있었다. 초파일인 21일이 공휴일이었으므로 어제 친구 집으로 가서 놀았던 것이다. 아직까지도 나주시 고등학생들은 공수부대원이 광주 수피아여고 학생 가슴을 대검으로 도려냈다는 소문이 돌았지만 별로 동요하지 않았다. 공휴일을 여느 때처럼 보냈다.

김기광은 버스 정류장에 와서야 시외버스가 다니지 않는다는 것을 알았다. 한 농부가 배웅 나온 친구와 친구 선배에게 광주에 난리가 나서 시외버스가 다니지 않는다고 일러주었다. 그 농부는 광주로 들어가는 차들도 나주까지밖에 못 간다고 말했다. 할 수 없이 김기광은 택시를 불렀고 친구는 물론이고 친구 선배까지 세지면 죽동으로 나왔다. 그러나 죽동도 버스가 다니지 않는 것은 마찬가지였다. 죽동 버스정류소 소장이 혹시 버스가 올지 모른다고 말해서 막연히 기다리고 있을 뿐이었다.

한참을 기다린 뒤였다. 영암 쪽에서 경적을 울리며 고속버스 한 대가 올라왔다. 그런데 일반 승객을 태운 버스가 아니었다. 머리에 띠를 두른 청년들이 각목으로 차체를 두들기며 구호를 외쳤다. 고속버스가 버스정류소에서 멈추자, 한 청년이 말했다.

"시방 광주에서 난리가 나부렀는디 학생덜은 뭣 허고 있는 거여. 이 차 타고 광주로 안 가불랑가?"

김기광은 그 말을 듣는 순간 묘한 기분이 들었다. 가슴이 쿵쿵 뛰었다. 광주에 무슨 일이 벌어졌는지 직접 눈으로 확인해보고 싶었다.

"으디서 오는 길인가요?"

"목포에서 영암으로 갔다가 올라오는 길잉마."

김기광과 친구, 친구 선배가 고속버스에 올라탔다. 차 안은 발 디딜 틈이 없을 정도로 비좁았다. 고속버스는 나주시에 들어서 시가지를 한 바퀴 돈 뒤 정오가 조금 지나 광주를 향해 출발했다. 김기광은 집으로 돌아가겠다는 생각을 못 했다. 시위대의 들뜬 분위기에 휩싸여 까마득히 잊어버렸다.

고속버스는 광주로 가는 지름길인 송정리로 통하는 노안으로 갔다. 노안으로 가는 도중에 라면 박스를 가득 실은 소형 트럭을 만났다. 트력 운전수가 고생한다며 라면 박스를 여러 개 던져주었다. 마침 점심 때가 지나 허기졌으므로 시위대는 생라면을 우걱우걱 씹어 먹었다. 차 안에 빈 라면 봉지들이 뒹굴었다. 그때 누군가가 말했다.

"아이고메, 싸울라믄 총이 있어야겠소."

"걱정헐 거 읎소. 금성파출소에 가믄 예비군 무기고가 있지라."

고속버스는 다시 나주로 돌아갔다. 그런데 금성파출소 무기고는 이미 시위대에게 털렸는지 문이 열려 있었다. 금성파출소 앞에는 지프차와 군용트럭, 대창시내버스와 시외버스가 지그재그로 주차돼 있었다. 김기광이 탄 고속버스 시위대는 예비군 무기고로 바로 갔다. 군용트럭을 후진시켜서 무기고 문을 열었다. 무기고에는 60여 정의 카빈과 M1소총이 있었다. 한쪽에 놓인 두 개의 실탄 박스를 열자, 카빈 실탄과 M1 실탄이 나왔다. 김기광은 가벼운 카빈소총을 어깨에 메고 실탄 150발을 호주머니에 넣었다. 고속버스에 탄 청년들도 각자 소총과 실탄을 챙겼다. 교복 차림의 김기광을 발견한 어떤 아주머니가 "학생은 공부해야제"라며 차에서 내리라고 하소연했다. 그러나 김기광은 광주로 가서 싸워야 한다는 생각으로 차에서 내리지 않았다. 먼저 와 있던 대창시내버스에 탄 한 20대 후반의 청년이 소리쳤다.

"우리 몬자 떠납니다. 모두 광주공원에서 집결허기로 했응께 형씨덜도 그리 오씨요. 인자 형씨덜도 총을 들었응께 시민군이 돼부렀소야."

김기광이 오른 고속버스도 곧 나주를 떠났다. 고속버스가 남평을 지나 효천에 다다랐을 때였다. 지프차 한 대가 커브 길에 전복돼 바퀴가 하늘을 보고 있었다. 운전 미숙자가 서투르게 몰다가 낸 사고 같았다. 지프차 밑에는 한 청년이 깔려 죽어 있고, 두세 명의 부상자가 "엄니,

엄니" 하면서 신음 소리를 냈다.

시민군들이 고속버스에서 내려 지프차를 들어보려고 했지만 꿈쩍
도 안 했다. 청년 시민군들은 별 수 없이 고속버스에 다시 올랐고 고
속버스는 광주공원으로 향해 달렸다. 사고차를 뒤치다꺼리할 만큼 시
간적으로 여유가 없었다. 고속버스가 광주공원에 도착했을 때는 오후
5시 무렵이었다. 김기광이 고속버스에서 내리자 스스로 시민군 대표
노릇을 하는 30대의 한 청년이 군용트럭에 타라고 지시했다. 그 자리
에서 김기광은 친구, 친구 선배와 헤어졌다. 군용트럭은 임시 특수기
동대였다. 교도소에서 총성이 울려 급히 투입하려고 하는데 김기광이
뽑힌 셈이었다. 운전석에 세 명, 짐칸에 10여 명이 탄 군용트럭은 호
기 있게 광주교도소로 달려갔다. 그런데 문화동을 지날 때부터 총알
이 날아왔다.

"워미, 돌아갑시다. 싸와보지도 못허고 여그서 죽을 수는 읎지라."

"맞소. 시내로 돌아가야 헐랑갑소."

총알이 어디서 날아오는지 알 수 없으니 시민군들 입에서 그런 소
리가 나올 만도 했다. 시민군은 총 한 번 쏴보지 못하고 시내로 돌아
갔다. 지나가는 지프차 시민군에게 광주공원에 있던 벤츠 고속버스가
어디로 갔냐고 물으니 남광주라고 알려주었다. 김기광이 탄 군용트럭
은 철로가 있는 남광주역 부근까지 가서 벤츠 고속버스를 만났다. 군
용트럭에 있던 시민군은 벤츠 고속버스로 갈아탔다. 김기광도 벤츠 고
속버스에 탔는데, 30대 후반의 운전수가 "우리는 한 몸이다"라며 인
원을 파악했다. 시민군은 모두 17명이었다. 고속버스 운전수는 장갑
차가 무차별 사격을 하며 전대병원 앞에서 화순 가는 길로 도망쳤다

고 말하면서 그쪽으로 운전했다. 장갑차가 다시 돌아올지 모르니까 막겠다는 것이었다.

"장갑차가 보이믄 우리 차로 막아붑시다."

그러나 고속버스는 지원동 시내버스 종점에서 더 이상 나아가지 못했다. 시내버스들로 바리케이드가 쳐져 있었다. 지원동으로 뻗은 무등산 산자락에서 가끔 총성이 났다. 조선대 쪽에서는 군용헬기가 수시로 이착륙했다. 도청에서 조선대로 후퇴한 공수부대에서 무언가 화급한 일이 벌어지고 있음이 분명했다.

한편, 광주 시위대가 탄 또 다른 군용트럭은 영암읍을 거쳐 해남읍까지 내려갔다. 해남 시외버스터미널에는 광주로 가는 시외버스를 타려고 나온 사람이 많았다. 아침부터 광주행 시외버스 운행이 없었기 때문이었다. 대동고 교사 박행삼도 해남으로 내려와 피신해 있는 자신이 부끄러워서 다시 광주로 올라가려고 매표소를 기웃거리고 있던 중이었다.

그때, 광주 시위대 군용트럭이 차체를 몽둥이로 두들기며 시외버스터미널에 막 도착했다. 박행삼은 주저하지 않고 군용트럭으로 갔다. 그 순간, 군용트럭 위에 있던 누군가가 말했다.

"선생님, 여그서 뭣 허고 계셔요. 얼능 차에 타셔요."

박행삼에게 선생님이라고 부른 청년은 대동고 졸업생이었다. 박행삼에게 수업을 받았던 제자였다. 박행삼은 군용트럭 조수석에 올라탔다. 제자가 담요를 가져와 "총알이 어디서 날아올지 모르니 덮으시라"고 했다. 담요가 총탄을 막지는 못하겠지만 제자의 정성에 박행삼은 흐뭇했다. 박행삼은 해남교육청 앞에서 군용트럭을 세웠다. 그런 뒤 그는 군용트럭에서 내려 순식간에 모여든 사람들에게 외쳤다.

"여러분! 전두환이 지시로 공수부대가 내려와 광주 사람들을 죽이고 있습니다. 해남에서 광주로 유학 간 학생들도 죽어가고 있습니다. 우리도 광주로 올라가 광주시민을 지켜야 합니다."

"싸울라믄 총이 있어야지라. 경찰서로 갑시다."

"진작에 숨겨불지 않았을께라우?"

해남경찰서 무기고에도 공기총 한 자루 없었다. 경찰들이 벌써 무기를 빼돌려 숨겨버린 뒤였다. 할 수 없이 군용트럭은 광주로 올라가기 위해 해남경찰서 앞에서 좌회전을 했다. 해남읍 사람들이 가게에서 빵과 우유를 가져와 군용트럭에 실어주었다. 군용트럭이 떠나자 도로변에 늘어선 여자들이 박수를 치며 응원했다. 해남읍을 출발하여 큰 도로로 나왔을 때 다른 시위 차량들이 보였다. 광주시민군이 탄 고속버스가 나타났다. 다른 지역에서 올라온 군용트럭에는 기관총까지 거치돼 있었다. 박행삼은 동학농민군이 떠올랐다. 민초들이 여기저기서 들불처럼 일어나고 있다는 생각을 했다.

군용트럭은 영암읍으로 들어가 잠시 멈추었다. 술 취한 50대 농부가 총을 들고 타려고 했다. 청년들이 못 타게 해도 막무가내로 조수석에 억지로 끼어 탔다. 박행삼이 실탄 없는 총인 줄 알고 짐칸에 탄 청년들에게 주라고 하자 그가 투덜거렸다. 그러면서 차창을 열고 들판에다 공포를 쏘았다. 언제 오발사고가 날지 몰라 박행삼은 가슴이 조마조마했다. 나주까지 오는데 한 시간 거리가 천리 길처럼 멀게 느껴졌다.

나주 시외버스터미널에는 시위 차량들이 마구 뒤엉켜 있었다. 광주에서 목포, 해남, 강진으로 내려갔던 시위 차량들이었다. 박행삼은 군용트럭에서 내려 시위 차량들을 질서 있게 주차하도록 권유했다.

"나는 광주 대동고 교사 박행삼이요. 지휘계통이 서지 않으믄 서로 추돌사고가 날 수 있습니다. 그러니 여러분, 터미널 앞에 차종별로 세워주시기 바랍니다."

그제야 시위 차량들이 버스, 지프차, 군용트럭끼리 열을 맞추어 주차했다. 시위 차량은 생각보다 많았다. 모두 73대나 되었다. 때마침 대동고 출신들이 여러 명 나타나 박행삼은 자연스럽게 지도자 노릇을 했다.

"차종별로 대표를 한 사람씩 뽑으씨요. 가지고 있는 무기들을 저에게 알려주면 좋겠소. 그라고 우리가 광주로 들어가야 하는데, 어쩌믄 공수부대가 남평다리에 매복해 있을지 모른께 정찰해보고 가는 것이 좋을 것이요. 몬자 가고 잪은 사람은 손을 드씨요."

버스 운전수 세 명이 동시에 손을 들었다. 버스 한 대에 청년 대여섯 명이 탔다. 버스 세 대가 일정한 간격으로 박수를 받으며 출발했다. 그러나 40분쯤 뒤, 맨 마지막으로 갔던 버스가 유리창이 모두 박살이 난 채 돌아왔다. 한 청년은 유리창 밖으로 몸을 내민 채 죽어 있었다. 먼저 간 두 대는 남평다리를 쏜살같이 빠져나갔는데 살아서 돌아온 청년들이 모두 죽었을 것이라고 도리질했다.

청년들은 총 맞아 죽은 사람을 버스에서 꺼내 가마니에 쌌다. 당장 관을 구할 수 없어서였다. 나주 거리는 벌써 어둑어둑해지고 있었다. 청년들은 시신을 시외버스터미널 뒤편 논으로 옮겼다. 그리고 나서는 공포탄을 몇 발 쏜 뒤 시신을 묻었다. 구경 나온 나주시민들이 혀를 차며 울분을 토했다. 날이 어둑어둑해질 때까지 그 자리를 뜨지 않고 분노했다. 시민군들은 광주로 나가는 것을 포기한 채 나주에서 잠자리를 찾았다. 학생들은 나주경찰서로 자러 갔고, 시위 차량에 탄 청년들은 민가에서 구해 온 모포를 덮었다.

주먹밥과 헌혈

총성이 요란하게 울리고 최루탄 가스가 안개처럼 자욱하게 퍼졌다. 김준봉은 최루탄 가스를 견디지 못하고 회사 사무실 건물 옥상으로 올라갔다. 사무실 옥상에서 도청 앞은 보이지 않았다. 코를 막고 눈을 비비면서 겨우 금남로를 내려다보았다. 건물 아래서 다급한 소리가 들려왔다.

"도와주씨요!"

한 청년이 피범벅이 된 국민학생을 붙들고 있었다. 김준봉은 옥상에서 계단을 뛰어 내려갔다. 어느새 도로에는 최루탄 분말이 허옇게 덮였고 시위대의 신발짝이 어지럽게 널려 있었다. 한 청년이 붙들고 있는 국민학생은 3, 4학년쯤 돼 보였다. 김준봉은 어린아이의 어깨를 들고 청년은 아이의 다리를 붙잡았다. 두 사람은 광주천변에 있는 적십자병원으로 달려갔다. 적십자병원은 부상자들의 신음 소리로 가득

했다. 지옥이 따로 없었다. 부상자들을 싣고 오는 시위 차량으로 병원 앞 도로는 차량통행이 불가능할 정도였다. 젊은 의사가 나와 소리치며 하소연했지만 소용없었다. 김준봉은 흥분한 젊은 의사에게 멱살을 잡혔다.

"피가 부족헌데 이짝으로만 환자를 데리고 오면 으쩝니까?"

"지가 어처케 도와드릴게라?"

"부탁드립니다. 헌혈차를 좀 도와주세요."

"지는 그런 일을 해본 적이 읎는디라."

"우리 병원 직원들과 함께허면 됩니다."

젊은 의사가 김준봉의 멱살을 슬그머니 놓았다. 부상당한 시민들이 한꺼번에 밀려드니 자신도 모르게 흥분했다면서 사과를 했다. 김준봉은 적십자병원 헌혈승합차를 탔다. 헌혈차에는 병원 남직원 한 명, 간호원 두 명, 운전수 한 명이 타고 있었다. 김준봉은 메가폰을 들고 헌혈을 독려하는 일을 했다.

여러분, 피가 부족합니다. 광주시민이 죽어가고 있습니다. 헌혈을 해주십시오. 광주시민을 살립시다. 공수부대 총탄에 여러분의 아들딸이 피를 흘리고 있습니다. 여러분, 헌혈을 해주십시오.

헌혈차는 적십자병원에서 가까운 곳부터 돌았다. 광주천이 흐르는 서석교를 지나 월산동을 한 바퀴 돈 뒤 양림동오거리 은혜약국 앞에서 헌혈차를 세웠다. 순식간에 사람들이 모여들었다. 병원 남직원이 줄을 세웠지만 서로가 먼저 헌혈을 하겠다고 팔뚝을 걷었다.

"술 마신 분들은 빠지시지라."

김준봉은 낮술을 든 사내들을 돌려보냈다. 병원 남직원이 김준봉에게 또 다른 일을 부탁했다.

"급히 나오느라 얼음을 준비허지 못해부렀소. 얼음 좀 구해 올 수 있겄소?"

김준봉이 메가폰을 들고서 "얼음이 필요합니다!" 하고 소리치자, 주민들이 집으로 달려가 냉장고의 얼음을 가져왔다. 헌혈한 주민들에게 빵과 우유를 나눠주다가 떨어지자, 김준봉은 슈퍼마켓으로 달려갔다. 슈퍼마켓 주인이 고맙게도 제과회사 빵과 우유를 박스째 건넸다. 그리고 은혜약국 약사는 1회용 반창고와 헌혈차 요원들에게 식사를 배달시켜주었다. 그때였다. 군용헬기가 나타나 사격지점을 찾는 듯 저공비행을 했다.

"헬기다!"

헌혈하기 위해 줄 선 주민들을 시위대로 착각하는 것 같아서 병원 남직원과 김준봉은 재빨리 헌혈차 지붕에 적십자 마크가 찍힌 흰 천을 씌웠다. 이윽고 헌혈차는 양림다리를 건넌 뒤 전대병원을 거쳐 지산동 법원 앞으로 갈 계획을 짰다. 전대치과대학 왼쪽 담 골목 어귀에서는 서석1동 반장과 아주머니들이 주먹밥을 큰 함지와 라면 박스, 비닐 위에 가득 쌓아놓고 있었다. 시위대가 지나가다가 마음대로 먹었다. 시위 차량이 지나가면 주먹밥을 듬뿍 올려주기도 했다. 김준봉이 탄 헌혈차는 주먹밥을 받지 않았다. 병원 남직원이 말했다.

"김밥이나 도시락을 얻어묵기는 했지만 주먹밥은 첨 봅니다."

헌혈차 요원들은 양동오거리에서 점심밥을 먹었기 때문에 배는 고프지 않았다. 반장 아주머니가 한마디 했다.

"자식 키운 사람덜이 모른 체허믄 쓴다요? 집집마다 성의껏 쌀을 보태 주먹밥을 맹글었지라."

"우리는 서석1동이요!"

아주머니들은 주먹밥을 시위 차량에 올려주면서 동네 이름을 댔다. 주먹밥이 거리에 나온 것은 서석1동이 처음은 아니었다. 양동시장과 남광주시장 상인들도 주먹밥을 만들어 리어카 위에 올려놓고 시위 차량이 지나갈 때마다 나눠주곤 했던 것이다.

여고생 박금희는 대인시장 부근의 언니 집에서 하룻밤 자고 농성동 집으로 돌아왔다. 어머니가 텃밭에서 김을 매고 있다가 호미를 놓고는 박금희에게 말했다.

"집에 안 들어와서 걱정했다, 가시내야."

"학교에 가지 않아도 된께 언니 집에서 잤지라."

"점심 채려주께 묵어라."

"최루깨스를 마셨드니 속이 미싱미싱허그만요. 긍께 안 묵을라요."

시위대가 농성동 거리를 지나가는지 구호 소리가 들려왔다. 박금희가 밖으로 나가려고 하자 어머니가 말렸다.

"엄마, 우리 대학생들이 다 죽을지 몰라라우. 공수들이 총을 쏘아불고 있어요. 전두환이 대통령 될라고 저런다요."

"뭣이? 전두환은 뻔데기사장인디 또 뭣이 될라고 그란다고?"

'번데기사장'이란 목에 힘을 주고 있는 사람 중에서도 우두머리라는 뜻이었다. 이미 힘이 있는 실세인데 또 대통령까지 가로채려고 하느냐는 어머니의 말이었다. 박금희는 '번데기사장'이라는 뜻을 모르고 말했다.

"대통령이 될라고 공수부대를 내려보내 광주 사람들을 죽이고 있다 그만요. 긍께 가만히 당해서는 안 되지라우."

딸의 마음이 시위대에 있는 줄을 눈치챈 어머니가 버럭 화를 냈다.

"이년아, 니 하나 죽는다고 일이 해결된다냐?"

어머니는 막내딸 박금희가 머슴애 같이 털털하고 인정이 많다고 생각했다. 어떤 날은 도시락을 서너 개 싸가는 등 가난한 급우의 점심까지 챙겼다. 헌혈은 몇 년 전부터 카드를 만들어 정기적으로 해오고 있었다. 헌혈하고 난 뒤에 바르는 알코올 냄새가 역했지만 그래도 막내딸은 적십자병원을 찾아가곤 했다. 따뜻한 마음에 끌려서인지 문순애나 오현희 등 서너 명의 친구가 박금희 집으로 자주 놀러 왔다. 친구들이 오면 밤에 기타를 들고 농촌진흥청 뒷산으로 올라가 양희은의 '아침이슬'이나 전영의 '어디쯤 가고 있을까'를 곧잘 불렀다. 학교에서는 선도부장이었지만 집에서는 아마추어 가수였다. 주말이면 어머니 장사를 돕기도 했다. 양동시장에서 채소를 파는 어머니에게 상추나 고추, 깻잎 등을 남자처럼 짐발이자전거를 타고 실어 날랐다. 공휴일에는 어머니 옆에 붙어서 하루 종일 채소를 팔았다.

"안 나가고 방에서 책이나 볼게라우."

"그래, 밭에 가서 상추나 뜯어올랑께 잠이나 자고 있그라."

그러나 어머니가 밭에서 돌아왔을 때 막내딸 박금희는 방에 없었다. 집 안을 구석구석 말끔하게 청소하고는 사라져버렸다. 어머니는 겁이 덜컥 나 이웃집으로 갔다가 농촌진흥청 옆 친구 집으로 달려가 막내딸을 찾았다.

"일심아, 금희 못 봤냐?"

"금희가 우리 집에 왔다가 헌혈차를 타고 갔어라."

"오메 오메, 이것이 으디 병원으로 갔다냐!"

박금희는 기독병원 헌혈차를 타고 가서 또 피를 뽑았다. 이틀 만이었다. 사실은 어제도 적십자병원에서 헌혈한 뒤 어머니에게 야단을 맞을까 봐 언니 집에서 잤던 것이다. 알코올 냄새를 기가 막히게 잘 맡는 어머니를 피하기 위해서였다. 그런데 박금희는 헌혈차를 보자마자 또다시 타버렸다. 시위대를 돕는 일은 헌혈밖에 없다고 생각했기 때문이었다. 시위대에 가담할 수 없으므로 자신의 피라도 뽑아서 공수부대와 싸우는 시민들을 돕고 싶었다.

기독병원에서 헌혈한 박금희는 어머니의 잔소리가 듣기 싫어서 집으로 바로 돌아가지 못했다. 방림동에 사는 급우 문순애 자취방으로 걸어서 갔다. 문순애는 성격이 과묵하고 차분한 데다 공부까지 잘하는 친구였다.

"순애야, 방금 헌혈을 했더니 배가 고프다. 밥 좀 해줄래?"

"또 헌혈했구나."

"응, 피를 뽑고 나믄 꼭 허기가 지드라."

문순애는 서둘러 냄비에 쌀을 안치면서 문득 부끄럽다는 생각이 들었다. 친구는 시위하다가 부상당한 청년, 대학생 들을 위해 헌혈하는데 자신은 자취방에서 입시공부만 하고 있는 것이었다. 선배 대학생들이 시위를 권유했지만 자신은 미진한 과목을 공부해서 원하는 대학에 들어가고 싶은 마음이 더 강했다. 그런데 어제와 오늘 헌혈을 했다며 누워 있는 박금희를 보니 불현듯 자신이 이기적이고 비겁하게 여겨졌다. 오늘은 자신도 헌혈을 해야 박금희에게 덜 미안할 것 같았다.

문순애는 박금희가 밥을 다 먹고 숟가락을 놓자 한마디 했다.

"나도 헌혈할래."

"그래? 지금 나가자."

두 사람은 버스 정류장으로 나갔다. 때마침 기독병원 헌혈차가 다가오자 함께 탔다. 그러나 기독병원에 도착하니 의사가 너무 많은 시민이 협조해서 헌혈 받는 병이 부족하므로 돌아가라고 했다.

"금희야, 헌혈도 맘대로 안 된다야. 집에 갈란다."

"나 때문에 왔응께 니 집에 바래다줄게."

두 사람은 타고 왔던 헌혈차를 다시 탔다. 운전수가 출발하기 전에 타고 왔던 사람들을 확인하더니 지원동으로 먼저 갔다가 두 사람을 돌아오는 길에 방림동에서 내려주겠다고 말했다. 헌혈차는 학동 석천다리를 지나 지원동 1번 버스 종점 쪽으로 달렸다. 그런데 그때 군용트럭 예닐곱 대가 헌혈차를 추월하면서 갑자기 사격을 했다. 운전수가 소리쳤다.

"엎드려, 엎드럿!"

문순애는 의자 밑으로 엎드렸다. 그러나 박금희는 미처 의자 밑으로 내려가지 못했다. 5분도 안 된 시간이었다. 총소리가 그치자 운전수가 다시 일어나라고 소리쳤다. 사격은 짧았지만 헌혈차는 유리창이 모두 깨졌고 의자는 뜯겨져 여기저기서 나뒹굴었다. 성한 사람들이 부상자를 부축해서 헌혈차에서 내렸다. 다른 시위 차량으로 옮겨 태우기 위해서였다. 그런데 박금희는 의자에 엎드린 채 "엄마, 엄마" 하고 가

느다란 소리로 중얼거리면서 일어나지 못했다. 문순애는 순간 눈을 질끈 감아버렸다. 박금희의 옆구리 밑에서 피가 번지고 있었다. 박금희를 부축해서 밖으로 나오는 동안에는 피가 나지 않고 대신 하얀 무엇이 꽃처럼 피어났다. 문순애는 흐느끼면서 함박꽃 같은 그것이 삐져나온 내장이라는 것을 어렴풋이 짐작했다.

"금희야, 금희야!"

헌혈차 밖으로 나온 박금희는 신음 소리도 내지 못했다. 문순애가 얼굴을 흔들었지만 눈꺼풀이 파르르 떨릴 뿐이었다. 손과 다리의 힘이 순식간에 빠져나가고 있었다. 총알이 배 왼쪽에서 오른쪽으로 뚫고 나간 피 묻은 구멍이 또렷했다. 문순애는 박금희의 얼굴을 두 손으로 감싸며 소리 내어 울었다.

"하느님, 금희를 살려주세요. 살려주세요."

헌혈차에서 내린 사람들이 박금희를 보더니 고개를 흔들었다. 운전수가 헌혈차 타이어를 둘러보더니 말했다.

"바꾸가 모두 멀쩡헌께 병원으로 갈 수 있겄소."

문순애는 사람들의 도움을 받아 박금희를 헌혈차에 태웠다. 그제야 부상당한 사람들이 큰 소리로 신음 소리를 뱉어냈다. 기독병원에 도착하자 의사와 간호원 들이 달려와 박금희의 상태를 보더니 고개를 저었다. 그런 뒤 박금희를 천천히 응급실로 옮겼다. 이미 늦었다는 표정들이었다. 문순애는 간호원에게 박금희의 인적 사항을 알려주고는 복도에서 대기했다. 간호원들이 응급실에는 들어가지 못하게 막았다. 조금 지난 뒤에는 병원 자원봉사자가 와서 복도에도 있지 못하게 했다. 자원봉사자는 남광교회 이석수 장로였다. 이석수 장로가 부상당한 시민들이 계속 들어오고 있으니 산부인과 병동에 가서 기다리라고 안내해주었다. 산부인과에는 출산한 산모들이 침대에 조용히 누워 있었다. 산모들이 문순애의 흰 블라우스 옷을 보고는 혀를 찼다.

"쯧쯧. 학생 옷에 피가 묻었어."

"네?"

"화장실에 가서 비누로 빨아야겠그만."

"고맙습니다."

블라우스에 묻은 피를 보지 못했던 문순애는 그제야 깜짝 놀랐다. 박금희를 붙들었을 때 묻은 친구의 붉은 피였다. 문순애는 여자 화장실로 가서 블라우스를 벗어 빨았다. 그런 뒤 다시 산부인과 병동으로 돌아왔다.

"학생, 누가 다쳤어?"

"네, 친구가요. 헌혈차를 타고 가다가."

"긍께 돌아댕기지 말아요."

문순애는 더 기다리지 못하고 응급실로 갔다. 간호원에게 박금희의 인적 사항을 말하니 방금 영안실로 옮겼다고 말했다. 문순애는 영안실이라는 소리를 듣는 순간 자신도 모르게 주저앉고 말았다. 그녀는 한동안 그 자리에서 눈물을 흘리며 일어나지 못했다.

적십자 대원

박효선은 투사회보 팀을 만나기 위해 소극장을 나왔다. 투사회보 팀은 주로 광천동 시민아파트 윤상원 자취방에서 모이곤 했다. 총탄에 쓰러지는 청년들을 본 박효선은 중학생 부상자를 적십자병원으로 옮겼다는 사실을 투사회보 팀에 알릴 겸 선배 윤상원의 어제 소식이 궁금해서였다. 급전하는 시위 상황이 떠올라 어둑한 소극장에서 앉아 있을 수만은 없었다. 박효선은 광천동 쪽으로 가는 시위 버스를 타고 가다가 양동시장에서 내렸다. 시위 버스는 갑자기 백운동으로 방향을 틀었다. 양동시장 앞에서는 10여 명이 뭔가를 하고 있었다.

10여 명의 손에는 붉은 페인트가 손에 묻어 있었다. 그들은 시위 차량들의 플래카드에 구호를 쓴 청년과 학생 들이었다. 리더는 승복을 입은 진각이었다. 진각이 말했다.

"아까는 한 삼십 명쯤 됐는디 다 가불고 몇 명 안 남았소잉."

"그리고 봉께 점심도 잊어불고 글씨를 썼그만요."

"늦었지만 점심이나 묵고 다른 일을 생각해봅시다."

진각이 라면 박스에 덮인 신문지를 벗겨냈다. 라면 박스 안에는 양동시장 상인들이 갖다 놓은 주먹밥이 들어 있었다. 모두 주먹밥을 하나씩 들었다. 진각은 아침에도 주먹밥을 먹었지만 물리지 않았다. 주먹밥은 참기름이 들어가 고소했고 소금으로 간을 맞추어 간간했다. 한 청년이 박효선에게 권했다.

"이리 와서 한 개 들어보씨요. 으디서 왔소?"

"금남로에서는 공수들이 몰리고 있습디다. 도청에 헬기가 오르락내리락헌 것을 본께 놈들이 물러갈 것 같소."

"공수놈덜이 광주시민 팔십만을 어쩌게 이긴다요."

진각이 주먹밥을 다 먹은 10여 명에게 말했다.

"요기를 했응께 인자 다른 일을 찾아봅시다."

"스님, 말씸이 맞소. 차를 타고 댕김시로 무신 일을 찾아봐야지라."

진각 일행은 마이크로버스를 타고 광주교도소 쪽으로 갔다. 박효선은 그들에게 합류하지 않았다. 마이크로버스는 광주교도소 부근까지 접근했다가 방향을 한국전력회사 쪽으로 돌렸다. 공수부대원들이 총구를 겨냥하고 있었다. 한 청년이 말했다.

"아이고메, 나는 간이 작아서 공수허고 싸움은 못허겄소."

"나도 총은 못 드요. 명색이 중인디 사람을 어쩌게 죽이겄소."

시내 쪽은 시위 차량으로 막히어 밀렸지만 외곽도로는 뚫려 있었다. 진각 일행이 탄 마이크로버스는 월산동 로터리를 지나 백운동으로 달렸다. 그때 군용헬기가 느닷없이 날아왔다.

"스님, 놈덜이 전쟁도 아닌디 헬기사격까지 해불 모냥입니다."

"시민들에게 밀리니까 발악허는갑소."

청년의 말대로 군용헬기가 저공으로 내려오더니 몇 초간 드르륵 드르륵 기총사격을 했다. 헬기에서 섬광이 잠시 번쩍거렸다. 마이크로버스는 더 달리지 못하고 멈추었다. 진각은 의자 깊숙이 몸을 움츠리면서 탄식을 뱉어냈다.

"어어, 으째야쓰까!"

지나가던 사람들이 재빨리 도로변 건물로 피신했다. 그러나 미처 피하지 못한 여학생 하나가 가로수 나뭇잎이 팔랑 떨어지듯 쓰러졌다. 군용헬기는 작전을 마친 듯 높게 치솟더니 상무대 쪽으로 날아가버렸다. 진각은 여학생에게 뛰어가 들쳐업고는 차로 돌아왔다.

"얼능 병원으로 갑시다."

광주천을 사이에 두고 적십자병원과 기독병원이 있었다. 전대병원과 조대병원은 더 멀리 있었으므로 진각 일행을 태운 마이크로버스는 적십자병원으로 달렸다. 그런데 적십자병원 앞 천변도로도 시위 차량들로 뒤엉켜 있었다. 진각은 여학생을 업고 병원 안으로 뛰었다. 병원 안도 무질서하기는 마찬가지였다. 뜰과 복도, 응급실, 병실까지 부상당한 시민들로 넘쳐났다. 한 의사가 진각에게 울먹이는 소리로 말했다.

"환자만 데려오면 으짭니까? 약품도 피도 부족해요."

순간, 진각은 자신의 할 일이 바로 '이것이구나!' 하고 판단했다. 진각은 하소연하던 의사에게 물었다.

"지금 무신 약품이 필요한 게라?"

"의약품목을 메모지에 적어드리겠소."

진각은 승복을 벗고 의사가 내준 병원 직원 가운으로 갈아입었다. 또 팔에 적십자 완장을 찼다. 양동시장에서 마이크로버스를 타고 함께 온 청년들은 적십자병원에서 헤어졌다. 도청으로 가겠다며 모두 그쪽으로 가버렸다. 진각은 낯선 두 청년의 도움을 받으면서 지프차에 들 것 두 개를 싣고, 지프차 보닛 양쪽에 태극기를 꽂았다. 그러고 나서 의사가 시키는 대로 적십자 대원선서를 했다.

민간인 적십자 대원으로서 목숨을 돌보지 않고 봉사하며, 아군과 적군을 가리지 않으며, 어떠한 위험이 닥치더라도 물러서지 않으며, 민간인을 적극 보호하겠습니다.

지프차에 탄 사람들은 운전수 포함하여 모두 다섯 명이었다. 운전수만 30대였고 모두 풋풋한 20대였다. 지프차는 적십자병원의 일만 하지 않았다. 기독병원이나 전남대병원에서 필요한 피와 산소통, 의약품을 날랐다. 의약품은 약국과 개인병원에서 협조를 받았고, 산소통은 산소충전업체에서 구한 뒤 병원으로 수송했다. 진각이 탄 지프차는 바퀴에 바람이 빠질 정도로 쉬지 않았다. 틈틈이 부상자를 실어 나르기도 했다. 대원 다섯 명이 몇 가지의 일을 동시에 하느라고 힘들었지만 그렇다고 외면할 수도 없었다.

그래도 시민들의 호응과 협조는 기대 이상이었다. 지프차가 멈추는 곳마다 시민들이 몰려와 박수를 쳤고 학생들은 민간인 적십자 대원을 부럽게 쳐다보았다. 어떤 중학생은 자신도 적십자 완장을 차고 싶다며 사정했다. 가게 앞을 지날 때는 가게 주인이 빵과 우유를 간식거리로 지프차에 올려주었다. 광주 시내 약국과 개인병원의 협조도 대원들을 신나게 했다. 메모지에 적어 가지고 간 의약품은 물론 필요할 것이라며 다른 약까지 그냥 주었다.

다만, 양동의 한 개인병원 의사만 인색했다. 의약품목이 적힌 메모지를 내밀자 그 의사가 약이 없다고 잡아뗐다. 그 개인병원의 사정을 잘 아는 대원이 말했다.

"나 제약회사 영업사원이었소. 지하창고에 약이 있다는 것을 알고 왔소."

"약이 없으니까 그러요."

"그라믄 지하창고 문을 열어보씨요!"

제약회사 영업사원 출신이 흥분해 소리쳤다. 그사이에 밖으로 나갔던 대원이 카빈소총을 구해서 들고 와 병원 천정에 공포를 한 발 쏘았다. 의사를 협박조로 다그쳤다.

"당신은 광주시민이 아니요! 시방 챙피를 당허고 잪소!"

"아이고, 약이 부족헌께 그랬소. 다 가져가시오."

대원들은 지프차에 약품 박스를 가득 실었다. 그러면서도 진각은 강탈해 간다는 느낌이 들어 기분이 찜찜했다. 의사에게 협조를 받은 것이 아니라 의약품을 탈취했기 때문이었다. 진각은 쩔쩔매고 있는 의사에게 한마디 하고 개인병원을 떠났다.

"이 약들이 무참히 죽어가고 있는 시민들을 살릴 것이요. 당신도 좋은 일을 했소."

대량으로 구한 의약품을 양동에서 가까운 기독병원부터 나눠주었다. 기독병원을 들렀다가 적십자병원으로 와서 나머지 의약품을 내려놓았다. 그런 뒤 이번에는 양동과 반대편인 지원동으로 헌혈할 사람을 찾으러 갔다. 지원동 버스 종점 부근에서는 화순 쪽에서 총기를 싣고 온 군용트럭에서 시민군 몇 사람이 시민들에게 카빈소총과 M1소총을 나눠주고 있었다. 그런데 그때 도청 쪽에서 여러 발의 총성이 들려왔다.

"음마, 저거 뭔 소리여?"

진각의 손목시계가 3시 30분을 가리켰다. 지프차는 도청 쪽으로 단숨에 달렸다. 진각은 내심 몹시 불안했다. 10분쯤 달리자 부상자를 업고 뛰어가는 시민이 보였다. 적십자 대원들은 지프차에서 내려 부상자 세 명을 태웠다. 부상자 중에는 어린 중학생도 있었다. 명찰을 보니 박상철이라는 중학생이었다. 박상철은 총을 맞아 피를 흘렸다. 지프차는 전남대병원까지 경적을 울리며 내달렸다. 보도에 내려와 있던 시민들이 후다닥 길을 터주었다.

그러나 전남대병원에서는 부상자를 더 받지 못했다. 오후 1시부터 갑자기 불어난 사상자들을 감당하지 못했다. 지프차는 지체하지 않고 바로 광주천 건너편에 있는 기독병원으로 향했다. 경적을 계속 울리며 과속했다.

기독병원에 도착해서는 세 명의 부상자 중에 가장 위급한 중학생 박상철부터 응급실로 옮겼다. 세 명의 부상자를 모두 응급실로 옮긴 뒤 지프차는 기독병원을 나섰다. 기독병원에서 남광주를 지나 지산동 쪽으로 직진하면 조선대 정문이 나왔다. 조선대 정문 앞에는 공수부대원 1개 팀이 경계를 서고 있었다. 지프차가 조선대 정문 앞에서 급정거했다. 공수부대 대대 병력이 조선대 안으로 이동 중이었다. 도청에서 공수부대가 철수한다는 소문이 사실이었다. 공수부대 대대병력이 모두 사라진 뒤에야 거리의 차량들이 움직였다. 지프차 운전수가 정문 경계 책임자인 듯한 장교에게 말했다.

"군인 부상자가 있으믄 우리가 병원에 실어다주겠소."

"헬기를 띄워 국군통합병원으로 보냈으니 괜찮습니다."

운전수가 공수부대 장교와 상대하고는 어깨를 으쓱하며 돌아왔다. 지프차에 시동을 걸면서 그가 한마디 했다.

"짜식덜! 나이는 에리에리헌디 총 들었다고 저런가?"

지프차 대원들은 적십자병원으로부터 또 다른 일을 부여받았다. 전남대병원 병실이 부족하므로 부상자들을 기독병원으로 분산시키라는 일이었다. 두 병원을 서너 차례 오가니 오후 6시가 조금 지났다. 대원들은 화장실에 갈 시간도 없었으므로 골목 어귀에서 노상방뇨를 했다. 시민들이 주는 사이다 같은 음료수를 마셨지만 입안은 침이 말라 쓰디썼다. 지프차는 어두워지기 전에 마지막으로 시민들에게 헌혈을 받고 있는 광주공원으로 갔다. 광주공원을 가기 위해 양림동 쪽으로 지나가다가 한 여학생을 만났다.

"아저씨. 저도 헌혈할라고요."

"어른들이 많이 헌게 니는 돌아댕기지 말어."

"친구들도 했어요. 저도 하게 도와주셔요."

"그래? 얼능 차에 타."

지프차는 여학생을 기독병원에 데려다준 뒤에야 경적을 울리며 광주공원으로 갔다. 광주공원 앞은 헌혈하는 시민들로 북적거렸다. 시민들이 헌혈하기 위해 두 줄로 길게 서 있었다. 광주공원 입구에서 다리를 건너 현대극장 앞까지 서서 자기 차례를 기다렸다. 지프차는 헌혈병을 서너 박스 받아 기독병원과 적십자병원, 전남대병원 등에 나눠주려고 다시 기독병원으로 돌아왔다. 그런데 응급실 앞에 많은 사람이 모여들어 웅성거렸다.

"총 맞은 여학생이 들어갔는디 으째야쓰까잉."

진각은 그 소리를 듣는 순간 맥이 탁 풀렸다. 좀 전의 그 여학생인가 싶어 현기증이 일었다. 진각은 응급실 문을 들어서려다 말고 나와버렸다. 헌혈을 하겠다고 떼를 썼던 바로 그 여학생이었다. 진각은 비틀거리며 지프차에 올라타 두 손으로 머리를 감쌌다. 지프차는 다시 대원들 본부가 있는 적십자병원으로 향했다. 지프차에 탄 대원들 모두 기진맥진해 몸을 가누지 못했다. 의자 등받이에 머리를 기댄 채 눈을 감고 쉬었다.

잠시 후 지프차가 적십자병원 앞에 도착했다. 그러나 숨 돌릴 틈도 없었다. 아주머니 한 명이 달려와 울면서 통사정을 했다. 아주머니를 따라온 청년들이 말했다.

"시청 앞에 대여섯 명이 쓰러져 있그만요. 주변 건물에 공수 저격병들이 숨어서 접근허지 못허게 총을 쏴불고라."

대원 가운데 한 명이 발을 뺐다.

"위험헌게 공수가 철수헐 때까지 기다립시다."

그러나 다른 대원이 지프차로 부상자를 실어 오자고 주장했다.

"적십자 완장을 찼는디 우리한테까지 총을 쏘지는 않겄지라. 긍께 구해 옵시다."

대원끼리 "가자", "말자" 하며 티격태격하는 사이에 지프차가 시청이 보이는 곳에서 멈추었다. 시청은 의외로 가까운 곳에 있었다. 부상자들이 길바닥에서 허우적거렸다. 진각은 무조건 생명을 살려야 한다고 생각했다. 바로 그 순간 총성이 서너 발 울렸다. 건물 어디선가 공수부대 저격병들이 총을 쏘았다. 지프차는 반사적으로 골목 어귀로 피했다. 진각은 "악!" 하는 비명 소리에 뒤를 돌아보았다. 뒤에 앉은 대원이 팔에 총을 맞아 피를 흘렸다.

진각은 눈앞이 아찔했다. 적십자 마크를 단 차에 총을 쏘다니 치가 떨렸다. 그래도 진각은 부상자들에게서 눈길을 떼지 못했다. 진각이 대원들에게 각자의 생각을 물었다. 저격병 총에 맞아 죽을지도 모르는 상황이라며 두 사람씩 생각이 갈렸다. 진각은 운전수의 판단에 달렸다고 생각하면서 그에게 물었다. 그러자 그가 대담하게 말했다.

"운전하겠소. 우리가 구해냅시다."

운전수는 부상자가 쓰러진 곳으로 지프차를 천천히 몰았다. 진각은 숨이 막혔다. 저격병들이 총을 더 쏘지는 않았다. 지프차가 부상자들 옆에 멈추었다. 진각은 차에서 내려 부상자의 팔을 잡아끌었다. 그러나 그때 총성이 연달아 울리고 대원들의 비명 소리가 뒤엉켰다. 지프차 안에서 두 명이 즉사했다. 두 명은 부상이고 운전수만 멀쩡했다. 척추에 총을 맞은 진각은 지프차에 오른발을 올려놓고 앞으로 엎어졌다. 지프차가 달리는데도 진각은 왼발을 마저 지프차에 올리지 못했다. 예리한 칼로 척추를 도려내는 듯한 통증 때문이었다. 진각은 왼발이 지프차 밖에서 덜렁거리는 것을 보면서 정신을 잃어버렸다. 심한 통증으로 눈을 떴을 때는 병원응급실이었다. 허리를 감은 하얀 붕대한 부분이 피가 배어 나와 붉었다. 진각은 소리 죽여 울다가 덫에 걸린 짐승처럼 괴성을 질렀다. 다시는 두 발로 걸어 다닐 수 없을 것 같았기 때문이었다.

도청 축포

시위대 중에서 젊은 사람들은 대부분 총을 메고 있었다. 누가 보아도 시민군이라고 부를 만했다. 유동삼거리만 해도 총을 소지한 젊은 청년들로 북적거렸다. 지원동이나 학동, 광주공원에서 소총을 받아온 청년들이었다. 유동삼거리 시민군은 바퀴가 달린 차륜형 장갑차를 두 대나 가지고 위엄을 보였다. 아침에는 아세아자동차 공장, 오후에는 나주에 갔다가 돌아온 박남선은 차에서 뛰어내려 외쳤다.

"우리도 싸울 수 있는 무기를 가졌소. 오늘 밤 공수부대허고 전면전이 벌어질 거 같은께 죽음이 두려운 사람들은 지금이라도 집으로 들어가부씨요."

시민군이 가지고 있는 총을 하늘로 치켜들면서 말했다.

"뭣 헐라고 총을 받았겠소? 우리는 공수놈덜이 물러갈 때까지 싸울 것이요."

"좋소. 공수가 우리 배후를 칠지 모른께 아세아극장 옥상에는 기관총을 거치하고 도로에는 바리케이트를 치씨요."

박남선은 시민군에게 암구호도 만들어 알려주었다.

"밤중에 시민군끼리 총격을 가할지 모른께 암구호는 '담배', '연기'요. 자, 그러믄 시내로 들어갑시다."

박남선이 탄 장갑차가 시민군 차량을 선도했다. 수창국민학교를 지나 한일은행 앞에서 시민군을 둘로 나누어 한 시민군은 전남여고 쪽에서 노동청으로 오게 하고, 또 다른 시민군은 광주천 쪽에서 충장로로 오게 했다. 노동청과 충장로에서 도청을 협공하기 위한 작전이었다. 도청 광장 쪽으로 정면공격하는 것은 승산이 없었기 때문이었다. 시민군이 강도 높게 훈련받은 공수부대를 이긴다는 것은 불가능했다. 시민군 중에는 단 한 번도 총을 쏘아보지 않은 사람도 많았던 것이다.

"자, 지가 몬자 갑니다. 따라오씨요."

차륜형 장갑차를 탄 박남선은 한일은행 쪽으로 가다가 멈추었다. 저격병들이 장갑차를 겨냥해 M16소총을 쏘았다. 박남선은 조종수에게 장갑차를 후진시키라고 지시했다. 장갑차가 고립되면 위험해서였다. 저격병의 사격은 시민군 공격을 지연시키어 도청에서 퇴각하는 공수부대를 엄호하기 위한 것 같았다. 박남선은 문득 그런 생각이 들었다. 박남선은 장갑차를 현대극장 앞까지 후진시킨 다음 광주공원 쪽으로 갔다. 광주공원에는 아직도 시민군 몇십 명이 웅성거리고 있었다. 박남선은 그들을 합류시키고 나서 광주천 천변도로를 타고 적십자병원 쪽으로 올라갔다.

천변도로 시민군 중에 한 청년이 군용무전기를 가지고 있었다. 공수부대원에게 노획한 무전기가 틀림없었다. 그러나 이용할 줄을 몰라 도로에 내던지려고 했다. 박남선이 그를 발견하고는 다가가서 시민군을 향해 소리쳤다.

"무전병 출신 있소? 있으믄 나오씨요."

그러자 세 명이 달려와 먼저 온 청년이 무전기를 만지더니 주파수를 찾아냈다.

"주파수 2채널이요."

주파수 2채널로 맞추어 놓으면 공수부대 간의 작전정보를 얻을 수 있었다. 그리고 도청을 총공격하려면 임시 지휘본부가 있어야 했다. 박남선은 적십자병원을 임시 지휘본부로 삼자고 시민군 청년들과 상의했다.

"병원이 안전하제. 공수들이 병원을 공격허지는 않을 것인께."

그런데 적십자병원 안팎은 부상자와 헌혈하러 온 시민들로 넘쳐났다. 박남선은 병원 정문을 걸어 잠그고 부상자들은 응급실 문으로 들어오게 조치했다. 임시 지휘본부는 서무과 앞 휴게실 터로 잡았고 시민군 무전병을 대기시켰다. 박남선은 무전병에게 지시했다.

"공수들이 으디로 이동하는지 주파수를 잡아보씨요."

"예, 형님."

노란 망고 같은 석양이 사직공원 너머로 기울었다. 그늘진 광주천 개울물은 벌써 어둠이 스멀거렸다. 박남선은 시민군이 가져온 빵과 우유로 저녁 식사를 대신했다. 빵을 우걱우걱 삼키면서 시민군 몇 사람과 도청 공략작전을 구상했다. 예비군 출신의 한 청년이 말했다.

"광주천변 시민군을 네 개 조로 나눠 도청을 공략해봅시다."

20대 청년은 동시다발로 도청 오른쪽의 도심다방, 노동청, 남도예술회관, 진내과 쪽에서 공격하자고 주장했다. 그러나 30대 청년은 힘을 분산하지 말고 도청 정면으로 총공격하자고 의견을 냈다. 그런데 그때 시민군 몇 사람이 임시 지휘본부로 뛰어와 소리쳤다.

"도청은 공수들이 퇴각하고 없소. 긍께 빨리 우리가 들어가 접수해 붑시다."

"위장전술일지 모르지라. 도청을 빠져나간 척허고는 광주천을 따라 들어와 우리 배후를 공격할 수도 있소."

박남선은 순진한 시민군의 작전을 경계했다. 솔직히 불안했다. 공수부대가 시민군을 도청 쪽으로 유인한 뒤 공격한다면 그 결과는 끔찍했다. 박남선은 공격하자는 시민군을 다독였다.

"공수가 퇴각했다면 우리가 군이 서둘러 들어갈 필요는 없소. 여러 시민군이 각자 지역방위를 하고 있다니 우리도 광주천에서 매복하는 것이 으쩌겠소?"

광주천을 봉쇄하고 있자는 박남선의 말에 모두가 동의했다. 박남선은 스스로 지휘관이 되어 시민군을 움직였다. 카빈과 M1소총을 든 시민군은 불로동다리와 양림다리, 광주다리 밑에 기관총을 거치하고 매복했다. 암구호는 '담배', '연기'로 정해 다른 곳의 시민군들도 숙지하도록 했다. 그리고 개별사격을 금지시켰다. 공수부대원을 발견하더라도 반드시 조장의 지시를 받아 사격하도록 했다.

학동에서 카빈소총을 구한 이관택은 6시쯤 도청으로 들어갔다. 도청은 이미 공수부대와 경찰이 철수해버린 상태였다. 먼저 와 있던 시민군들이 도청 현관 앞에서 무리 지어 서성였다. 그들 중에는 경찰국 복도에 뒹구는 전투경찰 방석모를 쓰고 나온 사람도 있었다. 누군가가 소리쳤다.

"목숨 걸고 싸와서 공수놈덜을 몰아냈는디 축포라도 쏩시다!"

"지가 '우리가 이겼다'고 소리 지르면 그때 모두 허공에다 총을 쏴부씨요!"

어디를 가든 시민군의 조장은 자발적으로 생겼다. 조장이 '우리가 이겼다'고 선창하자 모두가 카빈과 M1소총으로 허공에다 총을 쏐다. 도청 주변에서는 도청 사무실에 숨어 있던 공수부대와 시민군이 총격전을 벌이는 줄 알았지만 사실은 도청 입성을 자축하는 축포였다. 축포 소리 때문에 도청으로 들어오지 못한 시민군이나 시민도 많았다.

대학생 박병규와 페인트공 오인수, 화순에서 넘어온 박래풍, 김용호, 딸기 농사꾼 김대중, 목포에서 올라온 조대생 김동수, 식당 주방장 염동유, 교사 정해직, 전대생 이정연과 천영진 등도 시민군이 도청 정문으로 나와 경계를 선 것을 보고서야 안심하고 도청으로 걸어갔다. 수십 명의 시민도 뒤따라 들어와 도청과 경찰국의 빈 사무실을 점거했다. 시민군들은 의자에 앉아서 담배를 맛있게 나눠 피웠다. 박병규와 김동수, 김대중은 총무과로 들어가 소파를 하나씩 차지하고 누웠다. 소파를 차지하지 못한 시민군들은 책상 위에 올라가 벌렁 드러눕기도 했다. 박병규와 김대중은 전대 앞에서 만나 구면이었다. 김대중이 박병규에게 말했다.

"전대 앞에서 안 다쳤소?"

"대중 씨도 괜찮은 모냥이요."

"엠원 들고 사례지오고등학교 후문 수도원 벽에 붙어 있다가 내 친구 김선주가 총 맞고 죽었어라. 나를 김대중 선상님이고 놀려묵든 깡깡헌 놈인디 짠허지라. 나는 공수놈이 휘두르는 개머리판에 기절헐 뻔했는디 후배덜 도움으로 용케 도망쳐 광주공원에서 총 받고 여그로 왔지라."

"나도 금남로에서 왔다 갔다 하다가 집으로 못 가고 노숙자맨치로 요꼴이그만요. 넬 아칙에는 집에 들어가 옷도 갈아입고 목욕도 해야 겄소."

"딸기 농사를 허는 형을 도와야 허는디 시방 이러고 있소. 병규 씨가 동국대를 댕기다가 서울에서 내려왔다는 말을 듣고 형한테 갈 생각이 싹 읎어져부렀소. 병규 씨를 보고 더 열심히 싸와야겠다는 생각이 들었지라."

"대중 씨는 총은 쏴봤소?"

"군대를 아직 안 갔응께 총은 첨이지라. 근디 광주공원에서 돌멩이도 맞춰보고 연습했지라. 총 쏘는 것이 에럽지는 않드만요."

김동수가 박병규를 보고 다가왔다. 김동수가 김대중에게도 합장을 하자 김대중이 머쓱해하며 피우던 담배를 껐다.

"동국대 다니요? 나도 동국대 가고 짢았는디 못 갔지라. 조대불교학생회에서 활동허고 있그만요."

"반갑습니다. 저는 불자는 아니지만 동국대 가서 불교학개론 같은 교양과목을 들었그만요."

김동수는 총을 들고 있지 않았다. 시민군이 주는 총을 받았다가 반납했다고 말했다. 총을 멨을 때는 '내가 누군가에게 총을 쏠지도 모른다'고 생각하니 내내 찜찜했는데 지금은 마음이 가볍다며 선하게 웃었다. 김대중이 물었다.

"형씨는 여그서 나가야겠소. 헐 일이 뭐가 있었소?"

"찾아보면 헐 일이 많겠지라. 함께 있는 것이 중요허지라."

"불교신자인 모냥인디 그라믄 나 안 죽게 기도나 해주쑈잉. 하하하."

세 사람이 모두 소리 내어 웃었다. 그러자 시민군들이 세 사람에게 무슨 구경거리라도 있는 줄 알고 모여들었다. 시민군들의 표정은 도청 밖에서 싸울 때와 왠지 달랐다. 긴장감이 사라진 탓인지 실실 웃는 어떤 시민군의 모습은 걱정스럽기조차 했다.

이관택은 민원실에 들어온 시민군과 이야기를 나누었다. 교사인 정해직도 시민군 무리에 섞여 있었다. 이관택은 이야기를 하면서 부아가 치밀어 욕을 했다.

"공수 새끼덜 작전에 놀아나부렀소. 우리가 도청을 밀어부칠 때 말이요, 서울에서 내려온 대학생들이 장성까지 내려와 못 들어온다고 누군가가 말허드라고. 우리를 분산시킬라고 공수놈덜이 비겁하게 헛소문을 퍼뜨렸지라. 나도 순진허게 트럭 타고 장성으로 갔당께. 장성에 아무도 읎드라고. 장성시외버스터미날에 가니까 코쟁이 기자들만 수십 명이 있드그만."

이야기를 듣고 있던 한 고등학생도 말했다.

"형님은 장성으로 갔그만요. 저는 담양으로 갔는디 서울에서 대학생 형들이 내려왔다믄 천군만마라고 좋아서 달려갔는디 아무도 읎드라고요. 군복 벗어불고 추리닝 차림으로 댕기는 계엄군 편의대가 헛소문을 냈다고 하더라고요."

"추리닝 입은 놈덜이 계엄군 편의대여?"

"시위허는 척험서 머리 짧게 깎고 추리닝 입고 댕기는 놈들이 편의 대라고 헙디다."

"총 들고 쏘는 공수놈덜만 있는 줄 알았더니 베라별 놈덜이 다 있 그만잉."

그때 민원실로 한 아주머니가 나타났다. 시민군이 민원실로 들어온 이후 처음으로 보는 아주머니였다.

"무신 일로 오셨습니까?"

"산수동서 왔는디 여그서 밥 해묵을라믄 반찬이 필요헐 틴디 준비 해놨응께 따라와부씨요."

이관택은 시민군 여섯 명과 함께 지프차를 타고 산수동으로 가서 아 주머니가 주는 간장, 된장, 젓갈류가 담긴 반찬통 여러 개를 받아 왔다. 다른 부서에 있는 시민군들도 각 동에서 오는 쌀과 반찬 등을 받아 도 청 식당에 건네주고 있었다. 이관택은 양동 삼익맨션 주민들이 쌀 한 가마를 모아두었다고 해서 또 지프차를 탔다.

공수부대가 조선대로 철수한 한참 뒤에도 전남대병원 쪽에서는 간 헐적으로 총성이 울렸다. 도청과 시청 부근 건물에 든 저격수와 공수 부대원들을 싣고 가는 군용트럭이 난사하는 총성이었다. 저녁 7시에 는 장갑차가 먼저 도로를 확보하기 위해 달려갔고, 잠시 후에는 공수 부대원들을 태운 군용트럭이 뒤따랐다. 공수부대로서는 마지막 잔류 병력이었다.

공수부대 저격수들은 환자와 의사만 있는 전남대병원에 사격을 하 면서 물러갔다. 공포탄이 아닌 실탄이었다. 1층 정형외과 건물을 향해 난사했다. 2층에 있던 의사 세 명과 의과대학 졸업반 학생으로 실습 중이던 박병순은 바닥에 납작 엎드렸다. 총알이 가운을 스치며 날아가 벽에 박혔다. 모두가 등골에서 식은땀이 났고 일어나려고 했을 때 다리에 힘이 빠져 비틀거렸다. 총성이 멎은 뒤에야 1층으로 내려갔다. 얼마나 난사를 했는지 물건들이 여기저기 나뒹굴었다. 철제 캐비닛은 구멍이 여러 개 나 있었다. 캐비닛 문을 열어보니 그 안에 걸려 있던 흰 가운들도 총알 자국이 선명했다.

문장우는 공수부대 군용트럭이 전남대병원 앞을 지나고 있다는 첩보를 받고 즉시 시민군 30여 명을 이끌고 숭의실고 옥상으로 올라갔다. 지원동을 갔다가 온 이재춘도 숭의실고 시민군에 합류했다. 학동은 지원동으로 빠져나가는 길목이었다. 문장우가 김춘국에게 말했다.

"춘국아, 옥상은 안 되겠다. 다시 내려가야겠다."

옥상에는 은폐물이 없었다. 도로에서 빤히 노출되어 공수부대원들에게 집중사격을 받을 수 있었다. 문장우는 시민군을 데리고 다시 옥상에서 내려왔다. 김춘국의 시계가 7시 5분을 막 가리키고 있을 때였다. 전남대병원 쪽에서 M16 총성이 요란하게 들려왔다. 순간 문장우와 시민군은 실험실 뒤로 몸을 숨겼다. 장갑차가 위협적으로 지나간 뒤였다. 군용트럭에 탄 공수부대원들이 도로 양쪽을 향해 10여 분 동안 난사를 했다. 시민군들은 감히 응사할 엄두를 내지 못했다. 군용트럭 여섯 대가 숭의실고 앞을 다 통과하는 것을 빤히 쳐다볼 뿐이었다.

시민군들은 군용트럭이 사라지자 하나둘 흩어졌다. 문장우는 김춘국과 함께 조선대 뒷산에 공수부대가 주둔해 있는지 알아보려고 까리따스수녀원 담을 넘어 정찰을 나갔다. 그러나 밑도 끝도 없이 불안했다. 어디선가 공수부대원이 나타날 것만 같았다. 시민군의 총에 맞을 수도 있었다. 두 사람은 서로 등을 기댄 채 산속에서 선잠을 자다가 새벽 일찍 학운동으로 내려왔다.

5월 22일

도청 장악

구름 낀 밤하늘이 음산한 꼭두새벽이었다. 공수부대가 학교에서 철수했다는 학생과 직원의 전화를 받은 서명원은 잠이 확 깼다. 어제 시민군들이 활보하는 금남로에서 공수부대가 곧 철수할 거라는 소문은 들었지만 놀라지 않을 수 없었다. 서명원은 밤하늘을 쳐다보면서 담배를 물었다. 반달이 구름장 사이에서 빛을 잃고 처량하게 떨었다. 밤하늘에 가득한 구름장이 반달을 덮칠 듯했다.

"과장님, 계엄군이 조대로 철수한 거 같습니다."

"이학부를 가봤능가?"

이학부 건물은 전남대에 주둔한 계엄군 공수부대가 본부로 사용하던 곳이었다.

"예, 설성수 수위 아저씨에게 보고받았습니다."

"고생했네."

설성수는 체육관 잔일을 도맡아 하며 이학부 수위실에서 근무하는 50세 가까운 늙은 수위였다.

"무서운께 혼자는 못 돌아댕기겄습니다."

"뭣이? 찬찬히 얘기해보게."

"숙직실에서 깜박 잠이 들었다가 나가본께 조용하드그만요. 공수들이 으디로 철수한 거 같았습니다. 공수부대가 본부로 사용헌 이학부로 몬자 가봤지라. 수위실로 가서 아저씨에게 얘기를 듣고 복도로 들어갈라고 헌디 피비린내가 고약허드그만요. 수위 아저씨에게 복도에 불을 켜라고 헌 뒤 공수들이 취조실로 쓰던 강의실을 들어가봤지라. 수위 아저씨는 무섭다고 안 들어갈라고 했습니다. 바닥에는 피가 흥건허고 러닝셔츠, 신발, 바지 등이 어지러웠지라. 머리카락도 한 움큼씩 뭉텅뭉텅 떨어져 있었습니다. 수위 아저씨에게 날이 밝는 대로 청소허라고 허고 저는 이학부를 나와부렀그만요."

서명원은 공수부대 철수를 눈으로 직접 확인하기 위해서 이른 아침에 학교로 나갔다. 공수부대원들이 종합운동장에 쳤던 군용텐트는 하나도 보이지 않았다. 간밤에 철수하면서 모두 걷어 갔음이 분명했다. 모닥불을 피웠던 흔적만 운동장에 거뭇거뭇 남아 있었다. 서명원은 숙직하던 직원에게 전화로 보고받은 이학부인 가정관부터 먼저 갔다. 학생과 직원들과 수위, 청소부 등 다섯 명을 데리고 학교를 한 바퀴 둘러볼 셈이었다. 이학부의 늙은 수위 설성수가 말했다.

"과장님, 취조실 청소를 아직 못 했그만요. 머리끝이 쭈뼛해서 도저히 혼자 들어갈 수 읎그만요."

"형님, 청소허시는 분을 델꼬 왔응께 같이허시면 됩니다."

서명원은 나이가 많은 설성수에게는 다른 수위들과 달리 존댓말을 깍듯하게 썼다.

"모새를 퍼가지고 와서 핏물부텀 닦고 빗자루로 쓸어야 헐 거 같그만요."

공수부대원들이 취조실로 이용하던 강의실은 설성수의 말대로 생지옥처럼 처참했다. 서명원은 학생과 직원에게 취조실 현장 상황을 낱낱이 적도록 시켰다. 취조실로 쓰던 강의실 바닥은 온통 피로 물들어 있었다. 취조실에 들어온 사람들은 모두 신발과 허리띠를 벗게 했는지 신발 100여 켤레, 허리띠 50여 개가 널브러진 채 뒹굴었다. 피묻은 상의와 바지 들이 한쪽에 버려져 있고, 뽑힌 머리카락이 자루 하나가 될 만큼 여기저기 흩어져 있었다.

"이런 현장 상황이믄 틀림읎이 죽은 사람도 있을 것인께 주변을 둘러봅시다."

서명원은 청소부 두 명을 이학부에 남기고 학교 뒷산으로 올라갔다. 뒷산을 자주 오르내리던 설성수를 앞세웠다. 솔숲 사이로 난 오솔길 주변을 둘러보면서 수색했다. 이윽고 서명원은 덤불이 수북이 쌓인 곳에 눈길을 주었다.

"형님, 저그 좀 보씨요. 덤불로 뭣을 덮어논 거 같은디 확인헙시다."

설성수가 다가가서 발로 눌러보더니 쑥 들어가자 곧장 덤불과 솔잎을 걷어냈다. 서명원의 예감은 정확했다. 교련복을 입은 시신 한 구가 드러났다. 시신을 살펴보니 얼굴은 멍투성이였고 교련복 상의는 핏물이 번져 있었다. 대검에 옆구리를 찔린 것 같았다. 서명원은 학생의 신원을 파악하기 위해 소지품을 꺼내 살폈다. 광주상고 학생인 것 같은 심증은 들었지만 이름은 확인하지 못했다. 서명원은 학생과 직원에게 광주상고에 빨리 전화하도록 지시했다.

"광주상고에 알려서 시신을 수습해 가게 허게."

그러나 이학부 수위실에서 전화를 하고 달려온 학생과 직원이 도리질을 했다.

"과장님, 학생 이름을 알려줘야 담임선생에게 연락할 거 아니냐고만 헙니다."

"선생이 오지 않으믄 도청으로 보내게."

전남대와 광주상고는 지근거리에 있었다. 그런데도 한 시간이 지났지만 광주상고에서는 아무도 나타나지 않았다.

서명원은 이학부와 출판부 사이에 방치돼 있는 페퍼포그차 안에서도 시신 한 구를 발견했다. 페퍼포그차는 정문을 뚫고 오다가 사격을 받았는지 은행나무 옆에 멈춰 있었다. 유리창이 다 깨진 차 안 운전석은 피범벅이었고, 조수석에는 먹다 남은 빵과 우유, 계란이 보였다. 운전수는 머릿골이 빠진 채 머리 한쪽이 달아나 보이지 않았다.

날이 밝자 시민들이 몰려왔다. 청년들은 문학부와 이학부로 들어가 공수부대원들이 미처 챙기지 못한 매트리스와 기름통을 종합운동장으로 꺼냈다. 일부 시민은 상태가 양호한 매트리스를 가져가기도 했다. 기름을 끼얹고 불을 지르자 검은 연기를 피우며 군용 매트리스가 활활 탔다. 시민들이 공수부대와 싸워 이긴 듯 함성을 질렀다.

"공수도 별거 아니네!"

두어 시간 동안 학교 상황을 살핀 서명원은 도청 옆 보이스카우트 사무실에서 오전 중에 보직을 맡은 교수들이 긴급회의를 한다는 연락을 받고 학교를 나섰다. 대학생들이 도청을 장악하고 있는데 교수들이 보고만 있을 수 없지 않느냐는 의견이 있어서 갖는 긴급회의였다. 총장 이름으로 소집되는 긴급회의였으므로 서명원도 도청으로 나갔다.

도청 안으로 드나드는 시민군들은 대부분 총을 들고 있었다. 청년은 물론이고 중학생으로 보이는 어린 학생까지 총을 메고 다녔다. 곧 오발 사고가 날 것만 같았다. 서명원은 도청 정문을 지날 때는 달리듯 잰걸음으로 걸었다. 보이스카우트 사무실은 도청 옆의 부속건물에 있었다. 보직교수의 긴급회의는 오전 11시에 열렸다. 총장은 아프다는 핑계로 나오지 않고 박영준 교무처장이 총장을 대리해 회의를 주관했다. 그런데 참석 인원은 생각보다 적었다. 두려움 때문인지 서너 명밖에 나오지 않았다. 회의 결과도 보이스카우트 사무실을 임시 연락처로 삼자는 결정만 했을 뿐 참석한 보직교수의 개인 의견만 듣고 헤어졌다. 서명원은 그런 의견을 수첩에 기록했다.

"더 이상의 희생 없이 사태를 빨리 마무리 지으려면 총기를 회수하는 것이 급선무입니다."

"수습위원회 같은 학생지도부를 만들어야 합니다."

"계엄군에게는 총이 있는데 시민들이 총을 반납하려고 할까요?"

이와 같은 이야기가 서너 번 반복되자 박영준 교무처장이 결론을 내리듯 말했다.

"교수들이 학생들에게 투쟁하라고 말할 수는 없습니다. 이것이 원칙이자 한계입니다."

서명원은 보이스카우트 사무실을 나왔다. 이학부 뒷산에서 발견된 고등학생 시신이 상무관으로 옮겨졌는지 확인하기 위해서였다. 그러나 상무관에는 아직 운구해 온 관이 하나도 없었다. 한 시민군에게 묻자, 시민군들이 민원실 앞에 20여 개의 관을 준비해놓은 뒤 시신을 받고 있는 중이라고 알려주었다.

민원실 앞의 관들은 장례식장에서 반강제로 가지고 온 것들이었다. 시민군들이 여러 장례식장을 돌며 구해 온 목재 관들이었다. 앞으로는 시중에 관이 부족해 얇은 베니어판으로라도 짜야 될 상황이라고 누군가가 말했다. 서명원이 관을 둘러보고 있는데 한 시민군이 다가와 물었다.

"누구를 찾습니까?"

"교련복을 입은 고등학생이요."

"저 관입니다."

"학생으로 보이는그만. 나는 전대 학생과장이네."

"아, 저는 조대 불교학생회장입니다. 다들 이 일을 마다해서 제가 나섰습니다."

김동수는 총을 들고 싸우는 일보다 희생자들에게 기도라도 해주고 싶어서 시신관리를 스스로 지원했던 것이다. 김동수가 맡은 임무는 시신의 특징을 메모해 관에 붙이는 일이었다. 물론 김동수 혼자서 도맡아 하는 일은 아니었고, 동국대생 박병규도 시신관리 일을 거들었다. 박병규는 시민군이 시신을 실어 오면 인계받는 일을 했다. 늦은 오후가 되어서는 도청 민원실 앞이 비좁아 시신을 상무관에서도 받았다. 박병규는 상무관으로 나가 전남대 앞에서 함께 시위했던 딸기 농사꾼 김대중을 만나기도 했다. 박병규는 반가워서 그에게 제의했다.

"김대중 선상님, 도청에서 같이 일합시다."

나이가 엇비슷했지만 박병규는 김대중에게 '선상님'을 붙여 놀렸다. 형의 딸기 농사를 돕는다는 김대중은 진솔하고 인간미가 넘쳤다. 박병규의 제안에 김대중이 펄쩍 뛰었다.

"아이고, 도청은 무식헌 나허고 어울리지 않그만요."

"김동수 조장 인품이 훌륭헌께 권해본 거요."

"도청 밖에서도 헐 일이 많그만요. 시체는 이짝 상무관으로 옮기고 부상자는 적십자병원으로 운반허고 있는디 총상으로 죽은 옮긴 시체만도 서너 구를 옮겼그만요."

카빈소총을 삐딱하게 멘 김대중도 어느새 근사한 시민군이 돼 있었다. 전남대 앞에서 시위할 때만 해도 순박한 청년이었던 것이다. 페인트공 오인수도 굳이 도청에 들어가지 않고 지프차를 운전하며 외곽지역을 돌았다. 도청에서 누군가가 차량운행증과 지정한 주유소에서 기름을 받을 수 있는 허가증을 주어 마음대로 돌아다녔다. 순찰 시간이나 장소가 정해진 것은 아니었지만 지프차에 시민군 다섯 명을 태우고 기동순찰대원 노릇을 했다. 국군통합병원 부근에서 계엄군의 장갑차를 보고는 간담이 서늘해 도망치기도 했는데 그래도 재미가 있었다.

그런가 하면 카빈소총과 실탄 7발을 들고 다니던 용접공 김여수도 도청으로 들어가지 않고 도청 정문 앞에서 24인승 승합차를 탔다. 승합차에 탄 시민군들은 캘리버50 중기관총과 무전기, 수류탄을 싣고 다니면서 자신들을 기동타격대 대원이라고 불렀다. 승차한 12명의 조장은 무전기를 조작할 줄 아는 시민군이 맡았다. 캘리버50 중기관총을 다뤄본 예비군도 있었는데, 대원들은 도청의 지시와 통제를 받지 않고 무용을 자랑하듯 일부러 교도소 부근까지 가서 계엄군을 위협하기도 했다.

정해민은 시청 부근에 있는 조선대생 친구 집에서 나와 도청으로 들어갔다. 어제 오후 내내 전일빌딩 안에서 시위대를 지켜보았으므로 공수부대가 철수한 도청 상황이 궁금해서였다. 정해민의 옷차림은 3일 동안 집으로 들어가지 못해 꾀죄죄했다. 사흘 전 데모하지 말라는 아버지 손에 이끌려 화순까지 갔는데 그는 보성 외갓집에 있으라는 아버지의 당부를 어기고 17번 시내버스를 타고 광주로 돌아와버렸던 것이다. 학내 바둑동호회 회원들끼리 계엄군에게 굴복하지 말자고 한 약속과 유서를 써놓고 시위에 나선 사범대 부회장 친구가 떠올라 도저히 보성 외갓집으로 갈 수 없었으므로 시민군에 가담하지는 못한 채 도청 주변을 맴돌았다.

도청 안은 학생들보다 시민들이 더 많았다. 시민군 중에 일부는 마음에 들지 않으면 바로 공포탄을 쏘곤 했다. 그런 분위기 때문에 대학생들은 왠지 위축돼 보였다. 일찍 학업을 포기한 시민군들과 대학생들 사이에 묘한 긴장감이 흘렀다. 시민군들은 자신들이 싸워서 공수부대를 몰아냈다는 기분에 도취돼 있었고, 대학생들은 시민군의 활약을 인정하면서도 우왕좌왕하는 그들의 무질서를 걱정했다. 어떤 시민군은 대학생을 노골적으로 비난했다.

"느그덜은 일만 저질러놓고 다 도망쳐불고 싸운 건 우리덜이잖여."

"시방 여그서 공치사허믄 안 돼야. 대학생덜도 모다 싸왔제 우리만 싸왔간디."

핏대를 세운 시민군에게 나이 든 예비군 출신이 말렸다. 그래도 그 시민군은 대학생들에게 반감을 숨기지 않았다.

"내 말이 틀렸소? 시방 여그 있는 사람덜만 확인해봐도 알 거 아니요. 주방장, 영업사원, 노동자, 운전수 아닌 사람 나와보라고."

"모르는 소리 마쑈. 대학생 간부덜은 십칠 일에 모다 잡혀가부렀다고 헙디다. 긍게 여그 도청에 나온 대학생덜은 우리맨치로 싸운 사람덜이란 말이요. 비겁헌 사람이라믄 그동안 코빼기도 안 보인 교수, 목사, 신부, 승려 들이제."

"아따, 도매금으로 싸잡아서 욕허지는 마쑈. 신부복, 승복을 입은 사람을 쪼깐 본 것도 같소야."

그제야 분개하던 시민군이 슬그머니 자리를 피했다.

"난 여그 도청이 맘에 안 든께 밖에서 싸울라요. 기동순찰대맨치로 돌아댕길랑께. 그라고 잖은 사람덜은 나를 따라오씨요."

"그 말이 맞소야. 여그는 먹물덜이 모여 꾀를 내는 곳이여. 우리맨치로 가방끈이 짧은 사람허고는 안 맞을 거 같그만."

시민군 몇 명이 상황실을 나갔다. 정해민은 흥분한 시민군을 이해했다. 공수부대가 철수한 지 하루가 지났지만 학생회 간부 학생들은 도청에 아무도 없었다. 정해민과 같은 보통의 대학생들과 고등학생들이 호기심에 이끌려 도청에 들어와 있을 뿐이었다. 정해민은 양심의 가책을 느끼고는 무슨 일이라도 해야 될 것 같은 생각이 들었다.

정해민은 도청을 나와 충장로와 황금동을 돌아다니며 간판제작 가게를 찾았다. 마침내 허름한 간판제작 가게를 들어가서 주인에게 사정했다. 40대로 보이는 사장은 공수부대원들 때문에 며칠간 주문받아 놓은 간판을 제작하지 못했다며 투덜거리면서도 정해민의 부탁을 받아주었다. 사장이 손피켓에 글씨를 썼다.

학생들은 남도예술회관으로 모입시다

정해민은 또래의 대학생들과 손피켓 네 개를 나눠 들고 도청 분수
대를 수십 번 돌았다. 도청 분수대에서는 궐기대회를 하고 있었다. 오
후 4시 30분쯤 되자 전남대생 30여 명, 조선대생 20여 명, 전문대생
20여 명이 모였다.

돌아온 두 교수

서울로 피신했던 40대 중후반 나이의 송기숙과 명노근은 22일 아침에 광주로 돌아왔다. 전라선을 타고 곡성역에서 내린 뒤 택시로 창평까지 왔다가 걸어서 광주 시내로 들어오는 길이었다. 공수부대의 무자비한 진압작전으로 학생 시위가 오래갈 것 같지 않으니 일단 피신해 있다가 광주로 돌아오자고 했지만 서울 여관방에서 텔레비전 뉴스를 보고는 충격을 받았던 것이다. 그들의 생각과 달리 시위가 잠잠해지기는커녕 그 반대였다. 학생은 물론 시민들이 금남로로 몰려나오고 광주 MBC방송국이 불탔다.

두 사람은 잣고개에서 두암동 쪽으로 내려온 뒤 10시쯤에 동료 교수 집을 찾아갔다. 식구들 소식이 궁금하여 집으로 전화부터 했다. 20일에 광주를 떠났으니 3일 만이었다. 아내들은 모두 같은 말을 했다. 집에는 아무 일이 없고 도청과 YWCA에서 빨리 나와달라는 전화가 여러 번 왔다고 전했다. 두 사람은 동료 교수 집에서 아침 식사를 하고 도청으로 가기 전에 홍남순 변호사댁을 가기로 했다. 송기숙 교수의 제의였다.

"명 교수님, 홍 변호사님 댁으로 몬자 가서 상황을 파악허고 도청으로 갑시다."

"좋소. 홍 변호사님 말씀을 듣고 행동합시다."

화순 출신의 홍남순 변호사는 재야인사들이 법정에 섰을 때 무료변론을 많이 한, 운동권 인사들의 대부나 다름없었다. 두 사람은 홍남순 변호사에게 어떤 지혜와 지침을 구하고 싶어서 동료 교수 집을 나섰다. 시내 거리는 3일 전과 완전히 달랐다. 시민군이 탄 지프차가 돌아다니고, 유리창이 다 깨진 고속버스가 시내버스처럼 무료로 운행하고 있었다. 중학생들은 카빈소총을 작대기처럼 휘휘 휘두르며 장난을 쳤고, 한 청년은 수류탄을 손에 쥐고 다녔다.

홍남순 변호사는 외출할 채비를 하고 마루에 앉아 있었다. 누군가가 남동성당에서 자신을 데리러 오기로 했던 것이다. 두 교수가 집에 들어서자 홍남순은 마루에서 벌떡 일어났다.

"나를 데리러 왔그만. 가세."

"선생님, 으디로 가신단 말씀입니까?"

"남동성당에서 누가 나를 데리러 온다고 했는디 자네들이 아닌가?"

"저희들은 도청으로 가는 중에 선생님 댁을 들렀그만요."

"도청? 거그서도 오라지만 나는 안 갈라네. 신뢰헐 수 없는 인간들이 들락거린다고 하네."

"그렇습니까?"

"나도 상황을 잘 알지 못허네. 서울로 피신했다가 어저께 밤에 돌아왔거든. 마누라가 가믄 죽는다고 반대허대만 내가 고집을 부렸지. 광주로 오지 않으면 후회하면서 살 거 같았어."

"사실은 저희들도 서울 갔다가 내려왔그만요."

세 사람은 도청 뒤쪽에 있는 남동성당으로 갔다. 성당 사제관에는 주임신부인 김성용 신부와 조아라 장로, 이애신 YWCA 총무, 이성학 장로, 이영생 장로, 이기홍 변호사 등 여남은 명이 모여 있었다. 세 사람이 합류하자, 김성용 신부가 일어서서 그동안 광주에서 일어났던 공수부대의 만행을 자신이 목격한 것과 신자들에게 전해들은 이야기를 하면서 분개했다. 또, 시민군이 공수부대를 도청에서 몰아냈으니 이제는 수습책이 중요할 것 같다며 조비오 신부가 도청에서 돌아오는 대로 참석한 분들의 의견을 구한다고 회의를 진행했다.

"도청에서 오가는 수습방안을 들으러 간 조비오 신부님이 곧 돌아올 겁니다. 그러니 조비오 신부님의 얘기를 듣고 여러분의 고견을 말씀해주시면 고맙겠습니다."

모두가 유신 때 반독재투쟁을 한 경력이 있는 민주화에 대한 열망이 강한 재야인사들이었다. 그런 면면 때문인지 김성용 신부는 예를 갖추어 격한 말투를 삼갔다. 부드러운 조비오 신부와 달리 김성용 신부는 격정적이었다. 누군가가 수습주체에 대해서 말했다.

"도청에서 수습방안을 논의허는 이 지역 유지들 중에는 시민 대표로 인정허기 어려운 분도 있다는디, 우리가 그 사람들과 함께 논의할 건지, 아니면 우리가 독자적으로 헐 건지, 이 문제부터 정해야 헐 거 같습니다."

시민 대표라고 행세하는 정치인과 종교인을 경계한 말이었다. 시민 군이 도청을 장악하자 무임승차하듯 재빨리 들어와 뭔가를 해보려는 정치인이나 언행이 불분명한 목사가 있었던 것이다. 물론 학생이라고 예외는 아니었다. 입을 다물고 있던 명노근 교수가 한마디 했다.

"유지들이 자기들끼리 수습위원회 같은 조직을 만든다고 해도 시민 군이나 학생들에게 영향력이 없을 겁니다. 그러니 재야운동권에 있는 우리들이 주도적으로 수습을 해야 합니다."

명노근의 제안에 아무도 이의를 제기하지 않았다. 그러나 송기숙은 난감해했다. 반대 의견을 말하지는 않았지만 명노근의 제안을 단견이 라고 판단했다. 주체가 된다는 것은 수습에 성공하든 실패하든 모든 책임에서 자유로울 수 없기 때문이었다. 송기숙은 연행이 두려워 피 신했던 사람으로서 자신에게 사태를 수습할 자격이 있기나 한 것인지 혼란스러웠다.

이윽고 조비오 신부가 도청에서 돌아왔다. 모두가 조비오 신부를 주 시했다. 그러자 조비오 신부는 부담감을 느낀 듯 인사말을 생략한 채 도청에서 논의되고 있는 수습조건을 말했다.

"정시채 부지사와 이종기 변호사. 최한영 독립투사, 윤영규 YMCA 이사, 장휴동 사장 등이 모여서 수습을 논의허고 있지만 결론에 이르 지는 못허고 있습니다. 자칭 시민 대표와 시민들 간에 고성이 오갔습 니다. 그래도 질서는 차츰 잡혀가고 있습니다."

조비오 신부가 전하는 수습조건은 21일 오전에 전옥주 등의 시위 대표들이 도지사에게 요구했던 것과 흡사했다. 홍남순 변호사가 말 했다.

"수습조건을 논의한다면 방관할 문제가 아닙니다. 우리도 가서 논의에 가담합시다."

"제가 도지사에게 전화하겠습니다."

조아라 장로가 도지사에게 바로 전화를 했다. 그러나 도지사는 부재중이었다. 할 수 없이 정시채 부지사와 통화한 뒤 김성용 신부만 남고 모두가 도청으로 갔다. 송기숙은 창평에서 잣고개를 넘는 30리 길을 걸어왔던 탓인지 몹시 피곤했다. 명노근도 몸이 납덩이처럼 무거워 다리가 후들거렸다. 어디로 가서 조금이라도 앉아 쉬고 싶었다. 도청으로 가고는 있지만 자칭 시민 대표 중에 일부는 마음에 들지 않았다. 재야인사들이 가자고 나선 바람에 등 떠밀려 가고 있는 셈이었다.

남동성당에 모였던 재야인사들은 도청 정문으로 들어갔다. 총을 든 시민군들이 정문에서 제지했지만 찾아온 용건을 말하자 한 청년이 1층 서무과로 안내해주었다. 그런데 재야인사들이 서무과로 들어갔을 때는 이미 사태수습을 위한 7개 조건이 결론 단계에 이르러 있었다. 시민들에게 7개 항 이상의 요구에 시달렸는지 수습회의를 주도한 이종기 변호사의 표정은 어두웠다. 부지사가 남동성당에서 온 재야인사들에게 와주어 고맙다는 인사를 한 뒤 결론 단계에 이른 수습조건을 설명했다.

1. 사태수습 전에는 군 투입을 하지 말 것.
2. 연행자 전원을 석방할 것.
3. 군의 과잉진압을 인정할 것.
4. 사후보복을 금지할 것.

5. 상호책임을 면제할 것.

6. 사망자에 대해 보상할 것.

7. 이상의 요구가 관철되면 무장을 해제할 것임.

부지사의 브리핑이 끝나자마자 조아라 장로가 단도직입적으로 말했다.

"이 사태를 어떻게 수습헐 것인지, 우리는 답변을 듣기 위해 여기 왔그만요."

"현실적으로 완벽한 대안은 없습니다. 일곱 개 조건 이외에 어쩌께 허는 것이 좋겠습니까? 좋은 방법이 있으면 말씀해주십시오."

시민들에게 호되게 당했던 부지사는 오히려 남동성당에서 온 재야인사들에게 물었다. 이에 조아라 장로가 순수한 마음에서 다소 앞서 나간 말을 했다.

"시민들에게 총이 있으믄 계엄군들이 또다시 광주 시내로 진입할 겁니다. 재진입 구실을 읎애기 위해 제가 최선을 다해 총기를 회수하도록 호소하겠습니다. 그런데 지금 몇 정의 총이 시민 수중에 있습니까?"

"이천오백여 정으로 추산합니다."

"제가 어머니들에게 호소해서 총기 회수에 앞장서겠으니 계엄군 재진입으로 인한 피해가 읎도록 각별허게 신경 써주세요."

"예, 알겠습니다. 대단히 고마운 말씀입니다."

그러나 일부 재야인사는 도리질을 했다. 무조건 총기를 회수한다면 시민군들이 반발할 게 뻔했다. 계엄사 측으로부터 최소한 1항에서 6항까지 약속받는 조건이 선행돼야 했다. 명노근은 그런 수습조건마저

성에 차지 않았다. 광주에서 왜 시위가 일어났는지에 대한 근본적인 고민 없이 성급하게 수습책에만 급급한 것 같아서였다. '계엄령 해제'나 '전두환 퇴진', '민주정부 수립' 같은 시민들의 요구가 전혀 반영되지 않은 수습조건이기 때문이었다. 그래도 홍남순 변호사는 아쉽지만 협상에 나서자고 말했다.

"첫술에 배부릅니까? 이제는 대표를 뽑아 이 칠 개 항을 가지고 계엄사 측과 접촉했으면 좋겠고, 계엄사와 접촉허는 일은 몬자 논의했던 분들이 맡았으면 헙니다."

명노근과 송기숙은 가만히 듣기만 했다. 재야인사들도 일부는 불만스러웠지만 또 다른 수습조건을 들고 나오지는 않았다. 박윤종 적십자사 전남지사장도 참석하여 회의는 제법 활기를 띠었다. 즉석에서 모인 사람들 모두가 참여하는 '광주사태수습시민대책위원회'를 구성했다. 위원장으로는 천주교 광주교구 윤공희 대주교를 뽑았다. 그러나 윤공희 대주교는 도청으로 잠시 나왔다가 조비오 신부에게 모든 임무를 위임하고는 교구청으로 돌아가버렸다. 정시채 부지사가 난처한 얼굴로 말했다.

"위원장 없는 위원회가 으디 있었습니까? 원로이신 최 선생님께서 위원장을 맡으시지요."

"나 같은 늙은이가 무신 일을 하겠소? 실지로 일헐 수 있는 분을 뽑으시오."

결국 위원장은 이종기 변호사, 총무는 장휴동이 맡았다. 그리고 위원장이 계엄사 측과 협상할 대표를 뽑아 오후 1시 30분까지 상무대에 설치한 전남북계엄분소로 찾아가 소준열 분소장과 담판을 짓기로 했다. 장휴동 사장이 7개 항 수습책을 큰 소리로 읽은 뒤 이종기 변호사가 비장하게 말했다.

"상무대를 댕겨오겠습니다. 결과를 보고드리겠으니 이 자리서 다시 만납시다."

명노근과 송기숙은 협상 대표가 상무대로 떠나는 것을 보면서 부지사실을 나왔다. 조아라 장로 등은 부상자와 사망자를 살펴보겠다고 도청 뒤쪽에 있는 전남대병원으로 갔다. 명노근과 송기숙은 졸립고 피곤해서 곧 쓰러질 것만 같았다. 어제 서울역에서 전라선 기차를 탄 이후 한순간도 눈을 붙이지 못했던 것이다. 단 이틀이었지만 피신했다는 자책감으로 심신이 괴롭고 지쳐 있었다. 시위 현장에 있었던 제자와 지인 들을 볼 면목이 없었다. 그런 자괴감 때문에 집으로 돌아가지 못했다.

두 사람은 동료 교수가 사는 산수동 공무원아파트로 갔다. 협상 대표들이 계엄사 측을 만나고 오면 다시 도청으로 가기 위해서였다. 두 사람은 동료 교수에게 학내 사정을 들은 뒤 소파에 앉아 눈을 감았다. 송기숙은 곧 코를 골았다. 명노근도 짧지만 깊은 잠을 잤다. 악마에게 쫓기는 꿈 때문에 깨어났지만 몸은 한결 가벼웠다. 긴장과 피곤에 절어 컥컥거리던 목소리도 자연스럽게 사라졌다. 송기숙은 기지개를 켜면서 손목시계를 보았다.

"아따, 꿀잠을 한 시간이나 자부렀네."

"나팔을 불데끼 코를 골드라고. 인자 슬슬 도청으로 가봐야겠소."

두 사람은 시민수습위원회 위원들과 다시 만나기로 한 도청으로 나갔다. 산수동오거리를 지나 동명동으로 난 길을 걸었다. 협상 대표들이 계엄사 측과 합의가 잘되었다면 늦을 수도 있고, 결렬되었다면 벌써 와 있을지도 몰랐다.

도청 분수대 주변에는 시민 400여 명이 시신 50여 구를 모아놓고 궐기대회를 하는 중이었다. 시계탑을 보니 오후 4시 15분이었다. 송기숙을 아는 시민들이 도청에 시민군 본부가 없으니 걱정이라고 말했다. 지휘부를 빨리 만들어 수습을 지휘할 수 있어야 한다고 조언했다. 그때 정시채 부지사와 조아라 장로, 상무대로 갔던 협상 대표 최한영 선생, 장휴동 사장, 장세균 목사, 조비오 신부, 김창길, 박재일 목사 등이 도청 광장에 나타났다. 장휴동이 분수대로 올라갔다. 장휴동은 시민들이 흥분할까 봐 일부러 묵념 시간을 길게 끌었다. 그런 뒤 무겁게 입을 열었다.

"신부님 한 분이 만약 나에게 총이 있었다믄 저놈들을 쏘아 죽이고 싶었다는 심정을 고백할 만큼 처참한 상황에서 계엄군을 몰아낸 광주 시민의 위대한 정신에 찬사를 보냅니다."

장휴동이 말한 신부는 조비오였다. 시민들이 박수를 쳤다. 장휴동은 박수 소리가 멎기를 기다렸다가 계엄사 측과 합의한 7개 항을 읽어 내려갔다. 그런데 마지막 7항, 총기 회수가 전제조건이라는 말이 나오자 시민들이 크게 술렁였다. 한 시민군이 분수대 위로 뛰어올라 장휴동에게 총을 겨눴다.

"우리가 이런 식으로 하믄 결국 폭도밖에 되지 않습니다. 얼능 모든 무기를 계엄사에 반납허고 시내 치안질서는 경찰에게 넘겨주어야 헙니다."

분수대 아래의 시민과 학생들 사이에서 욕설이 튀어나왔다. 장휴동에게 손가락질을 했다.

"저 짜슥, 무소속으로 국회의원선거 나왔다가 떨어진 정치꾼 아니여? 사기 치지 말어!"

장휴동은 과거 경력이 드러나 시민들에게 더욱 불신을 샀다. 그때 한 학생이 분수대로 뛰어올라가 장휴동에게서 마이크를 빼앗았다. 조선대 3학년 김종배였다.

"광주시민들이 이렇게 많이 죽었는디 무조건 무기를 반납하란 말입니까! 시민들이 흘린 피는 생각허지 않습니까! 우리가 뭣을 잘못했습니까?"

시민들이 또다시 욕설을 퍼부었다.

"시민덜 피를 팔아 출세하려는 놈덜이그만! 니덜 필요 읎어. 다 꺼져부러!"

장휴동이 20여 분만에 분수대를 내려오자 시민들의 궐기대회는 싱겁게 끝나버렸다. 명노근과 송기숙은 부지사실로 가기 위해 도청 안으로 들어섰다. 그때, 전남대 학생 하나가 명노근을 붙잡고 말했다.

"무정부 상태 같그만요. 지금 상황에서 뭔가 가닥을 추려야 합니다. 선생님 같은 분이 나서서 학생들을 동원해 수습했으면 좋겠습니다. 남도예술회관 앞에 학생들을 동원해놓고 있으니 설득을 좀 시켜주십시오."

명노근은 학생의 말을 듣고 흔쾌하게 승낙했다.

임시학생수습위원회

남도예술회관 앞에는 대학생 100여 명이 모여 있었다. 30분 만에 30여 명이 불어난 셈이었다. 명노근과 송기숙이 나타나자 대학생들이 "교수님 만세!" 하고 박수를 쳤다. 명노근이 고무되어 한 학생이 가지고 있는 휴대용 확성기를 달라고 했다. 그러자 송기숙이 말렸다.

"자칫허믄 큰일 나요. 학생들 일은 학생들에게 맡깁시다. 우리가 앞장설 일은 아니요."

"송 교수, 좀 전에 학생허고 약속허지 않았소? 그래서 나선 것이오."

"어허. 우리가 나설 자리가 아닌디."

명노근은 학생들을 앞으로 가깝게 모이게 한 뒤 외쳤다.

"자, 학생들은 이리 가까이 오시오. 여러분! 학생들의 치열한 시위로 공수부대와 경찰병력을 광주에서 철수시킨 것은 대단히 성공적이었고 역사적인 일이었소. 이제는 어떻게 수습할 것인가를 깊이 생각해

보아야 할 때입니다. 여러 학생이 많은 문제 제기를 해왔습니다. 그러니 학생 제군들과 우리들이 힘을 합쳐서 수습하는 일에 최선을 다합시다. 내일 많은 교수들을 동원해서 도청으로 나오겠으니 제군들도 모두가 참여하여 수습에 나섭시다.”

송기숙은 명노근의 고집을 알기 때문에 만류하지 못했다. 그렇다고 어정쩡하게 서 있자니 자신의 모습이 우스웠다. 난감해진 송기숙은 그 자리를 떠났다. 노동청 쪽으로 발길을 돌렸다. 몇 걸음을 걸어가는 동안 자신이 회의하는 이유가 머릿속을 스쳤다.

지난 며칠 동안 격렬한 시위의 실질적인 주체가 아니었던 교수와 학생들이 지도부를 결성하는 게 과연 옳은 일일까 하는 양심적인 의문이 첫 번째로 들었다. 14일부터 16일까지 3일 동안의 학생 시위가 시민들의 가담을 촉발시키기는 했지만 학생 간부들은 19일 전까지 이미 광주를 거의 다 빠져나가버렸고, 실제로 총을 들고 싸운 사람들은 서민과 빈민층의 청년 및 보통 학생들이었던 것이다. 교수나 재야인사들도 마찬가지였다. 시위 군중 속에 뛰어들지 못하고 빙빙 돌면서 피신했다가 돌아온 것도 사실이었다.

‘총을 들고 싸운 사람들은 저잣거리 시민들이 아니었던가? 과거 민주화운동으로 얻은 어쭙잖은 명망을 업고 학생들을 모아 지도부를 결성한다고 하자, 그다음은 어떻게 할 것인가? 한 번 간여한 우리는 싫든 좋든 학생 지도부와 함께 가야 할 것이고, 죽음을 무릅쓰고 싸운 저잣거리 시민들은 뒷전으로 밀려날 것이 아닌가?’

송기숙은 계엄군과 싸운 시민들이 주체가 되어야 한다고 생각했다. 계엄군과 싸울 때 자발적인 지도자가 있었을 것이므로 그런 사람들이 나서서 지도부를 결성하는 것이 자연스러운 일이며 도덕적으로 당위성을 갖는 거라고 판단했다.

그런데 노동청 쪽으로 발길을 돌렸던 송기숙은 또 다른 회의가 들어 걸음을 떼지 못했다.

'친구를 사지에 두고 혼자 도망치다니 이게 뭔가? 서울서 내려가자고 강력히 주장했던 사람은 나 아니었던가. 그런데 나는 명 교수를 사지에다 몰아넣어놓고 혼자 내빼는 꼴이 아닌가. 만약 저러다가 명 교수가 크게 봉변이라도 당하게 된다면 나는 뭐가 될 것인가?'

송기숙은 노동청을 눈앞에 두고 심각한 고민에 빠졌다. 발길을 붙드는 명노근이 야속했다. 이때까지 그 순간만큼 명노근이 미웠던 적이 없었다. 그런데 그때, 고민을 덜어주는 묘수가 떠올랐다.

'기왕 저지른 일이니 명 교수허고 같이 학생들을 도청으로 데리고 들어가자. 학생수습위원회 결성까지만 간여허고 명 교수를 끌고 나와 버리자.'

송기숙은 다시 남도예술회관 앞으로 돌아갔다. 명노근이 100여 명의 학생 앞에서 소리치고 있었다.

"전남대, 조선대 학생들이 따로 모여 대표들을 다섯 명씩만 뽑아주세요. 전문대도 두 명을 뽑아주시고."

상무대를 다녀온 김창길도 학생들 앞으로 나와 외쳤다.

"이번 사태는 대학생이 책임을 져야 될 일이므로 우리들이 나서서 수습합시다."

학생 대표가 같은 대학생끼리 자체적으로 동의를 얻었다. 전문대 대표는 나서는 학생이 없었고 전대 대표는 김창길, 정해민 등 다섯 명, 조선대는 김종배, 양원식, 허규정 등 다섯 명이 뽑혔다. 명노근과 송기숙은 학생 10여 명을 데리고 도청으로 갔다. 어느새 도청 정문에는 시민군들이 전투경찰에게 빼앗은 방석모를 쓰고 살벌하게 경비를 서고 있었다. 한 학생이 시민군에게 말했다.

"아따, 칼만 안 들었제, 이순신 장군 같소야."

서울 광화문 광장에 선 이순신 장군 동상과 흡사하다는 농담이었다. 시민군이 씨익 웃고는 총을 번쩍 들어 보이며 호응했다. 공포탄이라도 쏠 기세였다. 두 교수가 오전에 시민수습위원회를 구성한 서무과로 들어가려는데 마침 정시채 부지사가 명노근을 보고는 의논할 것이 있다며 2층 부지사실로 데리고 올라갔다. 송기숙은 학생 대표들과 함께 서무과로 들어갔다. 서무과는 난장판이나 다름없었다. 수십 명이 우왕좌왕 몰려다녔다. 서무과 안쪽의 책상 앞에서는 시민군 몇 명이 계엄군 첩자라고 붙잡혀 온 사람을 수사한답시고 소리를 고래고래 지르고 있었다. 악다구니를 쓰는 것이 수사는 아닐 터였다. 서무과 밖에서는 이따금 총소리가 났다. 오발을 하거나 청년 시민군들이 재미 삼아 한 방씩 쏘았다. 중·고등학생 같은 어린 시민군들이 수류탄을 차고 다니는 모습을 보면 등골이 오싹했다. 수류탄 안전핀 고리를 호주머니에 걸고 있는데 그것이 빠지는 날에는 떼죽음을 당한 판이었다.

송기숙은 학생 대표에게 수류탄을 회수하라고 지시했다. 그러나 어린 시민군들은 누구의 말도 듣지 않고 제각각 행동했다. 학생 대표를 모아놓고 차분하게 지시하려고 하자 한 청년 시민군이 생각지 못한 일을 들먹이며 악을 썼다.

"시방 시체는 막 썩어가는디 으째서 관을 주지 않냔 말이요? 얼능 관을 주씨요!"

악을 쓰고 있는 시민군은 며칠간 잠을 자지 못했는지 눈이 벌갰다. 그러나 도청에는 아직 지도부나 장례위원회 같은 것이 없었다. 송기숙은 지도부를 구성한 뒤 가능한 한 빨리 도청을 떠나고 싶었다.

"자, 이제는 학생 대표들 위주로 수습위원회를 만들겠습니다."

"공수덜이 은제 쳐들어올지 모른께 기동타격대를 맨들어야제 뭔 수습위원회란 말이요?"

한 청년 시민군이 송기숙의 목에 카빈소총을 들이댔다.

"난 전남대 교순데 지도부가 있어야 더 잘 싸울 수 있지 않겄는가."

송기숙이 신분을 밝히자 슬그머니 카빈소총을 내리더니 아니꼬운 표정을 지으며 물러섰다. 송기숙은 간담이 서늘해져 진땀이 났다. 그러나 이번에는 재수생으로 보이는 시민군이 수류탄을 들고 대들었다.

"싸움이 끝난 것도 아닌디 수습위원회 같은 것을 몬자 맨들믄 수류탄을 터트려불라요."

송기숙은 화가 머리끝까지 치밀었다.

"그럼, 니는 으쩌겄다는 건가!"

"대학생, 저것덜이 뭔디 인자 와서 설친단 말입니까?"

송기숙은 뜨끔했다. 시위 주체가 어느 땐가는 문제 될 줄 알았는데 생각보다 빨리 불거졌던 것이다.

"그렇다믄 자네 의견을 말해보게."

"수습위원회가 아니라 전투본부를 맨들어야 헙니다."

재수생 시민군은 얼굴이 크고 우직했다. 씨름선수처럼 덩치가 큰 그를 설득하려면 타협해야겠다고 송기숙은 판단했다.

"전투본부든 수습위원회든 지도부를 맨들어야 허지. 요렇게 오합지 졸로 우왕좌왕허고 있다가 공수들이 다시 쳐들어와불믄 어쩔 텐가. 지 도부를 두고 수습허다가 우리 요구가 관철되지 않으면 그때는 항쟁해 야지. 그렇지 않아?"

그래도 재수생 시민군은 수류탄을 한 손에 든 채 자신의 주장을 굽 히지 않았다.

"치열허게 싸우지 않은 대학생덜이 전면에 나서는 것은 안 됩니다."

"자네 말도 일리는 있어. 근데 이곳은 누가 누군지 모르는 판이네. 누가 사람들 앞에 나서야겠는가? 총 들고 싸웠다고 아무나 앞장을 설 수는 없잖은가. 시민들 대부분이 신뢰허지 않을 것이네. 신뢰받지 못 하는 사람이라면 지도력을 발휘허지도 못해. 그래도 시민 모두가 믿을 수 있는 건 학생뿐이지 않겠나."

재수생 시민군은 송기숙 말에 반론을 펴지 못했다. 그렇다고 자신 의 주장을 접은 것은 아니었다. 송기숙의 논리에 반대를 못할 뿐이었 다. 그때 어깨에 붕대를 감은 30대 초반의 시민군이 송기숙에게 다가 와 막무가내로 대들었다. 대뜸 송기숙의 목에 총구를 겨누었다. 그의 입에서 술 냄새가 확 풍겼다.

"다 죽을 때까지 싸워야지라! 수습이 뭐요, 수습이?"

30대 시민군은 송기숙의 턱 밑에 총구를 대고 밀어 올리며 악을 썼 다. 송기숙이 목을 돌리자 총구도 따라왔다. 방아쇠를 당기면 당장 머 리통이 박살날 판이었다. 송기숙은 차가운 총구에 머리가 쳐들린 채 소리쳤다.

"야, 이 새끼야! 시민들이 지금까지 죽을 만큼 죽었어. 이제 더 이상 죽어서는 안 돼. 니 엄니 생각도 해야지, 이놈의 새끼야."

송기숙이 물러서지 않고 소리치자 어깨에 붕대를 감은 30대 시민군이 슬그머니 총구를 치웠다. 시민군들과 실랑이를 벌이는 동안 송기숙은 지도부를 만들어야겠다는 결심이 더 강해졌다. 지도부가 있어야만 수습이든 항쟁이든 역량을 한데 집중하고 희생을 줄일 수 있을 것이기 때문이었다.

송기숙은 덤벼드는 시민군들을 일일이 설득하고는 회의를 시작했다. 또 언제 학생과 교수를 적대시하는 시민군이 나타날지 몰랐으므로 회의를 빠르게 진행했다. 책상을 양쪽으로 길게 늘어놓고 전대생과 조대생을 앉도록 한 뒤, 정해민을 사회자로 세웠다. 처음부터 송기숙이 주도했다.

"누가 위원장을 했으면 좋겠는가?"

송기숙이 묻자 누군가가 전남대 3학년 김창길을 지목했다.

"김창길 씨는 낮에 학생 대표로 계엄사에도 댕겨오고 했으니 김창길 씨를 위원장으로 했으면 좋겠습니다."

"다른 의견 없는가?"

"없습니다."

전대생 대표들이 동의했다. 김창길이 바둑동아리인 오로회 서클룸에 가끔 들러서 바둑을 두었기 때문에 정해민과는 안면이 조금 있었다.

"그럼, 자네가 위원장 하게. 부위원장은 누가 좋지? 전대서 위원장이 나왔응께 조선대서 나왔으면 좋겠는디."

조선대생들이 체격이 큰 김종배를 부위원장으로 추천했다. 도청 분수대 궐기대회에서 장휴동의 마이크를 빼앗아 시민군의 입장에서

한마디 했는데, 그 인상도 강했기 때문이었다. 그러나 김종배가 거절
했다.

"아닙니다. 저는 장례담당반장을 하겠습니다. 저는 기독교 신자로
며칠간 각 병원을 돌아댕기며 장례 일을 도왔습니다."

"그렇다면 부위원장에다 장례담당반장을 겸하게."

"이의 없습니다."

"또 무슨 부서가 필요허지?"

"총기회수반, 차량통제반, 홍보반, 의무반, 조사반도 있어야 합
니다."

총무는 정해민, 대변인은 양원식, 총기회수반장은 허규정, 고문은
명노근과 송기숙이 맡았다. 송기숙은 도청 안의 시민군들을 모이게 한
뒤 학생수습위원회의 결성을 알렸다. 다만, 도청 밖에 또 다른 학생지
도부가 있을지 모르므로 그들을 합류시키기 위해 '임시' 자를 붙였다.
시간은 어느새 자정을 넘기고 있었다. 그제야 부지사와 수습을 논의
하던 명노근이 서무과로 왔다. 송기숙은 피로가 한꺼번에 몰려와 비
틀거렸다.

"집에 가서 좀 자고 내일 아침에 오겠네. 차를 하나 내줄 수 없는가."

차량통제반장이 송기숙에게 밖에 차가 있다며 안내했다. 유리창이
다 깨진 고속버스가 도청 현관 앞에 대기하고 있었다. 차체에 쓴 '전두
환 찢어죽여라', '김대중 석방하라', '계엄령 해제하라' 등등의 구호가
자극적이었다. 버스 안에는 방석모를 쓴 시민군 20여 명이 어두운 불
빛 아래서 총을 들고 앉아 있었다. 명노근과 송기숙을 호위하겠다는
시민군 같았으나 두 사람은 왠지 망설여졌다. 시민군들이 낯설었다.

송기숙이 차량통제반장에게 말했다.

"차가 너무 크잖은가."

"그렇습니까? 지프차로 바꾸어 모셔다드리겠습니다."

차량통제반장이 바로 지프차를 불러왔다. 그때 손에 수류탄을 들고 대들었던 씨름선수 같던 시민군이 허둥지둥 달려와 말했다.

"교수님, 죄송합니다. 재수생 김원갑입니다."

"아닐세. 자네들과 옥신각신하다가 깨달은 바가 크네. 첨에는 내가 나설 자리가 아니라고 생각했거든."

"무례허게 굴었던 것을 다시 한 번 사과드리겠습니다."

"자네들 때문에 지도부가 반드시 필요허고 더 이상 희생자가 나와서는 안 되겠다는 생각을 굳혔으니 내가 자네들에게 고마워해야지."

운전석 양쪽에서 총을 든 두 사람이 한 손으로는 차체를 잡고 또 한 손으로는 카빈소총을 공중으로 받쳐 들고 호위했다. 송기숙은 무슨 사령관 예우를 받는 것 같아 쓴웃음이 나왔다. 집으로 가는 동안 기동순찰대라고 쓴 지프차가 다가와 공포를 쏘며 어두운 거리 저편으로 사라졌다. 자칭 기동타격대 시민군 승합차도 스쳐 지나갔다.

송기숙은 집에 도착한 뒤 옷을 벗고는 깜짝 놀랐다. 러닝셔츠가 땀에 흥건하게 젖어 있었다. 젊은 시민군들과 서너 시간 동안 실랑이를 벌일 때 흘렸던 식은땀이었다. 사람이 극도로 긴장을 하면 물에 빠졌다가 나온 사람처럼 이렇게 진땀을 흘리는가 싶었다.

기동타격대

도청 1층 서무과는 전투를 지휘하며 작전을 짜는 상황실이었다. 시민군 중에서 스스로 상황실장이 된 박남선은 권총을 차고 다니면서 지시를 했다. 그가 두각을 나타낸 것은 아세아자동차 공장에서 장갑차와 군용트럭을 빼 올 때부터였다. 광주공원에서는 시민군들에게 사격 자세와 방법을 훈련시키면서 자연스럽게 리더가 되었던 것이다. 도청을 드나드는 일부 시민군도 차츰 그의 지시를 받아서 움직였다. 간밤에 도청의 빈 사무실에서 잠을 잤던 박래풍과 김선문, 김용호도 그에게 가서 역할을 받았다. 김선문이 근사한 일을 하고 싶다는 듯 붙임성 있게 말했다.

"실장님, 지덜은 뭣을 할게라?"

"상황실 문을 지켜볼랑가? 공수놈덜 첩자가 들어올지 모른께 중요헌 일이여."

"예, 근디 교대는 시켜주쑈잉."

"고거야 아무라도 붙들고 사정허믄 되겄제. 헐 사람이 있을 틴께."

박래풍은 말하기가 귀찮아서 입을 다물었다. 어제 광주공원에서 그의 총을 박남선이 뺏으려고 했었으므로 사감이 좀 있었던 것이다. 덩치가 큰 김용호가 카빈소총을 메고 전투경찰이 버리고 간 방석모를 쓰자 기동대장처럼 제법 늠름하게 보였다.

"아따, 용호 니야말로 이순신 장군 같다야. 출세해부렀그만잉. 하하."

군대로 치자면 세 사람 모두 작전상황실 경비장교가 된 셈이었다. 병과도 최전방에서 전투를 하는 보병과 달리 일정한 자격이 돼야만 설 수 있는 경비장교였다. 식성이 좋은 김용호는 숙식이 해결되는 도청에 있다는 것이 무엇보다 흡족했다. 물론 다른 두 사람도 마찬가지였다. 시내에 집이 있는 학생들과 달리 며칠 동안 제때에 끼니를 거르기 일쑤였고, 주먹밥, 김밥, 빵 등을 가리지 않고 먹었더니 배 속이 더 부룩했던 것이다.

이관택도 나이가 엇비슷한 박남선을 찾아와 자신이 맡아야 할 일을 물었다.

"우리 일행은 여섯 명인디 뭣을 했으믄 쓰겄소?"

그도 도청에서 잠을 자고 일어나 머리가 부스스했다.

"아무 일이나 하고 잪은 거 허씨요."

"그라믄 우린 여그 도청서 아무 일이나 허다가 답답허믄 외곽이나 한번 획 돌아불라요."

"전투가 벌어지믄 몰라도 자발적으로 허씨요."

일행은 시위 차량을 타고 다니다가 의리와 정이 생긴 사이였다. 이

80

관택이 나이가 가장 많았고 대부분 19세 안팎이었는데 직업은 호텔 종업원, 식당 종업원, 운전수 등이었다. 어린 청년들은 이관택이 하자는 대로 따랐다.

"시방 시민들이 시체를 확인헐라고 몰려들고 있는디 줄을 세워야겄네. 요런 시국에도 새치기허는 사람덜이 꼭 있당께."

"형님, 오늘 헐 일은 고거그만요."

"그러자고. 기분전환 헐라믄 변두리를 돌면서 순찰허믄 되고."

도청 민원실 우측에 20여 구쯤의 시신이 있었고, 상무관에는 50여 짝 이상의 관이 놓여 있었다. 민원실 앞에서 연고자에게 시신이 확인되면 곧 상무관으로 옮겨졌다. 시민군이나 시민들 중에서 벌써 여러 명이 자원해 민원실 앞과 상무관에서 장례 일을 보고 있었다. 아직 관에 들어가지 못한 시신의 모습은 참혹했다. 얼굴이 알아볼 수 없을 만큼 뭉개졌거나 머릿골이 빠져나와 있었다. 피범벅이 된 채 눈을 뜨고 죽은 시신도 여럿이었다. 시신을 확인하는 시민이 대부분이었으나 간혹 구경거리로 나온 사람도 있었다. 이관택이 상무관 현관에 들어섰을 때였다. 이관택은 화장을 짙게 한 아가씨가 킥킥 웃는 것을 보고는 화가 치밀었다.

"여어, 아가씨! 여그가 시방 웃을 자리요? 이런 상황에서 시방 웃음이 나오요?"

"미안허요만 웃음이 나온께 웃지라."

아가씨가 어린 시민군을 가리키며 손으로 입을 가렸다. 중학생으로 보이는 시민군이 카빈소총을 작대기처럼 어깨에 걸치고 있었다. 향을 든 아가씨가 웃던 아가씨를 잡아끌었다.

"독사눈으로 쳐다보지 마쑈잉. 여그 조문 왔웅께. 에럽게 향까정 구했그만이라."

"거참, 안에서 울고불고 난린디 웃으믄 쓰겄소? 조심허씨요."

이관택은 찜찜한 기분을 털어버리기 위해 일행을 불렀다. 계림동을 한 바퀴 돌고 올 속셈이었다. 일행 중에 운전할 줄 아는 청년이 지프차를 몰고 왔다. 일행은 계림동오거리까지 거침없이 달렸다. 그곳에서 휴식할 겸 담배 피우는 시간을 가졌다. 시민들이 지프차 옆으로 스스럼없이 다가왔다. 이관택이 담배를 피워 무는 순간 한 학생이 말했다.

"어? 아저씨, 텔레비에 나왔어요."

"언제야, 난 텔레비 본 적이 읎다. 안 본 지 열흘은 된 거 같다."

"아저씨 맞어요."

학생이 지프차 타고 돌아다니는 이관택을 텔레비전에서 보았다고 우겼다. 방송중계차 카메라가 몰래 이관택을 폭도라고 촬영한 모양이었다. 순간 이관택은 작은 소리로 중얼거렸다.

'인자 잽히믄 죽을랑갑네.'

그래도 며칠간 의기투합해온 일행을 보니 용기가 났다. 일행 중 순박하게 생긴 재수생이 하얀 이를 드러내며 웃었다. 이관택은 겁을 냈던 것을 부끄러워하며 새롭게 각오를 다졌다.

'은제 죽어도 죽을 것, 죽기 아니믄 살기로 해보는 거지 뭐. 낼도 상무관에서 보내야지.'

광주공원까지 순찰하고 돌아온 박남선은 상황실 문과 도청 정문을 지키는 경비조장을 불러 주의를 주었다.

"계엄군이 광주 외곽을 차단허고 있소. 놈들이 첩자나 보안대 요원을 보낼지 모른께 잘 지키쑈. 머릴 짧게 깎은 놈덜은 일단 차단허씨요."

어느새 박남선은 시민군에게 명령하고, 엉뚱한 행동을 하는 시민군에게 야단칠 만큼 힘이 붙어 있었다. 박남선은 몇몇 시민군을 시켜 차령통행증과 지정주유소에서 기름을 보급받을 수 있도록 유류보급증, 상황실을 드나들 수 있는 출입증 등을 노트에 그들의 인적 사항을 적게 한 뒤 발급했다.

도청 서무과 과장의 큰 의자에 앉아서 낯이 익은 시민군을 불러 도청 내에 있는 모든 무전기와 워키토키를 가져오게도 했다. 어젯밤 광주천변에서 매복하는 동안 무전기 덕분에 계엄군의 이동을 짐작할 수 있었던 것이다. 몇 대의 무전기는 이미 기동타격대 지프차에 나가 있었다.

한편, 김현채는 아침 일찍 도청으로 들어와 빈 트럭에서 잠을 잤다. 토막잠을 자면서 짧은 꿈을 꾸었다. 아침에 도청 앞에서 실제로 보았던, 시민들이 빗자루를 들고 나와 청소하는 모습의 꿈이었다. 공수부대가 물러갔으니 청소하는가 싶었고, 그 모습을 보니 마음이 왠지 편안해졌다. 토막잠을 자다가 꾼 꿈은 머릿속을 개운하게 했다. 그런데 갑자기 트럭 주변이 시끄러워 잠이 확 깼다. 동신고 건너편 산에서 전투가 벌어지고 있다며 총을 든 사람은 모두 타라고 누군가가 소리쳤다. 오전 10시쯤이었다. 상황실장 박남선이 지프차에 서서 지시를 했다.

시민군 20여 명을 태운 군용트럭은 경적을 울리며 달렸다. 군용트럭은 동신고를 지나 벽돌공장 옆에 멈췄다. 시민군들은 바로 야산으로 올라갔다. 건너편 산에 큰 철탑이 있는데 그 밑에 공수부대원들의 철모가 번뜩번뜩 보였다. 공수부대원들이 먼저 야산 쪽으로 사격을 했다. 그러고 보니 변두리 산자락에는 공수부대원들이 매복해 있었다. 조장이 소리쳤다.

"카빈은 가만있고 엠원만 쏴부러!"

총격전이 벌어지는 동안에 시민증원군 2진과 3진이 합류했다. 그런데 3진은 공수부대원들의 저지선인 무등도서관 앞 큰 도로를 넘어 버리고 말았다. 집중사격을 받고 시민군 한 명이 부상을 당해 병원으로 실려 갔다.

김현채는 증원군 중에 친구 박인수를 발견했다. 다른 시민군과 달리 박인수는 옷이 깨끗했는데 한눈에 알아볼 수 있었다. 김현채는 박인수를 보고 손나팔을 만들어 외쳤다.

"머리 숙여!"

"현채였구나."

"니는 으디서 오는디 옷이 깨깟허냐?"

"응, 송정리 집에서 오는 길이여."

김현채는 박인수의 총에 실탄을 여러 발 장전해주었다. 야산 보리밭을 타고 넘어가려는 참이었다. 그러나 보리밭 쪽에서 우두둑우두둑 자동소총 소리가 들렸다. 보리밭에도 공수부대원들이 매복해 있는 모양이었다. 한 시민군이 욕설을 뱉어냈다.

"개새끼덜! 보리밭에도 숨어 있네."

총격전은 더 이상 벌어지지 않았다. 대치한 상황에서 진전이 없자 조장이 돌아가자고 말했다. 공수부대원들이 매복해 있는 이유는 분명했다. 교도소를 지키기 위해 전방으로 나와 있었다. 도청으로 가는 중에 김현채와 박인수, 그리고 몇 명의 시민군이 광주고 앞에서 내렸다. 길바닥에 한 청년이 총을 맞고 쓰러져 있었기 때문이었다. 곧바로 청년에게 접근할 수는 없었다. 부근의 상황을 살펴봐야 했다. 김현채와 박인수는 광주고 건너편의 가정집 옥상으로 올라갔다. 순간, 광주고 뒤쪽 야산에서 총소리가 났다. 총알이 옥상 옆의 처마 기왓장을 깨면서 스쳤다. 두 사람은 얼떨결에 바로 엎드렸다. 그때 앰뷸런스가 사이렌을 울리며 나타나더니 길바닥에 쓰러진 청년을 싣고 갔다. 김현채가 안도의 한숨을 쉬었다.

"아이고메, 나도 저 차에 실려 갈 뻔했네."

두 사람은 시민군들과 함께 주변을 수색하다가 별 소득 없이 도청으로 돌아왔다. 도청 안에는 지프차 한 대, 군용트럭 네 대, 유리창이 모두 깨진 버스 두 대가 방금 김현채 일행이 갔던 곳으로 투입되기 위해 대기하고 있었다. 박남선이 여전히 지프차에서 시민군을 지휘하고 있는 중이었다. 트럭은 운전석 앞을 철판으로 막고 틈을 내서 총을 거치하였으며, 짐칸 차체에 헌 타이어를 주렁주렁 매달아놓아 우스꽝스럽기도 했다. 그러느라고 출동이 늦어진 듯했다. 김현채가 다가가 동신고 부근 상황을 알려주려고 했지만 듣지 않았다. 모두 마치 큰 전투를 치르러 가는 전사들처럼 비장한 표정을 짓고 있었다. 박남선이 탄 지프차가 선두에서 미친 듯이 달려 나가자 대기하던 트럭과 버스가 붕붕거리며 뒤따랐다.

시민군 차량은 동신고를 지나 문화동 검문소 부근까지 달렸다. 좀 전의 총격전 흔적이 역력했다. 인도와 차도 경계에 몇 구의 시체가 널브러졌는데, 가로수까지 피로 얼룩져 총격전이 제법 격렬했음을 알 수 있었다. 박남선의 지프차가 교도소 쪽으로 접근하자 야산과 주유소 뒤에서 공수부대원들이 일제히 사격을 했다. 총알이 도로에 빗발치듯 쏟아졌다. 박남선이 권총을 뽑아 공포탄을 쏘면서 소리쳤다.

"교도소 우측 야산과 주유소 뒤쪽이야. 사격해!"

시민군의 응사도 만만찮았다. 그러자 공수부대원들의 사격이 뚝 끊어졌다. 정말로 교도소를 공격할 의도가 있는 것인지 시민군의 반응을 떠보는 듯했다. 총격전이 끝난 줄 알고 한 무리의 시민이 다가와 말했다.

"트럭을 빌려 담양 방면으로 나갈라고 고속도로로 진입허는디 갑자기 총질을 합디다."

"교도소를 습격허는 줄 알고 사격했겠지라."

"무신 경고나 주의도 읎이 막 사격을 해불드그만요."

"그래요?"

박남선은 계엄군이 교도소를 방어한다는 명분으로 담양, 곡성, 순천 가는 길을 막는다는 것은 있을 수 없는 일이라고 생각했다. 시민군에게 다시 사격을 지시했다. 그러나 화력과 전력이 월등한 공수부대원들에게는 역부족이었다. 공수부대원들은 단 몇 미터의 길도 양보하지 않았다. 그뿐만 아니라 총격전을 끌수록 시민군의 부상자만 더 발생했다. 할 수 없이 박남선은 그곳에 쓰러진 부상자를 남겨둔 채 시민군을 후퇴시켰다. 더 이상 사상자를 내지 않기 위해서였다. 도청으로 돌아온 박남선은 도청 안팎의 시민군을 모아놓고 재편성했다.

마음에 맞는 시민군끼리 대여섯 명씩 1조에서 5조까지 기동타격대를 편성했다. 뒤늦게 온 10여 명 중에서도 6조를 짰다. 박인수와 김현채는 6조가 되었다. 용접공 김여수와 눈매가 매서워 사무라이로 불리던 시민군과 그냥 일성이라고만 이름을 밝혔던 시민군도 6조로 들어왔다. 민원실 앞에서 장례 일을 보던 김동수는 방석모를 쓰고 도청 정문 경비조장으로 갔다. 변두리에서 군용트럭이나 24인승 승합차를 타고 특수기동대 역할을 하는 시민군들은 박남선의 통제 밖에 있었다.

잠시 후, 기동타격대 6조는 지원동 버스 종점 부근의 산에서 총성이 울렸다는 신고를 받고는 바로 출동했다. 1조부터 5조는 벌써 시 외곽으로 나가버리고 없는 상태였다. 그러나 기동타격대 6조가 지원동 버스 종점에 도착하자 상황은 이미 끝나버린 듯 조용했다. 지원동 지역방어 시민군들이 다리 밑에서 어슬렁거리다가 '이상 무'라는 수신호를 보냈다.

김현채는 아침부터 아무것도 먹지 못해 배가 몹시 고팠다. 근처 가게로 가서 먹을 것을 달라고 하자 어제 만든 것이라며 김밥을 내주었다. 김현채는 박인수와 함께 김밥을 받아들고 숭의실고 공작실 옥상으로 올라갔다. 공사를 중단해 골조들만 앙상한 건물이었다. 옥상에서 김밥을 먹고 있는데 갑자기 총알이 날아왔다. 총알은 김밥을 뚫고 지나갔다. 총알에 맞은 김밥이 잘려서 콘크리트 바닥에 떨어졌다. 김현채는 배가 너무 고팠으므로 바닥에 떨어진 김밥까지 주워 먹었다. 옆에 있던 박인수가 말했다.

"니는 하루에도 용꿈을 몇 번이나 꾸는 모냥이다."

"으째서?"

"총알이 니를 두 번씩이나 피해 간께 허는 말이여."

"맞어. 광주고 앞에서도 죽을 뻔했응께."

기동타격대 지프차에서 경적이 빵빵 울렸다. 두 사람에게 빨리 내려오라는 신호였다.

무기 회수

　도청 민원실은 장례 일을 돕는 시민군들의 숙소였다. 민원실과 상무관을 오가며 시신을 확인하던 시민군들이 여기저기 널브러져 자고 있었다. 박병규는 도청 민원실에서 잠을 자다가 새벽에 깼다. 형광등 불빛이 눈을 찔렀다. 민원실 형광등들은 모두 꺼져 있는데, 박병규 쪽의 것만 켜져 환했다. 박병규가 잠을 깬 것은 옆에서 불침번을 서던 시민군끼리 소곤소곤 말하는 소리가 들려왔기 때문이었다.

　"저 학생은 으째서 여그 있는지 모르겄네잉."

　"여그는 가방끈이 짧은 우리같은 놈덜이 있는 곳인디."

　"가방끈이 중헌가? 꼬라지가 우리덜허고 같그만. 거지도 상거지여."

　박병규는 '상거지'라는 말에 잠이 달아났다. 바로 눈을 뜨지 않고 그들이 하는 얘기를 더 들었다.

　"공수놈덜을 몰아낸께 인자사 행세깨나 허는 사람덜이 나타나고 있그마."

"교수, 신부, 목사덜 말이여?"

"어젯밤부터 서무과에 '나 누구요' 허고 댕기드란께. 난 눈꼴시러와서 이리 와부렀제."

"그래도 으쨌든 머릿속이 꽉 찬 사람덜이 나서서 협상은 해봐야 허는 거 아니여?"

"이십 일 오전, 빨간 잠바 청바지 여자가 도청에 들어가서 협상헌 거 못 봤어? 이용만 당헐 거그만. 순진헌 우리덜이 어처께 이길 거냔 말이여."

"그라믄 이 일을 계속허라고? 묵고사는 일은 누가 책임지고?"

"기왕 나서부렀는디 뒤로 돌아갈 수는 없지 머. 죽이 되든 밥이 되든 한번 해봐야제."

박병규는 날이 새기를 기다렸다가 슬그머니 일어나 몽둥이 하나를 챙겨 들고 도청을 나와버렸다. 서울 동국대에서 유학 중인 자신을 상거지라고 깔보는 소리에 자존심이 상했다. 박병규는 광주천 학운다리를 건넌 뒤 농성동 집을 향해 잰걸음으로 갔다. 새벽의 찬 공기가 콧속을 자극했다. 박병규는 비염환자처럼 재채기를 하면서 콧물을 닦았다. 대문을 열자마자 어머니 목소리가 득달같이 들렸다.

"병규냐?"

"예, 엄마."

자신의 몰골을 식구들에게 보여주고 싶지 않아서 몰래 들어가려고 새벽에 왔는데 어머니에게 들켜버렸다.

"잘 왔다, 작은놈아. 근디 니 꼬라지가 뭐냐! 으디서 오는 길이냐?"

어머니 김양애는 안도했지만 꾸중하듯 캐물었다.

"전대 앞서 싸우다가 도청에서 잤지라."

"광주로 제사 지내러 왔다가 못 간 아재덜이 계신께 얼능 니 몸땡이 몬자 씻거부러라."

"엄마, 밥이나 얼능 주쑈. 배고파 죽겠소."

고개를 절레절레 흔들고 있던 동생 박경순이 말했다.

"엄마가 오빠 몸 보신시켜준다고 닭 한 마리 푹 고아놓고 지달렸어요."

"경순아, 닭이 문제냐? 옆에서 사람이 죽어가는디 가만히 있을 수가 읎더라."

박병규는 어머니를 보고도 말했다.

"엄마, 자식이 죽는 것을 본 어떤 아저씨가 머리에 끈을 동여매더니 각목을 들고 공수에게 죽기 살기로 대들드라고요."

"금메마다, 광주로 니를 부른 내가 잘못이다. 군인허고 싸우라고 부른 것이 아니었는디."

박병규는 허둥지둥 아침 식사를 한 뒤 농사짓다가 시골에서 올라온 아저씨들을 피해 아침 일찍 이발소를 갔다. 그리고 동네 목욕탕도 들렀다. 어머니가 이발소와 목욕탕까지 따라와 감시하듯 박병규를 지켰다. 옷을 갈아입은 데다 목욕하고 이발한 박병규의 모습은 완전히 달랐다. 본래의 모습이 드러났다. 짙은 눈썹 밑의 작은 눈에는 고집이 어려 있었다. 어깨는 다부졌고 갸름한 턱은 부드러웠다. 박병규를 본 아저씨가 말했다.

"아따, 우리 조카 병규가 집안의 인물이 될랑갑다. 훤허다 훤해. 십구 일 제사 지내러 왔다가 난리 통에 요로코롬 시골집으로 못 가고 있다. 그나저나 오늘은 반다시 목심을 걸고라도 가야겄다. 부삭에 있는 부지깽이도 일손을 거든다는 바쁜 모내기철 아니냐?"

"병규야, 아재덜을 남평까정 바래다주고 올틴께 집에 있거라."

"걱정 마시고 댕겨오세요."

그러나 박병규는 어머니가 집을 나서자마자 여동생 박경순에게 말했다. 유난히 오빠를 따르는 살가운 여동생이었다. 박병규 손바닥에 들고 온 몽둥이의 가시가 박혀 있었는데, 바늘로 꼼꼼하게 빼준 여동생이었던 것이다. 박병규는 여동생에게 부탁했다.

"경순아, 엄마 오시면 도청에 공수가 나가버렸은께 걱정허지 마시라고 해라. 그냥 구경 나갔다고 말씀드려라."

"응, 오빠."

박병규는 집을 나서면서 멈칫했다. 뒤돌아보니 여동생이 집 밖에 나와 있는 모습이 보였다. 손바닥에 박힌 나무 가시를 빼주던 여동생의 사랑스런 눈빛이 문득 가슴에 사무쳤다. 초라하지만 정든 집도 눈에 밟혔다. 다시는 보지 못할 것 같은 아득한 생각이 머릿속을 스쳤다. 박병규는 하나밖에 없는 사랑스런 여동생에게, 사춘기를 무탈하게 보냈던 정든 집을 향해 "안녕!" 하고 손을 흔들었다. 자신도 모르게 눈물 두어 방울이 흘렀다.

카빈소총과 수류탄을 들고 다니던 황금선은 학운동 배고픈다리에서 보초를 서고 있는 시민군에게 소지했던 무기를 다 줘버렸다. 여분으로 호주머니에 넣어두었던 탄창까지 건네주었다. 보초야말로 무기가 자신보다 더 필요할 것 같아서였다. 황금선은 시민군들이 탄 지프차에 올라 도청으로 나갔다. 도청 안으로 들어갈까 말까 망설였다. 이윽고 1층 서무과로 들어가니 양복을 말끔하게 입은 사람들이 무기를 회수해야만 사태가 수습될 거라는 얘기들을 하고 있었다. 또 체격이 단단하여 청년처럼 보이기도 하고, 얼굴이 앳되어 재수생 같기도 한 청년이 방송을 하고 있었다. 시민군들에게 시내로 나가 무기 회수를 하라는 방송이었다.

이미 소총과 수류탄을 시민군 보초에게 주어버린 황금선은 무기 회수하는 일을 돕자는 생각이 들어 도청 밖으로 나왔다. 마침 가톨릭센터 앞에 경찰 페퍼포그차 한 대가 있었다. 황금선은 차에 타고 있는 사람에게 말했다.

"도청에서 나왔소. 방송을 하고 짚은디 쪼깐 태와주씨요."

"무슨 방송을 할라고요?"

"무기 회수허는디 협조허자는 것과 질서유지허자는 내용이요."

황금선은 별 의심 없이 페퍼포그차를 탔다. 그런데 분위기가 살벌하고 무거웠다. 차에 탄 사람들 간에 위계질서가 있었다. 경찰이나 계엄군이 정찰하기 위해 변복을 하고 돌아다니는 것은 아닌지 의심이 들었다. 방송하는 중에도 그들의 눈길이 느껴져 뒷머리가 근질근질했다. 다행히 금남로와 충장로, 전대병원까지 한 바퀴를 돈 뒤 학동삼거리에 이르자 그들이 황금선에게 하차하라고 요구했다. 황금선은 재빨리 차에서 내려 도청 쪽으로 걸었다.

전대병원 앞에 이르렀을 때쯤이었다. 옆집에 사는 친구가 고물이 다 된 트럭을 타고 가다가 경적을 울렸다. 친구가 말했다.

"뭔 일이냐?"

"방송할라고 헌디 차가 읎어서 이런다."

"그래, 내 차 타."

황금선은 친구의 트럭을 타고 무기를 반납하자고 육성으로 외쳤다. 그러나 계속 고함을 치고 다닐 수는 없었다. 할 수 없이 황금선은 친구에게 대인동 전파사로 가자고 요구했다. 전파사에는 여러 사람이 스피커를 구하려고 줄을 서 있었다. 황금선은 호주머니에 있는 돈을 다 털어 보증금으로 맡기고 스피커를 트럭에 실었다. 그런 뒤 금남로와 충장로를 왔다 갔다 하면서 방송을 했다. 그러나 방송과 상관없이 실제로는 도청 정문에 많은 시민군이 총을 반납하고 있었다. 총을 들고 있는 것이 무섭기도 하고 계엄군이 시내에서 물러가버렸기 때문이었다.

도청 정문에서 김동수와 염동유 등 대여섯 명이 반납받은 카빈과 M1소총만 해도 400여 정은 되었다. 개인이 직접 들고 오기도 했고, 자칭 총기회수반이 가져오기도 했다. 무기를 받으면 먼저 실탄이 들어 있는지 확인부터 했다. 실탄이 장전돼 있으면 제거했다. 염동유는 정문 옆 바닥에 차곡차곡 쌓았다. 총을 넘겨주는 대로 계엄사 측이 단순 시위자부터 풀어주겠다고 약속했던 것이다.

시민군들이 가지고 있던 총은 전일빌딩 현관이나 광주공원에서도 받았다. 김정현이 무기 회수를 하라는 방송을 듣고도 오후 3시쯤 전일빌딩으로 간 것은 시청 부근에 사는 선배 때문이었다. 오전에 선배 집으로 갔는데 선배 아내가 이틀 동안 남편이 집에 들어오지 않는다고 하소연해서였다. 그 바람에 김정현은 선배 아내와 함께 도청, 상무관

등으로 선배의 흔적이 있는지 확인하러 다녔다. 연고자가 밝혀진 상무관의 관들은 대형 태극기가 놓여 있었다. 그런데 놀랍게도 상무관 벽 사망자 명단에 선배의 이름이 보였다. 김정현은 있을 수 없는 일이라고 생각했다. 여자관계가 복잡한 선배가 또 장난을 치고 있다는 직감이 들었다. 선배 아내는 사망자 명단을 본 순간 울음보를 터뜨렸다.

"정현 씨, 남편 시신이라도 찾아주세요."

김정현은 선배 아내를 위해서 전대병원과 적십자병원은 물론이고 선배가 자주 다니던 여관을 몇 군데 돌아다녔다. 모두 허사였다. 선배는 어디에도 없었다. 김정현은 선배가 죽지 않고 어딘가에 살아 있기만을 빌면서 다녔다. 그렇다고 선배 아내를 위로한답시고 선배가 다른 여자와 도망쳤을지도 모른다고 말할 수는 없었다. 결국 김정현은 선배 아내를 집으로 보내고 난 뒤 전일빌딩으로 가서 무기를 반납했다.

전일빌딩에서는 학생으로 보이는 예닐곱 명이 무기를 회수하고 있었는데 지하 계단에는 카빈과 M1소총 및 권총 등이 200여 정, 수류탄과 실탄 탄창 등이 가득 쌓여 있었다. 중기관총인 LMG도 보였다. 한편, 며칠 동안 발군의 실력을 뽐냈던 위성삼은 양동 집에서 가까운 광주공원으로 가서 총과 실탄을 반납했다. 좀 전에 기동타격대차를 타고 가서 동신고 옆의 야산으로 올라가 교도소 쪽으로 총을 쏘아댔는데, 교도소가 멀어 전혀 타격을 주지 못해 실망스러웠던 것이다. 공수부대원들이 가진 M16에 비한다면 카빈소총의 위력은 형편없었다. 마치 어른과 아이만큼이나 차이가 났다.

말끔해진 박병규는 농성동 집에서 나온 뒤 사상자를 실어 나르는 트럭을 탔다. 변두리에서 총격전이 벌어지면 반드시 사상자가 서너 명씩 발생했던 것이다. 지원동에서 트럭에 부상자를 싣고 전대병원으로 가는데 자전거를 탄 사내가 힘껏 페달을 밟으며 쫓아왔다. 행색을 보아 시민군이 된 아들을 찾는 듯했다. 박병규가 18세쯤 되어 보이는 소년에게 물었다.

"저기 오는 분 아버지 아닌가?"

"맞소. 집에 가자고 헐틴께 모른 체허고 있지라."

나이는 어린 것 같은데 말투는 어른스러웠다. 총을 잡은 그의 손은 거칠었고 손가락에 흉터가 나 있었다. 직업과 이름을 물어보니 톱질하다가 다친 가구점 노동자 김종철이었다. 트럭이 멈추자 뒤따라오던 사내가 소리쳤다.

"종철아, 니 시방 뭣 허는 짓이냐?"

"부상자를 실어나르고 있그만요."

"얼능 집에 들어가자. 돌아댕기다가 죽으믄 으쩔라고 그러냐!"

"아부지, 지 걱정 말고 얼능 집에 가씨요. 저는 시방 부상자를 병원으로 옮기고 있그만요. 부상자를 나르는 일만 헌께 아무 걱정 안 하셔도 되라우."

사내는 아들이 부상자만 나르고 있다는 말에 안심이 되는지 멀어졌다. 박병규는 트럭이 전대병원 앞에서 멈추자, 트럭에 탄 사람들과 함께 부상자들을 병원 응급실로 옮기고는 도청으로 향했다.

도청 정문에서는 여전히 김동수가 총기를 회수하고 있었다. 박병규는 어제 장례 일을 함께했던 김동수를 도왔다. 김동수가 말했다.

"으디로 가버린 줄 알았어."

"선배님, 가긴 으디로 갔습니까? 집에 들어가 목욕허고 이발 좀 했그만요."

"시방 나도 몰골이 엉망인디 집에 가믄 못 나올 거 같은께 안 들어 가고 있그만."

"총기를 회수해서 으디로 보냅니까?"

"수습위원회 인사들 말로는 총을 계엄사로 보내 연행해 간 사람들 과 맞바꾼다고 하등마."

"연행자를 다 풀어준다는 말인가요?"

"아니, 재야인사나 민주인사, 학생 간부 등은 빼고 단순 시위자만."

"찜찜허요. 단순 시위자야 무슨 죄가 있었습니까? 그들을 풀어주 는 것은 당연하지라. 민주인사, 학생 간부 들을 석방해야 진짜지라."

"벨수 있간디. 이럴 때는 우리도 머리를 써야제."

김동수가 무슨 비밀을 알려줄 듯 박병규를 더 가까이 오게 한 뒤 말 했다.

"이종기 위원장님이 소총 백오십 정만 챙겨두라고 허시드라고."

"계엄사 놈들이 무기가 적다고 트집 잡지 않을까요?"

"아따, 또 회수해서 갖다 줄 것인께 연행자를 더 많이 석방해달라고 묘수를 짜야제."

"총을 찔끔찔끔 줌시로 밀당허자는 거그만요."

"우리가 가진 패는 그것뿐이여."

오후 5시쯤이었다. 도청으로 돌아온 황금선은 시민수습위원회 중 에서 이종기 위원장과 장휴동 총무만 또다시 계엄사로 간다고 하므로 김원갑을 데리고 호위하듯 따라나섰다. 상무대에 도착하자 날이 어둑어둑해졌다. 두 위원이 상무대 정문으로 다가가면서 손수건을 꺼내 흔들었다. 황금선과 김원갑은 두 위원이 무사히 영내로 들어가는 것을 본 뒤 공단 사거리 쪽으로 나왔다.

낙오한 공수부대원

　어제 화순 동면 파출소에서 소총과 수류탄을 구해 오는 등 맹활약을 펼쳤던 소년 시민군 안성옥은 광주공원으로 갔다. 어깨에 메고 있는 M1소총도 어제 자신이 탈취한 무기였다. 실탄은 잠바 호주머니에 가득했는데 빨리 쏘아보고 싶었다. 지나가는 트럭을 타고 광주공원에 도착했을 때는 이미 300여 명의 시민군이 4열로 앉아 있었다. 지역방위를 하는 시민군이 몇 명씩 있을 것이므로 증원군인 셈이었다. 소대 이름이 각각 정해져 있었는데, 지원동 소대, 화정동 소대, 또또 소대, 불도저 소대 등등 재미있었다.

　안성옥은 지원동 소대 쪽으로 가서 슬그머니 앉았다. 무등산 산자락에 공수부대원들이 잠복해 있다는 소문을 들었기 때문이었다. 나이 든 시민군들이 피하는 지원동 소대였다. 지원동 소대는 지원동다리를 본부로 삼아 배고픈다리까지가 방어구역이라고 공수부대 출신의 예비군 중사가 말했다. 그런데 차량이 마땅찮았다. 소대장이 말했다.

"광주천변 도로로 걸어갑시다. 안전헐 수도 있응께."

지원동 소대는 천변도로를 타고 광주천을 거슬러 올라갔다. 가는 도중에 안성옥 같은 소년 시민군을 위해 총기교육을 시켰다. 노리쇠 후퇴하기, 탄창 장전하기 등의 방법을 알려주었다. 또, 총구를 항상 아래로 향하게 하라는 것과 22일 밤의 암구호 멸공–통일도 외우게 했다.

나주에서 올라온 고교생 시민군 김기광은 트럭을 타고 지원동 쪽으로 가고 있었다. 안성옥은 트럭을 타고 가는 그들이 부러웠다.

그런데 김기광은 20여 명의 시민군과 함께 지원동다리를 30여 미터 앞두고 트럭에서 허둥지둥 내렸다. 지원동 왼쪽 산자락에서 총성이 한 방 울렸다. 더 이상 접근하지 말라는 공수부대원들의 공포탄이었다. 한 시민군이 소리쳤다.

"고개 숙여! 공원에서 오는 시민군을 다리에서 만나기로 했응께 거기까지 가믄 돼."

김기광은 허리를 잔뜩 구부린 채 지원동다리 쪽으로 달렸다. 다리 난간이 보일 무렵이었다. 산자락에 매복해 있던 공수부대원들이 일제히 사격을 했다. 시민군들도 전봇대 뒤에 붙거나 다리난간에 등을 대고 산자락을 향해 응사했다. 김기광은 교련 시간에 배운 서투른 솜씨로 마구 총을 쏘아댔다. 시민군들의 응사에 공수부대원들이 사격을 멈추었다. 자신들의 위치를 감추기 위해 다른 곳으로 이동하는 듯했다. 정신이 없었지만 다행이었다. 시민군들 중에서 다친 사람은 없었다.

그제야 광주공원에서 출발한 지원동 소대가 왔다. 김기광 쪽의 시민군은 그들에게 지원동다리를 내주고 다시 시내를 향해 떠났다. 안성옥의 소대장은 도착하자마자 30여 명의 소대원을 은폐하기 안성맞춤인 다리 밑 하천이나 경계하기 양호한 건물 옥상에 배치했다. 식사는 걱정하지 않아도 되었다. 흰 천에 붉은 페인트로 '식량보급'이라고 쓰고 쌀과 라면, 빵, 김치 등을 실은 트럭이 가끔 다녔다. 또, 동네 아주머니들이 주먹밥을 고무 통에 한가득 가져와 주기도 했다.

지원동과 인접한 학운동 소대는 배고픈다리에 본부를 두고 있었다. 무등산에서 내려올 때나 시내에서 무등산으로 올라갈 때 반드시 통과해야 하는 배고픈다리였다. 어제 초저녁부터 동네 청년 30여 명과 시민군 50여 명이 1조에 9명씩 9개의 조를 편성해서 지역방위를 빈틈없이 잘하고 있는 소대이기도 했다. 소대장 문장우가 총기 다루는 방법, 수류탄 투척술, 암구호를 숙지시켜 다른 어느 지역보다 사기가 충천한 소대였다. 문장우가 배고픈다리 본부로 온 동네 후배 허춘섭을 보고 물었다.

"무신 일이 있는가?"

"새복에 공수를 보고도 총을 쏘지 못했그만요."

"무서와서?"

"아니요."

문장우는 허춘섭이 보고하는 내용을 귀담아들었다. 허춘섭 조원들은 수정맨션 입구에서 매복하고 있었다. 그런데 새벽 3시쯤이었다. 수정맨션 옆에 있는 방앗간 2층집에 공수부대원 한 명이 나타났다. 공수부대원을 발견한 사람은 허춘섭이었다. 그는 너무 긴장한 나머지 총을 쏘지 못했다. 게다가 4조 김춘국 조원들이 수정맨션 돌담 밑에서 태봉산을 향해 야간경계를 서고 있는 중이었다. 총을 잘못 쏘면 4조 조원들이 맞을 수도 있었다. 허춘섭은 가만가만 방앗간 옆의 건물 옥상으로 올라갔다. 공수부대원을 더 가까운 곳에서 망보기 위해서였다. 공수부대원이 방앗간 2층 부엌으로 들어가 무엇을 찾는지 딸각딸각 소리가 들렸다. 그래도 방앗간 식구들은 깊이 잠들었는지 기척이 없었다. 이윽고 공수부대원이 방앗간을 나와 태봉산으로 올라갔다. 허춘섭은 총을 쏘지 못하고 바라보기만 했다.

"침착허게 잘했어. 우리끼리 총질헐 뻔했그만."

"근디 새복 네 시쯤에 페퍼포그차가 나타났지라. 그때는 우리 조원덜이 총을 쏴부렀지라."

그러나 페퍼포그차는 도청에서 순찰을 나온 기동타격대의 차였다. 서로 암구호를 대고서야 총격을 멈추었다.

"그밖에는 이상무지라."

어느새 조장들이 배고픈다리 본부로 와 소대장의 지시를 받기 위해 서성거렸다. 무등산 하늘에 희부연 날빛이 번지고 있었다. 가로수 나뭇잎들도 푸르게 깨어났다. 동네 아주머니들이 돈을 모아 30만 원을 가져왔다. 문장우는 돈을 본부에 남은 선배에게 맡겼다. 그런 뒤 허춘섭과 시민군 몇 명을 트럭에 태우고 증심사 입구까지 순찰을 돌았다. 아무런 이상이 없었다. 배고픈다리로 돌아오니 아주머니들이 김밥을 만들어서 머리에 이고 왔다. 모여 있던 조장들과 시민군들은 어제저녁부터 남은 김밥을 먹고 새 김밥은 노인당으로 보냈다.

주민들의 호응에 문장우는 뿌듯했다. 어떤 사람은 쌍안경을 가져왔고, 또 어느 중년은 사냥용 엽총을 건네기도 했으나 문장우는 돌려주었다. 아침 식사를 한 학운동 시민군들은 노인당 나무 밑에서 잠을 잤다. 그리고 조장들은 배고픈다리에 모여 작전회의를 시작했고, 야간경비를 맡은 일부 시민군은 집으로 들어갔다. 야간조인 허춘섭도 집에서 한숨 자려고 다리난간에 앉아 있다가 일어섰다. 뜬눈으로 밤을 새우다시피 했던 탓에 졸음이 밀려왔다. 집에 들어가 눕자마자 골아떨어질 것만 같았다.

그런데 허춘섭이 막 집으로 들어가려고 할 때였다. 산자락 밑에 사는 친구 김성구가 헐레벌떡 달려왔다.

"어이, 춘섭이 공수 한 명이 우리 집에 들어와부렀는디 으쨌으면 좋겄는가?"

"공수가?"

"배낭을 멘 젊은 놈이 상무대로 갈라믄 으디로 가냐고 물으면서 우리 집서 밥 묵고 잠까지 잤네."

"얼능 본부에 알려야쓰겄네. 배고픈다리로 가세."

허춘섭은 졸음이 확 달아났다. 김성구와 함께 배고픈다리로 돌아갔다. 마침 배고픈다리에는 4조 조장 김춘국이 시민군 몇 명을 데리고 있었다. 김성구가 김춘국에게 말했다.

"어젯밤에 군용배낭을 멘 놈이 우리 집에 들어왔네."

"낙오병이그만. 그람 틀림없이 여그를 지나갈 것이네. 시방 집을 덮치믄 사고가 날 수 있응께 여그서 지다리세. 쥐새끼도 몰리믄 고양이에게 덤빈다고 허잖은가."

김춘국의 말이 맞았다. 잠시 후 스포츠머리를 하고 허름한 바지에 고무신을 신은 젊은 사람이 나타났다. 김성구가 친구 허춘섭과 김춘국의 옆구리를 쿡쿡 찔렀다. 그러고 나서 그는 공수부대원과 얼굴을 마주치지 않으려고 등을 돌렸다. 공수부대원이 배고픈다리를 슬쩍 지나치려고 하자, 김춘국이 그에게 총을 들이대며 소리쳤다.

"너, 공수지!"

"아닙니다."

"다 알고 있어, 임마! 너 저 사람 봤어, 안 봤어."

공수부대원이 김성구를 보자마자 얼굴이 하얗게 질렸다.

"맞지? 공수."

"아닙니다. 군인인데 휴가 나왔습니다."

"여그 말투가 아닌디 사실대로 말해. 휴가증 내봐!"

"휴가증은 분실했습니다."

김춘섭이 총구로 공수부대원의 목을 찌르며 무섭게 다그쳤다.

"이 자식이 거짓말허네. 어젯밤에 저 사람 집에 들어갔잖아. 으째서 혼자 떨어졌어?"

그제야 공수부대원이 벌벌 떨면서 이실직고했다.

"어제저녁 우리 부대는 상무대로 철수하는 중이었습니다. 저는 며칠 동안 잠을 못 잤습니다. 대열 맨 뒤에서 행군하다가 도랑으로 빠졌는데도 그대로 잠들어버렸습니다. 깨어보니 부대는 온데간데없었습니다. 그래서 이분 집에 몰래 들어갔습니다. 목숨만 살려주십시오."

"배낭은 으디다 숨겼어?"

"이분 집에 그대로 두고 왔습니다."

학운동 시민군들은 공수부대원을 앞세우고 김성구 집으로 갔다. 시민군들이 공수부대원의 등을 쿡쿡 찔러대자 그가 부들부들 떨었다.

발을 헛디뎌 고무신이 벗겨지기도 했다. 그러자 한 시민군이 그의 벗겨진 고무신을 발로 멀리 차버렸다. 공수부대원에 대한 적개심이 끓어올라 있었다. 며칠 동안 그들이 저지른 만행과 폭력에 치를 떨었다.

"어어!"

배낭에서 나온 공수부대원의 물품을 보고는 모두 입을 벌렸다. 분해한 M16소총, 워커 한 켤레, 실탄 100발, 최루탄, 수류탄, 군복 한 벌, 치약과 칫솔, 구두약, 군용러닝셔츠, 팬티 등등이 공수부대원의 배낭에서 쏟아져 나왔다. 바로 분위기가 살벌해졌다.

"공수가 분명헌게 여그서 죽여붑시다!"

마당으로 끌어내 사살할 것 같은 분위기로 돌변했다. 그러나 한 시민군이 점잖게 말렸다.

"공수 한 명이믄 잡혀간 시민군 여러 명허고 바꿀 수 있응게 참아불세."

동네 선배 시민군이 말하자 공수부대원에게 겨냥했던 총구를 치웠다. 배고픈다리로 다시 돌아온 시민군들은 소대장 문장우에게 보고했다.

"이 새끼를 으쩨야쓰까라우? 죽여불라고 허다가 이놈허고 잡혀간 시민 몇 명허고 바꿀 수 있다고 해서 그냥 델꼬 왔그만요."

"잘했네. 죽이고 잪지만 써묵어야제."

공수부대원의 손발을 끈으로 묶고는 배고픈다리 밑에 두고 감시했다. 도청 기동타격대 지프차가 오면 넘기기 위해서였다. 점심 식사 때 한 번 풀어주고는 계속 묶어두었다. 살려달라고 비는 듯한 눈빛을 보니 측은하기도 했다.

기동타격대 지프차는 오후 4시쯤에야 배고픈다리까지 달려왔다. 문장우는 기동타격대 조장과 뭔가 수군수군 얘기하고 나서는 선선히 기동타격대원들에게 공수부대원을 넘겼다. 문장우도 기동타격대 지프차에 동승했다. 기동타격대원들이 공수부대원을 도청 상황실에 인계하는지 직접 눈으로 확인하기 위해서였다.

문장우는 도청 상황실장 박남선과는 구면이었다. 예비군 훈련 때 서로 소대장으로서 자주 만났던 것이다. 도청 분수대에서는 궐기대회가 열리고 있었다. 도청 안의 상황실은 어수선했다. 한쪽에서는 학생수습위원을 뽑는다고 하고, 또 다른 한쪽에서는 시민수습위원들끼리 상무대 계엄사에서 협상한 결과를 놓고 고성이 오갔다. 문장우가 박남선을 찾자, 상황부실장이라는 20대 후반의 양시영이 말했다.

"실장님은 삼층에 볼일을 보러 가셨그만요."

"저 사람들은 뭐요?"

문장우가 학생수습위원 행세를 하고 있는 학생들과 궐기대회 중에 들어온 시민수습위원들인 이종기, 조비오 신부, 장휴동 등을 가리키며 물었다. 장휴동은 잔뜩 흥분하여 얼굴이 붉으락푸르락했다.

"아는 사람이 읎소. 내가 믿을 수 있는 사람은 십팔 일부터 함께 싸운 동지딜뿐이오. 긍께 총을 든 우리끼리라도 잘헙시다."

"실장님은 저 사람덜 신경 안 씁니다. 시민군 지휘체계를 잡느라고 애쓸 뿐입니다."

그때 허리춤에 권총을 찬 박남선이 나타났다. 기동타격대원 조장이 박남선에게 귓속말을 하며 공수부대원을 넘겨주었다. 박남선이 문장우에게 말했다.

"소대장님, 이놈을 으디서 잡았소?"

"예, 무등산 가는 배고픈다리에서 체포했지라."

박남선은 공수부대원에게 수갑을 채운 뒤 무릎을 꿇렸다. 공수부대원이 잡혀 왔다는 소문이 돌자, 도청 안에 있던 시민군들이 너도나도 몰려와 소란을 피웠다.

"트럭 뒤에 매달고 댕기면서 돌로 쳐 죽여야 해!"

"분수대 앞으로 끌어내 공개적으로 총살시켜붑시다!"

공수부대원은 백지장처럼 하얗게 질려 부들부들 떨었다. 박남선은 그가 불쌍해 보여 흥분한 시민군들을 진정시켜야겠다고 생각했다. 허리춤에 찬 45구경 권총을 빼 들었다. 그러고는 왼손으로 노리쇠를 후퇴시킨 뒤 총구를 천정을 향해 들고 시민군들을 둘러보았다. 즉석에서 그를 처형할 듯했다. 갑자기 상황실이 조용해졌다.

그러나 박남선은 시민군들의 기대와 달리 말했다.

"서로 교전 중에는 상대를 죽일 수 있소. 그러나 포로로 잽힌 사람은 즉흥적으로 죽이지 않는 법이오. 우리가 분노를 이기지 못해 절차도 없이 죽인다믄 공수놈들과 뭐가 다르겠소. 긍께 이자의 처리는 내게 맽겨두고 모두 제자리로 돌아가주씨오."

흥분했던 시민군들이 박남선의 권총이 두려웠던지 하나둘 상황실을 빠져나갔다. 박남선은 경비반장 오동일에게 경찰우의와 통일화를 가져와 공수부대원에게 입히라고 한 뒤, 상황부실장 양시영에게는 수갑을 풀어주라고 말했다. 시민군들이 박남선을 의아한 눈으로 쳐다보았다. 그래도 박남선은 상황부실장에게 공수부대원을 적십자병원에 환자로 가장해 입원시키고 상황이 끝날 때까지 감시하라고 지시했다.

그를 그냥 내보낼 경우 흥분한 시민군들의 눈에 띄면 맞아죽을지 몰랐기 때문이었다. 이윽고 상황부실장이 상황실 시민군 두 명과 함께 공수부대원을 데리고 나갔다.

5월 23일

눈감지 못한 시신들

　도청에서 잠을 잔 시민군들은 여러 무리로 나뉘어 움직였다. 상황실에서 임무를 주기도 했지만 시민군들은 꼭 그렇게 따르지는 않았다. 기동순찰대를 따라다니다가 장례 일을 했고, 나이나 성격에 따라 같은 조원으로 나뉘어졌다. 도청 상황실 같은 사무실 안에서는 전략을 짜는 시민군들이 활동했고, 도청 밖에서는 기동순찰대나 기동타격대가 시가지를 누비고 다녔다.

　그런가 하면 이도 저도 아닌 시민군들은 민원실과 상무관을 오가며 시신을 인수하고 확인하는 장례 일을 보았다. 김동수, 박병규, 김대중, 염동유 등이 장례 일을 도맡았다. 21일부터 도청에 들어온 신의여고 3학년 박현숙은 구슬땀을 흘리며 궂은일 하는 오빠들을 도왔다. 화천기공사 공원이자 방통고생인 황호걸, 송원전문대 1학년 백대환 등도 마찬가지였다. 김현채나 오인수, 방위병 이재춘 등은 무기를 들고 도청 밖으로 나돌았다. 21일부터 도청에서 숙식을 해결해온 그들은 식당으로 이용하는 도청 2층에서 식사를 하는 동안에 점패를 보듯 하루 일과를 정했다. 김현채가 숟가락을 들다 말고 페인트공 오인수에게 말했다.

"형, 오늘은 뭔 일을 헐 거요?"

"어저께 상황실에서 약품 쪼깐 구해달라고 허든디 그 일을 계속해야제 뭐."

"나는 지프차나 타고 돌아댕겨야겠소. 공원만 빼고"

"공원은 으째서 안 갈라고?"

"아이고메, 큰일 날 뻔했소야."

어제 이른 아침이었다. 도청에서 잠을 잔 김현채는 아세아자동차 공장으로 갔다. 지프차 유리에 부착할 방탄용 철판을 구하기 위해서였다. 그런데 철판을 손쉽게 얻고 나서 아침 식사를 해결하기 위해 광주공원으로 갔을 때였다. 계엄군들이 철수하고 나자 공원도 예전 모습으로 돌아와 있었다. 공원 숲속에 노인들 모습이 보였다. 장기나 바둑을 두거나 낯선 노인들끼리 잡담을 하고 있었다. 김현채는 깜짝 놀랐다. 노인들 속에 아버지가 끼어 있는 것이었다. 김현채는 식당에서 슬그머니 등을 돌렸다가 식사 자리를 도망치듯 나와버렸다.

"공원에 우리 아부지가 계시드랑께요. 아부지는 내가 서울에 있는 줄만 알았지 광주에 내려왔을 것이라고는 꿈에도 생각허시지 못했겠지라. 그래도 맘이 아프드그만요."

"아부지를 만나지 그랬는가?"

"아부지는 나를 발견허지 못허고 다른 노인들허고 얘기를 허시드그만요. 인사라도 허고 잪었지만 아부지를 만나믄 맘이 약해질 거고, 또 집에 끌려갈 거 같아서 으짤 수 읎이 도망쳐부렀지라."

"그라믄 오늘은 상무관에 있어부러. 상무관 빈소도 헐 일이 많드 그만."

"변두리를 한 바쿠 돌고 와서 상무관으로 갈라요."

도청 옥상에 설치된 네 개의 대형 스피커에서는 도청청사와 상무관, 전남의대병원, 적십자병원, 기독병원 등에 안치되어 있는 시신을 확인하라는 안내방송이 계속 나오고 있었다. 시신은 확인된 시신과 미확인된 시신으로 나누어져 있었다. 또한 스피커는 시민군을 모집한다는 공지사항도 알리곤 했다.

YMCA 옆 진내과 돌담길 벽에 붙은 흰 종이에는 사망자 명단이 빼곡하게 적혀 있었다. 바람이 불자 흰 종이들이 흰 손수건처럼 펄럭였다. 사망자 명단 중엔 나이를 가장 많이 먹은 사람이 56세이었으며, 가장 어린 아이가 5세였다. 길 가던 시민들은 자신의 아버지와 자식이 죽은 것처럼 온몸을 부르르 떨었다.

김현채와 오인수는 식당에서 헤어졌다. 오인수는 자신이 몰고 다니는 지프차 운전석에 올라 시동을 걸었다. 조수석에는 어제처럼 상황실을 오가던 전남대 여학생이 탔다. 시신에 뿌리는 소독약, 시신의 잘린 팔다리를 감싸는 붕대, 시신을 만지는 시민군들의 장갑과 마스크, 그리고 시민군들의 구급약을 구하러 다니는 여학생이었다. 여학생은 부잣집 딸인 듯 개인병원이나 약국 등에서 의약품을 협조받기보다는 자기 돈으로 사서 상황실에 가져다주었다.

어제부터 양동시장이나 대인동시장 등 상가는 대부분 문을 열고 영업을 했다. 쌀가게에서는 시민들에게 쌀을 서너 되씩만 팔았다. 물론 사재기를 하는 시민도 드물었다. 그러나 개인병원이나 약국 등은 문을 연 곳이 드물었다. 지프차를 타고 한참을 달려야만 겨우 한두 군데 약국을 발견할 뿐이었다. 오인수가 여학생에게 말했다.

"돈도 있어 보이는디 으째서 이런 심든 일을 허요."

"오빠, 광주 사람이 시민군을 돕지 않으면 누가 돕겠습니까?"

"나는 이런 일은 가난헌 밑바닥 사람덜만 허는 줄 알았제."

여학생이 오인수를 빤히 쳐다보며 말했다.

"사람은 모두 귀한 목숨이에요. 귀한 목숨 앞에 부자가 으디 있고 가난한 사람이 으디 있습니까? 다 평등하지요."

오인수는 반박할 자신이 없어서 기어들어가는 소리로 말했다.

"똑같다는 말이요?"

"예."

"내가 시민수송을 하는 일도 광주시민의 귀한 목숨을 지키는 일이 그만요잉."

"맞습니다. 오빠는 소중한 일을 하고 있습니다."

오인수는 여대생과 함께 점심은 양동시장에서 리어카에 내놓은 주먹밥을 먹었다. 주먹밥을 먹고 있는 동안 시장상인들이 와서 아들들의 소식을 궁금해했다. 시장 어귀에서 술과 밥을 파는 서너 평짜리 국밥집 종철 어머니가 말했다.

"어저께 지 아부지가 트럭 타고 가는 것을 봤다는디 종철이 못 봤소?"

양동시장 김양애 부녀회장도 아들 소식을 물었다.

"내 아들 이름은 박병규인디 시방 으디 있소?"

오인수는 김종철은 몰랐고 박병규는 알았다. 20일쯤 자신이 운전하는 군용트럭 조수석에 박병규를 태워 금남로로 갔던 기억이 났다. 그러나 시민군들 이름을 다 알지는 못했다. 가명을 쓰거나 맡은 일이 달랐기 때문이었다. 오인수는 상황실에서 차량통행증을 받아 지프차를 몰고 다니면서 시민을 수송하거나 의약품 조달을 했던 것이다.

"박병규를 알고도 모른 체했그만요. 어머님 맘을 아프게 헐 거 같어서라."

양동시장을 벗어나서야 여대생도 말했다.

"박병규 씨는 민원실 앞에서 시신 확인 작업을 하는 것 같대요. 저도 김종철 씨는 모르겠고."

"박병규허고 학교 선후배 사인갑소잉."

"아니요."

오인수는 대학교 문턱을 밟아보지 못한 자신이 부끄러웠다. 대학은 커녕 중학교도 가보지 못한 자신은 초라한 밑바닥 인생인 것이었다. 여대생이 자신을 믿고 어제부터 "오빠"라고 불러주는 것만도 오인수에게는 횡재였고 고마웠다.

"운전을 잘하셔요. 운전수 출신인가 봐요."

"본시는 페인트공인디 쌍칠 년도에 광주자동차학원엘 메칠 댕긴 것이 전부지라. 거칠게 모는 편인디 여대생이 탔응께 다칠까 봐서 찬찬히 운전허고 있소."

"호호호. 전 머슴아맨치 털털해요. 걱정 마셔요."

전남대병원 앞에서 지프차를 멈추었다. 여대생이 병원에서 헌혈을 하고 싶어 했다. 오인수는 지프차에서 기다리기가 지루해서 자신도 병원 안으로 들어갔다. 20일에 군용트럭을 타고 시민들에게 도청으로 가자고 호소하던 고교생 최치수가 보였다.

"여그 뭔 일로 왔는가?"

"아이고, 형님. 시민들이 많이 죽었다는 소문을 듣고 한번 와봤그만요. 저 학생도 낯이 익은디 나같이 온 모양이네요."

최치수가 말하는 낯익은 학생은 원각사 불일학생회 신도이자 대동고 유석이었다. 그 역시 도청 가는 길에 들른 듯했다.

"어저께 밤에 뭔 일을 맡은 거 같던디?"

"예, 고등학생수습대책위원장을 맡으라고 허드그만요."

"아따, 트럭에서 시민덜헌티 도청으로 가자고 웅변허는 것을 본께 딱 위원장깜이드그만."

"오늘 궐기대회 때는 저보고도 한마디 허라고 연락받았는디 준비헐 거 있습니까? 생각나는 대로 해부러야지라."

병원은 영안실 안과 밖이 모두 붐볐다. 영안실에는 스포츠머리를 한 전경이나 계엄군의 시신이 있었고, 밖에는 일반 시민들의 시신이 놓여 있었다. 시민들은 심하게 부패한 시신 앞에서 울부짖었는데 특히 여자가 만삭의 몸으로 남편의 시신 앞에서 통곡하는 바람에 보는 이들의 가슴을 먹먹하게 했다. 시아버지인 듯한 노인이 여자 옆에서 하늘만 바라보고 눈물을 삼켰다.

오인수는 영안실에서 왼쪽으로 돌아갔다. 여대생은 거기에서 헌혈을 하고 있었다. 땅바닥에 매트리스 한 장을 깔아놓고 간호원들이 주사기로 시민들의 피를 정신없이 뽑아댔다. 줄을 선 시민들 중에는 남녀 고교생과 입술을 붉게 칠하고 머리를 노랗게 물들인 여성이 특히 많았다. 간호원들은 헌혈할 사람들의 인적 사항을 간단하게 물었다.

"학생 학교와 이름은?"

"대동고 김지호입니다."

"나이는?"

"열여덟 살입니다."

전대병원이나 도청은 한동네나 다름없었다. 오인수가 도청에 도착했을 때였다. 박래풍이 기동순찰대 지프차를 타고 남광주시장으로 나가 총상을 입은 시신을 한 구 싣고 들어왔다. 염동유와 박병규, 김동수는 여전히 몇 명의 시민군과 함께 눈감지 못한 시신을 지키고 있었다. 신분을 확인한 시신만 입관한 뒤 태극기로 덮어 상무관으로 옮겼다. 시신 30여 구가 또 병원에서 실려 와 민원실과 도청 본관 사이에 놓였다. 어제와 달리 냄새가 심하게 났다. 모두 가슴이나 목, 다리에 총을 맞은 남자 시신들이었다. 연고자가 나타나지 않은 시신은 염을 하지 않은 상태에서 얇은 베니어판으로 만든 관 속에 뉘였다. 연고자가 확인될 때까지는 뚜껑을 덮지 못했다. 따라서 시신이 부패하는 냄새가 점점 더 고약해졌다. 향을 피우고 마스크를 써도 소용이 없었다. 삼화다방 주방장 염동유는 비위가 약해 견디기 힘들어했다.

"워미, 미쳐불겠네."

소주를 마셨지만 시궁창 냄새가 콧속을 후볐다. 냄새를 이겨보려고 소주를 마실 때 누군가가 안주로 배를 가져왔지만 목구멍으로 넘어가지 않았다. 점심이나 간식도 입에 대지 못했다. 학생수습위원회 위원들이 점검을 나왔다가는 냄새를 견디지 못하고 자리를 피해버렸다. 염동유가 욕설을 내뱉었다.

"저 새끼덜은 뭣 허러 여그를 왔다리 갔다리 허는가?"

정문 경비조장으로 갔다가 경비반장 오동일과 마음에 맞지 않아 다시 자청 장례담당 조장으로 돌아와버린 김동수가 한마디 했다.

"우리가 이 일을 험시로 티는 내지 맙시다. 다 공덕을 쌓는 일인께 말이요."

"아따, 학생은 부처님 같은 소리만 허요잉."

박병규도 김동수를 거들었다.

"공덕을 쌓는 일인지는 모르겄소만 다들 꺼리는 여기서 봉사허는 분들이 누구보다도 순수헌 거 같습니다. 그라고 여그 왔다 간 김종배 부위원장의 역할도 분명 있을 것입니다."

박병규의 말은 사실이었다. 좀 전 4시쯤에 도청 회의실에서 구용상 광주시장 주재로 도청 국장 연석회의가 있었는데 김종배와 허규정이 학생 대표로 참석했던 것이다. 그 자리에서 김종배는 시신을 옮길 앰뷸런스를 대기시켜주고, 식량이 부족하니 하루에 쌀 세 가마니를 임시 식당에 지원해달라고 했으며, 부족한 관을 구입해달라고 건의했기 때문이었다. 또 사망자들의 장례식은 광주시민장으로 치를 수 있도록 지원을 해달라고 했는데 모두 시장의 약속을 받아냈던 것이다. 상무관 빈소를 지키던 젊은 딸기 농사꾼 김대중이 다가와 말했다.

"병규 씨, 오늘은 형 집에 가서 옷을 쪼깐 갈아입고 나올라요. 긍께 나가 안 보이더라도 찾지 마쑈잉. 하하하."

도청 밖에서는 어제 산만했던 궐기대회와 달리 오늘은 정해진 식순에 의해서 엄숙하게 치러지고 있었다. 대동고생 유석이나 김지호는

YWCA 양서조합 사무실에 있다가 궐기대회 현장인 도청 분수대로 나갔다. 백운동으로 외곽 경계를 나갔던 기동순찰대 박래풍과 김용호, 김선문도 도청으로 돌아와 궐기대회 중인 분수대 주변을 서성거렸다. 학생들이 홀라송을 선창하면서 분위기를 띄웠다.

우리들은 정의파다 홀라 홀라/ 같이 죽고 같이 산다 홀라 홀라/ 무릎 굽혀 사느니 서서 죽기를 원한다 홀라 홀라

식순에 의해 희생자에 대한 묵념, 애국가 제창 등이 이어졌다. 이어서 자칭 각계 대표들이 분수대 위로 올라가 분노를 쏟아냈다. 어제와 달리 무기를 먼저 회수한 뒤 계엄사와 협상하자는 말을 하는 연사는 아무도 없었다. 시민들이 용납하지 않았다. 최치수도 고등학생수습위원장 자격으로 분수대 위로 올라 소리쳤다.

"고등학생 여러분! 제가 이 자리에 올라온 것은 고등학생 여러분께 데모를 하자거나 누구를 쳐부수자고 선동하기 위해서가 아닙니다. 이런 일은 어른들께 맡겨두고 우리는 거리를 정리하는 등 고등학생들이 할 수 있는 일을 합시다. 제 말에 공감하시는 분들은 도청 민원실 앞에 모여주십시오."

궐기대회가 끝나자마자 도청 민원실 앞에는 최치수 말에 공감한 200여 명의 고등학생이 모였다. 최치수는 그들을 인솔하여 시가 행진을 하며 광주 시내를 한 바퀴 돈 다음 인원을 나누어서 일부는 식당에서 밥을 하는 여성들의 일손을 도와주게 했다. 또 나머지는 집집마다 돌아다니면서 시민군들이 먹을 쌀을 얻어 왔다. 그런데 김현채 같은

120

기동타격대 대원들 중에는 궐기대회를 못마땅하게 여기는 사람도 있었다. 총을 들고 싸워야지 입으로만 싸운다고 투덜거렸다. 그날 밤 최치수는 도청 숙직실에서 곤하게 잠을 잤다.

시민수습위원회

오전 9시쯤 도청 옆 보이스카우트 회의실에 전남대 교수 60여 명이 모였다. 새벽에 총장의 허락을 받은 송기숙과 명노근의 요구로 소집한 교수회의였다. 송기숙은 어젯밤에 임시학생수습위원회 결성 과정을 설명했다. 교수들은 이의 없이 추인해주었다. 그리고 명노근은 계엄사와 협상 진행 경위를 보고했다. 역시 교수들은 모든 일을 두 교수에게 위임한다는 결정을 내렸다.

교수회의는 10시에 끝났다. 송기숙과 김동원은 바로 임시학생수습위원회가 있는 도청 서무과로, 명노근은 도청 정문에서 정시채 부지사를 만나 시민수습위원회가 있는 부지사실로 갔다. 도청 서무과는 임시학생수습위원회 본부이자 시민군들의 상황실이었다. 임시학생수습위원회 고문인 송기숙에게 김창길이 다가와 보고했다.

"어저께 저녁까정 총기 천오백여 자루를 수거했습니다. 대부분 자진 반납했습니다."

"생각보다 많그만. 수거할 총이 삼천오백여 정이라고 하니 반쯤 되는 거 같네."

"공수부대가 시내에서 물러간 데다 앞으로 일이 잘 풀릴 거라고 생각하는 사람들이 내놓은 거 같습니다. 어떤 시민들은 강도맨치 총을 갖고 있는 것이 부담스러워 반납할 방법을 궁리허다가 도청으로 가지고 왔다고 합니다."

"총을 집에 두고 있기가 부담스라웠겄지."

"길거리에 버려진 총이나 수류탄도 있다고 합니다."

전남대나 조선대 학생회 간부들의 모습은 보이지 않았다. 그들이 나타나면 임시학생수습위원회를 보강해서 정식으로 발족하려고 했는데 예상이 빗나갔다. 서무과는 어수선하고 시끄러웠다. 자칭 상황실장이라는 박남선이 시민군들을 지시하는 소리에다 시민군들끼리 다투는 소리가 귀를 먹먹하게 했다. 송기숙이 김창길에게 말했다.

"여기는 소란스럽네. 어디 조용한 데가 읎는가?"

"몇 사람만 아는 곳이 있습니다. 탈취한 티엔티 상자들을 쌓아둔 지하실입니다."

"지금 가보세."

김창길이 송기숙과 김동원을 안내한 곳은 도청 별관 지하실이었다. 임시학생수습위원회 간부 두 사람도 따라왔다. 누군가가 전등 스위치를 누르자 다이너마이트 상자들이 드러났다. 지하실 끄트머리 어둑한 곳에 화순탄광에서 탈취한 다이너마이트 상자들이 가득 쌓여 있었다. 어림잡아 두 트럭 분량은 될 것 같았다. 송기숙은 자신도 모르게 몸을 움츠렸다. 마치 탄광 속의 막다른 갱도에 들어선 느낌이었다. 송기숙이 따라온 학생수습위원회 간부에게 말했다.

"교수회의에서 임시학생수습위원회 결성을 추인받았고 또 이곳의 활동을 위임받았네."

"저는 임시로 학생 대표를 하고 있을 뿐입니다. 제가 모든 책임을 지고 끝까지 일할 생각은 읎습니다. 박관현 회장을 비롯한 학생회 간부들에게 연락이 되어 그들이 일을 맡아 하게 된다면 저는 흔쾌히 위원장직을 내놓을 뿐 아니라 그들의 일을 돕겠습니다."

"바로 그 문제 때문에 이곳으로 오자고 했네. 나는 오늘 정도면 학생회 간부들이 대거 나타날 줄 알고 어저께 '임시' 자를 붙이자고 했던 거네. 하지만 아무도 나타나지 않으니 '임시' 자를 떼고 활동하는 것이 으쩌겠는가?"

김창길이 말했다.

"교수님 말씀대로 하겠습니다. 근디 문제가 한 가지 있그만요. 어제 저녁 박남선이라는 사람이 서무과 한쪽에 상황실을 설치했는디, 우리 수습위원회 말을 잘 듣지 않습니다. 그가 우리 밑으로 들어오도록 설득을 좀 해주십시오."

송기숙은 자신이 짐작했던 일이라고 생각했다. 시민수습위원회, 학생수습위원회 이외에 또 다른 시민군 지도부가 만들어지리라고 예상했던 것이다. 시민과 학생, 시민군을 합쳐서 수습위원회를 만들면 더없이 좋겠지만 그것은 자신이 개입할 일이 아니라고 판단했다. 자신에게는 그럴 역량도 없었고 입장이 아니었다. 그래도 박남선의 정체는 궁금했다.

124

"박남선이 어떤 사람인가?"

"군대 갔다 온 예비군인디 꽤 열심히 싸운 사람 같습니다."

"직업은 뭣이고?"

"거그까지는 잘 모르겠습니다. 학교는 별로 댕기지 않은 거 같고 스스로 상황실장이라고 험서 설칩니다. 권총을 차고 막 설쳐대는디 못 봐주겠습니다."

"만나는 보겠네만 조직 문제에 내가 깊이 간여하기는 곤란하네. 으쨌든 그 사람과 충돌허지 말고 의논해감서 일허는 것이 좋을 거 같네."

송기숙이 애매한 태도를 취하자 김창길이 실망했다. 그러나 송기숙은 학생수습위원회와 시민군 지도부 사이에 갈등이 있더라도 자기들끼리 조율해나가는 것이 답이라고 생각했다. 대표성도 없는 자신이 나서서 왈가왈부할 일은 아니기 때문이었다.

"지금 나가서 박남선을 만나보겠네. 허지만 기대는 허지 말게."

지하실을 나온 송기숙은 명노근이 있는 부지사실로 가지 않고 서무과로 갔다. 박남선을 한번 만나보기 위해서였다. 그러나 박남선은 시민군을 지휘하러 나가고 없었다.

부지사실에서는 어제 계엄사 전남북분소가 있는 상무대를 다녀온 사람들이 분통을 터뜨리고 있었다. 명노근은 시민수습위원회 위원들이 왜 그런지 짐작하고 있기 때문에 가만히 자리에 앉았다.

조비오 신부는 기도를 하듯 성호를 그으며 눈을 감고 있었다. 그러나 실제로는 기도하는 중이 아니라 어제 상무대로 가서 장성들과 주고받은 이야기를 복기하고 있었다. 어제의 실적이라면 총 150여 정을 넘겨주고 연행해간 시민 800여 명을 구해 온 것뿐이었다. 시민수습위원들이 요구한 나머지는 좀체 풀리지 않았다. 이번 사태의 원인은 '계엄군의 과잉진압이다', '폭력을 행사한 시민들이다', 무기를 회수해 가져올 테니 '연행자 전원을 석방하라', '시민과 학생 주모자는 안 된다', 협상 과정을 '녹음하자', '녹음은 안 된다'라는 등등 서로 말다툼만 오고 갔다. 조비오 신부는 한참 만에 눈을 떴다.

어제 오전과 오후 두 번을 상무대에 다녀온 시민수습위원회 이기홍과 장휴동은 안절부절못했다. 특히 장휴동은 상무대의 살벌한 분위기를 여러 위원들에게 전했다.

"상무대에는 지금 이십 사단이 와 있습디다. 헬기와 장갑차가 즐비허고 군인들이 쭉 늘어서 시내로 투입헐 태세입디다. 서둘러야제 이러고 있다간 광주시민덜 다 죽습니다. 그래서 어저께 오후에 계엄군 못들어오게 헐라고 위원장님 모시고 둘이만 또 간 것입니다. 그 쌍놈의새끼 냄시 기분이 더러와져부렀지만 말이요."

장휴동은 계엄분소 회의실에서 만난 장군이 떠올라 욕설을 내뱉었다. 어제 어둑어둑해질 무렵 계엄군과 시민군이 대치하고 있는 화정동에서였다. 두 사람은 손을 들고 가다가 상무대 앞에서 앰뷸런스를 타고 들어갔다. 장휴동은 계엄분소 회의실에서 장군들에게 총기를 회수하고 있으니 광주투입을 자제해달라고 호소했다. 그런데 몸집이 큰 장군이 "내가 당신이라면 현장에서 목숨 걸고 수습하지 여기를 왔다 갔다 하지 않겠소" 하고 비아냥댔다. 이에 장휴동은 테이블을 치며 "야, 이 쌍놈의 새끼야! 너 같은 놈 땜시 일이 시방 이 지경이 돼분 거야. 시민덜 입장도 생각해줘야 헐 거 아니야. 수많은 시민덜이 죽었어. 무슨 소리를 하고 있는 거야?"라고 응수했다. 그때 계엄분소 부사령관인 김기석 소장이 나와 격앙된 분위기를 수습했다. 작달막한 체구의 김기석 소장은 두 사람에게 부드럽게 대해줬다. 그는 계엄군 부사령관이기는 하지만 동향이었다. 전남북계엄분소 사령관 소준열 중장은 출생지가 전남이었고 부사령관 김기석은 전북이었다. 그런데 소준열은 윤흥정 후임으로 막 부임해 온 때문인지 얼굴만 비치고 사라졌다. 대신 김기석하고 자정을 넘겨서까지 많은 얘기를 했다. 그러나 그도 상부의 지시를 받아 움직이고 있을 뿐 결정권은 없었다. 장휴동이 말했다.

"오늘도 상무대로 가야지요. 그래도 김기석 장군은 얘기가 되는 사람입디다. 회수헌 무기를 갖다 주면 연행자를 또 데려올 수 있을 겁니다."

전남적십자사 지사장 박윤동이 장휴동에게 물었다.

"위원장은 왜 아직 안 나오신가?"

"김기석 장군을 또 만나기로 허고 새벽 두 시쯤 상무대를 나왔그만요. 거기 여인숙에서 자고 아침 일찍 또 상무대로 나섰다가 위병소에서 저는 주민등록증을 안 가지고 가서 제지당허고 위원장님만 들어가셨그만요. 그때 제가 도청으로 전화를 걸었고 박 지사장님께서 저를 빨리 들어오라고 하시어 급히 시민군 지프차를 타고 왔지라."

명노근이 김창길에게 물었다.

"계엄사에 가져갈 총은 준비해주었는가?"

"예, 어제와 같이 백오십 자루를 차에 실어두었습니다."

이에 조비오 신부가 말했다.

"어제처럼 무기가 작다고 트집 잡지 않을까요?"

명노근이 말했다.

"신부님, 무기를 다 줘버리면 시민군들이 반발할 것이고 그보다는 계엄군 측에 이용당할 수 있으니 총기반납은 신중해야 합니다."

상무대에서 도청으로 바로 온 이기홍이 숨을 헐떡거리며 부지사실로 들어왔다. 의자에 앉자마자 좀 전에 김기석과 나눈 이야기를 수습위원회 위원들에게 전했다. 어제 장성들하고 협상한 이야기와 크게 달라진 것은 없었다. 어제 상무대 계엄분소 회의실에서 전투복 차림의 김기석과 준장 세 명, 대령인 보안대장, 중령인 헌병대장이 참석하여 수습위원들과 마주 앉아 협상을 했던 것이다.

"김 장군 역시 사태의 원인을 과잉시위에 과잉진압이라고 합니다. 다만 진전이 조금 있다면 '발포명령자를 처벌하고 대통령은 공개사과하라'고 요구하자 '상부에 건의하겠다' 하고, '사망자 장례식은 시민장으로 하자'고 하니까 '시민들에게 자극을 줄 수 있으니 보류하자'고 합디다. 또 '무기를 자진 회수 반납하면 계엄군 무력진압을 금하겠다'고도 허고, '수습 후에는 보복을 금지하겠다'고도 약속하드그만요."

그러나 어제처럼 갑론을박이 또 튀어나왔다. 조비오 신부가 말했다.

"사태 원인 진단부터 다르니 결과가 걱정됩니다. 저는 무기를 회수하자는 입장입니다만 평화적으로 시위하던 시민 학생들에게 폭압적인 만행을 저질러서 사태가 여기까지 온 것 아닙니까? 앞으로 수습이 어쩌게 될지 회의가 듭니다."

"신부님, 저도 우려를 하고 있습니다. 우리가 지금 얻은 것은 선별석방뿐입니다. 계엄사 측에서 협상 내용을 녹음하자는 신부님 제안을 거부하는 것도 문제입니다. 약속을 뒤집어버려도 확실한 증거를 대지 못하면 그만이 아니겠습니까?"

"지금 우리가 이렇게 토론만 하면 뭣합니까? 우리 요구인 칠 개 항을 가지고 다시 상무대로 가서 최선을 다해 매달려봅시다."

이윽고 이기홍이 김기석에게 전화한 뒤 시민수습위원들은 시민군 승합차를 탔다. 계엄분소가 있는 상무대로 가기 위해서였다. 정시채가 대기하고 있는 승합차까지 따라와 명노근에게 말했다.

"선배님이 적극적으로 나서서 문제를 좀 해결해주십시오."

정시채가 간곡하게 호소했다. 그런 뒤 떠나는 시민군승합차 뒤꽁무니를 향해서 손을 흔들었다. 기동타격대 지프차가 흰색 천을 달고 승합차 앞에서 달렸다. 승합차는 화정동 언덕 너머에서 경계를 서고 있는 계엄군 장갑차를 발견하고는 멈추었다. 기동타격대 조장이 수습위원들에게 거수경례를 했다. 도청 앞에서 당구를 치다가 공수부대원에게 얻어터지고는 시민군이 된 고교 자퇴생 안성옥이었다. 방석모를 쓴 얼굴을 내밀고서 엉덩이를 뒤로 뺀 채 경례를 했다. 그 자세가 우스꽝스러워 김창길은 웃고 말았다. 그래도 도청 안팎에서 몸 사리지 않고 활발하게 움직이는 시민군들은 김원갑처럼 재수생이거나 고등학생, 식당 종업원, 영업사원, 공장노동자, 넝마주이, 구두닦이 등이었다.

김기석에게 미리 전화를 해두었으므로 위병소 통과는 쉬웠다. 제지하기는커녕 위병소 위병들이 꼿꼿이 서서 우렁차게 "충성!" 하며 '받들어총' 자세를 취했다. 계엄분소 회의실에는 어제처럼 장성과 영관장교들이 앉아 있었다. 사령관 소준열 중장은 인사만 하고 회의실을 나갔다.

"저는 어제 와서 현황을 잘 모르니 부사령관과 얘기하면 좋겠습니다."

김기석 소장이 계엄사 측 대표로 미소를 지으며 중앙에 앉았다. 그리고 김기석 좌우로 준장 세 명, 보안대장, 헌병대장 등이 수습위원들을 마주 보면서 목례를 했다. 협상은 또다시 한 걸음도 나아가지 못하고 맴돌았다. 이원화된 명령체계 때문이었다. 계엄사령관과 보안사령관의 지시를 받는 듯했다. 김기석은 자신의 권한 밖일 때는 꼭 상부를 들먹였다.

"무기를 회수해서 반납할 테니 예비검속자와 연행자를 전원 석방하시오."

"다른 조건들은 검토해보겠으나 예비검속자를 석방하는 조건은 상부의 지시를 받아야 합니다."

명노근이 김기석에게 강하게 말했다.

"이 문제를 타결 짓지 못하면 우리는 시민들을 설득하지 못합니다. 이것도 해결이 안 되는디 어쩌게 무기를 반납허라고 권유하겠습니까?"

그러자 김기석이 지휘봉을 마주 잡더니 말했다.

"상무대에 연행된 예비검속자들을 풀어준다면 현재 상황을 완전히 수습한다고 보장할 수 있겠습니까?"

명노근이 대답했다.

"확답은 할 수 없지만 저와 교무처장이 정동년, 김상윤 등 대표들을 설득시켜볼 테니 일단 그들을 만나게 해주시오. 최선을 다해보겠소."

"그러면 내일 오전 열 시에 구체적으로 의논하기로 합시다."

김기석에게 약속을 받은 수습위원회 일행은 갇혀 있는 사람들의 얼굴이라도 보자고 영창으로 갔다. 이야기는 못 하고 얼굴만 한 번씩 본 뒤 일행은 총 150정과 연행자 34명을 맞바꾼 뒤 광주로 돌아갔다. 그러나 명노근은 전남대 교무처장과 상무대 근처에서 묵기 위해 여관을 찾았다.

전의 상실

성연은 신도 집인 동광한의원에서 하룻밤 묵은 뒤 심란한 마음을 다 잡으며 적십자병원으로 향했다. 초파일 전날부터 무슨 일이 일어났는 지 차분하게 이야기할 수 없을 만큼 성연의 머릿속은 어지러웠다. 21 일 초파일날은 증심사 신도회 간부들하고 불공으로 올린 떡과 과일을 노동청 앞까지 리어카에 실어 와서 시위하는 시민군들에게 나눠주었 고, 어제 22일은 하루 종일 초파일 행사 뒷마무리를 하는 동안 공수부 대 총칼에 광주시민이 죽어가고 있다는 신도들의 전화를 아침부터 받 았던 것이다. 전화는 산그늘이 시나브로 접히는 늦은 오후까지 걸려왔 다. 종무소의 전화벨 소리만 울려도 가슴이 철렁 내려앉았다. 종무소 직원은 초파일 연휴로 집에 내려가버리고 없었다. 성연은 종무소 문을 닫기 직전에도 전화를 받았다.

"증심사지요?"

"네."

"적십자병원입니다. 진각스님이 중상입니다. 그래서 전화드렸습니다."

"알았습니다. 곧 내려가겠습니다."

초파일 전날 충장로 송학탕에서 함께 목욕을 하고 헤어졌는데, 진각이 중상을 입고 병원 침상에 누워 있다니 성연은 믿어지지 않았다. 현기증이 일었다. 관음전에서 천일기도하는 스님이 무슨 일이냐고 물었지만 말이 나오지 않았다. 성연은 걸어서 학동삼거리까지 내려갔다. 날은 벌써 어두워졌고, 멀리서 M16 총성이 울렸다. 지원동 산자락에서는 중기관총에서 내뿜는 불빛이 보이기도 했다. 성연은 더 이상 시내로 들어가지 못했다. 한의사인 신도가 내일 아침에 가라고 만류했다. 할 수 없이 성연은 초조한 마음을 누르고 신도 집인 동광한의원에서 하룻밤 잤던 것이다.

아침을 맞은 시가지는 조용했다. 문을 연 가게와 휴업 중인 가게가 반반이었다. 시민군들이 탄 트럭과 지프차가 이따금 오갔다. 계엄군이 시내에서 변두리 산자락으로 퇴각했다는 소문이 사실이었다. 성연은 어젯밤과 달리 다소 안심이 되어 남광주로 갔다가 광주천변 쪽으로 내려갔다. 적십자병원은 사직공원이 보이는 광주천변에 있었다.

성연이 적십자병원에 도착해서 첫 번째로 만난 의사에게 말했다.

"진각스님 어디 있습니까?"

"진각스님이요?"

"아, 속명은 이광영입니다."

그제야 의사가 병실을 안내해주었다. 다행히 진각은 의식이 돌아와 있었다. 성연을 보더니 눈을 한 번 끔벅했다. 병실에는 증심사 스님 문현과 신도 한 사람이 문병 와서 심각한 표정을 짓고 있었다.

"일단 속가 부모님께 연락할라믄 전보라도 쳐야겠소."

"고맙소."

진각이 기어들어가는 소리로 말했다. 진각의 속명과 나이, 속가 주소는 침상 머리맡 종이에 적혀 있었다. 진각은 허리에 총을 맞아 반신불수처럼 잘 움직이지 못했다. 그의 목소리도 입안에서 웅얼거릴 뿐 귀를 기울여야만 들을 수 있었다. 성연은 밖으로 나와 자전거를 빌린 뒤 시 외곽으로 나갔다. 나주 가는 길로 나가서야 우체국을 찾아 진각의 속가가 있는 강진에 전보를 쳤다.

성연이 병실에 다시 돌아왔을 때는 모두 가버리고 아무도 없었다. 진각이 성연을 보자마자 말했다.

"성연스님, 내 부탁 하나 들어줄라요? 부모님이 오시기 전에 나를 절로 델꼬 가주씨요. 병신이 된 몸을 부모님께 보여주고 잪지 않소."

"치료는 병원에서 받아야지 절에 가서 뭣 헐라고요?"

"절 옆 토굴에서 연탄을 피워놓고 죽고 잪소. 나 죽으믄 독경이나 해주씨요. 인간 몸으로 다시 태어나 부처님 제자로서 멋지게 수행을 한번 해야겠소."

부모가 병원으로 오기 전에 죽겠다는 진각의 말을 성연은 듣기만 했다. 극락왕생한다면 온전한 인간으로 다시 태어날 수 있다고 믿기 때문이었다. 그런데 증심사까지 앰뷸런스로 실어다줄지 의문이 들었다. 중환자이므로 의사가 절대로 허락하지 않을 것 같았다. 실제로 의사나 병원장이 반대했다.

성연은 담당의사에게 한 시간 동안 통사정하고, 병원장을 만나 하소연해봤으나 고성이 오가며 심한 언쟁만 하고 말았다. 할 수 없이 도청 상황실로 가서 사정해보는 수밖에 없었다. 적십자지프차를 타고 다니면서 시민군들을 구하다가 다쳤기 때문에 차를 내줄 수도 있다는 생각에서였다. 전보를 쳤으니 진각의 부모가 시골택시라도 타고 부랴부랴 달려올지 몰랐다. 그러니 진각이 원하는 대로 그사이에 절로 데리고 가야 했다. 성연은 진각을 병실에 혼자 남겨두고 서둘러 도청으로 갔다.

간밤에 공수부대원 두 명이 밥을 훔쳐갔다는 주민 신고를 받고 문장우는 여섯 명의 특공대를 조직해 태봉마을 주변을 샅샅이 수색했다. 태봉마을 산자락에는 자연동굴이 두 개나 있었다. 그러나 동굴 속에 있던 공수부대원들은 이미 철수해버리고 없었다. 학운동 시민군 소대 본부가 있는 배고픈다리로 내려온 문장우는 본부 대원과 함께 늦은 아침을 먹었다. 동네 아주머니들이 해 온 아침밥이었다.

어느새 햇살에 개울물이 반짝이는 오전 11시가 되었다. 문장우는 담배를 한 대 피워 물었다. 여성 신도 한 무리가 증심사 쪽에서 내려오고 있었다. 불공을 드리고 오는 50, 60대의 불자들이었다. 여성 신도들 틈에 머리를 짧게 깎은 젊은 청년도 한 명 끼어 있었다. 본부대원이 문장우에게 다가와 말했다.

"소대장님, 쩌그 수상헌 놈이 오고 있습니다."

"나도 봤어. 모른 척허고 있드라고."

문장우는 담배를 피우면서 젊은 청년과 눈을 마주치지 않았다. 그러자 그가 태연하게 배고픈다리를 통과하려 했다. 문장우는 그가 가까이 다가올 때까지 기다렸다가 한순간에 그의 멱살을 잡고 발로 차 쓰러뜨렸다. 그의 목에 걸고 있던 군번줄이 튀어나왔다. 공수부대 하사였다. 뒤따라오던 사복 차림의 또 한 명이 계곡 쪽으로 도망쳤다. 문장우는 소대장용 자동소총으로 허공에다가 위협사격을 했다. 그는 공포에 질려 꼼짝을 못 했다. 본부 대원들이 달려가 그를 잡아왔다. 그 역시 사복 상의를 벗겨보니 사병군번이 나왔다. 민간인을 가장하여 시내로 도망치려는 하사관과 사병 공수부대원이 틀림없었다.

"니덜 아지트가 으디냐?"

"모두 지원동으로 넘어가고 우리 둘만 남았습니다."

"그래서 아침수색 때 아무것도 읎었그만. 니덜이 밤에 민가에 들어가 밥을 훔쳤어?"

"네."

사병은 벌벌 떨면서 말을 못 했고 하사가 말했다.

"이 새끼덜아! 니 상관이 도둑질허라고 시키디? 니덜 장비는 으딨어?"

"태봉마을 철탑 밑에 숨겨두었습니다."

본부 대원들이 즉시 태봉마을 철탑으로 달려가서 그들의 장비를 모두 가지고 왔다. 배낭, 워커, 낙하하면서 소지하는 기관단총, 낙하산, 비상식량인 건빵 등이었다. 본부 대원들이 두 사람을 포승줄로 묶었다. 각 조 조원들이 달려와 죽여버리자고 흥분했지만 문장우는 그들을 달랬다.

"이자들도 우리 동포니 죽이지는 맙시다."

그때 마침 도청에서 기동순찰대 지프차가 왔다. 문장우는 노획한 장비와 함께 공수부대원 두 사람을 기동순찰대에 넘겼다. 기동순찰대 조장이 한마디 하고 휙 떠났다.

"기동순찰대가 또 올 거요. 무기 회수하러. 협조하든 말든 알아서들 하씨요."

"형님, 뭔 소리요? 무기를 반납허라는 거요, 허지 말라는 것이요?"

동네 후배의 물음에 문장우가 씁쓸하게 말했다.

"도청이 두 파로 갈려서 지덜끼리 잘난 체허고 있는 거야!"

"형님은 으떤 쪽이요?"

"총을 줘버리믄 우리 학운동 소대는 있으나 마나야. 총도 읎이 어처께 싸울 수 있나. 그런디 총을 갖고 있는 것도 불법잉마. 국가가 우리에게 총을 내준 적이 읎응께 말여."

"탈취헌 총을 무작정 갖고 있는 것도 문제그만요."

"뾰쪽헌 수를 한번 찾어봐. 총기를 불법으로 소지헌 죄로 처벌받지 않을라믄."

그러나 학운동소대 각 조 조원들은 총기반납 문제를 두고 결론을 내리지 못했다. 찬반 의견이 1 대 2로 갈리었다. 그러는 사이 오후 1시 30분쯤이 되자 총기회수반 지프차가 배고픈다리에 와서 멈추었다. 김춘국은 나서서 강력하게 반대했다.

"제이 생명인 총기를 반납한다믄 우리에게 남은 것은 죽음뿐이요."

총기회수반 반장이 김춘국을 설득했다.

"무기가 너무 많이 돌아댕긴께 사고 날 위험이 크요. 무기를 회수한 뒤 체계가 잽히믄 다시 분배하겠소."

"당신이 공수놈덜로부터 내 생명을 책임지겠소?"

그때 사제복을 입은 신부가 지프차에서 내려왔다. 조비오 신부였다. 그가 설교하듯 말했다.

"무기 회수를 하지만 계엄사 측에 다 반납하는 것은 아니오. 우리 요구를 관철시키기 위해 무기 회수를 하는 거요. 총이 있어야만 싸울 수 있는 것은 아니오. 계엄군들은 광주시민을 폭력적으로 굴복시키려고 했지만 정신만 살아 있다면 우리들은 평화적으로 계엄군들을 굴복시킬 수 있소. 하느님은 결코 광주시민을 외면하지 않을 것이오."

조비오 신부의 입술 한쪽은 피가 맺혀 있었다. 총기회수반 지프차를 타고 다니면서 비통한 심정으로 시민군들에게 호소하고 있는 중이었다. 그래도 학운동소대원들은 결론을 내리지 못했다. 더구나 지원동 쪽에서 교전이 벌어지고 있는 듯 총성이 간헐적으로 들려오고 있었다. M16과 카빈소총 총성이었다. 문장우가 나서서 총기회수반 반장에게 말했다.

"두어 시간 뒤에 다시 와보씨요. 결론을 내려주겠소."

"반승낙헌 것으로 알고 다시 오겠소."

문장우의 생각은 무기를 반납하지 않는 쪽이었다. 총이 없다면 시민군은 유령이나 다름없었다. 공수부대가 지근거리에 있는데 총 없이 지역방위를 한다는 것은 불가능한 일이었다. 그렇다고 자신의 주장을 적극적으로 드러내지도 못했다. 자신은 소대원들이 현명하게 결정하도록 찬반 양쪽의 입장을 들어주는 역할만 할 뿐이었다.

두어 시간이 지나자 총기를 반납하자는 쪽으로 의견이 모아졌다. 약속대로 총기회수반 지프차가 오자 학운동소대원들이 모두 총을 내놓았다. 반대하던 한 소대원이 눈물을 흘리면서 말했다.

"학운동소대 시민군은 요로코롬 해산해뻔징만요."

문장우는 소총 100여 정과 실탄을 싣고 총기회수반 지프차를 타고 도청으로 갔다. 정문 수위실 앞에 회수한 총기 몇백 정이 차곡차곡 쌓여 있었다. 도청 상황실에서 나온 30대로 보이는 한 명이 말했다.

"그동안 수고하셨소."

"총기를 회수해가지고 어쩌게 하겠다는 거요?"

"상황이 바뀌면 다시 지급하겠소."

"무슨 상황이요?"

"계엄사 측과 협상 중이오."

"당신들 원래 직업이 뭔지 모르겠소만 예비군 소대장인 나는 당신들과 입장이 다르오. 도청에서 질서유지를 허는 것은 좋은디 내가 전술적으로 볼 때는 틀렸소."

"뭐가 틀렸다는 말이오?"

"도청에만 시민군이 있어봐야 계엄군이 다시 진입헌다믄 우물 안 개구리 식으로 당헐 수밖에 읎소. 계엄군 주둔지나 숙영지 부근에 잘 훈련된 시민군이 방어를 허고 있어야 막을 수 있소. 근디 지역방어를 허는 시민군의 총기를 회수허고 있다니 문제가 많소."

"충분히 알았소. 너무 걱정 마씨요. 그래서 기동순찰대를 기동타격대로 돌리고 있소."

문장우는 뭔가 잘못되어가고 있다는 생각에 기분이 개운치 않았다. 예비군 훈련 때 가끔 만났던 박남선이라도 볼 요량으로 상황실에 들렀지만 그는 순찰 나가고 없었다. 상황실 한쪽에는 아침에 넘겼던 공수부대원 한 명이 취조를 받고 있었다. 문장우가 넘긴 공수부대원은 두 명인데 한 명씩 불러 취조하는 듯했다. 조사부장이 된 김준봉이 형사이듯 녹음기를 틀어놓고 다그쳤다.

"너무 떨지 마씨요. 당신도 대한민국 국민인디 죽이기야 허겄소? 군인이야 명령에 살고 죽지 않소? 당신은 명령에 복종한 거뿐인께 걱정 허지 마쇼. 상관에게 무슨 얘기를 듣고 광주로 내려왔소?"

"광주에 빨갱이들이 득실거린다고 들었소. 또 광주시민들이 난동을 부리니까 사상자를 많이 내더라도 치안회복을 위해 우리가 나서야 한다는 명령을 받았소."

"어찌허다 잡혀 왔소?"

"며칠 동안 잠을 자지 못했소. 조선대 뒷산으로 철수할 때 잠이 들어버렸소. 잠에서 깨어났을 때는 부대는 이미 철수해버리고 없었소. 그래서 낙오자가 됐소."

김준봉은 녹음기가 말썽을 부리자 같은 질문을 반복해서 했다. 공수부대원의 말을 녹음해두기 위해서 김준봉이 그의 이모 집에서 가져온 녹음기였는데, 구식이어서 성능이 좋지 않았다. 문장우는 김준봉의 취조를 잠깐 지켜보다가 상황실을 나와 금남로를 걸었다. 총기를 반납해버렸기 때문에 학운동으로 갈 마음이 나지 않았다. 이제는 학운동시민군 소대장으로서 할 일이 없어져버린 것 같았다. 계엄군과 맞서 싸웠던 소대원들도 뿔뿔이 흩어져버렸을 것이라는 생각이 들었다. 아니면 하천 건너편인 지원동으로 가서 싸울 사람도 있을 터였다.

문장우는 아는 가게로 가서 자전거를 빌렸다. 답답한 마음을 달래기 위해 문장우는 시내 밖의 바람이나 쐬려고 페달을 힘껏 밟았다.

주남마을 시민 학살

　고등학교 자퇴생 시민군 안성옥은 도청 식당밥보다 집밥이 더 맛있다고 생각했다. 어제는 도청에서 잠자지 않고 지원동의 한 상가 옥상에서 경계를 서다가 그 집 작은방으로 들어가서 곤히 늦잠을 잤는데, 걸게 차린 아주머니의 아침상을 받았던 것이다. 된장시래기국과 계란찜은 물론이고 상추에 고춧가루와 참기름을 쳐서 조물조물 무친 겉절이가 무엇보다 반가웠다. 어머니 손맛과 흡사했다. 어찌나 맛있던지 밥 한 그릇을 순식간에 비워버렸다. 밤새 경계를 함께 섰던 또래의 시민군도 게걸스럽게 숟가락질을 했다.

　두 사람은 늦은 아침 식사를 하고 카빈소총을 어깨에 헐렁하게 맨 채 지원동다리로 나갔다. 지원동다리는 지원동 시민군 소대본부가 있는 지형지물이었다. 소대장이 안성옥을 보자 큰 소리로 말했다.

　"안 보여서 죽은 줄 알았네."

"죄송합니다. 피곤해서 늦잠을 자부렀그만요."

"자네 어머니가 자네를 만나러 오셨다가 잠시 으디로 가셨네. 긍께 멀리 가지 말게."

"네, 알겠습니다."

소대장 말대로 10시 30분쯤에 어머니가 작은 보따리를 들고 왔다. 화정동에서 지원동까지 20여 리를 걸어서 온 모양이었다. 안성옥은 뜻밖의 일이었으므로 놀랐다.

"엄니! 어처께 오셨소?"

"니 속옷을 갖고 왔다."

"도청에서 밤에 수도꼭지를 틀어 빨아 입그만이라우. 근디 뭣 헐라고 가지고 왔소."

"니 사촌 성덜이 여그 있다고 갈켜주더라. 이놈아! 느그 성덜은 데모를 허드라도 잠은 집에서 잔다. 니는 으째서 메칠 동안 안 들어오냐. 속이 타 죽겄다. 얼능 집에 가자."

"엄니, 하룻밤만 더 있다가 들어갈라요."

"글면 속옷이라도 큰집에 가서 갈아입어라."

"그랄라요. 긍께 엄니는 내 걱정 말고 화정동으로 가씨요."

안성옥의 큰집은 방림동에 있었다. 보따리를 받아든 안성옥은 방림동 큰집으로 어머니와 함께 갔다. 방림동은 무등산에서 내려오는 계곡물과 지원동을 거쳐 가는 개울물이 합수하는 광주천변에 있었다. 큰아버지가 사는 집으로 들어간 안성옥은 속옷만 갈아입고 곧 일어나버렸다. 점심이나 먹고 가라 했지만 아침을 늦게 한 바람에 배가 고프지 않았다. 어머니는 안성옥이 벗어놓은 더러운 속옷을 챙겼고, 안성옥은 바람같이 지원동다리 쪽으로 올라갔다.

　오전 11시쯤 일신방직 여공 김춘례는 기숙사 선배인 고영자와 함께 도청에 도착했다. 고영자는 공장 내에서 친동생처럼 아끼던 김춘례가 할아버지 제삿날이라며 화순에 가자고 성화를 부려 따라나섰다. 시외 버스가 다니지 않았으므로 도청 시민군들에게 하소연해볼 참이었다. 김춘례는 도청 상황실로 들어가 사정했다.

　"할아버지 기일인디 화순 가는 차가 읎을께라?"

　"뭣이라고라!"

　상황실 간부가 어이없어했다. 할아버지 제삿날이어서 화순으로 가려는데 차가 없느냐는 생뚱맞은 말에 기가 막혔던 것이다. 김춘례보다 다섯 살 위인 고영자가 말했다.

　"동생이 무조건 화순까지 데려다주라는 말이 아니라 가는 차가 있냐고 묻그만요."

　고영자가 조근조근 말하자 상황실의 또 다른 간부가 말했다.

　"이리 오씨요. 관을 구하러 화순 간다는 말이 있든디 한번 민원실로 가봅시다."

　민원실 앞에는 관들 주위에 시민군들이 서성거렸고, 소형 버스 한 대가 대기하고 있었다. 상황실 간부가 소형 버스를 운전하는 벽돌공장 노동자 김윤수에게 물었다.

　"이 차가 관 구하러 화순 가요?"

　"맞소."

　"누가 가기로 했소?"

"시방 갈 사람을 정하고 있는갑소."

운전수 말대로 잠시 후 민원실 안에서 여덟 명이 나왔다. 상황실 간부가 일일이 이름과 직업을 적었다. 신의여고 3학년 박현숙, 춘태여고 1학년 홍금숙, 화천기공사 공원이자 방송통신고생 황호걸, 송원전문대 1학년 백대환, 그밖에 장발한 청년 시민군 두 명과 교련복 바지를 입은 고등학생 시민군 두 명의 이름도 적었다. 김춘례와 고영자는 마지막으로 차에 타면서 이름과 일신방직 여공이라는 직업을 알려주었다.

소형 버스는 전남대병원을 거쳐 지원동으로 달렸다. 소형 버스가 지원동 초입에 들어서자 이발소 주인이 뛰어나와 말렸다.

"모두 죽은께 가지 마씨요!"

"우리는 싸우러 가는 것이 아니요. 관을 얻으러 가요."

장발한 청년 시민군이 카빈소총을 창밖으로 내밀면서 말했다. 그러나 소형 버스가 지원동 버스 종점을 지나치려 할 때였다. 왼편 산자락에 매복해 있던 장교 한 명과 무전병이 11공수여단 본부에 소형 버스가 화순 방향으로 간다고 보고했다. 3, 4분 뒤였다. 지시를 받은 장교가 사격을 했다. 그제야 운전수 김윤수가 공수부대원이 매복해 있음을 알고 힘껏 액셀러레이터를 밟았다. 그러나 소형 버스는 100미터도 달리지 못했다. 주남마을 앞에서 집중사격을 받았다. 김윤수는 즉사하고 소형 버스는 벌집이 되어 옆으로 굴러 나동그라졌다. 공수부대원들은 만신창이가 된 소형 버스에 또다시 확인사격을 했다. 그런 뒤 공수부대원 팀장이 말했다.

"전원 사살인가? 가서 확인해봐."

"산 놈이 있습니다. 비명 소리가 납니다."

"끌어내."

소형 버스 안에는 여덟 명이 즉사한 채 의자들 사이에 끼어 있었고, 남녀 세 명이 중경상을 입은 채 끌려 나왔다. 손에 총을 맞은 여고생 홍금숙은 고통으로 혼절하기 직전이었고, 교련복을 입은 시민군 두 명은 숨만 붙어 있었다. 한 사람은 눈알이 빠져버렸고, 또 한 사람은 몸에 총을 맞아 고통스럽게 숨을 헐떡거렸다. 공수부대원들은 세 명을 경운기에 태우고 가다가 좁은 산길에서는 부상이 심한 시민군 두 명을 훔쳐 온 리어카에 싣고 홍금숙은 걷게 했다. 여단본부가 가까운 곳에 있는 듯했다. 무전연락을 받은 공수부대 대대장인 소령이 내려왔다. "엄니, 엄니" 하면서 의식을 찾은 시민군 한 명이 소령에게 빌었다.

"살려주씨요. 관을 얻으러 댕긴 죄밖에 읎습니다."

"총을 쏴봤지?"

"그런 적 읎습니다. 하느님께 맹세할랍니다."

"개자식, 이놈들 호주머니를 수색해!"

한 시민군의 호주머니에서 카빈소총 실탄이 두 개가 나왔다. 그러자 소령이 양미간을 찌푸리며 말했다.

"이 새끼들, 폭도구만. 밑에 데리고 가 처치해."

하사 한 명과 사병 두 명에게 지시했다. 잠시 후 네 발의 총성이 주남마을 뒷산 골짜기를 울렸다. 순간 홍금숙은 사시나무 떨듯 바들바들 떨었다. 눈에 아무것도 보이지 않았다. 머릿속은 온통 하얀 백지 같은 상태가 돼버렸다. 혼절했다가 겨우 정신을 되찾았다. 그때 공수부대원 끼리 주고받는 말이 희미하게 들려왔다.

"교복 입은 이 여학생은 폭도들에게 속아서 차를 탄 것 같습니다."

"병원으로 보내!"

홍금숙은 '폭도'라는 말을 '악마'로 듣고는 정신을 잃어버렸다. 홍금숙이 눈을 뜬 곳은 시민군 부상자들이 북적거리는 전남대병원 병실이었다.

공수부대가 화순으로 가던 시민군 소형 버스에 집중사격을 했다는 급보는 박남선에게도 전해졌다. 박남선은 도청 상황실에서 비상을 걸었다. 즉시 시민군을 태운 기동타격대 지프차와 트럭들이 지원동으로 출동했다. 상황실 문 앞에서 보초를 서던 식당 종업원 김선문과 농사꾼 김용호도 트럭에 올라탔다. 오후 2시쯤이었다. 트럭 세 대가 지원동 버스 종점이 보이는 도로에서 멈추었다. 벌써 공수부대원과 시민군들이 총격전을 벌이고 있었다. 트럭에서 내린 김선문은 겁이 나서 덩치가 큰 김용호 뒤에 섰다. 김용호가 움직이는 대로 따라서 했다. 두 사람은 카빈소총을 잘 쏘지 못했다. 공수부대원이 있는 곳까지 카빈 총알이 날아가는지도 의심스러웠다. 그러나 공수부대원이 쏘는 M16 총알은 핑핑 머리 위로 날았다. 두 사람은 전봇대 뒤에 숨어 있기만 했다. 기동타격대원이 되어 막상 오기는 했지만 도청 안에 남아 시신을 염하는 박래풍이 부러울 지경이었다. 두 사람은 총성이 잠깐 멈춘 틈에 트럭으로 되돌아와 짐칸에 오른 뒤 머리를 푹 숙였다. 한참 만에 총구를 전방으로 겨누었다.

그런데 모든 시민군이 두 사람처럼 겁을 내는 것은 아니었다. 지원동 시민군 소대원들은 목숨을 아끼지 않고 총격전을 벌였다. 공수부대원들과 400, 500미터의 거리를 유지하며 전봇대 뒤나 건물 옥상 등 사격하기 좋은 위치에서 총을 쏘았다. 공수부대원들은 지원동 버스 종점까지 내려와 버스 밑에 엎드려 있다가 응사하곤 했다. 주남마을 입구에 나동그라진 소형 버스를 은폐하기 위한 작전이 분명했다.

속옷을 갈아입은 안성옥은 신축공사 중인 영락교회 현관에서 사격 자세를 취했다. 현관 주변에도 지원동 시민군 소대원 몇 명이 포진하고 있었다. 안성옥이 공수부대원을 향해서 사격을 할 때였다. 뒤에서 고함 소리가 났다.

"무기수송차가 왔어! 실탄을 가져와!"

뒤돌아 살펴보니 지원동다리에 무기수송차가 와 있었다. 안성옥은 총격이 뜸한 틈을 타 지원동다리로 뛰어갔다. 누군가가 안성옥이 달려온 이유를 알고는 철모에 실탄 150발 가량을 담아주었다. 소대장이 소리쳤다.

"저그 모래가 있는 곳으로 얼능 뛰어!"

안성옥은 공사장 모래더미가 있는 곳까지 달려갔다가 뒤쪽에 누웠다. 총알이 빗발쳤지만 모래더미 뒤는 안전했다. 안성옥은 가쁜 숨을 골랐다. 그때였다. 한 노인이 소주와 과자를 가지고 왔다. 노인이 호주머니 속에서 유리잔을 꺼내며 말했다.

"고생허네. 소주나 한잔 마시고 심내게."

"할아버지! 위험헌게 들어가세요."

"괜찮네. 나도 자네덜 같은 자식을 키운 사람이네. 쩌그 있는 사람덜도 같이 마시게."

영락교회 주위에 있는 시민군들도 교대로 와서 한 잔씩 마시며 실

탄을 배급받았다. 안성옥도 한 잔을 마시고 영락교회 현관으로 와서
엎드렸다. 소주가 식도를 타고 들어가 퍼지자 뱃심이 더 생기는 듯했
다. 조금 뒤에는 신축중인 교회 지하실에서 임시로 살던 목사 부부가
올라왔다.

"쌀이 떨어져 라면밖에 없소. 라면 한 박스를 끓여놓을 테니 교대로
와서 드시오."

"목사님, 감사합니다요."

술 한잔한 뒤 새참으로 라면은 더없는 별미였다. 시민군들은 총격
이 멈출 때를 기다렸다가 순서대로 지하실로 내려가 계란을 넣고 끓
인 라면을 먹었다. 안성옥도 차례가 되어 식어버린 라면을 포만감이
들 때까지 훌훌 넘겼다.

그런 뒤, 사격위치를 길 건너 두 번째 전봇대로 바꾸었다. 첫 번째 전
봇대 뒤에는 20대 초반의 시민군 소대원이 M1소총 노리쇠를 당기고
있었다. 갑자기 공수부대원이 총격을 가하자 위아래 푸른 옷을 입은
그가 맥없이 쓰러졌다. 안성옥이 낮은 자세로 달려가 물었다.

"으째서 그라요?"

"총 맞았소."

그가 모기만 한 소리로 말했다.

"으디요?"

허벅지와 배 사이를 손으로 움켜 잡고 있던 그가 안성옥의 말을 듣
고는 손을 뗐다. 그제야 그의 하복부에 붉은 피가 흘렀다. 안성옥은 그
의 허리를 힘껏 잡고 기어서 나협회로 갔다. 안성옥을 본 소대원 한 명
이 길 건너 쪽으로 달려왔다. 그러나 그는 공수부대원이 쏜 총에 머리

를 맞아 그대로 즉사해버렸다. 안성옥은 갑작스런 상황에 놀라 소리 쳤다.

"차를 보내주씨요!"

그러자 지원동다리 쪽에서 지프차 한 대가 후진해서 올라왔다. 공수부대원들은 지프차를 향해서 5분쯤 집중사격을 했다. 운전석 옆에 앉아 있던 소대원은 총에 다리를 맞아 쓰러지고 차바퀴 하나가 펑 소리를 내며 터져버렸다. 운전수는 재빨리 차에서 내려 몸을 피했다. 안성옥은 또다시 부상당한 소대원을 부축해서 지원동다리까지 내려갔다. 소대장이 부상당한 소대원을 차에 실어 병원으로 보낸 뒤 말했다.

"자네는 운이 좋아. 총알이 자네를 피해서 댕기는 거 같아."

"헤헤. 속옷을 갈아입어서 그럴께라? 울 엄니가 도와주신 겁니다."

이번에는 소대장을 따라서 네 명의 소대원이 남국민학교 옥상으로 올라갔다. 거기에서는 지원동 버스 종점이 훤하게 내려다보였다. 공수부대원 한 명이 시민군 총에 맞았는지 공수부대원 하나가 그를 들쳐업은 채 서너 명이 도망치고 있었다. 그들이 사라지자 한 시간 동안의 총격전도 끝이 났다. 소대장이 사망한 소대원을 차에 실어 도청으로 보냈다.

그러나 전투가 끝난 것은 아니었다. 소대장과 소대원 다섯 명은 급히 달려온 기동타격대 지프차를 타고 교도소로 향했다. 도청 상황실에서 시민군을 지원해달라는 연락이 왔기 때문이었다. 안성옥은 너무 피곤하고 힘들어서 함께 가지 못했다. 오후 2시쯤부터 공수부대원들과 정신없이 싸웠던 것이다.

저녁 7시 무렵이었다. 교도소로 갔던 소대원들이 파자마와 러닝셔츠 차림으로 지프차를 타고 나타났다. 교도소 부근에서 계엄군에게 붙잡혔다가 소대장과 잘 아는 공수부대 지대장이 옷을 벗긴 채 풀어주어 도로변 가정집에 들어가 옷을 얻어 입고 돌아왔다는 것이었다. 안성옥은 그날 밤에도 상가옥상에서 경계를 선 뒤 지원동다리 밑에서 새우잠을 잤다.

시민궐기대회 전후

　농성동에 사는 나명관 형제는 집을 나와 금남로로 나갔다. 그동안 집 안에 감금당하다시피 했는데, 공수부대가 도청에서 퇴각했다는 희소식이 돌자 부모가 외출을 허락했던 것이다. 나명관은 금성기계 선반공인 동생 나용관을 늘 살갑게 대해주었다. 스무 살인 나명관은 두 살 아래인 나용관과 다툰 적이 별로 없었다. 누나는 시집가버렸고 형제가 공장에서 벌어온 돈으로 아버지가 진 빚을 갚을 만큼 성실하고 우애가 좋았다. 남동생 두 명은 아직 어린 중학생이었고 여동생은 국민학생이었다.

　금남로는 며칠 전과 달리 시민들이나 시민군이 자유롭게 활보하고 다녔다. 시민군들은 트럭에 공수부대 총 맞아 죽은 시신을 싣고 다니며 방송을 했다. 방송하는 차량이 부쩍 늘어나 있었다.

　"공수놈들이 죄 없는 우리 형제들을 죽였습니다."

며칠 전까지만 해도 여성들이 방송차량에서 호소했으나 이제는 남자들이 휴대용 확성기를 들고 웅변하듯 외치며 돌아다녔다. 방송차량도 트럭이나 지프차 등 다양했다. 전남대스쿨버스까지 등장하여 도청 광장에서 오후 3시에 시민궐기대회가 있으니 모이라는 방송을 했다. 나명관이 YWCA 골목으로 들어가는 박효선을 발견하고는 달려가 말했다.

"형, 무사허셨그만요."

"니덜도 여전허구나. 근디 무슨 일이냐?"

"집에만 있었더니 좀이 쑤셔서 나왔지라. 광주가 자유세상이 돼부렀그만이라!"

"아직은 일러. 계엄군이 은제 밀고 들어올지 모른께."

"아따, 형도 겁이 많소잉. 어제께 밤에 성섭이랑 상원이 형님허고 '최후의 만찬'이람시로 술 한잔했다고 허드그만요. 계엄군 장갑차가 화정동에서 밀고 들어오믄 우리는 죽었다 허고 말이요. 근디 아직까정 말짱해분만요."

박효선은 들불야학생들에게 연극을 지도했던 강학이었다. 박효선이 웃으며 말했다.

"상원이 형이 술 한잔 생각나서 헌 말이그만. 성섭이에게 가게 가서 술 사 오라고."

"상원이 형한테 얹혀산께 성섭이는 술 심부름이라도 해야지라."

"한 시간 전에 녹두서점에서 상원이 형, 영철이 형, 태종이, 상집이를 만나고 오는 길인디 동작들 빠르네. 영철이 형허고 상집이가 전대를 간다더니 벌써 스쿨버스를 끌고 있그만."

방직공장을 다니다가 군대에 갔던 김상집은 자동차 열쇠가 없더라도 시동을 걸 줄 아는 운전병 출신이었다. 전대스쿨버스 탈취는 윤상원의 아이디어였다. 녹두서점을 들락거리는 전용호 등 전남대생들이 자기 학교 스쿨버스를 타고 다니면서 방송하면 더 신뢰할 것이라고 녹두서점에 모인 여러 사람에게 말했던 것이다. 실제로 전용호 등 남학생은 스쿨버스 안에서 윤상원과 들불야학생들이 만든 투사회보를 100여 장씩 거리에 뿌렸고, 여학생들은 돌아가며 거리의 시민들에게 방송을 했다.

"홍보 선전 팀이나 투사회보 팀이 YWCA에서 활동하기로 했응께 인자 니덜도 Y로 나와."

"예. 알겠습니다."

박효선과 헤어진 나명관 형제는 세무서 쪽으로 내려갔다. 무작정 시내를 돌아다니는 것만도 뿌듯하고 행복했다. 계엄군이 물러간 광주는 자유세상 바로 그것이었다. 불에 타 시커멓게 그을린 세무서 앞뜰에서는 젊은 여학생과 남학생들이 플래카드를 만들고 있었다. 붉고 파란 페인트 글씨는 시민들이 시위할 때 외치는 구호가 대부분이었다. '살인마 전두환 찢어 죽이자', '유신잔당 물러가라', '비상계엄 해제하라', '김대중을 석방하라', '죽을 때까지 싸운다', '승리의 그날까지' 등등이었다. 나명관이 언젠가 녹두서점에서 본 정현애에게 물었다.

"형수님, 현수막을 으따가 붙이라고 쓰요?"

"도청 분수대 주변에."

"도청에서 오늘 뭔 행사가 있소?"

"세 시에 시민궐기대회가 있응께 야학생들에게도 알려줘요."

"예, 친구들에게 연락하겠습니다."

이번에는 시민군들이 지역방어를 하고 있는 백운동 외곽도로로 나가기 위해 남광주 쪽으로 갔다. 도중에 동갑인 김성섭을 만났다. 김성섭은 신문사 보급소 총무 일을 보고 있는 들불야학 학생회장이었다. 나명관이 말했다.

"집에 들어가는 거여?"

"학동 집에 들렀다가 나올라고. 오늘이 친엄니 제삿날잉마."

김성섭의 집은 오두막 같은 집들이 다닥다닥 달라붙은 학동 판자촌에 있었다. 그러나 김성섭은 그곳에서 살지 않고 광천동 시민아파트 윤상원 전세방에서 79년 4월부터 함께 자취를 해오고 있었다.

"명관이를 다시 못 만날 줄 알았는디 또 보네. 하하하."

"뭔 얘기?"

김성섭도 친어머니 기일이라고는 하지만 밝은 표정이었다. 느닷없이 너털웃음을 웃기까지 했다. 나명관은 1945년 8월 15일 해방이 되던 그때도 사람들 마음이 지금의 광주시민과 같았을 것이라고 짐작했다. 봄비가 내릴 듯 하늘은 흐렸지만 마음이 우울하기는커녕 풍선처럼 둥둥 날아갈 것만 같았다.

백운동에는 시민군보다 시위 차량이 더 많은 것처럼 보였다. 월산동, 화정동, 농성동, 광천동 등도 마찬가지였다. 계엄분소가 있는 상무대와 지척이기 때문에 일종의 전선이 형성되어 있었다. 그런데도 일부 시민군은 자신만만해했고 총을 들고 객기를 부리기까지 했다. 중학생으로 보이는 어린 시민군 두 명이 슈퍼마켓 셔터가 4분의 3쯤 내려져 있는 슈퍼마켓에서 주인에게 카빈소총 개머리판으로 셔터를 탕

탕 치면서 "먹을 것을 달라"고 소리쳤다. 그러자 주인이 빵은 물론이고 우유까지 셔터 밑으로 내주었다. 그래도 중학생 시민군이 발로 셔터를 차면서 큰소리쳤다.

"맛있는 빵을 내놓으시오. 이건 개도 안 먹겠소!"

한 시민이 나서서 꾸짖었다.

"학생들, 이러면 안 돼야. 광주 사람 이미지가 흐려져."

시민들이 어린 시민군 앞으로 몰려들었다. 두 시민군이 머쓱해하며 두어 걸음 물러섰다. 그러더니 갑자기 발길질을 했던 어린 시민군이 총구를 허공에 대고 공포탄을 쏘았다. 순간, 시민들이 혀를 차며 흩어졌다. 나용관이 경찰 승합순찰차가 다가오자 말했다.

"형, 우리도 저 차 한번 탈까?"

"그래? 이왕이믄 저것을 타보자."

나명관이 손을 들어 승합순찰차를 세웠다. 차체에는 붉은 페인트로 기동타격대라고 쓰여 있었다. 방석모를 쓴 시민군 대여섯 명 가운데 한 사람은 무릎에 총을 얹어놓고 꾸벅꾸벅 졸았다.

"좀 타도 돼요?"

"안에는 자리가 읎응께 위로 올라가쑈."

얼굴이 우락부락하게 생긴 조장이 무덤덤하게 말했다.

"위에서 굴러떨어져 죽어도 우리 책임은 아닌 줄 알고 타쑈."

나명관 형제는 승합순찰차 위로 올라갔다. 형제는 붉고 파란 경광등을 두 손으로 붙잡고 앉았다. 커브를 돌 때는 몸이 한쪽으로 휩쓸려 중심을 잡기 힘들었지만 월산동 로터리에 도착했을 때는 요령이 생겼다. 몸을 납작 엎드리자 중심이 잡혀 덜 쏠렸다. 월산동 주민들은 나명관 형제가 시민군인 줄 알고 김밥과 요구르트, 우유, 빵 등을 올려주었다. 나명관 형제는 신이 나 승합순찰차에서 내리지 않았다. 승합순찰차를 타고 산수동오거리까지 갔다. 광주 시가지를 끝에서 끝까지 관통한 셈이었다. 승합순찰차가 산수동오거리에서 막 산장 쪽으로 올라갈 때였다. 한 할머니가 주먹밥과 찐 계란을 가지고 나와 울면서 내밀었다.

"나쁜 놈덜이 우리 손자를 죽였다고 허요. 우리 손자 원수를 갚어주씨요."

나명관은 우는 할머니를 보자 콧등이 시큰했다. 차 안에 있던 시민군이나 나명관 형제는 할머니가 준 음식을 차마 먹지 못했다.

이윽고 나명관 형제는 투사회보를 배포하기 위해 광천동 시민아파트 윤상원 자취방으로 갔다. 마침 윤상원 자취방에서는 야학생들이 투사회보를 등사하고 있었다. 들불야학 학생회장인 윤순호도 오랜만에 만났다. 투사회보의 문안은 윤상원이 작성하고 글씨는 박용준 필체가 분명했다. '교전장소', '사망자 명단' 등이 투사회보에 실려 있었다. YWCA에 갔다 온 윤순호가 그곳 소식을 알려주었다.

"상원이 형허고 효선이 형이 Y에서 선전 팀을 짰는디 오늘 궐기대회를 주도할라고 허는가 봐. 글고 오늘 오후부터는 투사회보 팀도 Y에서 제작허고 배포헌다고 허대. 긍께 여그서 만드는 투사회보는 이것이 마지막이여. 앞으로는 이름도 민주시민회보로 바꾼다고 허드라고."

"상원이 형, 효선이 형은 시방 Y에 있겄네."

"내가 나올 때 도청으로 들어가드라고. 김창길 학생수습위원장인가 뭔가허고 궐기대회를 우리 팀이 열 테니 협조해달라고 부탁한다고 험서."

그러면서 윤순호는 등사된 투사회보를 가지고 나갔다. 그때 야학생 중에 누군가가 말했다.

"인자 우리 투사회보 팀이 도청을 접수해부러야 허는 거 아녀! 시방 도청에서 설치는 놈덜이 있는 모냥인디 지덜이 노동자, 민주화를 위해 뭘 했다고 그래."

상무관에서 장례 일을 보던 김대중은 점심 무렵부터 관이 많이 들어오는 바람에 식사 시간을 놓쳐버렸다. 시신을 확인하는 일은 민원실에서 했지만 관들이 상무대로 오면 안치하는 일은 김대중 등이 했던 것이다. 관들은 궐기대회 시간에 맞추어 밖으로 내가 시민들에게 공개하기도 했다. 김대중은 궐기대회가 막 시작하려는 시간에 어디 가서 점심을 먹을까 하고 궁리했다. 도청 분수대 위 연단에는 궐기대회 사회자 전대생 김태종과 이현주가 마이크를 잡고 서 있었다. 많은 시민이 분수대 주위를 빙 둘러싼 채 두 명의 사회자를 주시했다. 이윽고 김태종이 "사회를 맡은 저는 전남대학교 학생입니다" 하고 궐기대회 시작하기 전에 자기소개를 했다. 김대중은 김태종이 자기소개를 하는 것까지만 듣고는 배가 너무 고파 도청 광장을 떠났다. 광주천변 임동에는 누나 집이 있었다. 마침 누나와 매형이 집에 있었다. 김대중은 늦은 점심을 먹으면서 딸기 농사를 짓고 있을 형이 생각나 효천역 부근인 임암동으로 가려고 마음먹었다.

"누님, 딸기 농사철인디도 형을 못 도와줘서 참말로 미안허요. 시방 집에 좀 가볼라요."

그러자 누나와 매형이 임암동은 변두리이니 계엄군이 있을지 모른다며 만류했다. 그래도 김대중은 호주머니에서 총알을 모두 꺼낸 뒤 매형의 자전거를 빌려 타고 누나 집을 나섰다. 매형의 말대로 변두리로 나가자 효덕국민학교 앞에 군용트럭이 보였다. 김대중은 머리끝이 쭈뼛했다. 일단 자전거 브레이크를 잡았다. 그러나 내리막길에서 급히 브레이크를 잡자마자 자전거가 미끄러져버렸다. 김대중도 자전거가 나동그라진 반대편으로 쓰러졌다. 그때 오른쪽 금당산 산자락에서 총성이 들렸다. 매복해 있던 계엄군이 휴대용 확성기로 위협했다.

"서라! 서지 않으면 사살한다!"

김대중은 '사살'이라는 말에 일어서려다 본능적으로 엎드렸다. 바로 몇 미터 앞에서 검문하고 있는 계엄군들이 보였다. 계엄군 한 명이 다가와 김대중을 보더니 군홧발로 짓이겼다.

"이 새끼 텔레비에서 많이 본 거 같은데."

계엄군은 낯이 익다며 군홧발로 마구 걷어찼다. 김대중은 누나 집에서 먹은 음식을 다 토해버렸다. 나중에는 누런 배설물이 목구멍으로 넘어왔다. 김대중은 죽을지도 모른다는 공포감으로 바들바들 떨었다. 눈이 매섭게 생긴 계엄군 하사가 김대중이 몸을 몸수색했다.

"이건 뭐야? 이 새긴 간첩이니까 이송해야겠어."

호주머니에서 총알이 한 개 나오자 계엄군 하사가 한 차례 더 발길질을 했다. 총알을 모두 꺼냈다고 생각했는데 재수 없이 한 개가 남아 있었던 것이다. 검문에서 붙잡힌 다른 한 사람은 손만 묶었는데, 김대중은 간첩이라며 손발을 다 묶었다. 두 사람은 금당산 끝자락인 남선연탄공장 뒤로 끌려갔다. 그곳에서 김대중만 또 진압봉으로 납작하게 맞았다.

158

잠시 후 어디에선가 온 헬기에 두 사람을 실었다. 헬기 안에서도 장교가 권총을 김대중 머리에 들이대며 쏴서 떨어뜨려버리겠다고 협박했다. 김대중이 헬기에서 내린 곳은 상무대 연병장이었다. 연병장에는 공수부대 2개 중대가 텐트를 치고 있었다. 헬기로 이송해 온 사람은 모두 일곱 명이었는데, 상무대 헌병들이 달려들어 인정사정없이 주먹을 휘둘렀다. 일곱 명이 모두 쓰러져 뒹굴자 모두 사형시킨다고 거적을 덮었다. 그리고 나서는 한 헌병이 한참 동안 거적 위를 돌아다니며 질근질근 군홧발로 짓밟았다. 거적 속에서 초주검 상태가 되었다가 한 사람씩 불려나갔다. 김대중은 지프차를 타고 온 소령에게 보안대로 끌려갔다. 보안대 수사관들은 곡괭이 자루를 들고 취조했다. 수사관이 비아냥거리며 곡괭이 자루를 책상에 쿵쿵 찧었다.

"이름까지 김대중이네. 니 부모가 빨갱이를 좋아했그만!"

"빨갱이가 아니라 딸기 농사짓는 농부지라."

"이 새끼야, 딸기가 무슨 색이야?"

김대중은 어이가 없어 대답을 못했다. 그러자 보란 듯이 곡괭이 자루가 그의 옆구리를 쳤다. 악! 하는 비명과 함께 저절로 말이 튀어나왔다.

"뻘건 색이지라."

"그러니까 니는 빨갱이란 말이다. 넌 빨갱이 김대중이한테 얼마를 받았어?"

김대중은 또다시 말을 못 했다. 수사관이 곡괭이 자루로 그의 등짝을 서너 차례 후려졌지만 그는 벙어리가 돼버렸다. 곡괭이 자루가 통하지 않자 수사관이 엉뚱한 말을 했다.

"오십만 원 받았다고 해."

"그런 적 없습니다."

김대중은 곡괭이 자루로 한참을 더 두들겨 맞았다. "그런 적 없다"라고 말한 대가였다. 김대중은 온몸이 멍들고 퉁퉁 부어오른 뒤에야 영창으로 들어갔다. 때마침 봄비가 부슬부슬 내렸다. 상무대 인근 논밭에서 개구리들이 구슬프게 울었다.

5월 24일

기동순찰대

　서울에서 내려온 중앙지 기자들이 연일 상황실에 부탁했다. 시외전화가 안 되니 전신전화국의 협조를 받아 시외전선을 연결해달라고 하소연했다. 박남선은 즉시 특수기동대를 짰다. 기동순찰대대원으로 특수기동대를 급조했다. 김현채는 특수기동대 지프차에 올랐다. 박남선이 큰 소리로 말했다.

　"전화국으로 가서 시외전화선을 연결해달라고 하씨요!"

　도청 상공에 갑자기 나타난 헬기가 선회했다. 헬기 프로펠러 소리에 박남선의 목소리가 잘 들리지 않았다. 특수기동대 대원이 카빈소총으로 헬기를 겨누며 욕설을 내뱉었다.

　"헬기 땜시 실장님 소리가 잘 안 들리요!"

　"박충훈 국무총리가 탄 헬기라고 허요. 긍께 총은 쏘지 마쑈. 전두환이라믄 모를까."

"그라고 본께 오늘이 우리가 도청을 탈환헌 지 사흘이 지나부렀그만잉."

"저승사자는 으디서 뭣 해? 전두환을 쓱 잡아가부려야 허는디."

헬기는 도청 상공에서 오르락내리락하다가 날아가버렸다. 도청 현장을 한동안 시찰하고는 사라졌다. 김현채는 지프차 뒷자리로 가서 총을 껴안고 앉았다.

광주전신전화국은 도청에서 지프차로 10분 거리밖에 안 되었다. 지름길인 광주경찰서 앞의 좁은 길로 가면 더 빨랐다. 운전이 서툰 운전수가 멋대로 차를 몰았다. 김현채는 의자 팔걸이를 붙잡고 있지 않았다가 앞으로 구를 뻔했다. 지프차가 전신전화국 앞에서 멈추자 안도의 한숨이 저절로 나왔다.

"시방 광주가 해방되었는디 여그만 세상이 어처께 돌아가는지 모르는그만!"

전신전화국 정문이 잠겨 있자 특수기동대 대장이 화를 냈다. 바로 다른 대원이 주먹으로 정문을 탕탕 쳤다. 그래도 안에서 문을 열어주지 않자 대장이 권총을 꺼내 시건장치를 쏘았다. 단 한 발에 정문이 스르르 열렸다. 전신전화국 1층은 텅 비었고, 대원들이 2층에 올라가서야 일직하는 여직원 한 명을 발견했다. 권총을 든 대장이 여직원에게 대뜸 지시했다.

"시외전선을 연결하쑈! 중앙지 기자덜이 시외전화가 안 된다고 난리요."

"우리 전화국에서 끊은 것이 아닙니다."

"그럼, 누가 끊었단 말이요?"

"당국에서 차단해버렸기 때문에 우리 직원들도 답답합니다."

"당국이라믄 계엄사 놈덜이겄그만."

대장은 실망한 채 대원들에게 바로 돌아가자고 말했다.

"갑시다."

그런데 대원들 중에 두 명은 도청으로 가지 않고 총을 멘 채 지역방위를 하는 곳으로 가겠다고 이탈했다. 김현채가 낯이 익은 대원을 붙잡았지만 소용없었다.

"인자 도청에는 안 들어가겄소. 한쪽에서는 총을 반납허라고 허고, 또 한쪽에서는 총을 들고 싸우라고 허고 어느 장단에 춤을 출지 모르겄소. 긍께 맘이라도 편허게 변두리로 나가 있겄소."

"그래도 숙식이 해결되는 도청이 낫지 않소?"

"총을 반납허라고 졸라댈틴디 난 싫소."

대장은 굳이 가겠다는 대원을 말리지 않았다. 말려도 지시를 따를 대원들이 아니기 때문이었다. 시민군으로 남든, 시민으로 돌아가든 대원들의 자유였다. 김현채는 두 명과 악수를 하고 헤어진 뒤 지프차를 타고 도청으로 돌아왔다. 김현채는 정문에서 가지고 있던 총과 실탄, 수류탄 두 개를 방석모를 쓴 경비조장 김동수에게 주어버렸다. 어제 양동다리를 지나다가 총기회수반 반장에게 총을 달라는 소리를 들었을 때는 그의 머리에 총을 쏴버리고 싶었지만 이제는 무력증 같은 것이 들어 자진해서 반납했다. 김동수가 물었다.

"인자 집에 들어갈라고?"

"아니요, 상무관에나 있을라요."

"민원실 앞보다는 상무관이 나을 것이네."

"으째서 그런다요?"

"민원실 앞은 시신을 확인허고 염해서 입관까지 허지만 상무관은 관을 받아서 안치만 헌께 낫다는 말이네."

"이 판에 궂은일을 가려서야 쓴다요. 왔다 갔다 험서 일을 볼라요."

김현채는 상무관으로 먼저 갔다. 그러나 상무관 안으로 선뜻 들어서지 못했다. 희생당한 시민군들의 관이 여러 줄로 안치돼 있었는데 갑자기 통곡 소리가 났다. 유족이 베니어판 관을 붙들고 울부짖었다. 관에는 여고생의 학교명과 학년, 이름이 쓰여 있었다. 김현채는 가슴이 울컥해서 밖으로 나오려 했지만 어느새 모여든 한 무리의 시민 때문에 어정쩡하게 서고 말았다. 시민들은 소주와 북어포, 귤, 향 등을 계단에 놓고는 애국가를 부른 뒤 묵념을 하고 돌아갔다. 그때 머리를 노랗게 물들인 아가씨 서너 명이 김현채에게 다가와 말했다.

"삼베를 못 구해 무명으로 수의를 만들었는디 받으씨요."

"민원실로 가서 접수시키씨요."

"도청 안으로 들어가기가 뭣헌께 이리로 왔지라."

"그럼, 이리 주쑈."

김현채는 무명수의 여러 벌이 든 종이 박스를 받아들고 도청 쪽으로 길을 건너갔다. 김동수는 보이지 않고 경비대장 위성삼이 보였다. 시민군으로 맹활약한 조대생 위성삼도 낯이 익어 말을 걸었다.

"수고 많으십니다."

"자네는 기동타격대원 아니여?"

"왔다리 갔다리 허고 있지라. 지금은 장례담당반에 있그만이라."

민원실 앞에는 가족이 나타나지 않은 시신이 10여 구 있었다. 몽둥이로 맞아 죽은 시신, 조선대 뒷산에서 파 왔다는 고교생 시신, 총 맞은 여고생 시신, 대검으로 목이 잘린 처참한 시신 등등이었다. 시신이 실려 오면 알코올로 소독한 뒤 얼굴만 내놓은 채 입관을 했다. 시신의 옷 종류를 확인하고, 소지품은 관 위에 올려놓았다. 시신을 지키는 일은 교련복 차림의 광주상고 1학년 안종필이 맡았다.

시신은 전남대병원과 조선대병원 영안실에서 계속 들어왔다. 베니어판 관도 부족해 김현채는 관을 구하러 평소에 보아두었던 광주공원 부근에 있는 장례용품 가게로 트럭을 타고 갔다. 그러나 주인은 관이 없다고 잡아뗐다. 할 수 없이 김현채가 트럭에 있던 총을 들고 와 위협했다.

"아저씨는 광주 사람 아니요? 공짜로 달라는 것이 아닌께 내놓으쑈."

"청년, 여그다 싸인 하나 해주소."

가게 주인은 가게 안쪽의 커튼을 젖혔다. 그러자 관 두 개가 나왔다. 김현채는 주인이 내민 종이에 '관 2개, 도청장례담당'이라고 쓴 뒤 사인을 했다. 급히 관을 가지고 왔는데 민원실 앞에서도 상무관처럼 통곡하는 유족이 보였다. 목이 없는 관 옆에서 청년이 울부짖는 노파를 달래며 장례담당 시민군에게 말했다.

"바지를 한번 벗겨 보여주실라요?"

"무신 말이요?"

"며칠 전에 동생이 나갈 때 내 바지를 입고 나갔응께 허는 말이요."

시민군이 바지를 벗길지 말지 망설이자, 이번에는 큰 소리로 울던 노파가 말했다.

"왼쪽 허벅지에 큰 숭터가 있는지 쪼깐 봐주쇼잉."

김현채가 시신의 바지를 벗겼다. 과연 시신의 허벅지에는 15센티미터쯤 되는 흉터가 있었다. 아들인 것을 확인한 노파는 또 한 번 더 오열하면서 소리 내어 울었다. 시신의 가족이 확인되자 다시 입관하고 관에 대형 태극기를 씌웠다. 그런 뒤 승합차에 실어 상무대로 넘겼다.

시신을 다루는 일은 결코 쉬운 일은 아니었다. 그래서인지 장례담당반 시민군들은 슬그머니 사라졌다. 김동수와 박병규는 정문 경비로 나갔고, 여고생 박현숙과 방통고생 황호걸, 송원전문대 1학년 백대환은 어제 화순으로 관을 구하러 가다가 주남마을 앞에서 계엄군의 총을 맞아 죽었고, 김대중은 상무관을 떠난 뒤 돌아오지 않고 있었다.

삼화다방 주방장 염동유는 민원실 화장실로 가서 손을 씻었다. 그래도 손에 묻은 시신의 악취가 사라지지 않았다. 시신을 다루는 일이 질리기도 해서 이제는 다른 팀으로 가볼 참이었다. 때마침 기동순찰대원을 급히 모집한다는 소리를 듣고 염동유는 도청 현관으로 갔다. 남자라면 기동순찰대원을 한 번쯤 해보는 것도 멋진 일이라는 생각이 들었다. 도청 현관에는 어디서 왔는지 시민군 60여 명이 모여 있었다. 염동유는 화순 출신이기 때문에 지원동 일대를 순찰하는 조에 들어갔다. 박남선이 지원동 기동순찰대 대원에게 말했다.

"화순 너릿재 부근에서 사람들이 몰살당했다는 보고를 받았소. 사상자가 있을지 모른께 수습하고 오씨요. 시내에서 철수한 공수덜이 그쪽에 주둔하는 한 사고는 계속 날 것 같소."

기동순찰대차는 소형 버스였다. 앞면 유리는 방탄용 철판을 붙였고 차체에는 타이어를 주렁주렁 걸었다. 소형 버스에 탄 시민군은 염동유를 포함해서 20여 명이었다. 기동순찰대 소형 버스는 숭의실고 앞에서 잠깐 멈추었다. 학동 지역방위 시민군 한 명이 와서 지원동 버스 종점 너머에서 총성이 연달아 울렸다고 알려주었다.

어쨌든 기동순찰대는 지원동 버스 종점까지 가보기로 했다. 과연 지원동 버스 종점 가까이 가자, 지원동 시민군 소대원들이 리어카에 시신을 몇 구 싣고 조심스럽게 오고 있었다. 시민군이 염동유 쪽을 보고 소리쳤다.

"공수덜이 논밭에 일하러 나온 주민들을 쏘았소. 징헌 놈덜이요."

이미 연락을 했는지 전남대병원 구급차가 달려와 시신을 인계받은 뒤 되돌아갔다. 기동순찰대 대원들은 위험 지역이라고 판단하고 학동 석천다리까지 물러나 경계를 섰다. 공수부대의 동태를 살피면서 화순으로 가는 시민들을 만류하기 위해서였다. 그러나 무한정 석천다리 밑에 있을 수는 없었다. 그곳은 학운동이나 지원동 시민군 소대가 방어를 하는 곳이기 때문이었다.

염동유가 탄 기동순찰대 소형 버스는 저녁 식사 시간에 맞추어 도청으로 돌아왔다. 도청 시민군의 식당은 민원실 2층에 있었다. 염동유는 도청 정문에서 김동수를 만났다. 김동수가 한 여자를 소개했다.

"상고생이 지금도 민원실에 있소? 상고생 누나가 면회 왔그만요."

여자가 염동유를 보고 하소연했다.

"안종필이 내 동생입니다. 만나게 해주세요."

"아, 시신을 지키는 상고생 누나그만요. 따라오씨요."

염동유는 여자를 민원실 앞까지 안내하고 자신은 2층으로 올라갔다. 마침 교련복 차림의 안종필은 민원실 앞에서 카빈소총을 멘 채 입관한 관들을 지키고 있었다. 여자가 안종필의 손을 잡고 사정하듯 말했다.

"종필아, 얼능 집에 들어가자. 어저께 엄마가 집으로 델꼬 왔으믄 그대로 있어야제 으째서 또 나와부렀냐. 엄마는 이 사태가 끝나믄 니가 학교에 댕기지 못헐까 봐 걱정이시단다."

"누나, 안 들어갈라네."

"어쩔라고 그러냐. 공부를 할래, 안 할래? 엄마는 니가 이러다가 죽는다믄 개죽음이라고 하시더라."

"누나, 광주 사람들이 왜 이렇게 죽은지 알아? 우리나라 민주화를 위해 죽은 것이여. 긍께 헛된 죽음이 아니여. 오히려 지금 포기허믄 헛된 죽음이 돼버릴 수 있어."

안종필이 흥분하자 시민군이 하나둘 모였다. 여자가 말꼬리를 내렸다. 그러고는 화제를 돌렸다.

"너 여그 있는 것이 무섭지 않냐?"

"무섭긴 왜 무서워. 하나도 안 무섭네."

여자는 동생의 말에 대꾸를 못 하고 돌아섰다. 어제 어머니를 따라 집에 들어왔다가 잠만 자고 또 도청으로 나와버린 동생이 자신의 말을 들을 것 같지 않아서였다.

상황실에서도 가족들이 찾아와 하소연들을 하고 있었다. 기동순찰대로 편입한 방위병 이재춘도 어머니와 동거 중인 여자가 찾아와 애원하면서 흐느꼈다. 그러나 이재춘은 방위병이라는 신분도 잊어버리고 끝까지 도청에 남겠다고 뿌리쳤다. 출퇴근했던 군부대에 다시 들어간다 해도 어차피 영창으로 가야 했기 때문이었다. 그럴 바에는 시민군으로 싸웠다는 이름이라도 남기고 싶었다. 자신은 도청에서 누구의 지시를 받아 움직이는 것은 결코 아니었다. 마음에 맞는 시민군 동지 몇몇이 의기투합해서 싸우고 있는 중이었다. 나이가 엇비슷한 시민군 대여섯 명이 모여서 정문 수위실로 가면 무전기 한 대를 주었다. 그러면 누구의 간섭도 받지 않고 돌아다니는 기동순찰대가 되었다.

남광주역 부근을 순찰하고 돌아온 김기광도 어머니와 실랑이를 벌였다. 나주에서 도청까지 걸어온 어머니가 김기광을 붙들고 통사정을 했다.

"기광아, 얼능 집에 돌아가자."

"엄니, 안 돼요. 지금 들어가믄 우리 모두 죽으요. 하루 이틀만 더 있다가 집에 들어갈랑께 돌아가시씨요."

순찰을 막 마치고 상황실에 들어선 김현채는 얼굴을 확 돌렸다. 여동생이 어떻게 알고 왔는지 상황실에서 두리번거리고 있었다. 그런데 여동생은 그의 뒷모습만 보고도 달려왔다.

"오빠 친구 여동생이 오빠가 여그 있다고 알려주었어."

"식구덜이 내가 서울에 있는 줄 알 것인디 비밀로 해주라. 나는 여그서 동지덜허고 잘 있응께. 글고 내가 광주시민을 위한다는 보람도 있어야."

여동생은 김현채가 '보람을 느낀다'고 하자 입을 다물고 말았다. 오빠의 고집을 알기 때문에 더 이상 집에 가자는 말을 못 했다.

불안한 하루

상무대 부근에는 여관과 여인숙이 몇 개 있었다. 모두 군인을 상대로 영업하는 숙박업소였다. 최근에는 계엄령이 내려진 탓에 빈방이 많았다. 명노근과 전남대 교무처장 박영준은 꼭두새벽에 여관을 찾았지만 욕실이 딸린 널찍한 방에 들었다. 평소라면 깊은 잠에 떨어졌을 시각이었지만 두 사람은 잠깐 쪽잠을 잔 뒤 눈을 떠버렸다. 명노근이 말문을 열었다.

"불을 켤까요?"

"괜찮그만요. 부사령관이 결단만 내리믄 되는디."

"김 소장이 우리를 이해할라고 허는 눈치인디 또 다른 고민이 있는 거 같습디다."

"우리 얘기를 새복까지 들어준 것을 보믄 그런 느낌도 들드그만요."

"아침에 들어오라고 한 걸 보면 진전된 안을 내놓을지 모르겠습니다."

"내 짐작이지만 부사령관보다 더 힘센 사람이 위에서 이래라저래라하는 거 같으요."

창문이 푸른 새벽빛으로 물들었다. 두 사람은 불을 켜고 일어나 앉았다. 새벽빛이 일렁이는 창문을 보자 막연하게 희망 같은 것이 솟구쳤다. 부사령관 김기석 소장이 상부로부터 허락을 받아 예비검속 때 연행당한 김상윤, 정동년은 물론 시위를 주동한 시민들을 석방시켜줄 것 같은 예감이 들었다.

"명 교수님, 아침 먹지 말고 일찍 들어갑시다."

"예, 박 처장님."

두 사람은 양치질과 세수만 한 뒤 상무대로 갈 준비를 했다. 박영준이 밖으로 나가 맨손체조를 하는 동안 명노근은 무릎을 꿇고 짧은 기도를 했다. 그러나 기도는 순일하지 못했다. 머릿속에 여러 생각이 맴돌았다. 무기 회수에 나선 조비오 신부는 어찌 됐을까? 무기 회수를 반대하는 박남선 등이 더 나대는 것은 아닐까? 계엄사 측이 협상하는 척하면서 우리를 분열시킨 뒤 광주로 재진입하지는 않을까?

명노근은 머리를 흔들었다. 모든 상황은 하느님이 준 시련 속에 있다고 자위하면서 가까스로 기도를 끝냈다. 박영준이 방을 들어오면서 말했다.

"긴장한 탓인지 시간이 번개 같소. 천천히 가면 부사령관허고 약속한 시간과 딱 맞겠소."

두 사람은 옷장 속에서 양복 상의를 꺼내 입고는 여관을 나섰다. 하의는 입고 잤던 탓에 여기저기 구겨졌지만 그런 데까지 신경 쓸 여유는 없었다. 위병소에서는 위병장교가 턱짓을 하자 위병이 두 사람에게 주민등록증을 받고는 통과시켜주었다. 어제 보았던 키가 늘씬한 그 위병장교 덕분이었다. 두 사람은 곧바로 부사령관실로 갔다. 부사령관 김기석 소장이 먼저 와서 두 사람을 기다리고 있었다. 헌병대장과 보안대장은 보이지 않았다. 부사령관 부관들은 벽 쪽에 부동자세로 서 있었다. 명노근이 김기석 소장에게 넌지시 물었다.

"예비검속자들까지 석방시켜주시겠습니까?"

"무기를 전부 회수하는 조건입니다만 연행자 전원석방을 상부에 보고했습니다."

"장례식은 시민장으로 허락하시겠습니까?"

"시민들을 자극할 수 있는 문제지만 그 부분은 제가 결단을 내리겠습니다."

시신이 부패하고 있으므로 장례식은 시간을 다투었다. 그러나 장례 주최를 두고 계엄사 측은 시민을 자극해 흥분시킬 수 있다며 어제까지는 반대했던 것이다.

"그렇다면 장례식 문제만 진전이 좀 있고 연행자 석방 부분은 그대로군요."

명노근은 자신도 모르게 한숨을 쉬었다. 도청으로 돌아가 전할 희소식이 없기 때문이었다. 그러자 김기석 소장이 뭔가 작심한 듯 어금니를 물었다가 놓았다. 그런데 바로 그때 서울에서 내려왔다는 육군 준장 서너 명이 들어왔다. 전투복 차림의 준장들 중에 한 명이 김기석 소장에게 따지듯 소리쳤다.

"협상이 며칠쨉니까! 왜 끌려다닙니까?"

"끌려다니다니요, 협상이란 상대가 있는 거 아니오?"

"빨갱이가 무슨 협상 상대란 말입니까!"

체구가 큰 준장이 처음부터 날 선 말로 상관에게 고성을 지르는 일종의 하극상이 분명했다. 부사령관실 분위기가 단번에 험악해졌다.

"그럼, 이분들이 빨갱이란 말이오? 당장 나가시오!"

"부사령관, 당신이 문제구먼!"

준장이 권총을 빼어 들고 김기석 소장에게 달려들었다. 키는 작지만 당찬 김기석 소장도 지지 않았다. 보란 듯이 권총 노리쇠를 잡아당긴 뒤 자신보다 머리 하나가 더 큰 준장을 겨냥했다. 그러자 준장이 반걸음 물러서며 멈칫했다. 명노근과 박영준은 갑자기 황당해져 멍하니 지켜보기만 했다. 권총을 서로 겨눈 탓에 끼어들어 말릴 수도 없었다. 순간 김기석 소장의 부관 중에 한 명이 준장에게 다가가 재빨리 손을 잡아 비틀었다. 준장의 권총이 바닥에 떨어지고 난 후에야 양쪽 부관들이 자신의 상관 앞으로 가서 막아섰다.

돌발사태가 겨우 진정되었다. 얼굴이 붉어진 준장은 군홧발 소리를 크게 내면서 부사령관실을 나갔다. 분을 삭이듯 김기석 소장도 두 눈을 감은 채 이를 악물었다. 명노근과 박영준은 놀란 나머지 할 말을 잃어버렸다.

이윽고 두 사람은 부사령관실을 나서고 말았다. 명노근은 아무 말도 못 한 자신이 새삼 무력하게 느껴졌다. 박영준이 말했다.

"인자 으쨌으믄 좋겠습니까?"

"수습위원들이 있는 도청으로 일단 가봐야지요."

"명 교수님, 방금 사태를 어처게 생각허요?"

"부사령관은 우리를 이해할라고 허지만 서울에서 내려온 신군부 장성들은 광주를 힘으로 제압할라고 허는 느낌입니다."

"준장이 상관인 소장에게 대드는 걸 보니 또 다른 지휘계통이 있는 거 같으요."

두 사람은 시민군의 차를 탈 기분도 아니어서 걷기로 했다. 상무대에서 도청까지는 먼 거리였지만 아무 소득도 없이 복귀해야 했으므로 허탈한 심정으로 걸어갈 수밖에 없었다.

두 사람이 도청으로 걸어가고 있는 시각이었다. 상황실장 박남선은 부실장 양시영과 함께 도청 민원실 2층 식당에서 늦은 아침을 먹고 있었다. 식당에는 자원봉사자 여학생과 젊은 주부 들이 북적거렸다. 박남선은 허기가 져 밥을 두 그릇째 시켰다. 반찬은 고추장과 멸치, 단무지뿐이었지만 다 맛있었다. 식량보급 트럭을 타고 목수 천순남 등이 시내를 돌아다니며 얻어 온 쌀과 반찬들이었다. 부실장 양시영이 심각한 얼굴로 물었다.

"실장님, 시방 총기를 회수허고 있는디 앞으로 어처께 될 것 같습니까?"

실제로 불안해하는 사람은 양시영뿐만이 아니었다. 이삼일 해방감에 젖었던 무장시민군들은 학생수습위원회와 시민수습위원회에서 총기 회수를 본격화하자, 무엇보다 변두리 지역방어를 걱정했다. 공수부대원 세 명을 생포하는 등 지역방어를 잘했던 문장우의 학운동 시민군 소대도 무기를 반납하고는 와해되고 말았던 것이다.

"시민군 사기를 올리지는 못 혈망정 떨어뜨리고 있으니 나도 분통이 터져부네. 개새끼덜!"

수상쩍은 공기는 상황실 안에도 은근히 감돌았다. 식사를 마치고 돌아온 박남선이 부실장 양시영에게 주의를 주었다.

"부실장, 상황실 요원덜이 동요헐 수 있응께 내색은 마시요."

"예, 알겠습니다."

그때, 기동순찰대 대장 윤석루가 20대 초반의 청년을 상황실로 데리고 들어왔다. 청년은 자신을 주월동에 사는 전남대 학생이라고 밝혔다. 그러면서 말을 꺼내기도 전에 울음을 터뜨렸다. 박남선은 공수부대원에게 당해서 그러려니 했다. 상황실로 찾아온 시민 중에는 계엄군이 총을 쏘아 자기 동네에서 사상자가 발생했다고 신고 접수한 경우가 많았는데, 기동타격대가 출동해보면 사상자는 이미 계엄군이 처리해버린 뒤였다. 그뿐만 아니라 출동한 대원들이 계엄군에게 피해를 입고 겨우 빠져나온 적도 있었다. 그런데 무기 회수 중인 지금은 시민군이 줄어들어 시민신고를 무조건 다 받아줄 수 없는 형편이기도 했다.

전남대 학생의 신고도 마찬가지였다. 이유를 알 수는 없지만 계엄군과 공수부대 사이에 총격전이 벌어져 죄 없는 동네 주민들이 죽고 부상당했으니 빨리 시민군이 출동해 병원으로 이송해달라는 신고였다. 박남선은 건성으로 대답하고는 일어섰다.

"알았소."

일부 시민군은 철모와 방석모를 쓰고 있었으므로 두 부대가 서로 상대를 시민군으로 착각하고 총격전을 벌였을 것이 분명했다. 그런데 지금 기동순찰대가 나선다면 계엄군과 공수부대의 공격을 한꺼번에 분풀이하듯 받을 것이 뻔했다. 기동순찰대 대장으로 맹활약하고 있는 윤석루가 전남대 학생의 눈치를 보면서 박남선에게 작은 소리로 물었다.

"실장님, 출동할까요?"

"계엄군과 공수부대가 철수했는지 확인허고 출동해 부상자들을 병원으로 옮기씨요."

상황실 밖은 확성기 소리로 시끄러웠다. 도청 광장에서 궐기대회가 열리고 있었다. 누군가가 분수대 주위에 모인 시민들에게 전단지를 나눠주고 있었다. 시민수습위원들이 계엄사를 찾아가 협상한 내용을 인쇄한 전단지였다. 사회자 김태종이 어제와 달리 능숙한 언변으로 궐기대회를 이끌었다. 식순에 의해 차분하게 시작한 궐기대회는 점점 뜨겁게 달아올랐다.

도청 정문에서는 정문경비 시민군과 기자들이 실랑이를 벌이며 옥신각신했다. 경비반장 오동일이 박남선에게 달려와 방석모를 벗으면서 말했다.

"기자들이 도청 안으로 들어와 취재허겄다고 난린디 어쩌께 헐까요?"

"우리 시민군을 폭도라고 헌 놈덜이니 들여보내지 마쑈."

오동일은 땀범벅이 된 머리카락을 뒤로 쓸어 넘겼다. 기자들을 제지하느라고 힘들었는지 도리질을 했다. 박남선이 웃으며 말했다.

"방석모를 벗은 경비반장 얼굴이 알밤 같소. 하하하."

"실장님, 시방 농담헐 땝니까? 기자덜 정말 징허요, 징해. 실장님이 상대 한번 해보쑈."

도청 정문과 민원실을 오가며 장례 일과 경비를 번갈아가며 해오던 대학생시민군 김동수와 박병규가 오동일을 대신해서 기자들과 다

투고 있었다.

"당신들은 우리덜이 공수들의 만행을 얘기해도 유언비어라고 잘라 부렀소. 그것도 초기에는 단 한 줄도 보도허지 않았소."

"검열에 걸려 기사가 제대로 나가지 못한 것이지 우리들이 동조헌 것은 아니오."

박남선이 정문으로 나서자, 광주 지역 신문의 한 기자가 말했다.

"우리 기자들은 공동으로 사직서를 냈소. 광주의 모든 사실은 역사적인 기록으로 남아야 하니 취재할 수 있도록 협조해주씨요."

"나도 그 인쇄물을 보았소. 그걸 보고 기자덜이 다 같지는 않다고 느껴부렀소."

박남선은 전일빌딩 앞에서 기자들의 비통한 심정을 밝힌 다음과 같은 유인물을 보았던 것이다. 신문사 사장에게 공개적으로 보내는 공동사직서였다.

우리는 보았다. 사람이 개 끌리듯 끌려가 죽어가는 것을 두 눈으로 똑똑히 보았다. 그러나 신문에는 단 한 줄도 싣지 못했다. 이에 부끄러워 우리는 붓을 놓는다.
1980. 5. 20. 전남매일신문 기자 일동

결국 박남선은 경비반장 오동일에게 지시했다.

"지금까지 보도에는 문제가 많았지만 역사적인 기록으로 남아야 허니 프레스카드를 지닌 기자들만 도청 출입을 허락합시다."

기자들이 도청 안으로 우르르 몰려들었다. 정문 밖에서는 여전히 궐기대회가 진행 중이었다. 각계 대표들이 분수대 위로 올라가 시민들에게 열변을 토하고 있었다.

그런데 궐기대회 중에 소나기가 쏟아졌다. 소나기가 내리면 우의가 없는 외각의 시민군들은 비를 피해 흩어지게 마련이었다. 박남선은 경찰우의를 입고 기동순찰대 승합차를 탔다. 변두리 지역방어를 점검하기 위해서였다. 운전하는 대원에게 순찰할 지역을 말했다.

"학동, 방림동, 화정동, 서부경찰서, 광주역, 서방삼거리, 산수동오거리, 조선대 입구로 갔다가 주월동 옥천여상으로 가보씨요."

목포로 나가는 길목인 주월동은 좀 전에 전남대 학생이 계엄군과 공수부대가 총격전을 벌였다는 동네였다. 소나기는 계속 세차게 퍼부었다. 지역방어 시민군들은 예상했던 대로 보이지 않았다. 소나기를 피해 어디론가 가버리고 없었다. 대원 가운데 한 사람이 말했다.

"우산도 우의도 읎는디 누가 장대비를 맞고 경비를 선다요."

소나기 장대비는 기동순찰대 지프차가 주월동 옥천여고 앞에 다다랐을 쯤에야 가랑비로 바뀌었다. 옥천여고 부근은 총격전이 벌어졌다는 현장 같지 않았다. 가랑비를 맞고 있는 논밭이 순하고 평화롭게 보였다. 대원 한 명이 학교 앞 가게로 가서 총성이 난 곳을 물어보니 주인이 알려주었다. 그러나 그 지점에 가보았지만 역시 아무도 없었다. 부서진 지프차가 길가에 버려져 있고, 군화 짝들만 대여섯 개 널려 있을 뿐이었다.

박남선은 곧바로 도청 상황실로 돌아왔다. 우의를 벗고 의자에 앉자마자 담배를 한 대 피워 물었다. 그때 어린 고교생 시민군이 다가와 말했다.

"실장님, 누가 찾아와 지달리고 있습니다."

30대 초반으로 보이는 곱슬머리가 다가왔다. 곱슬머리는 전남대 졸업생이라고 자신의 신분을 밝히고는 다짜고짜 박남선에게 물었다.

"시민수습위가 제시한 수습책을 어처께 생각합니까?"

"내 맘에 안 드요. 전술이 뭔지 하나도 모르는 사람들허고 일허자니 심만 드요."

박남선은 지금까지의 불만을 노골적으로 드러냈다. 그러자 은행원처럼 말쑥한 용모를 지닌 그가 흰 치아를 살짝 드러내며 말했다.

"서로 힘을 합치믄 반드시 해결헐 수 있을 겁니다. 우리 노력해봅시다."

그는 서울에서 직장을 그만두고 내려온 들불야학 강학이자 투사회보를 제작하고 있는 윤상원이었다. 전남대 연극반 출신으로 박정권, 박효선, 이희규, 김태종 등의 직속 선배이기도 했다.

궐기대회

하늘은 우중충했고 간간이 부는 바람은 축축했다. 해가 언뜻 보이다가도 구름장 너머로 사라졌다. 냉기와 온기가 엎치락뒤치락하는 토요일이었다. 남동성당 김성용 신부는 또 도청으로 갔다. 어제도 도청에 들러 조비오 신부가 활동하는 시민수습위원회 위원들을 만났던 것이다. 그런데 김성용 신부의 마음은 여전히 심란했다. 시민수습위원회 위원 중에 상무대를 드나드는 인사가 계엄사 측과 통화하면서 저자세로 뭔가 지시를 받고 있다는 느낌이 들었기 때문이었다. 협상을 이어가기 위해 일부러 과장한 언사일 수도 있었겠지만 어디까지나 계엄사는 광주시민을 살상한 가해자였다.

김성용 신부는 10시쯤 도청에 도착해 회의실로 이용하는 부지사실로 올라갔다. 어느새 부지사실에는 시민수습위원 30여 명이 들어와 앉아 있었다. 그런데 명노근 교수는 보이지 않았다. 총기회수반 지프차를 타고 총기를 회수하러 다니는 조비오 신부도 자리에 없었다. 학생수습위원회 고문인 소설가 송기숙도 보이지 않았다. 김성용 신부는 빈자리로 찾아가 앉으면서 또 어제와 같은 장면을 보고는 양미간을 찌푸렸다. 장휴동이 전남북계엄분소 부사령관 김기석 소장과 통화하면서 간혹 미소를 짓기도 했다. 통화를 끝낸 후 이종기 위원장과 시민수습위원들에게 통화 내용을 알려주었다.

"김기석 장군이 도청으로 들어와 군의 입장을 설명하겠다고 해서 제가 신변보장까지 해주기 어렵다고 했습니다."

"신변보장이 중헌 것이 아니지요. 장군이 상무관으로 몬자 가서 희생자들에게 사죄허는 게 최소한의 도리지요. 광주시민이 얼마나 많이 죽었습니까?"

장휴동의 말이 끝나자마자 한 시민수습위원이 강하게 불만을 터뜨렸다. 그러자 시민수습위원회 위원들이 잘돼가는 협상에 재 뿌린다는 표정을 지으며 잠시 술렁거렸다. 그러나 김성용 신부는 자신과 뜻이 맞는 인사가 있구나 하고 마음속으로 지지를 표했다. 시민수습위원회 위원장인 이종기 변호사가 또 무기 회수 문제를 꺼냈다.

"계엄사 측과 협상의 절대조건은 무기 회숩니다. 무기 회수가 전제되지 않고서는 연행자 석방이나 사후 보복 금지, 계엄군 진입 금지 등을 논허기가 불가능헌 거 같소."

"위원장님, 현재 회수된 무기는 을마나 돼붑니까?"

"장휴동 선생이 말해보씨요."

"예, 회수헌 총기 삼천오백 정 중에서 이십이 일 백오십 정, 이십삼 일 백오십 정을 계엄사에 반납했습니다. 그러나 계엄사 측에서는 총기를 더 가져오지 않는다고 불만이 많습니다."

"총기를 갖다 준 대가로 석방한 시민들은 을마나 된가요?"

"이십이 일에 팔백사십팔 명, 이십삼 일에 삼십사 명을 상무대에서 델꼬 온 줄 알고 있습니다."

"아직도 시내에 총기가 많지요?"

"회수해야 할 총기가 아직도 겁나게 많은디 정확하게는 모르겠습니다."

"조비오 신부님께서 고생이 많으신디 여러분도 나서주시면 고맙겠습니다. 저도 오늘 오후부터라도 조비오 신부님허고 무기를 회수하러 댕길 생각입니다."

이종기 변호사의 제안에 장세균 목사와 남재희 신부가 조비오 신부를 돕겠다고 나섰다. 김성용 신부는 시민수습위원들의 주고받는 말에 흥미를 잃었다. 광주시민을 살상한 계엄사의 사과 없이 무기만 갖다 바치면 수습이 될 것이라는 말에 은근히 부아가 치밀었다. 김성용 신부는 광주시민의 희생을 줄이겠다고 무기를 회수하러 나선 조비오 신부와는 생각이 달랐다. 일부 수습위원이 가해자인 계엄사 측에 끌려다니고 있다는 느낌도 들었다. 가해자가 피해자에게 어떤 조건을 요구하는 것은 협상이 아니었다. 무기를 회수해 오면 연행자를 석방하겠다, 보복을 금지하겠다, 광주에 재진입하지 않겠다고 하는 것은 본말이 바뀐 협상이었다. 김성용 신부는 일부 수습위원의 태도를 비판하고 싶었지만 참았다.

무기 회수 문제를 놓고 별다른 이견이 없자 모두 자리에서 일어났다. 궐기대회가 열리는 도청 분수대로 나가기 위해서였다. 시민수습위원회 위원장인 이종기 변호사도 분수대 위에 올라가 연설하기로 돼 있었다. 김성용 신부는 분수대 맨 앞줄에 수습위원들과 함께 앉았다. 박효선이 이끄는 극단 광대 회원인 김태종과 이현주가 사회를 보았다. 키가 큰 김태종은 전남대 연극반 출신답게 발음이 또록또록했다. 분수대 주위로 모여든 시민들에게 신뢰감을 주기에 충분했다. 궐기대회는 사회자의 개회선언, 국기에 대한 경례, 애국가 제창, 광주 희생자들에 대한 묵념, 그리고 시민, 학생, 시민수습위원, 재야인사, 노동자 등 각계 인사들의 연설과 시민들의 주장, 전두환 화형식, 시가 행진 등으로 진행할 예정이었다.

이종기 변호사 차례는 시민군과 노동자 대표인 젊은 사람들 뒤였다. 잠시 후에야 이종기 변호사 순서가 되었다. 이종기 변호사는 조비오 신부의 말을 빌려 말문을 열었다.

"이 사람은 시민수습위원회 위원장 이종깁니다. 우리 시민수습위원회 위원인 조비오 신부님은 내게 총이 있다면 살상 만행을 맘대로 한 공수부대원을 한 사람도 남기지 않고 사살해불고 잦은 심정이라고 말씸헌 적이 있습니다."

시민들이 박수를 치며 환호했다. 이에 힘을 받은 이종기 변호사가 한두 마디를 더 붙인 뒤 계엄사 측과의 협상 내용을 공개했다.

"이십이 일, 이 자리서 장휴동 선생이 발표한 것보다 진전된 팔 개 항을 구두로 약속받았습니다. 무기를 회수헌다면 군은 광주에 진주하지 않겠다고 허며, 연행자들을 선별석방헐 것이며, 사북사태와 같은 사후보복은 허지 않겠다는 구두약속을 받았습니다."

이종기 변호사가 구두로 약속받았다는 8개 항 중에서 세 가지를 먼저 열거하자마자 시민들의 뜨거웠던 반응은 금세 식어버렸다. 곧바로 불만이 여기저기서 터져 나왔다.

"집어치우씨요! 간단허게 말하씨요!"

"저 인사 끌어내려부러!"

김성용 신부는 자신도 모르게 중얼거렸다.

'아, 시민수습위원회가 시민들에게 불신을 받고 있구나.'

자신이 분수대 위로 올라가 연설한다면 망설이지 않고 '의인이 흘린 피의 대가를 계엄사 측에 요구하는 것이 이 사태를 근본적으로 수습하는 방법입니다'라고 말했을 것 같았다. 김성용 신부는 실망한 채 궐기대회 장소를 떠났다.

갑자기 소나기가 퍼부었다. 장대비가 도청 광장에 내리꽂혔다. 그래도 시민들은 장대비를 맞으며 흩어지지 않았다. 아침에 일기예보를 듣고 미리 우산을 준비해 온 시민도 많았다. 박효선도 분수대 위로 올라가 난생 처음으로 대중연설을 했다. 녹두서점에서 윤상원과 미리 조율한 내용이었다. 박효선은 발성연습을 해온 배우답게 우렁찬 소리를 배 속에서 뽑아냈다.

"저는 전남대 국문과를 졸업한 뒤 극단 광대 일원으로 활동하고 있으며 현재는 동리소극장 대표인 박효선입니다. 비도 오고 있으니 저는 군더더기의 말을 생략허고 바로 본론으로 들어가겠습니다. 계엄사 측은 무기를 회수해서 갖다 주면 모든 문제를 해결해줄 것처럼 시민수습위원들을 유도하고 있습니다. 그것은 계엄사 측이 순진하고 순수헌 시민수습위원들을 속이고 있는 것입니다. 무기를 갖다 주는 것은 신군부 야욕을 도와주는 꼴입니다. 계엄사 측에 속아서는 안 됩니다. 시민들이 무기로 철저하게 무장허고 있어야만 계엄군의 진입을 막을 수 있는 것입니다. 며칠만 기다리십시오. 광주항쟁의 불길이 서울, 부산, 대전 등 전국으로 들불처럼 번져나갈 것입니다. 또한 우리의 항쟁은 세계 각국의 지지를 받을 것이고 신군부는 국제적인 비난에 직면하여 스스로 권력 찬탈의 야욕을 포기하고 말 것입니다."

박효선의 연설에 박수 소리와 함성 소리가 도청 광장을 뒤덮었다. 퍼붓는 장대비도 시민들의 함성을 꺾지 못했다. 박효선은 20여 분쯤 폭포수 쏟아지듯 연설을 한 뒤 분수대에서 내려왔다. 온몸이 장대비에 흠뻑 젖었지만 오히려 의식은 더 명료해진 느낌이었다. 사실 아침에 녹두서점에서 윤상원의 주도로 전남대 유인물 제작 팀, 극단 광대, 들불야학 대표 들이 모여 궐기대회를 위한 준비회의 때만 해도 머릿속은 여러 가지 생각들로 복잡했던 것이다. 시민항쟁 속에서 내 역할은 무엇인가? YWCA에서 투사회보를 제작하고 대자보를 작성하는 것이 꼭 내가 할 일인가? 원래 나는 연극을 하겠다고 교직까지 버린 사람이 아닌가? 나의 행동은 스스로 선택한 자주적인 것인가? 혹시 윤상원 형의 행동에 휩쓸리고 있는 타의적인 것은 아닌가? 그러나 분수대에서 연설하는 동안 관객이 된 시민들의 호응을 직접 확인한 박효선은 자신의 행동이 광주시민을 위한 이타적이라는 생각이 번개처럼 들었다. 그리고 누군가를 위해서 산다는 것은 자신을 버리는 일이라는 사실도 깨달았다.

박효선은 도청 광장에서 5분 거리밖에 안 되는 동리소극장으로 가서 옷을 갈아입었다. 그런 뒤 빈 객석의 의자에 앉아 흥분했던 마음을 진정시켰다. 그러자 행복감 같은 것이 목구멍까지 차오를 정도로 가슴에서 솟구쳤다. 순간 그동안 배우들을 데리고 연습해왔던 〈한씨연대기〉에 대한 아쉬움과 미련이 봄비에 잔설 녹듯 스르르 사라져버렸다. 박효선은 소나기가 그칠 때까지 소극장에 앉아 있다가 다시 도청 광장으로 나갔다. 분수대 주변은 어수선했다. 비에 젖은 휴지조각들과 찢어진 비닐우산들이 널려 있었다. 일부 시민은 학생시민군을 따라서 시가 행진 중에 있었다. 박효선은 눈에 띄는 것이 있어서 분수대 위로 올라갔다. 불에 탄 채 각목만 남은 허수아비였다. 어젯밤 녹두서점에서 윤상원, 김상집, 대동고 자퇴생 김효석 등이 만든 전두환 허수아비였다.

박효선은 분수대에서 내려와 도청으로 가지 않고 윤상원이 있는 YWCA로 갔다. 궐기대회를 아침부터 준비했던 극단 광대 팀과 들불 야학 팀이 YWCA 회의실에서 매우 흡족한 듯 쉬고 있었다. 윤상원은 투사회보 초안을 작성하기 위해 안쪽 사무실로 들어가 보이지 않았다. 대자보를 붙이기도 하고 투사회보를 배포하는 나명관과 김효석도 바닥에 두 다리를 쭉 편 채 앉아 있었다. 나명관이 박효선을 보고는 말했다.

"효선이 형 목소리가 우렁우렁 참말로 좋드그만요."

"니는 내 목소리만 좋디? 연설은 안 좋고."

"아이고메, 고것이 아니지라. 어영부영허는 수습위원덜에게 따끔하게 일침을 놔불드그만요. 근디 아직도 눈에 선한 것은 각계 대표 뒤에 분수대로 올라온 아주머니가 울부짖음시로 쏟아분 말이그만요."

김효석이 나명관의 말을 받았다.

"아따, 나는 형이 전두환 허수아비를 불질러부리기로 했는디 비가 안 그칠 거 같아서 맘이 조메조메했그만."

"비가 오다가 뚝 그친 것을 본께 하늘도 우리덜을 돕더라고. 그래서 내가 전두환 허수아비에다가 불을 확 붙여부렀제. 휘발유를 뿌려놨더니 활활 겁나게 잘 타더랑께. 시민덜은 박수 치고 좋아서 난리였제."

그제야 윤상원이 사무실에서 나와 말했다.

"워미, 투사회보 갱지가 부족헌디 명관이 니가 쪼깐 구해 올래?"

"예, 경국이허고 갔다 올랍니다."

"광주일고 정문 앞에 인쇄소가 여러 곳 있응께 거그로 한번 가봐. 후불하겠다고 허고 투사회보 만든다면 협조헐 거여."

나명관은 곧 김경국과 함께 갱지를 구하러 나갔다. 요령이 좋은 김효석도 데려가고 싶었지만 그는 투사회보 제작배포 조에 남겨두었다.

오후 5시쯤이었다. 도청 상황실의 어린 고교생 요원이 윤상원을 급히 찾아왔다. 상황실장 박남선이 기동순찰대를 데리고 주월동으로 순찰 나가 있는 동안 화급한 상황이 벌어졌다는 것이었다. 부실장 양시영도 자리에 없다고 했다. 할 수 없이 윤상원은 도청으로 들어갔다. 상황실 어린 고교생 요원이 말했다.

"형님이 상황실장님과 김종배 씨를 만나 얘기헌 것을 봤지라. 그래서 이리 달려와부렀습니다. 계엄군이 극락강을 타고 동운동으로 온다는 보고가 그짝 시민군으로부터 들어왔는디 큰일 났습니다."

시민수습위원회 위원들과 김창길 학생수습위원회 위원장은 계엄사 측과 협상하기 위해 상무대로 가고 없었다. 윤상원은 즉각 학생수습위원회 간부들과 긴급대책회의를 갖자고 했다. 남아 있는 학생 간부들은 김종배, 허규정, 정해민, 양원식 등이었다.

그런데 긴급대책회의를 시작하자마자 또다시 의견이 두 가지로 갈렸다. 김종배는 도청을 지키기 위해 다시 총을 들자고 했고, 학생이 아닌 20대 후반의 시민군 황금선은 오전에 김창길 위원장이 총기를 반납하자고 했기 때문에 그럴 수 없다고 맞섰다. 윤상원은 답답한 나머지 일어서서 한마디 했다.

"좀 전 궐기대회에서 시민들은 대부분 총을 들고 싸워야 한다고 외쳤습니다. 그런데 왜 무장해제를 한단 말입니까? 죽어간 영령들의 피를 팔아서는 안 됩니다. 우리가 도청을 사수한다면 절대로 계엄군은 들어오지 못합니다. 한시가 급합니다. 우리부터라도 빨리 반납한 무기를 되찾아 들고 도청을 지켜야 합니다."

"나는 윤상원 선배님 의견을 따르겠소."

덩치 큰 김종배 부위원장이 윤상원의 의견에 쉽게 동조하자 다른 학생간부들도 더 이상 반대 의견을 내지 못했다. 결국 도청 안에 있는 시민군들부터 정문 옆에 쌓아둔 총과 실탄을 다시 나눠주어 무장을 시켰다.

오후 8시 모임은 학생수습위원과 도청 간부들이 참석하는 연석회의였다. 주월동에서 돌아온 박남선은 식사하다 말고 상황실로 갔다. 상무대에서 돌아온 김창길도 참석했다. 그러나 연석회의도 의견이 서로 맞섰다. 김창길, 양원식, 정해민 등 대부분의 학생 간부는 계엄사 측이 연행자 선별석방, 부상자 치료와 장례식을 허락했으니 무조건 무기를 반납하자고 했고 김종배와 허규정만 반대했다. 입을 다물고 연석회의를 지켜보고 있던 박남선은 자리를 박차고 일어나 의자를 집어던지며 소리쳤다.

"귀신 씨나락 까묵는 소리 작작 허쑈! 끝까지 무기를 반납허자고 주장헌다믄 차라리 이 도청을 내가 폭파해버리겠소!"

그러자 도청 간부들과 학생 간부 한두 명은 겁먹은 표정으로 소리 없이 상황실을 빠져나갔고, 황금선 같은 시민군과 여러 학생 간부는 자리를 뜨지 못한 채 안절부절못했다. 그래도 회의는 무장론과 비무장론을 유예한 채 조직 책임자를 바꾸는 등 자정까지 이어졌다.

송암동 주민 학살

    조선대에서 주남마을 뒷산으로 이동한 지 사흘 만이었다. 이경남 일병이 무등산 산자락의 선홍빛 철쭉꽃을 보는 것도 마지막이었다. 11공수여단 공수부대원들은 아침 식사 후 산자락 구덩이 속에 숨겨놓은 배낭과 개인장구를 모두 챙기라는 명령을 받았다. 이는 단순한 작전이나 출동이 아니라 다른 장소로 이동한다는 뜻이었다. 실제로 상부에서는 이미 여단장에게 송정리 비행장으로 이동하라는 지시를 내렸다. 계엄군이 27일에 광주로 재진입하기 위한 조치였다. 헬기로 도청에 살포한 이희성 계엄사령관 명의의 경고문이 그 방증이었다.

    …… 이제까지는 여러분의 이성과 애국심에 호소하며 자진 해산과 질서회복을 기대해보았습니다. 그러나 총기와 탄약과 폭발물을 탈취한 폭도들의 형태는 계속되고 있으며 이러한 상황하에서는 부득이 소탕하지 않을 수 없

게 되었습니다…….

출발하기 전 개인별로 실탄 580발과 수류탄, 가스탄까지 지급했다. 이동 중에 돌발 전투가 발생할지 모르기 때문이었다. 이경남 일병은 M16소총에 실탄을 장전하며 눈치를 챘다.

'광주를 탈환하기 위해 어느 외곽으로 집결할 모양이군.'

1,000여 명의 공수부대원은 수십 대의 군용트럭에 지대별로 탑승했다. 맨 선두에는 장갑차가 섰다. 장갑차를 앞세운 까닭은 시민들에게 공포감을 주기 위해서였다. 오후 1시가 조금 지나 장갑차와 수십 대의 군용트럭은 지원동에서 송정리로 나가는 국도로 들어섰다. 국도는 광주시에서 전라남도로 나가는 길이기도 했다.

국도 주변은 시가지와 달리 선한 갈맷빛의 논밭들이 펼쳐진 농촌이었다. 목포로 나가는 길목 우측에는 금당산이 솟아 있었고, 산자락에서 발원한 계곡물은 작은 저수지를 지나 원제마을 앞으로 흘렀다.

저수지 물은 멱을 감기에 아직 차가웠다. 그러나 전남중 1학년 방광범과 친구 10여 명은 저수지 둑에서 마치 내기라도 하듯 몸을 풍덩풍덩 던졌다. 한 사람이 코를 잡고 입수하면 나머지 친구들도 찬물에 뛰어들었다. 물속으로 몸이 들어가버리면 차라리 덜 추웠다. 그런데 아이들이 자맥질을 막 시작할 때였다. 주월동 쪽에서 총소리가 났다. 공수부대가 지나가면서 일부러 주민들에게 겁을 주는 총격이었다. 공수부대는 마을 주민만 보이면 총을 쏘았다. 잠시 후에는 저수지에서 멱감는 아이들에게도 무차별 총격을 가했다.

"공수다! 숨자!"

놀란 중학생들이 후다닥 도망쳤다. 맨 늦게 입수한 방광범도 물 밖으로 나와 수문 쪽으로 달렸다. 그러나 공수부대원이 쏜 총알은 정확히 방광범의 머리를 관통했다. 방광범은 '엄마'를 불러보지도 못한 채 머리가 반쯤 날아가버렸다.

효덕국민학교 앞동산에서 놀던 진제마을 개구쟁이 국민학생들도 총소리에 놀랐다. 전재수 어린이는 집으로 뛰어가다가 신발 한 짝이 벗겨져 놀던 자리로 다시 돌아왔다. 마음이 조급한 전재수 어린이는 신발을 주웠다가 떨어뜨렸다. 공수부대원의 사격은 인정사정없었다. 총알 세 발이 전재수 어린이의 가슴과 옆구리, 넓적다리에 명중했다. 전재수 어린이는 그 자리에서 숨이 끊어졌다.

'아, 어린 아이들에게 총을 쏘다니! 여기는 모내기를 하는 농촌이 아닌가! 시위와 상관없는 농사꾼들이 사는 곳 아닌가.'

이경남 일병은 눈을 감았다. 심장이 마구 두근거렸다. 동산에서 뛰놀던 천진난만한 어린아이들과 총소리에 놀라 혼비백산 뛰고 자빠지던 중학생들 모습이 생생하게 떠올라 그를 괴롭혔다.

그런데 조금 뒤에도 끔찍한 일이 연달아 벌어졌다. 11공수여단 63대대가 오후 1시 55분쯤 효천역 부근에 이르렀을 때였다. 상무대 보병학교 교도대 1개 중대병력이 산자락에 매복해 있다가 장갑차와 군용트럭을 향해 90밀리미터 무반동총을 쏘았다. 교도대 병력의 무반동총 사격 명중률은 보병학교 내에서 최고였다. 장갑차는 단 한 발에 여지없이 폭발음을 냈다. 뒤따라오던 군용트럭들은 뒤엉켜버렸다. 공수부대를 시민군으로 오인한 교도대 병력의 공격이었다. 5분 안에 포탄 4

발이 날아온 짧은 공격이었지만 정확하고 강했다. 공수부대원들은 당황한 채 트럭에서 뛰어내려 도로변으로 피신했다. 이경남 일병은 미처 따라 내리지 못했다. 총알이나 파편이 뒷머리를 스친 것 같은 서늘한 느낌이 들었다. 손으로 뒷머리를 만지자 끈끈한 액체가 묻었다. 머리카락을 흠뻑 적신 검붉은 피였다. 순간 그에게 죽음의 공포와 삶의 허무함이 밑도 끝도 없이 밀려왔다.

'어째서 이런 일이 내게 닥친 것일까?'

죽음이 두렵고 삶이 허무해지자, 이번에는 비탄에 빠져 괴로워하는 목사인 아버지와 어머니 모습이 떠올랐다.

'내 죽음이 알려진다면 어머니는 얼마나 슬퍼하실까?'

이경남 일병은 문득 삶을 포기해버리고 싶었다. 차라리 조용히 죽어버리는 것이 나을 것 같았다. 그러나 그는 자신도 모르게 피 묻은 손으로 얼굴을 더듬었다. 총알이 머리를 관통했다면 얼굴에 구멍이 나 있을 것이기 때문이었다. 그제야 그는 뒷머리의 상처가 깊지 않다고 짐작했다. 총알이 뒷머리를 스치기만 한 것이 분명했다. 문득 살고 싶다는 의지가 솟구쳤다. 군용트럭 위에는 혼자 누워 있을 뿐 아무도 없었다. 고개를 돌려보니 동료들은 도로변 도랑에 엎드려 몸을 숨기고 있었다.

'나도 뛰어내려야 돼.'

그러나 그가 몸을 일으켜 뛰어내리는 순간이었다. 무반동총 포탄이 고막을 찢을 듯 폭발음을 내며 군용트럭 주변에서 터졌다. 그는 온몸이 갈기갈기 찢기는 듯한 고통을 느끼며 뒹굴었다. 그의 몸 한쪽은 파편에 찢기어 만신창이가 되었다. 그는 도로에 쓰러진 채 모기만 한 소리로 웅얼거렸다.

'아! 하나님, 아! 하나님!'

이경남 일병은 곧 의식을 잃어버렸다. 얼마나 시간이 지났을까. 동료들의 비명 소리가 아련하게 들려왔다. 보병학교 교도대와 공수부대 간에 총격은 멈추어 있었다. 쌍방 간에 오인사격을 겨우 확인했던 것이다. 그의 의식도 차츰 돌아왔다. 주위에는 동료들의 시신이 널려 있었다. 뼈가 허옇게 드러난 시신도 눈에 띄었다. 시신들 중에는 그에게 빨갱이들을 대검으로 20명쯤 찔렀다고 자랑 삼아 말하던 하사관도 있었다. 부서진 물건처럼 널브러진 하사관 시신을 보자 인과응보라는 말이 머릿속을 스쳤다.

"빨갱이다, 적이다, 라고 규정해버렸으니 무슨 짓을 저지르더라도 양심의 가책을 받지 않았겠지. 양심이 마비돼버렸겠지."

부상자들은 비명을 내지르며 허우적거렸다. 그제야 이경남 일병은 자신의 몸을 살펴보았다. 왼쪽 팔꿈치에는 파편이 박혀 있었다. 왼쪽 겨드랑이와 심장 사이에는 피가 흥건히 고여 있었고, 파편으로 패인 이마와 왼쪽 다리는 여전히 피가 흘렀다. 부상이 심해 몸은 움직일 수 없었다. 목이 탔다. 그는 오른팔을 겨우 움직여 수통을 꺼낸 뒤 수통의 물로 타는 목을 적셨다. 정신이 좀 들자 자신도 모르게 한마디를 뱉어 냈다.

"하나님, 감사합니다."

총알이나 파편이 심장을 관통하지 않은 것은 행운이었다. 그에게 축복이자 은혜였다. 비로소 그는 살 것 같다고 생각했다. 그런데 느닷없이 감정이 북받쳐 눈물이 나왔다. 입에서 욕설이 튀어나왔다.

"에이씨! 이런 개죽음당하자고 군에 왔단 말인가."

잠시 후 그는 동료들에게 발견되어 옷 벗겨진 채 군용트럭에 태워져 임시 헬기장으로 옮겨갔다. 왼팔이 잘려나간 대대장과 복부에 총상을 입고 피를 흘리는 하사관 한 명이 먼저 와 헬기가 오기를 기다리고 있었다. 대대장이 통증 때문에 얼굴을 찡그린 채 말했다.

"이 일병, 하나님이 지켜주실 거야."

"그럴까요? 예, 그러겠지요."

대대장은 독실한 천주교 신자였다. 이경남 일병이 평소에 마음속으로 존경했던 대대장이었다. 그는 부상 중에 대대장을 만난 것만으로도 위안을 받았다. 그가 대대장에게 물었다.

"대대장님, 하나님이 계시겠죠?"

대대장은 잘려나간 왼팔의 통증이 심한 듯 대답을 못 했다. 대신 고개를 끄덕이면서 일부러 본심과 달리 웃는 척했다. 그러나 이경남 일병은 대대장이 속으로 누군가를 원망하고 있다고 생각했다. 자신도 하나님을 부른 뒤 욕을 했던 것이다. 친하게 지냈던 하사관은 자신의 철모에 피를 한가득 흘린 채 숨을 몰아쉬며 그에게 살려달라고 애원했다.

"이 일병, 나 살고 싶어. 살아야 돼."

"헬기가 옵니다. 프로펠러 소리가 들리지요?"

"들려……."

"부근에 병원이 있다고 하니 걱정 마십시오."

이경남 일병은 몸을 움직일 수 없어 고개만 돌리고서 배를 움켜쥐고 있는 하사관을 위로했다. 하사관은 더 이상 말을 못하고 숨을 더욱

더 가쁘게 몰아쉬기만 했다.

여러 대의 헬기가 착륙과 이륙을 반복했다. 부상자들은 위중한 순서대로 헬기에 실렸다. 시신들 차례는 마지막 헬기였다. 이경남 일병은 두 번째 뜨는 헬기에 실려 국군통합병원으로 갔는데, 친한 하사관은 병원에서 수술 도중 숨을 거두었다.

동료를 잃은 공수부대원들은 갑자기 퍼붓는 소나기를 맞으며 미친 듯이 흥분했다. 교도대에 당한 분풀이를 송암동 주민들에게 했다. 철로변에 살던 김승후는 M16 총알이 집 안으로 날아들자 솜이불을 덮은 채 숨을 죽이고 있었다. 직업훈련소를 졸업하고 선반공 취업을 기다리는 꿈 많은 18세 청년이었다. 공수부대원 대여섯 명이 그의 집으로 들이닥쳤다.

"폭도는 자수하라!"

마당으로 별생각 없이 걸어 나온 김승후는 졸지에 폭도가 돼버렸다. 공수부대원들에게 20대 중반으로 보이는 다른 두 명의 청년과 함께 끌려갔다. 마을에서 붙잡혀 왔지만 나이 든 주민 일곱 명은 풀려났다. 소나기가 가랑비로 바뀌어 내렸다. 하사관이 얼굴에 흐르는 빗물을 훔치면서 공수부대원들에게 작은 소리로 지시를 했다.

"처치해버려."

공수부대원들은 20여 미터쯤 청년 세 명을 끌고 가다가 세웠다. 그 순간 김승후는 기능올림픽대회에 나가서 금메달을 따야 하는데 내가 왜 여기 서 있지, 라고 생각했다. 그러나 공수부대원 중 한 명이 총구를 겨누었다. 가슴에 총을 맞은 그의 꿈은 굴뚝 연기 사라지듯 허망하게 흩어져버렸다. 청년 세 명 모두 총을 맞고 맥없이 쓰러졌다. 총소리에 놀란 40대 후반의 행인은 하수구로 피신했다가 공수부대원의 조준사격을 받고는 숨이 끊어졌다.

이날 계엄군의 만행은 송암동뿐만이 아니었다. 극락강이 흐르는 동운동 쪽에서도 무고한 시민이 죽었다. 소나기가 지나간 뒤 구름 사이로 석양빛이 한 자락 비칠 무렵이었다. 계엄군이 극락강을 넘어서 동운동 쪽으로 들어온다는 첩보가 동운동 시민군들 사이에 퍼졌다. 시민군 조장은 도청 상황실에 보고하고 건물들 옥상 위로 올라가 경계를 섰다. 계엄군이 화정동 쪽 지름길로 오지 않고 빙 돌아서 동운동 방면으로 온다고들 하니 이상했다. 만약 사실이라면 시민수습위원들과 협상하는 척하면서 측면을 공격하는 야비한 짓이었다.

도청에 있던 시민군들은 총기를 지급받았다. 또다시 급하게 기동타격대를 모집했다. 다행히 버스 한 대와 트럭 한 대를 채울 정도로 대원들이 모였다. 이관택은 상무관에서 장례 일을 보다가 기동타격대 대원을 자원했다.

급조한 기동타격대는 모두 광천동으로 갔다. 광주천 건너편의 동운동과 광천동에 방어선을 치기 위해서였다. 이관택이 속한 대원들은 송원전문대학 부근의 천변다리에서 모두 하차한 뒤 매복했다. 천변다리 동네 주민이 매복 장소까지 내려와서 응원했다.

"수고가 많소. 커피를 끓여놨응께 집으로 와서 한 잔씩 마시쑈."

"아따, 따뜻한 커피가 잠도 쫓아불고 최고지라."

이관택 대원들은 서너 사람씩 교대로 가서 커피를 마셨다. 동네 주민의 호응은 기동타격대 대원들에게 은근히 자부심을 갖게 해주었다.

과연, 밤중이 되자 총소리가 났다. 총성이 몇 발 울리고 그친 것으로 보아 총격전은 아니었다. 아마도 계엄군이 극락강을 타고 동운동까지 정찰을 나온 듯했다.

밤 11시쯤이었다. 대원들은 총소리를 듣고는 하나둘 슬그머니 사라졌다. 혼자 남은 이관택은 불안했다. 군대에 가서 훈련받은 경험이 없었으므로 상황판단을 못했다. 그도 역시 매복한 곳에서 나와 정신없이 뛰었다. 무턱대고 달리다가 숨이 차 어느 열린 대문 안으로 들어갔다. 주인이 놀라 물었다.

"누구여?"

"시민군인디 계엄군헌테 쫓겨왔그만요."

"얼능 들어오쑈. 거그 있지 말고. 으디서 온 길이요?"

"저짝에 매복허다가 총소리가 나서 이짝으로 달려왔그만요."

"나가지 말고 오늘 밤은 우리 집서 자씨요."

주인은 품팔이 노동자였다. 광주에서 난리가 나 보름째 일을 못해 굶어 죽을 지경이라고 투덜거렸다. 이관택은 주인의 이런저런 하소연을 들으면서 뜬눈으로 밤을 새웠다. 주인이 방을 나간 뒤 불을 껐지만 잠은 저만큼 달아나버렸던 것이다.

총소리는 왜 났을까? 누군가가 또 계엄군의 총에 죽지는 않았을까? 나중에 안 일이지만 그의 짐작대로 죽은 사람은 20대 후반의 미장공 강정배였다. 그는 건축 일을 마치고 노동자들과 어울려 광천동 어느 선술집에서 막걸리를 한잔 마시고 귀가 중이었다. 마침 가는 방향이 엇비슷한 진흥고 수위를 오토바이 뒷자리에 태웠다. 그는 친구 한 명과 진흥고 수위를 오토바이에 태우고 동운동 쪽으로 달렸다. 그런데 계엄군이 운암동 변전소 앞을 달리는 오토바이를 보고는 그대로 총격을 가했다. 그는 가슴에 총을 맞고 그 자리에 쓰러졌다. 그리고 친구는 즉시 31사단으로 연행돼 갔다. 계엄군은 그를 변전소 숙직실로 데려다놓고는 새벽녘에 숨이 끊어지자, 부근 밭으로 옮긴 뒤 대충 묻고 철수해버렸다.

5월 25일

신부님의 눈물

　도청을 중심으로 화정동, 농성동, 광천동, 동운동, 계림동, 산수동, 학운동, 지원동 등은 광주 외곽 동네였다. 조비오 신부는 총기회수반 차를 타고 외곽 지역을 돌았다. 지역을 방어하는 시민군이 있을 때는 차를 멀찌감치 세워놓고 걸어갔다. 캄캄한 밤중에는 오인사격을 할 수도 있기 때문이었다. 조비오 신부를 안내하고 있던 총기회수반 시민군이 말했다.

　"신부님, 자정이 넘어부렀습니다. 인자 성당으로 돌아가서 주무시지라우."

　"계엄군이 다시 진입헌다는 소문이 돌고 있는디 어처께 잠을 잘 수 있겠는가. 회수허는 데까지 심껏 해보세."

　"잘허믄 사천 자루는 회수할 거 같습니다."

　"그거밖에 안 되는가?"

어제까지 회수된 총기가 3,500여 정이니 오늘까지 500정을 채우면 일단 목표는 달성할 것 같다는 시민군의 대답이었다.

"나는 발이 붓고 물집이 생겨 서 있기도 심이 드네."

"인자 우리덜에게 맽기고 들어가시지라우."

"시민덜이 또 희생당헐 판이라 맘이 조매조매허네."

총기회수반차는 고속도로 입구에서 바로 산수동오거리로 갔다. 교도소와 고속도로 입구 쪽에 있는 시민군들을 설득하여 총기를 회수하고 가는 길이었다. 조비오 신부는 총기회수반차를 한쪽에 세우게 한 뒤 웅성거리고 있는 산수동 시민군에게 다가갔다. 불미스런 일이 벌어질지 모르므로 수습위원 일행은 차에 남고 총기회수반 시민군이 조 신부를 양쪽에서 호위했다. 예상했던 대로 거친 말이 날아왔다. 시민군이 총을 들이대며 소리쳤다.

"이 새끼덜은 뭐야!"

"신부님이요."

"뭣 하러 왔소?"

"총기를 회수하러 왔소."

총을 들이댔던 시민군이 총구를 내리며 물었다.

"죽은 우리 선후배, 친구 덜 목심의 대가를 어처께 보상할라고 그러요?"

조비오 신부가 나직하게 말했다.

"무기를 반납허는 조건으로 계엄당국과 협상허고 있네. 이러는 우리도 슬프고 분통터지기는 자네덜 심정과 마찬가지네. 계엄군이 또 쳐들어올지 모르는디 시민의 희생을 막을라믄 이 방법밖에 읎지 않겄는

가. 억울해도 으쩌겠는가."

조비오 신부는 변두리의 시민군을 만날 때마다 했던 말을 또 되풀이
했다. 그러나 산수동 시민군은 물러서지 않았다.

"신부님, 고로코롬 목심이 아깝습니까?"

"내 목숨이 아깝다는 말이 아니네."

"선후배덜이 죽었는디 우리만 살아서 뭣 허겄습니까?"

조비오 신부는 선후배를 위해서 목숨을 바치겠다는 시민군이 대견
했다. 그러나 계엄군의 살상만행을 생각하자 속에서 피가 끓는 것 같
아 눈물이 나왔다. 일행 중에 이종기 변호사가 항변하는 시민군의 등
을 두드려주었다. 그러자 그가 어제저녁부터 식량보급차가 오지 않는
다며 투덜거렸다.

"식량보급차가 안 와서 쫄쫄 굶고 있그만이라우."

"도청으로 가서 보내도록 하겠네."

이윽고 산수동 시민군들이 소총 열댓 자루를 넘겨주었다. 조비오 신
부 일행은 동명동 지름길을 이용해 도청에 들어가서 급히 빵과 우유
를 싣고 다시 외곽 변두리 쪽으로 돌았다. 계엄군에게 사격을 받을 수
있으므로 헤드라이트를 끈 채 달렸다. 새벽 3시가 지나서까지 남재희
신부, 장세균 목사, 이종기 변호사가 함께했다. 시민군들의 호응은 어
디서나 차가웠다. 무등경기장 부근에서는 지역방어 시민군과 말다툼
을 벌이기도 했다. 시민군이 총기 회수를 설득하는 수습위원들의 자
격을 따졌다.

"당신덜은 누구요?"

"우리는 시민 대표 수습위원이네."

"시민 대표라고 누가 인정했소?"

"계엄당국과 협상할라믄 대표가 있어야 헐 거 아닌가."

"총을 반납허믄 영령덜 피의 대가를 보장받을 수 있소?"

"아직은 모르네."

"광주시민 피의 대가를 받기 전에는 무기를 내놓을 수 없소."

시민군의 논리가 틀린 것은 아니었다. '보장'과 '대가'를 요구하는 것은 당연했다. 오히려 확실한 '보장'과 '대가' 없이 시민군을 설득하고 있는 조비오 신부는 부끄럽기까지 했다. 그렇다고 이제 와서 물러설 수도 없었다. 계엄군이 무력진압을 강행할 분위기인데 총기 회수가 늦어지면 충정과 정열로 총을 든 시민군뿐만 아니라 일반 시민의 피해가 너무도 클 것이기 때문이었다. 조비오 신부는 논리적인 말보다 감성적으로 호소했다.

"우리는 목사이고 신부네, 우리도 죽음을 무릅쓰고 부모 같은 마음으로 나섰다는 것을 알아주게. 오로지 광주시민의 희생을 줄이고자 이러는 것이네. 제발 우리를 믿어주시게."

이윽고 시민군끼리 찬반 토론을 벌이더니 몇 명이 총기를 반납했다. 조비오 신부 일행을 태운 소형 버스는 또다시 국군통합병원 쪽으로 달렸다. 계엄군 장갑차가 보이는 대치 지역으로 시민군 독립부대가 있는 곳이었다. 시민군 소대장은 예비군 출신이었고 시민군 대부분 10대 후반의 넝마주이나 구두닦이 청년, 고아 들이었다. 시민군들은 버스 한 대를 엄폐물로 삼아 방어하고 있었다. 어린 시민군이 조비오 신부 일행을 보자 비아냥거렸다.

"또 왔소? 배고픈께 빵이나 좀 주쇼."

빵과 우유를 박스째 내려준 뒤 조비오 신부가 말했다.

"대부분 총기를 반납했네. 여기 시민군만 반납허믄 우리가 자신 있게 협상헐 수 있네."

평소에 소외받고 살았던 어린 시민군이 더욱 단호했다.

"우리는 이래도 죽고 저래도 죽습니다요. 무기 반납은 절대로 못 헙니다요. 수습이 되믄 우리는 끌려가 죽을지 모른당께요."

"죽기는 왜 죽어. 협상은 으째서 허겄는가. 보복허지 말라고 협상허는 것이제."

"총을 주믄 보복허지 않는다고라?"

시민군의 단호한 태도 뒤에는 불안함도 숨어 있었다. 조비오 신부는 어린 시민군들의 마음을 다독였다.

"죽어도 같이 죽고 살아도 같이 사세."

조비오 신부와 수습위원 일행이 기도하는 자세로 무릎을 꿇고 통사정했다. 일행 중에 우는 사람도 있었다. 그러자 시민군 소대장이 결론을 내렸다.

"도청으로 철수허되 총기반납은 허지 않겄소."

어느새 무등산 쪽 하늘에 먼동이 트고 있었다. 수습위원 일행은 외곽 지역을 두세 번씩 돌아다니며 밤을 새워버린 셈이었다. 조비오 신부는 서 있기도 힘들었다. 발등이 퉁퉁 부어 걷기가 고통스러웠다. 발가락에 물집이 생겨 바늘로 콕콕 찌르듯 아팠다. 어린 시민군들은 도청에 들어와서 벽에 기댄 채 쉬면서도 총을 가슴에 품고 놓지 않았다. 믿을 것은 총밖에 없다는 모습이었다. 새벽공기는 싸늘했다. 조비오 신부는 얇고 더러운 옷을 입고 있는 그들을 보자 새삼 마음이 짠했다.

도청에 남아 있던 수습위원인 이성학 장로가 말했다.

"날씨가 쌀쌀허니 돈을 모아 시민군덜에게 내의라도 사줍시다."

윤영규 선생이 모자를 벗었다. 그러자 시민수습위원들이 먼저 지갑을 열었다. 학생수습위원들도 호주머니에서 꼬깃꼬깃한 돈을 모자에 넣었다. 이른 새벽에 갑자기 모금했기 때문에 걷힌 돈은 많지 않았다. 윤영규 선생은 시민군 소대장에게 돈을 건네주고 나서 시민군들을 데리고 민원실 식당으로 갔다. 여성 자원봉사대원들이 기다리고 있다가 시민군들에게 김이 모락모락 나는 밥과 국을 날랐다. 김치와 멸치조림, 갈치속젓은 이미 식탁에 놓여 있었다. 시민군들은 게걸스럽게 먹어치웠다.

"따땃헌 국밥이라서 눈물이 나부네."

굶주렸던 배를 채운 시민군들은 갑자기 유순해졌다. 절대로 반납하지 않겠다던 총을 도청 정문으로 우르르 몰려가서 내놓았다. 일부는 학생이 많은 도청에 있기가 거북한 듯 정문을 빠져나갔다.

"공원으로 가불라요."

나머지 70여 명은 도청 경비로 남았다. 조비오 신부는 3일 동안 변두리를 돌면서 4,000여 정의 무기를 회수했다고 생각하니 가슴이 뿌듯했다. 회수한 총으로 연행자를 석방하고 계엄군의 재진입을 막고, 광주의 명예를 회복하기 위해 다시 협상해야겠다고 마음을 다졌다.

그런데 이른 아침부터 철없는 대학생을 만나 한숨이 터져 나왔다. 대학생은 미군함이 신군부를 견제하고 광주시민을 돕고자 부산항에 입항할 것이라는 내용의 대자보를 들고 있었다.

"신부님, 미군함 코럴시호가 온답니다."

"그래서 으쨌다는 건가?"

"미군이 오믄 신군부가 맘대로 못 허겄지요."

"정신 나간 소리 말게. 미군이 오믄 군부를 지원허지, 시민을 지원허겄는가? 쓰잘떼기읎는 것에 희망을 걸믄 안 되네."

옆에 있던 시민군이 또 시비를 걸듯 말했다.

"궐기대회에서 들었는디 계엄군이 수습위원을 가지고 논다고 허대요. 긍께 어용 수습위원이라는 소리를 듣지라."

조비오 신부는 화가 치밀었다.

"내가 어용이믄 어느 놈을 위한 어용인가? 말해보게!"

"계엄사를 위헌다는 말은 안 했그만요."

조비오 신부가 소리치자 시민군이 입을 다물었다.

"시민의 재산과 인명을 보호하기 위해 전념했는디 무슨 어용이란 말인가."

"진전이 읎응께 답답해서 도는 말이겄지라."

시민군이 슬그머니 자리를 피해버리자 그제야 어젯밤에 새로 학생 수습위원회 부위원장이 된 황금선이 무슨 사고가 난 줄 알고 쫓아왔다.

"신부님, 싸가지읎는 놈덜 땜시 죄송허그만요."

황금선은 총기를 회수하자는 쪽의 시민군 간부였다.

"총을 들고 싸우자는 놈덜은 현실을 모르는 이상주의자덜이그만요."

"나는 이상주의도 현실주의도 아니네. 다만, 신부로서 시민의 희생을 줄이자는 것이 내 생각의 전부일 뿐이네. 사람의 목숨이란 무엇허고도 바꿀 수 읎는 소중헌 생명이 아닌가."

황금선이 학생수습위원들 간에 갈등을 솔직하게 말했다.

"김종배와 김창길이 자꾸 대립허고 있그만요. 서로 의견이 맞지 않는 것이지라. 김종배는 '계엄사와 무조건 협상허든 안 된다. 협상이란 동등한 입장에서 허는 것인디 그들이 요구하는 대로 무기를 반납허든 우리에게는 심이 읎어진다. 무기를 반납허든 안 된다'는 입장이고, 김창길은 '더 이상 피를 흘리지 않기 위해서 무기를 회수해 반납허자'는 주장이그만요. 신부님, 제가 보기엔 김종배 의견은 현실허고 무자게 동떨어진 것 같아서 저는 김창길 쪽으로 생각이 기울었그만요."

조비오 신부는 도청을 나와 기진맥진한 채 계림동성당으로 갔다. 25일은 성심강림 대축일이므로 미사를 드리기 위해서였다. 3일 동안 도청에서 의자에 쭈그리고 앉아 졸거나 소파에 누워 쪽잠을 잔 탓인지 사제복에서 쉰내가 났다. 땀에 전 사제복과 속옷을 그날그날 갈아입지 못했던 것이다.

조비오 신부는 계림동성당 사제관으로 들어가자마자 곯아떨어져버렸다. 코 고는 소리가 사제관 밖에까지 들렸다. 사무장이 달려와 귀를 기울였을 정도였다. 한두 시간 깊은 새우잠을 자고 있을 때였다. 누군가의 목소리가 꿈결처럼 들려왔다.

"신부님, 미사 드릴 시간이에요. 신부님, 미사 드릴 시간이에요."

조비오 신부는 눈을 번쩍 뜨고 일어났다. 그러나 밖에는 아무도 없었다. 부드럽고 따뜻한 음성은 파이프오르간이나 비올라 소리 같기도 했다. 그는 성당 안으로 들어갔다. 여느 때와 달리 성당 안이 크고 높아 보였다. 미사에 참례한 신자들이 눈에 띄게 줄어 그런지도 몰랐다. 신자들의 친인척 중에는 계엄군에게 희생당한 사람이 많을 터였다. 신자들의 어두운 표정에서 비통한 마음이 바로 읽혀졌다. 그는 먼저 윤공희 대주교가 보낸 성심강림 대축일 사목서한을 낭독했다. 그런 뒤 다음과 같은 요지로 강론했다.

"우리는 평화적으로 해결해야만 합니다. 계엄군이 무력으로 광주에 진입할 태세를 갖추고 있습니다. 평화적이고 명예롭게 해결해야만 합니다. 우리 모두 간절히 기도드립시다. 나는 지금 수습위원으로서 위험을 무릅쓰고 평화로운 해결을 위해 미약하지만 오직 하나님을 의지해서 안간힘을 쓰고 있습니다."

조비오 신부는 강론 중에 눈물을 흘렸다. 신자들을 둘러보는 순간 갑자기 슬픔이 북받쳐 올랐던 것이다. 수녀들과 함께 날마다 성체 앞에서 묵주신공을 하고 기도하는 신자들이었다. 눈물이 많기는 신자들도 조 신부 못지않았다. 저녁미사 때마다 광주시민의 피해소식을 들려주면 모두가 흐느끼다가 울음바다를 이루었다.

미사 후, 조 신부는 윤공희 대주교가 부른다는 전갈을 받고 남동성당으로 나갔다. 김수환 추기경이 희생당한 광주시민에게 보내는 메시지와 성금수표를 장용복 군종신부 편에 은밀하게 보냈다는 전갈이 왔던 것이다. 윤공희 대주교가 조 신부를 보자마자 말했다.

"군종신부가 군용헬기를 타고 상무대에 왔어요. 조 신부님이 상무대를 내왕하고 있으니 추기경님의 메시지와 성금수표를 받아오시오."

조비오 신부는 즉시 장용복 군종신부에게 전화를 해 국군통합병원에서 만나기로 했다. 국군통합병원으로 갈 때는 교우인 오병문 교수와 동행했다. 두 사람은 농성동까지 걸어간 뒤 한 가게에서 자전거를 빌려 타고 국군통합병원으로 갔다.

독침 사건

꼭두새벽까지 상무관 안의 관들을 지키던 김현채는 도청으로 들어와 시민수습위원회에서 잔심부름을 하던 친구를 만나 잠자리를 찾았다. 민원실, 총무과, 재무과 등 웬만한 사무실은 이미 학생들과 시민군들이 소파나 의자를 차지해버렸으므로 잘 데가 마땅찮았다.

"오늘은 복도에서 잘랑갑시야."

"수습위원덜이 잠깐 들어왔다가 자지 않고 총을 회수하러 간다고 나가불드라. 긍께 부지사실로 가자."

부지사실은 시민수습위원회가 회의실로 사용하는 곳이었다. 특히 정시채 부지사와 새로 시민수습위원이 된 김성용 신부가 고등학교 동창이라고 알려져 시민수습위원들은 부담 없이 부지사실을 출입했다.

김현채 친구 말대로 부지사실은 텅 비어 있었다. 시민군들이 시민수습위원들이 회의실과 잠자리로 사용해온 부지사실을 들락거리지 않았기 때문이었다.

"니 덕에 다리 쭉 뻗고 자겠다."

"부지사 의자는 더 폭신폭신해야. 자볼래?"

"아니, 난 소파에서 잘란다. 높은 의자서 자다가 떨어질 거 같다야."

김현채는 소파에 누워 곧바로 코를 골았다. 친구는 부지사 의자에 쭈그리고 앉아서 졸았다. 하루 종일 식사 시간 빼고는 앉았던 적이 별로 없었던 두 사람이었다. 두 사람의 하루하루는 입안에 침이 바짝바짝 마를 정도로 바쁘고 고됐다.

얼마나 잤을까. 두 사람이 잠에 빠진 지 두어 시간쯤 됐을 때였다. 누군가가 김현채의 옆구리를 쿡쿡 찔렀다. 눈을 뜬 김현채는 황당했다. 시민군 두 명이 자신의 머리에 총구를 대고 있었다.

"야, 임마, 머리 위로 손을 올려!"

"나도 시민군이요."

"부지사실이 니 안방이냐?"

친구는 벌써 일어나 머리에 손을 얹고 있었다. 친구가 한마디 했다.

"난 수습위원님덜 심부름허는 사람이요."

"날마다 입씨름만 허는 수습위원덜을 우리는 좋아허지 않아."

두 사람은 3층 조사부로 끌려갔다. 두 사람을 연행한 시민군과 김준봉이 귓속말을 나누었다. 그러나 조사부장 김준봉이 김현채를 바로 알아보았다.

"으째서 왔소?"

"보믄 모르겠소? 자다가 날벼락 맞아부렀소."

"하하하. 아무도 안 들어가는 부지사실에 있은께 의심했겠지라."

"나를 이리 델꼬 온 놈덜에게 한마디 해야겠소."

김현채는 조사실을 나와 복도에 침을 퉤 뱉었다. 단잠을 깨운 그들을 찾아 욕이라도 해주려고 했지만 그림자도 보이지 않았다. 어디론가 줄행랑을 쳐버리고 없었다. 치안본부로 사용하는 1층 지방과 사무실 앞에 시민군들이 갑자기 웅성거리고 있을 뿐이었다.

그때까지도 박남선은 상황실에서 늦잠을 자고 있었다. 초저녁에 출동한 황금동 비상작전과 밤늦도록 계속한 회의 때문에 의자에 앉은 채 깜빡 잠들어버렸던 것이다. 부실장이 잠을 깨웠다.

"실장님, 큰일 나부렀습니다."

"무신 일이요?"

"정보반 장계범이 독침을 맞고 쓰러져부렀습니다."

"으디에 있소?"

"시방 치안본부에 있습니다."

박남선은 의자에서 벌떡 일어나 급히 치안본부로 뛰어갔다. 치안본부는 시민군의 정식편제는 아니었다. 시민군 김양오가 스스로 치안본부장이 되어 만든 조직이었다. 치안본부 안은 아수라장으로 변해 있었다. 누군가에게 독침을 맞은 정보반 장계범이 정신을 잃은 채 신음 중이었다. 또 무전기를 잘 다루는 정향규도 쓰러진 상태였다. 독침을 맞은 장계범의 왼쪽 어깨 밑을 입으로 빨다가 독이 퍼진 듯했다. 치안본부 시민군들이 우왕좌왕했다.

"도청 안에 간첩이 있다!"

자칭 치안본부장 김양오가 치안본부 시민군들을 통제하려 했지만 소용없었다. 시민군 중에 첩자가 있을지 모른다며 서로를 의심했다.

박남선은 권총을 빼내 천장을 향해 공포탄을 쏘았다.

"움직이지 마! 죽지 않을라믄."

그제야 갈팡질팡하던 시민군들이 부동자세로 선 채 박남선을 주시했다. 박남선에게 다가온 김양오가 귓속말을 했다.

"실장님, 독침을 맞았으믄 몇 초 이내에 즉사인디 저 두 놈은 신음만 허고 있그만요. 뭔가 이상허요."

"계엄군이 내부혼란을 노리고 첩자를 보냈는지 모르겠소."

김양오가 쓰러져 있는 정향규를 군홧발로 걸어찼다. 도청에 들어올 때 박남선이 데리고 들어온 사람들이었다. 20일 밤 광주천에서 시민군들이 야간매복을 하는 동안 적십자병원 지휘부에서 함께 밤을 새웠는데, 그들은 무전기를 조작할 수 있는 능력이 있었던 것이다. 그런데 그들이 계엄군의 첩자일지도 모른다는 김양오의 말에 박남선은 몹시 난감했다.

박남선은 부실장에게 동요하지 말라고 당부한 뒤 두 사람을 전남대병원으로 이송하라고 상황실 요원 다섯 명에게 지시했다. 두 사람이 도청에서 보이지 않아야만 시민군들이 동요하지 않을 것이기 때문이었다. 실제로 치안본부반은 두 사람이 병원으로 옮겨가자 곧 질서를 회복했다. 그러나 일부 시민군은 계엄군 첩자가 도청 안에서 활동하는 줄 알고 동요했다.

잠시 후 박남선은 전남대병원으로 갔다. 병실 밖에는 시민군인 상황실 요원들이 두 사람을 지키고 있었다. 장계범은 의사에게 응급처치를 받는 중이었고, 정향규는 병실 침대에 누워 있었다. 박남선이 병실에 들어서자 장계범이 박남선의 손을 잡고 횡설수설했다.

"실장님, 끝까지 투쟁해야 헙니다."

박남선은 한 귀로 듣고 흘렸다. 장계범이 연기를 하는 듯했다. 박남선은 병실 밖으로 나가는 젊은 의사를 붙들고 복도에서 물었다.

"독침을 맞은 것이 확실헙니까?"

"저는 독에 대한 전문 의사가 아닙니다. 정밀검사를 받아봐야 알 수 있습니다."

박남선은 두 사람이 정밀검사를 받을 때까지 병실에 있을 수가 없었다. 도청으로 돌아가 동요하는 일부 시민군을 진정시켜야 했다. 상황실 요원이 박남선에게 달려와 보고했다.

"시민군 중 십여 명이 도청을 나가부렀습니다."

"계엄군이 시민군 이탈을 노리고 벌인 수작 같네."

박남선은 즉시 상황실에 있는 도청 구내방송 마이크를 잡았다. 일부러 시민군들을 안심시키기 위해 단호하게 방송했다.

오늘 아침 치안본부에서 정보부장 장계범이 독침을 맞은 사건은 조사 중에 있습니다. 그러니 독침 사건에 대하여 함부로 거론하지 마십시오. 누가 수상하다든가 하는 식의 망언을 하는 사람은 우리를 분열시키기 위한 계엄군의 첩자로 간주하겠습니다. 무조건 첩자로 알고 처리하겠습니다.

같은 방송이 두 번이나 나갔다. 그제야 도청 안의 시민군들이 차츰 진정했다. 녹십자 마크가 새겨진 흰 가운을 입은 사람이 서너 명 들어와 시민군들을 만나고 다녔는데 그 사람들도 이제는 보이지 않았다. 김선문과 박래풍, 김용호는 상황실 앞에 서서 녹십자 마크들이 수상한 놈들이었다고 수군거렸다. 김선문이 손가락을 오도독 꺾으며 말했다.

"저놈덜이 나보고 으디 사냐, 아픈 디는 읎냐, 허고 말을 붙이길래 첨엔 병원에서 나온 사람인 줄 알았제. 근디 낼이나 모레 군인덜이 들어오니 피하라고 허드랑께."

"나헌테도 그르드라고. 이리 와보쑈, 라고 험서 살살 주소를 묻드니 군인이 온께 되도록이믄 오늘 저녁에 나가라고 꼬시드랑께."

"방송을 듣고 본께 녹십자 마크 놈덜이 계엄군 첩자그만잉. 우리 시민군덜을 분산시킬라고 들어온 첩자덜이그만."

"독침 사건을 꾸며놓고 의사를 가장해 들어온 놈덜이여. 씨발놈덜!"

세 사람은 녹십자 마크들에게 욕을 한마디씩 하고는 아침 식사를 하러 민원실 식당으로 갔다. 아침에 일어난 한바탕 일어난 소동 탓인지 민원실 식당은 아직까지도 북적거렸다. 도청 밖으로 나갔다가 슬금슬금 다시 돌아온 시민군들이 아침 식사를 하고 있었다.

방송을 들은 김준봉은 문득 그제 오후 4시 30분쯤의 일이 떠올랐다. 학생수습위원 부위원장 김종배가 자신을 불러 장계범, 정향규의 행동이 의심스러우니 감시를 잘하라고 부탁했던 것이다. 그래서 김준봉은 3층 정보반으로 올라가 두 사람이 무엇을 하는지 엿보았는데 밖에서는 소나기가 쫙쫙 퍼붓고 있었기 때문에 기억이 더 생생했다. 두 사람은 토끼, 코끼리, 캥거루, 다람쥐 등등 동물 이름이 10여 개 정도 적혀 있는 종이를 펼쳐놓은 채 들여다보고 있었다. 빨간색 볼펜으로 동물끼리 서로 연결되어 있는 것으로 보아 무슨 문제를 골똘하게 푸는 듯도 했다. 그런데 두 사람은 김준봉을 보고는 얼른 종이를 감추어 버렸던 것이다.

김준봉은 조사반 시민군들을 모아놓고 회의를 했다. 상황실장 박남선이 혼자서 처리하다시피 했지만 조사반이 사건을 정확하게 규명할 필요가 있을 것 같아서였다. 조사반 시민군들은 일단 조사부장 김준봉이 전남대병원으로 가서 당사자들을 만나 조사하는 것으로 결론을 내렸다. 김준봉은 학생 시민군 한 명을 데리고 전남대병원으로 갔다.

독침을 맞았다는 장계범은 병실 침대에 엎드려 누운 채 꿈쩍을 안 했고, 정향규는 환자복으로 갈아입고 있었다. 도청에서는 아침에 일어난 사건에 대해서 쉬쉬하고 있었는데 병원은 달랐다. 병실 복도에 두 사람의 가족과 구경꾼들이 몰려와 있었다. 김준봉은 두 사람의 상태를 확인하고는 다시 도청으로 돌아와 학생수습위원회 치안질서반에 보고를 했다. 병실을 지키는 시민군을 지원받기 위해서였다. 김준봉의 건의를 받자마자 치안질서반 반장이 시민군 여섯 명과 총기는 M1소총 한 정, 카빈소총 다섯 정을 내주었다.

김준봉은 시민군들을 데리고 전남대병원으로 돌아와 병동 입구에 두 명, 병실에 두 명 그리고 두 명은 자신을 호위하게 했다. 이윽고 시끄럽던 병실과 복도가 조용해졌다. 그때 장계범이 김준봉에게 혼자만 들어오라고 손짓을 했다. 장계범이 은밀하게 말했다.

"시방 도청 안에는 빨갱이덜이 많이 있응께 다 조사해보씨요."

"누가 빨갱이란 말이요?"

"김종배도 빨갱이고 상황실 있는 사람도 빨갱이요. 방송허는 아가씨도 빨갱이고."

학생수습위원회 위원을 빨갱이라고 부르고, 방송해왔던 전옥주와 차명숙을 빨갱이라고 하는 것을 보니 장계범이야말로 계엄군의 첩자가 분명한 듯했다. 그렇다면 독침 사건은 이자들이 벌인 쇼가 아닐까?
김준봉은 심증을 굳히면서 화제를 돌렸다.

"알았소. 당분간은 조용히 있어주씨요. 근디 어처께 된 사건이요?"

"나도 모르겄소. 독침을 맞고 깨어보니 여그 병원이었소."

"가족덜은 어처께 알고 왔소?"

"간호원이 연락을 해주었소."

"간호원이 어처께 연락처를 알았다는 말이요?"

"내가 알려주었소."

김준봉은 정향규에게도 물었다.

"사실을 얘기해보씨요."

"정보반장님 상처를 빨아주고는 쓰러져부렀소."

장계범의 왼쪽 어깨 밑에 빨갛게 부풀어 올라온 곳이 독침을 맞았다
는 부위였다. 병동 입구가 다시 소란스러워졌다. KBS, MBC, 동아일
보, 조선일보 등 각 언론사 기자들이 병실로 올라오려고 소동을 벌였
다. 김준봉은 장계범에게 신신당부를 했다.

"아직은 기자들에게 절대로 말하지 마씨요."

그때 의사가 병실 밖에서 김준봉을 불렀다. 그의 연구실은 병실에서
가까웠다. 그는 공수부대원에게 맞아 눈 하나를 실명한 이지현을 치료
하고 있는 의사였다. 김준봉은 의사를 따라가 그의 소견을 들었다. 의
사가 피식 웃으면서 말했다.

"독침을 맞은 것이 아니고 일시적으로 마비가 오는 약물을 쓴 것
같소."

"그러믄 빨아준 사람은 으째서 쓰러져부렀소?"

"검사를 더 해봐야 아는디 웃기는 일이요. 지금으로서는 이 이상의 이야기는 못 허겠소."

김준봉은 의사와 짜고 장계범과 정향규를 기자들 몰래 11층 병실로 옮겨버렸다. 가족들만 따라가게 했다. 경비는 두 명을 더 늘려 네 명을 서게 하고 김준봉은 도청으로 돌아갔다. 두 사람의 쇼에 놀아날 이유가 없었고 조사반에 자잘한 사건들이 수시로 접수되기 때문이었다.

그런데 김준봉이 도청으로 돌아와 한 시간쯤 지났을 때 장계범과 정향규가 병원 11층에서 감쪽같이 도망쳐버렸다며 박남선이 분기탱천했다. 경비를 서게 했던 시민군 네 명도 책임 추궁이 부담스러웠던지 어디론가 가버리고 나타나지 않았다. 박남선이 곧바로 기동타격대 윤석루 대장을 황금동 장계범 집으로 보냈지만 그는 피신해버리고 없었다. 윤석루는 그의 집 대문짝을 부숴버리고 왔다. 정향규는 그의 집에서 붙잡혀 와 심문을 받았다. 그제야 그의 아버지가 전직 대공과 수사관이었다는 사실이 드러났다.

그날 밤 9시 TV 뉴스는 장계범의 자작극을 간첩침투 사건으로 바꾸어 방송했다. 시민수습위원 가운데 목사 한 사람을 인터뷰한 뉴스였는데, 간첩이 도청 안으로 잠입해 들어와 시민 두 명에게 독침을 놓아 전남대병원에 입원해 있다는 내용이었다. 박남선은 TV를 보자마자 꺼버렸다. 전남대병원 의사도 TV 뉴스를 보고는 어이가 없어 도리질을 했다. 장계범이 독침이라고 주장하는 볼펜이 허접한 장난감 같아서 웃어버렸던 것이다. 게다가 장계범이 진짜 독침을 맞았다면 병원에서 도망칠 수도 없었을 터였다.

시민학생투쟁위원회

어느새 도청 광장의 궐기대회는 녹두서점을 출입하는 들불야학 강학이나 극단 광대 회원들이 주도했다. 무기 회수를 하며 계엄사 측과 협상을 해온 도청 안의 일부 학생수습위원과 시민수습위원이 불만을 드러냈지만 궐기대회를 중단시키지는 못했다. 학생수습위원회 위원장 김창길과 목사 한 명이 녹두서점에서 나온 운동권 제적생을 찾아와 부탁하기도 했다.

"선배님, 궐기대회는 시민덜을 흥분시킬 뿐인게 중단허는 것이 으쩌겠습니까?"

"안 되네. 내게 그런 권리가 읎네. 근디 으째서 도청 안 사람들 맘대로 무기를 반납허는가? 오늘 밤 계엄군이 들어온다는 첩보가 난무헌디 맨손으로 싸우라는 말인가?"

"긍께 협상허고 있는 거 아닙니까? 저는 또 상무대로 갈 겁니다. 으쨌든 계엄군 진입은 막아야 허는 거 아닙니까?"

"자신이 있으믄 궐기대회에 나와서 입장을 밝히게. 자신이 읎으믄 자네덜이 도청에서 나가든지. 우리가 도청을 지킬 것인께."

"선배님, 시민덜을 을매나 더 희생시킬라고 그랍니까? 시민군이 계엄군을 무슨 수로 이깁니까? 이길 수 있다믄 방법을 알려주씨요. 그라믄 우리도 총을 들겄습니다."

"협상은 결렬될 것이네. 여그까지 옴서 희생헌 시민은 뭣인가? 죽드라도 함께 싸우는 것이 희생당한 시민을 위한 도리가 아니겠는가."

김창길은 자신의 뜻을 이루지 못하고 도청으로 들어갔다. 그는 무슨 수를 써서라도 자신의 방법이 옳았다는 것을 증명해 보이려고 했다. 계엄군이 또다시 시내로 진입한다면 광주는 피바다가 될 것 같았다.

아침부터 비가 주룩주룩 내렸다. 시민수습위원들은 비를 조금씩 맞은 채 YWCA 2층 총무실로 하나둘 들어왔다. 한 수습위원이 쓸쓸하게 말했다.

"날씨마저 우릴 도와주지 않는그만."

"우리와 소통해온 김 장군도 벨 수 읎는갑소. 전두환이가 쥐락펴락 허고 있으니."

우려한 대로 계엄사 측은 갈수록 강경해졌다. 융통성 있어 보이던 김기석 소장마저 이제는 모든 무기를 반납하지 않으면 수습은 불가능할 것이라고 못을 박았다. YWCA 총무실에는 비가 내리는 데도 홍남순, 이기홍, 조아라, 명노근, 윤영규, 박석무, 장두석 등이 의견을 나누고 있었다. 대부분 종교계 인사들이었다. 앞으로는 더 이상 회의나 협상만 할 상황은 아니었다. 아침에 도청에서 일어난 독침 사건으로 시민군 사기가 크게 떨어졌고, 어제부터 계엄군이 쳐들어온다는 소문은 시도 때도 없이 나돌았다.

송기숙은 집에서 비가 그치기를 기다렸다가 YWCA로 나섰다. 택시를 잡을 수 없었다. 계림극장까지 가는 동안 거리는 텅 비어 있었다. 좀 전까지 비가 쏟아진 탓도 있었지만 계엄군이 또 나타날지도 모른다는 소문이 돌자 사람들이 피난을 가버린 듯도 했다. 계림극장을 조금 지나자 철물 가게 주인이 담배를 문 채 셔터 문을 손보고 있었다. 며칠 전부터 담배 가게가 문을 닫아버렸기 때문에 송기숙은 어제부터 담배를 피우지 못해 일이 손에 잡히지 않았다. 송기숙은 염치 불고하고 말했다.

"담배 한 가치만 빌립시다."

"도청에 가믄 노나준다고 헙디다만 나는 해당이 안 되겠지라."

시민군에게는 담배를 지급했다. 보통사람에게는 어림없는 일이었다. 가게 주인은 담뱃갑을 꺼내더니 한 개비만 주는 것이 아니라 두 개비를 주었다. 가게 주인의 담뱃갑을 보니 빈 갑이나 마찬가지였다. 그런데도 두 개비를 주는 것에 송기숙은 감동했다.

"아이고, 한 개비만 줘도 돼요."

"시국이 요럴 땐 콩 반쪽이라도 노나묵어야지라."

송기숙은 YWCA로 가는 동안 내내 가게 주인의 말이 머릿속을 맴돌았다. '콩 반쪽이라도 나누어 먹는 것'이 시민의 본래 마음이라는 사실을 확인했기 때문이었다. 그래서 여러 동네에서 쌀과 반찬, 주먹밥이 나왔을 터였다. 어려울수록 드러나는 시민들의 선한 마음이었다.

YWCA 총무실 분위기는 무거웠다. 송기숙은 늦게 나와 입을 다물고 지금까지 어떤 이야기가 오갔는지를 살폈다. 처음 본 30대 초반의 젊은 사람도 있었다. 보성기업 영업부장이라는, 전남대 제적생 출신인 정상용이었다. 정상용은 계엄사 측과 협상하기보다는 무장 항쟁으로 선회하자고 시민수습위원들을 설득했다.

"계엄당국이 우리의 수습조건을 결코 받아들이지 않을 겁니다. 그러니 죽음을 각오하고 싸우는 수밖에 없지 않겠습니까? 여러 어르신들께서 항쟁하자는 우리를 지지해주십써요. 그동안 수배 때문에 도피해 있던 저의 선후배들이 속속 도청으로 들어오고 있습니다."

"희생당헌 광주시민들 죽음을 헛되게 허지 않겄다는 열정은 알겄네. 허지만 계엄군과 싸운다는 건 개죽음밖에 안 되네. 이제까지 했던 것처럼 계엄당국과 계속 협상을 하면서 우리 주장을 관철해 나가겄네. 이 방법 말고는 무슨 신통한 묘수가 있겄는가."

"계엄군이 다시 들어온다고 하는디 손 놓고 있을 수만은 없습니다. 회수헌 무기를 다시 시민군에게 나누어주고 도청 사수부대를 조직하여 최후 항전을 준비해야 헙니다."

정상용의 주장에 동조하는 시민수습위원은 거의 없었다. 찬성하는 인사는 이성학 장로뿐이었다. 김성용 신부가 참석했으면 찬성할 텐데, 그는 지금 남동성당에 있었다. 윤공희 대주교가 김수환 추기경의 지시를 받고 남동성당으로 와 있기 때문이었다. YWCA에 모인 시민수습위원들은 결론을 내리지 못한 채 도청에서 다시 오후 회의를 갖기로 하고 헤어졌다.

오후가 되자, 도청 분수대 궐기대회는 예정대로 들불야학 강학들의 주도로 어제처럼 시작했다. 대회 이름을 '제3차 민주수호 범시민 궐기대회'로 바꾸어 성격을 분명히 했다. 박남선은 시민군 대표로 분수대 위에 올라서 윤상원에게 부탁한 원고 '우리는 왜 총을 들 수밖에 없었는가?'를 그대로 호소하듯 읽었다.

"먼저 이 고장과 민주주의를 수호하기 위해 피를 흘리며 싸우다 목숨을 바친 시민 학생들의 명복을 빕니다. 우리는 왜 총을 들 수밖에 없었는가? 그 대답은 너무나 간단합니다. 너무나 무자비한 만행을 더 이상 보고 있을 수만 없어서 너도나도 총을 들고 나섰던 것입니다."

박남선은 시민들 못지않게 자신도 흥분하고 있음을 느꼈다. 시민들은 다 알고 있는 시위 과정을 이야기할 때도 박수를 치거나 고개를 끄덕였다. 박남선은 분수대 위에서 시민들을 내려다보는 자신이 시민들과 하나가 되어 있음을 실감했다. 목소리가 저절로 커졌다.

"여러분, 잔인무도한 만행을 일삼았던 계엄군이 폭도입니까? 이 고장을 지키겠다고 나선 우리 시민군이 폭도입니까? 그런데도 당국에서는 허위사실을 날조, 유포하는 데 혈안이 돼 있습니다. 시민 여러분, 우리 시민군은 온갖 방해에도 불구하고 여러분의 안전을 끝까지 지킬 것입니다."

박남선이 분수대에서 내려오자 시민 대표로 윤강옥이 희생자 가족을 위로하는 '희생자 가족에게 드리는 글'을 낭독했고, 박효선이 계엄군에게 끝까지 맞서 광주를 지키자고 짧게 연설했다. 유석은 이날도 궐기대회에 참석했다가 방석모를 쓴 불교학생회 선배 김동수를 만나 인사를 했다. 대회가 끝날 무렵 또 비가 내리자 원각사로 갔다가 산수동 집으로 돌아왔다. 나주에서 올라온 김기광은 도청으로 들어가 비를 피했다. 궐기대회가 끝난 뒤 일부 대학생은 YWCA로 모이라는 방송을 듣고 갔는데 위성삼도 그 무리에 끼었다. 그런데 YWCA에서는 학생증을 갖고 있지 않은 대학생은 돌려보냈다. 위성삼은 머리가 긴 여자에게 학생증을 보여주고는 YWCA 강당으로 들어갔다. 학생증 때문인지 강당에 모인 학생은 막상 30여 명밖에 되지 않았다.

한편, 오전에 회의에서 결론을 내리지 못한 채 헤어진 시민수습위원들이 오후 늦게 다시 부지사실로 모였다. 무기 회수를 주장하는 장휴동, 장세휴 목사, 뒤늦게 얼굴을 내민 교수, 일부 학생수습위원이 회의 분위기를 주도했다. 회의가 끝나갈 무렵, 윤상원이 상황실로 허둥지둥 뛰어 들어와 박남선에게 소리쳤다.

"큰일 났소! 시민수습위원덜이 무조건 무기 반환을 결의해부렀소."

박남선은 지금까지 참았던 울분이 치솟았다. 자리를 박차고 일어난 그는 총을 든 시민군 20명을 데리고 2층으로 올라갔다. M16소총을 든 시민군은 문에 배치하고 나머지 시민군은 복도에 대기시켰다.

"내 지시가 떨어지믄 전부 사살해버려!"

박남선은 군홧발로 문을 차고 부지사실로 들어갔다. 부지사실에는 광주 지역의 종교계 인사와 정치인, 목사 등 무기 회수를 주장해온 시민수습위원 및 독립지사 최한영 선생, 정시채 부지사 등이 모두 모여 있었다. 허리에 차고 있던 권총을 빼어 든 박남선이 총구를 천장으로 향했다가 천천히 수습위원들에게 겨누었다.

"누구 맘대로 무기 반납을 결의해부렀소?"

부지사실은 공기가 살벌하게 돌변했다. 수습위원들 가운데 어떤 인사가 한숨을 길게 쉬었다. 박남선은 일부러 큰 소리로 말했다.

"앞으로 이제까지 죽어간 시민덜 피를 배반허고 말도 안 되는 소리를 또다시 지껄이믄 다 죽여버릴 것이요!"

그러자 김창길 편에 선 노수남이 일어나 박남선에게 다가와 말했다.

"시방 무슨 짓거린가! 더 이상 피를 흘리지 말고 끝내자는 말이 틀렸다는 것인가. 그렇지 않으믄 으쩌겄다는 것인가?"

박남선은 대범하게 꾸짖듯 말하는 노수남의 기를 꺾어야겠다고 생각했다. 권총을 그에게 겨누었다가 차마 쏘지는 못하고 권총 손잡이로 그의 등을 사정없이 찍어버렸다. 그가 맥없이 픽 쓰러졌다. 박남선은 기세를 몰아 수습위원들을 다그쳤다.

"시민 전체 의사를 무시허고 계엄당국과 내통하여 무기를 반환허자는 놈이 있으믄 모두 죽여버릴 테니 생각이 다르믄 도청을 떠나씨요!"

김종배도 박남선을 거들었다.

"학생덜이 얼굴을 모르는 교수가 무슨 교숩니까? 과거 유신정권 때 빌붙어 살았던 종교인이 무슨 사태수습을 한답시고 얼쩡거립니까? 모두 나가지 않으면 죽여버리겠소."

잠시 후, 살기등등한 분위기를 피해 실제로 낯선 교수와 두 명의 목사가 얼굴이 벌겋게 되어 도청을 나갔다. 일부 학생수습위원도 그들을 뒤따라 나갔다. 이런 사정을 모른 채 김창길은 오후 6시쯤에 몹시 피곤한 모습으로 나타나 홍남순, 이기홍, 조아라 등의 수습위원들을 찾아와 울면서 하소연했다.

"도청 지하실에는 이리역 폭발사고의 몇 배가 되는 다이너마이트가 있습니다. 화순탄광에서 갖다 놓았는디 폭발허믄 사 킬로미터 이내는 잿더미가 돼불 것입니다. 이를 지키느라고 삼 일 동안 잠을 못 잤습니다. 인자 인원이 부족해서 지키기도 어렵습니다. 언제 첩자들이 들어와 폭발시킬지 모릅니다. 어르신들이 지켜주셔야 헙니다."

홍남순, 이기홍은 물론 국군통합병원에서 도청으로 돌아온 조비오 신부와 남동성당에서 온 김성용, 정규완 신부도 김창길의 제안에 동감했다. 교회와 성당에서 믿을 수 있는 청년 신도들을 데리고 와 도청 지하실을 지키기로 즉석에서 결의했다.

오후 7시쯤, 도청 식산국장실에서는 윤상원과 정상용, 김영철, 박효선, 이양현, 정해직 등 YWCA에서 온 사람들이 김창길 대신 김종배를 내세워 강경하게 대처해 나가자고 입을 모았다. 기존의 학생수습위원회가 와해되어가자, 김창길은 송기숙을 찾아와 하소연했다.

"교수님, 더 이상 못해묵겠습니다. 계엄군이 쳐들어오믄 민원실 식당에서 봉사허는 여자분덜이나 고등학생 시민군덜이 몬자 피해를 볼 것입니다. 그들에게 도청을 떠나라고 헌 뒤 저도 나가겠습니다."

"이제 자네가 알아서 행동할 수밖에 없네. 누구도 딴 사람의 행동을 책임질 수는 없네."

시계를 보니 9시였다. 송기숙은 명노근과 함께 도청을 나와 동구청 뒤편 음식점에서 늦은 저녁을 먹고 집으로 향했다. 아이들에게 줄 과자 꾸러미를 옆구리에 낀 채 터벅터벅 걸었다. 그때 한 학생이 뛰어와 YWCA 강당에 학생들이 모여 있으니 같이 가자고 말했다. 그러나 송기숙은 그 학생에게도 도청에서와 같이 "계엄당국이 우리 조건을 들어주지 않을 것 같으니 각자 알아서 행동하게"라고 말한 후 귀가했다. 눈물이 하염없이 흘렀다.

송기숙은 더 할 말이 없었다. 교수로서 한계를 절감했다. 정상용의 주장이나 김성용 신부의 논리대로 계엄군에게 결사항쟁을 할 수는 없는 노릇이었다. 각자의 주장대로 행동하는 것이 최선일 뿐이었다. 실제로 식산국장실에서는 윤상원과 김종배가 만나 김창길의 학생수습 위원회를 대신해서 새롭게 학생투쟁위원회를 조직하고 있었다.

'위원장 김종배, 내무담당 부위원장 허규정, 외무담당 부위원장 정상용, 대변인 윤상원, 상황실장 박남선, 기획실장 김영철, 기획위원 이양현, 기획위원 윤강옥, 홍보부장 박효선, 민원실장 정해직, 조사부장 김준봉, 보급부장 구성주'

밤 10시 무렵에 비가 다시 내리기 시작했다. 김창길은 민원실 자원봉사자와 도청 안을 지키는 시민군들에게 계엄군이 언제 쳐들어올지 모르니 떠날 사람은 지금 나가라고 설득하며 다녔다. 이윽고 그는 빗속으로 사라지듯 학생수습위원회에서 손을 뗐다. 김창길이 소파를 잠자리 삼아 쓸쓸하게 누운 뒤 신부와 목사 들은 청년 신도들을 데리고 오기 위해 도청을 나섰다.

그러나 목사와 신부 들은 곧바로 나타나지 않았다. 그 대신 YWCA에 있던 학생 50여 명이 비를 맞으면서 도청 지하실의 다이너마이트를 지키기 위해 들어왔다. 이기홍 변호사실 사무장 위인백은 빗속을 걸어온 학생들이야말로 하느님이라고 울컥했다. 학생들은 도청 현관에서 총기 다루는 훈련을 반복해서 받았다. 시간이 좀 더 지나자, 조비오 신부가 청년 신도 12명을 데려왔으며 자정이 임박해서는 김성용 신부가 청년 신도 세 명을 앞세우고 나타났다. 정규완 신부는 배탈이 나서 못 오고 인편에 청년 신도 한 명을 보냈다. 그런데 목사들은 끝내 오지 않았다. 청년 신도들과 함께 폭발물을 지키겠다고 약속했지만 목사들은 아무도 나타나지 않았다.

하나님을 속이지 말라

도청에서 YWCA로 돌아온 윤상원은 투사회보를 제작하는 사무실에서 가슴을 쓸어내렸다. 내일 배포할 투사회보는 '민주시민회보'로 이름을 바꾸었고, 박용준이 필경을 도맡았으며 등사는 여전히 들불야학생들이 밀었다. 대자보는 박효선이 써준 '도청에서 결사항쟁하자'는 내용의 메모를 보고 자원봉사자까지 합세하여 베끼고 있었다. 목포 정명여중 허순이 국어 교사도 아예 광주로 올라와 팔목이 아플 정도로 대자보 쓰는 일을 거들었다. 내일 궐기대회장 주변에 도배하듯 붙일 대자보였다. 박효선이 윤상원에게 물었다.

"상원이 형, 도청에서 뭔 일이 있었소? 얼굴이 술 마신 사람맨치로 뻘거요."

"큰일 날 뻔했어. 수습위원들이 무기 회수를 결의할라고 하길래 권총 차고 댕기는 박남선을 시켜 뒤엎어부렀네."

"그라믄 우리 뜻대로 가는 거요?"

"수습위원들 한두 인사가 회의실을 나가고 일부 학생들도 도청을 떠났응께 인자 우리들이 들어가 김종배허고 조직을 새로 짜야겠네."

우리들이란 이른바 녹두서점의 김상윤과 가까운 윤상원, 정상용, 김영철, 윤강옥, 이양현, 정해직 등이었다.

"효선이 자네도 조금 있다가 도청으로 가세."

"회의 때 신부님들도 계시든가요?"

"아니, 김성용 신부님이 회의 때 계셨으믄 그런 결론은 내리지 못했을 거네. 신부님은 무기를 반납허지 말자는 우리 생각허고 같거든."

"신부님은 으째서 찾는가?"

"볼일이 좀 있어라."

"내가 Y로 올 때 사제복을 입은 두 분이 정문으로 들어가시는 것 같기는 허대. 마주치지는 못했네."

윤상원이 말하는 신부는 남동성당에서 걸어오고 있던 김성용 신부와 북동성당의 정규완 신부였다. 북동성당의 정규완 주임신부는 박효선과는 구면이었다. 박효선이 마당극 〈돼지풀이〉를 공동 연출할 때 가톨릭농민회 회원들을 만났던 곳이 바로 북동성당이었던 것이다. 박효선은 정규완 신부의 영세명이 토마스 아퀴나스라는 것까지 알고 있었다.

"저게 뭔 소리여?"

강당 쪽에서 큰 소리가 났다. 강당에서는 조금만 소리를 내도 공명이 되어 크게 들렸다. 윤상원과 박효선은 하던 일을 김성섭, 나명관 등에게 맡겨놓고 강당으로 갔다. 도청에서 온 한 시민수습위원이 YWCA

신협 직원인 박용준과 언쟁을 하고 있었다.

"말씀 조심허씨요."

"내가 틀린 말 했는가? 도청은 시방 부랑아들이 설쳐불고 있네. 시민군이라고 댕기면서 툭허믄 총을 쏘아대니 수습위원들이 불안해서 회의를 못 헐 지경이네."

"무슨 말씸이요? 나도 고아원 출신이요."

"오늘도 시민군이 부지사실로 들어와 권총을 쏘고 위협했네."

수습위원의 말은 사실이었다. 윤상원이 부지사실에서 수습위원들 과반수가 무기를 전량 회수하자고 결론지으려는 순간 복도에서 듣고는 박남선에게 알렸던 것이다. 아무튼 박용준은 시민군을 업신여기는 수습위원의 말투에 몹시 화가 나 있었다.

"대학생이나 대학교수만 광주시민이란 말입니까? 밑바닥 인생은 광주시민이 아니란 말입니까? 아무 생각 읎이 사는 사람이란 말입니까?"

"시민군을 무시해서 헌 말이 아니네. 대학생들이 도청으로 들어가야 질서가 잽힐 것 같아서 헌 말이네."

수습위원은 박용준이 거세게 항의하자 한발 물러섰다. 그때 술자리에서 선배들에게 가끔 농담 삼아 '고뇌하는 후진 지식인'이라고 불리던 박효선이 한마디 했다.

"목숨을 내놓고 싸우는 그들이 우리보다 더 용기가 있다고 생각허요. 소위 배웠다는 우리가 그들보다 정의감이 더 있다고 감히 말헐 수 있습니까?"

"내가 실언을 했소. 내 말을 취소허겄소."

수습위원이 악수를 청하자 박용준도 윤상원의 눈치를 보며 마지못해 손을 내밀었다. 어린 시절, 의사인 아버지가 요절하고 간호원 출신인 어머니가 고아원에 들어가 보모를 한 탓에 고아들과 친구로 살아온 그였으므로 멀쩡한 시민군을 '부랑아'라고 비하하자 과민해지지 않을 수 없었던 것이다. 곱슬머리 윤상원이 잠시 어색했던 분위기를 정리했다.

"계엄군허고 싸울라믄 머리도 몸도 다 필요허요. 목적은 하나가 아니겠소? 계엄군놈덜을 광주에서 완전히 몰아내부러야지요. 계엄군이 다시 쳐들어온다는디 모두 다 결사항전으로 맞서야지요."

궐기대회가 끝나고 YWCA로 따라왔던 위성삼과 김한중 등은 윤상원의 말에 공감했다. 전략을 짜서 앞에서 끌고 가는 등 머리로 싸우는 사람, 직접 총을 들고 몸으로 부딪쳐 싸우는 사람, 군중이 됐다가 구경꾼처럼 흩어지는 다리로 싸우는 사람, 말로만 참가해온 입으로 싸우는 사람 등이 있었다. 또한 자신이 살아온 인생 전부를 걸고 싸우는 사람도 있었다. 그렇다 하더라도 이들 모두는 울분과 참기 힘든 분노로 가슴에 멍이 들고 피딱지가 생긴 사람들이었다. 윤상원이 강당에 모인 학생들에게 다시 말했다.

"여그 모인 분덜은 도청으로 들어가 총을 지급받을 겁니다. 근디 시방 들어가는 것이 아니라 Y에 있는 저의 동지덜이 몬자 가서 상황을 보고 곧 데리러 오겠습니다."

위성삼이 손을 들고 앞으로 나갔다.

"저는 군대를 다녀온 예비군 복학생 위성삼입니다. 시방 함께 들어가믄 안 되겠습니까? 총만 지급받으믄 뭣 헙니까? 간단헌 훈련이라도 시켜야지라."

"도청 안에 시민군덜이 있는디 통제가 잘 안 되는 모냥이라 우리가 들어가 바꿔보자는 겁니다. 그라믄 군대 경험도 있고 허니 형씨가 도청 경비를 총괄해주씨요. 시급허게 경비헐 디가 있는디 도청 지하실에 는 화순탄광 무기고에서 가져온 다이너마이트가 팔 톤이나 있다고 헙니다. 터지믄 도청은 한순간에 잿더미로 변해불겄지요."

윤상원의 말에 두려움을 느낀 여학생들이 얼굴을 감싸며 "오메!"하고 비명을 질렀다.

"놀래지 마씨요. 우리가 지키믄 아무 문제읎을 것인께. 자, 그럼 저는 도청 상황을 살펴보고 다시 오겠습니다."

윤상원은 정상용, 김영철, 윤강옥, 박효선, 이양현, 정해직 등과 함께 도청 식산국장실로 갔다. 식산국장실은 윤상원이 박남선에게 부탁해 마련한 윤상원의 비밀 장소였다. 도청과 YWCA를 오가면서 전략을 짜려면 비밀 장소가 필요했던 것이다.

박효선은 식산국장실로 가기 전에 부지사실을 찾았다. 신부들이 먼저 눈에 띄었다. 시민수습위원이 열댓 명 있었지만 검은 사제복을 입은 신부들이 좌중을 압도하고 있는 듯했다. 정규완 신부는 조비오 신부와 함께 앉아 있었다. 서로 다른 깐깐하고 부드러운 두 신부의 인상이 묘하게 어울렸다. 김성용 신부는 고등학교 동창인 부지사 옆자리에 앉았는데, 뭔가를 요구하는 듯 불만이 가득한 얼굴이었다. 박효선은 정규완 신부에게 다가가 인사를 했다.

"신부님, 좀 뵐 수 있을까요?"

"방금 중요헌 얘기를 끝냈으니 괜찮소."

정규완 신부는 박효선에게 호의적이었다. 박효선을 도와주려고 애를 썼다. 가톨릭농민회 회원을 소개시켜주어 농촌의 피폐한 실상을 알게도 했다. 지난 3월에 공연했던 〈돼지풀이〉도 정부의 축산정책 실패로 말미암아 돼지값 폭락을 다룬 마당극이었던 것이다. 정규완 신부가 복도에서 말했다.

"박 선생, 회의 때문에 멀리는 못 가요."

"조용한 곳으로 모시고 말씀드려야 허는디 죄송헙니다."

"무슨 부탁이요?"

"예. 신부님께 혼배미사를 부탁드릴라고요."

"은제요?"

"내일입니다. 내일이 지나믄 영원히 못 헐지도 모릅니다."

"어렵지는 않지만 시국이 이러니 약식으로 해야겠지요."

"예. 제가 계엄사의 요주의 인물이 돼서 공개적으로는 못 헙니다. 궐기대회 때마다 연설을 했기 때문입니다."

"알았으니 일 봐요. 낼 성당으로 연락허고."

"신부님, 고맙습니다."

박효선은 식산국장실로 가서 조금 앉아 있다가 일어났다. 윤상원과 김종배가 머리를 맞대고 한참 동안 이야기했다. 물어보지 않아도 알 수 있는 내용이었다. 김창길을 추종하는 학생수습위원과 무기 회수를 주장하는 시민수습위원들을 몰아내고 새롭게 시민학생투쟁위원회를 만들자는 그런 이야기일 것이었다.

이윽고 박효선은 그 자리에 더 있을 수가 없었으므로 혼자서 YWCA로 돌아와 허순이를 만났다. 박효선은 허순이를 빈 양서조합 사무실로 데리고 갔다. 허순이가 말했다.

"대자보를 두어 시간 썼더니 팔이 뻑뻑하네요."

"순이 씨, 보자고 한 것은 사과헐라고 불러냈어."

"또 사고 쳤어요?"

"사고 쳤어. 큰 사고."

"별로 놀랍지도 않아요. 늘 그랬잖아요."

"용서해줘. 어제 순이 씨가 헌 말을 곱씹어보았어. 우리가 은제 결혼해야 허는가를. 나는 지금은 아니라고 봤어. 오늘 낼 계엄군이 쳐들어온다고 허니 우리 미래를 알 수 읎으니까. 상원이 형허고 도청을 지키겄다는 생각뿐 아무 생각도 허지 않았거든."

"효선 씨, 또 무슨 일 저질렀어요?"

"사실은 방금 북동성당 신부님께 혼배미사를 부탁드리고 왔어."

"혼배미사라고요?"

허순이는 박효선의 뜬금없는 말에 놀라고 말았다. 어젯밤에 '언제 결혼할 거냐?'고 툭 던져본 말이었지 당장에 결혼하자고 재촉했던 것은 아니었기 때문이었다. 허순이는 갑자기 머릿속이 불길하고 혼란스러웠다. 혹시 이 사람의 영혼이 마지막을 예감하고 이러는 것일까? 이럴 때 나는 무슨 말을 해줘야 하는가. 또 일을 저질러버린 그를 용서한다면 나는 어떤 자격일까. 두 사람의 육신은 이미 한 몸인 것이다. 그는 지금 육신뿐만 아니라 영혼까지 하나가 되자고 혼배미사를 올리자는 것일까. 주월동에 사글세방을 얻어 산 지 며칠 만이지만 독선적이고 엉뚱한 그의 행동은 이해할 수 있는 순수함도 있었다.

그런데 허순이는 문득 부모님이 떠올랐다. 결혼 순서가 뒤죽박죽이기는 하지만 아버지의 허락을 받고 싶었다. 아버지를 실망시키고 싶지 않았다. 아버지는 허순이에게 든든한 울타리였던 것이다. 아버지의 존재를 외면할 수는 없었다. 허순이가 말했다.

"효선 씨. 지금 아버지께 가서 허락받을 수 있나요?"

"갑시다."

허순이 아버지 허동찬은 기독교계 학교인 수피아여고 간부 교사이자 교회 장로였다. 박효선은 허순이를 따라가면서 허순이의 뒷모습을 보고는 문득 괴로웠다. 이 모든 것이 자신의 독선이나 이기심인지도 몰랐으므로 마음이 심란했다. 박효선은 무엇을 선택할 때 항상 저지르는 편이었고, 자신의 도발적인 행동방식을 뒤늦게 후회했다. 누군가가 상처를 받을 수도 있기 때문이었다. 반면에 허순이는 그런 박효선을 이해하고 따랐다.

"순이 씨, 지금 결혼하지 않아도 돼요."

"아니요, 우린 어떻게 될지 몰라요. 뜻대로 하셔요. 의지대로 하세요."

허순이가 집 부근에서 먼저 가 있을 테니 잠시 후 들어오라고 했다. 박효선은 담배를 꺼내 물었다. 갑자기 무슨 죄를 진 것처럼 가슴이 쿵쾅거렸다. 이윽고 박효선은 불투명 유리로 된 현관문을 밀었다. 허동찬 장로는 생각보다 키가 컸다. 허순이가 박효선을 소개했다. 박효선은 거실에서 넙죽 큰절을 올렸다. 그러고 나서 그의 성격대로 단도직입적으로 말했다.

"아버님, 따님을 주십시오."

"허허."

허동찬 장로는 눈을 지그시 감았다. 박효선이 도청에서 지금 무슨 일을 하고 있는지 대충은 알고 있었다. 궐기대회 때마다 분수대에 올라 연설을 했으므로 계엄당국은 그를 극렬분자라고 낙인찍었을 터였다. 체포 대상인 그가 딸을 달라고 하니 난감했다. 허 장로는 거절할 명분을 찾기 위해 시간을 달라고 할까 말까 망설였다. 그러나 사랑하는 딸의 하소연을 애써 거절하기도 힘들었다. 허 장로는 아무런 결정을 내리지 않은 채 눈을 떴다. 순간 박효선의 절절함이 가득한 눈과 마주쳤다. 그의 눈빛은 진실을 말하고 있었다. 허 장로가 무겁게 입을 뗐다.

"그러소. 데리고 가소."

"고맙습니다. 아버님."

"근디 약속을 하나 해야 쓰겠네."

"아버님, 무슨 약속이든 지키겠습니다."

허 장로가 박효선의 손을 끌어 잡고 말했다.

"사람들헌테는 거짓말을 허드라도 하나님 앞에서는 거짓말을 허믄 안 되네. 하나님께 선한 남편이 되겠다고 고해야 허네."

"그렇게 하겠습니다. 성당 신부님께 부탁해두었습니다. 다만 계엄당국이 저를 연행할지 모르므로 하객을 부르지 않고 허겠습니다."

"나중에 시절이 좋아지믄 순이에게 웨딩드레스는 입혀줘야지."

옆에 있던 허순이 어머니가 말없이 눈물을 흘렸다. 박효선도 가슴이 울컥했다. 차가운 살얼음 같은 것이 이마를 치는 듯했다. '하나님을 속이지 말라'는 허 장로의 말이 가슴에 비수처럼 박혔다.

5월 26일

장갑차 출현

도청 광장은 불빛 한 점 없이 숯덩이처럼 컴컴했다. 마치 잔해를 방치한 깊은 폐광 속을 연상시켰다. 어둠 속에서 보이는 것이라고는 희끗희끗한 빗줄기뿐이었다. 남학생 50여 명은 윤상원을 따라서 YWCA를 나와 비를 맞으며 도청으로 건너갔다. 도청은 2층 부지사실과 1층 상황실만 불이 켜져 있었다. 억센 빗줄기 때문에 불빛은 창문턱을 넘지 못했다. 창문턱이 빗물에 젖어 번들거렸다. 2층 부지사실에는 시민 수습위원들이 밤을 새우고 있었고, 1층 상황실에는 새로 짠 학생수습 위원들이 회의를 계속하고 있는 중이었다.

상황실장 박남선이 YWCA에서 온 학생들에게 총기를 지급했다. M1소총과 카빈소총을 골고루 나눠주었다. 학생들은 박남선과 위성삼에게서 총기를 다루는 방법을 한 시간쯤 익혔다. 총에 실탄을 장전하고 노리쇠를 잡아당긴 뒤 격발하는 요령을 반복해서 훈련받았다. 잠시 후 조비오 신부가 계림동성당 청년 신도 12명을 데리고 현관에 나타났다. 조금 뒤에는 김성용 신부가 남동성당 청년 신도 세 명을 앞세우고 들어왔다. 박남선이 김성용 신부에게 말했다.

"신부님, 오늘 밤 도청을 지킬 학생들입니다."

"그라믄 내가 델꼬 온 사람들은 부지사실에서 잠을 재워야겄그만."

"조비오 신부님을 따러온 사람들도 부지사실로 갔습니다."

김성용 신부는 학생들을 보자마자 감격했다. 곧장 부지사실로 가지 않고 현관에 잠시 있다가 참지 못하고 일장 연설을 했다. 남동성당에서 신자들에게 오전 10시 미사 때 했던 강론을 그대로 했다. 학생들에게 정신무장을 시켜주기 위해서였다.

학생 여러분, 네 가지만 말씀드리겠습니다.

지금 우리는 사람답게 살고 있지 않습니다. 지금 우리는 짐승과 같이 살고 있는 것입니다. 두 발로 당당하게 서서 하늘을 우러르지 못하고 네 발로 기어 다녀야 하며, 꿈이 없는 개나 돼지처럼 입을 그릇에 처박고 사는 불쌍한 짐승처럼 살고 있는 것입니다. 폭력과 살인을 밥 먹듯 하는 유신잔당이 우리를 짐승같이 취급해 죽이고 때리고 찌르고 끌고 가고 있기 때문입니다. 그러니 두 다리로 걷고 인간답게 살려고 하면 목숨을 걸고 민주화투쟁에 몸을 던져야 합니다. 과거의 침묵, 비굴했던 침묵의 대가를 지금 우리들이 치르고 있는 것입니다.

부산, 마산 사건에서 희생한 분들은 유신 괴수의 죽음으로 보상받았습니다. 광주도 마찬가지입니다. 계엄군에 맞서서 자유와 민주화를 위하여 희생한 많은 광주시민의 피도 보상받아야 합니다.

이제야말로 우리는 결단의 때를 맞이하였습니다. 비굴하게 짐승 같은 목숨을 연명할 것인가, 그렇지 않으면 인간다운 민주시민으로서 살기 위하여 목숨을 걸고 싸워야 할 것인가를 결단할 순간인 것입니다.

학생 여러분은 저를 감격케 했습니다. 여러분의 결단으로 광주는 지켜질 것입니다. 여러분들이야말로 우리나라 민주화를 지켜낸 영웅이 될 것입니다.

김성용 신부의 일장 연설이 끝나자 빗소리가 크게 들려왔다. YWCA에서 온 학생들은 바로 김창길의 뜻을 따라 나간 그들의 자리를 대신했다. 어젯밤에 총을 받은 뒤에도 내심 불안했던 시민군들은 경비인원을 보충받자 조금 안도했다. 계엄군의 진입 소문 때문에 잠을 자지 못하고 도청 사무실에서 감기는 눈을 비벼댔던 것이다. 더구나 시민들 틈에 끼어 계엄군 첩자도 드나들었다. 그런 소문은 시민군들 사이에 금세 돌았다. 김선문 귀에도 들렸다.

"이층 사무실을 들락거리는 사람덜이 많은디 순천서 왔다는 머리가 짧은 놈 말이여. 나도 이상허게 봤는디 어저께부텀 첩자일지 모른께 조심허라고 허대."

박래풍이 김선문의 말을 받았다.

"도청 지하실에서 그놈을 봤다는 소문도 나돌드그만."

"으떤 학생은 김창길이가 델꼬 왔다고 말허던디 그건 좀 거시기허요."

김동수가 김창길을 의심하지 말라는 투로 말했다. 그러자 옆에 있던 김용호가 동조했다.

"설마 김창길이가 그랬을라고. 김창길이도 무자게 애를 쓰고 댕겼는디."

박병규는 공대생답게 색다른 식견을 드러냈다.

"근디 순천서 왔다는 그 사람이 폭약 전문가는 아닌지 모르겄소. 레버를 뽑아불믄 폭발물도 무용지물이 돼버려요."

그런데 이런 긴장감을 주는 이야기만 졸음을 쫓는 것은 아니었다. 식산국장실에는 우스갯소리를 잘하여 감기는 눈을 뜨게 하는 노동자 시민군이 있었다. 식산국장 의자에 앉아서 꾸벅꾸벅 졸다가도 시민군들을 웃겼다. 그가 방귀를 소리 나게 뀌었다. 느닷없는 방귀 소리에 졸던 시민군들이 깜짝 놀랐다.

"여그 국장님맨치 끝발이 읎으면 나멩키로 방구발이라도 있어야제."

그는 시민군들 이름을 가지고도 우스갯소리를 했다. 며칠째 제대로 잠을 못 자 몸이 천근만근 무거웠지만 한바탕 웃으면 사기가 올랐다. 학생 시민군인 '구천서'를 보고 그가 말했다.

"자네는 코메디언 구봉서 동상인가?"

마침 시민군 중에는 이인철 학생도 있었다. 그가 이인철의 이름을 들먹이면서 말했다.

"자네는 삼성 이병철 회장님허고 으쩌게 된 사인가? 공수폭도덜 쪼까내불고 나서 나도 묵고살게 이병철 회장님 좀 소개해주소."

"형님은 결혼했지라?"

"했제. 지금까지 살아온 중에 내가 젤 잘헌 일이그만."

"그라믄 젤로 못헌 일도 있겄소잉."

"그야 마누라허고 억지로 살고 있는 것이제. 하하하."

"젤 잘헌 일이람서 으째서 잘못헌 일이다요?"

"내 벌이가 시원찮은께 마누라가 집을 나가부렀어. 긍께 젤 못헌 일이 돼부렀제."

우스갯소리를 잘하는 시민군의 이름을 아는 사람은 아무도 없었다. 나이가 30대라는 것과 노동판에서 잔뼈가 굵은 노동자라는 사실만 알려졌을 뿐이었다. 이름을 물어보면 그는 성은 노가이고 이름은 가대라고 했다. 그래서 시민군들은 그를 '노가대'라고 불렀다.

박병규는 창밖을 멍하니 응시했다. 어제 낮에 어머니를 뵙지 못한 것이 못내 죄스러웠다. 양동 상인들이 리어카에 김밥을 싣고 와서 민원실 시민군들에게 나눠주었는데, 박병규는 그 자리를 피해버렸던 것이다. 시민군 시신이 있는 병원에 가서 염 봉사 활동을 해왔던 남원댁 방귀례, 가구노동자 김종철의 어머니 등등 양동 상인들이 십시일반으로 쌀을 거두어서 만든 김밥이었다. 허기진 시민군들이 일시에 달라붙자 김밥은 금세 동났다.

김양애 양동시장 부녀회장이나 국밥집을 하는 김종철의 어머니가 리어카를 앞에서 끌고 뒤에서 밀면서 도청까지 온 까닭은 오직 자식들을 만나기 위해서였다. 그러나 박병규나 김종철은 끝내 어머니를 만나지 않았다. 특히 오전에 박병규는 사촌누나 박수복이 찾아와 "얼능 나와라. 아무도 모르게 나와라" 했지만 거절했고, 김종철은 아버지가 삼촌까지 보냈지만 "오늘 밤 안으로 들어가겠습니다"라는 말만 하고 도청에 그대로 남았다.

도청에서 밤을 새우던 시민군들은 새벽 4시부터는 더 이상 견디지 못하고 복도나 의자에 앉은 채 잠들었다. 때마침 세차게 내리던 비도 그처 도청 안은 밑도 끝도 없는 심연처럼 적막했다. 그러나 한 시간쯤 지나서였다. 갑자기 울려대는 상황실의 전화벨 소리가 깊고 푸른 밤의 적막을 여지없이 깨버렸다. 박남선은 애써 무시하려고 했지만 무전기가 쐐액, 쐐액 다급하게 소리를 냈다. 상황실에서 함께 졸다가 먼저 눈을 뜨고 상황을 파악한 부실장 양시영이 박남선의 어깨를 흔들었다.

"실장님, 드디어 올 것이 온 거 같습니다."

"계엄군 놈덜이요?"

"확실헙니다. 시민 제보도 그라고 무전기 보고도 그랍니다."

박남선은 의자에서 벌떡 일어났다.

"계엄군이 진입했다는 거요?"

"장갑차를 앞세우고 농성동 공단 입구를 통과허고 있다는 보곱니다."

박남선은 비상을 걸고는 기동타격대 출동을 준비시켰다. 그런 뒤 상무대 계엄사에 전화를 걸어 계엄분소 사령관 소준열 중장을 찾았다. 전화를 받은 사람은 사령관 참모였다.

"사령관님은 안 계십니다. 용무가 있으면 저에게 말하십시오. 전하겠습니다."

"계엄군이 공단 입구까지 와 있다는디 계엄군 병력을 원위치로 후퇴시키지 않으믄 우리는 회수한 무기를 전 광주시민에게 나누어줄 거요. 분명히 말허지만 우리는 총을 들고 죽을 때까지 싸울 것이요. 도청에 보관 중인 다이너마이트를 폭파시켜버릴 각오로 맞설 것인께 내 뜻을 사령관과 부사령관에게 전해주씨요."

"알았소."

사령관 참모가 전화를 끊었다. 박남선은 즉시 기동타격대 지프차에 승차했다. 기동타격대 대원을 실은 트럭이 시동을 걸었다. 황금선도 트럭 조수석에 탔다. 이영생 장로와 수습위원 한 명은 박남선이 탄 지프차에 탔다. 계엄군과 협상을 할지 모르기 때문이었다. 그런데 수습위원은 승차하자마자 공포에 떨었다. 눈에 띌 정도로 평상심을 잃고 안절부절못했다. 박남선은 이영생 장로와 수습위원에게도 사령관 참모에게 한 말을 전해주었다. 그러자 이영생 장로는 "오, 하나님!" 하고는 눈을 감아버렸다.

그때였다. 김성용 신부는 여기저기서 들려오는 고함 소리에 눈을 떴다. 부지사실 벽시계는 새벽 5시 30분을 가리키고 있었다. 쪽잠을 잔지 두 시간 만이었다.

"탱크가 들어오고 있다!"

"으디까지 들어온 거냐! 우리 모두 자폭해불자!"

김성용 신부는 농성동에 사는 신도들에게 전화를 걸었다. 그러나 정확하게 말하는 신도는 아무도 없었다. 의자에서 자고 있던 부지사가 놀란 채 일어나 상황을 확인해보겠다며 말하고는 나갔다. 그러나 빨리 돌아오지 않았다. 김성용 신부는 부지사에게 또 속았다는 생각을 하면서 탄식했다.

"철야로 다이너마이트를 지켰는디, 파국만은 막아야 헌다는 일념으로 도청에 남았는디 이 무슨 날벼락인가."

부지사실을 나오자 도청은 초비상사태에 빠져 있었다. 총을 가진 시민군과 학생들이 소리를 지르며 달리는 등 아수라장이나 다름없었다.

한편, 계엄군 장갑차는 시민군의 바리케이드를 깔아뭉갠 채 국군통합병원 앞까지 나와 있었다. 시민군 기동타격대 지프차와 트럭은 서부경찰서 앞에서 멈추었다. 박남선은 수습위원과 함께 국군통합병원 앞 도로로 걸어갔다. 박남선이 계엄군 장교에게 따지듯 말했다.

"협상 중에 이럴 수 있소? 이건 반칙이요."

"협상은 어제부로 결렬됐소. 불순분자나 선동자들을 제거하시오! 총기도 전부 회수하여 반납하시오! 그렇지 않으면 우리는 무력으로 진압할 수밖에 없소."

계엄군 장교가 위협했다. 그러나 박남선은 지지 않았다.

"지금 이 자리에서 원위치로 돌아가씨요. 지금 당신덜이 이렇게 일을 저지르면 저지를수록 우리는 더욱더 강해질 뿐이요. 서로 피 보는 일만 있을 것이요."

계엄군 장교가 잠시 자리를 떠나 무전을 했다. 계엄분소의 지시를 받으려고 그런 것 같았다. 계엄군 장교가 다시 돌아와서 강경하게 말했다.

"계엄분소 부사령관님 말씀이오. 그대로 전하겠소. '총을 전량 회수해 오면 당신들의 신상만큼은 책임을 묻지 않겠다. 그러나 그 외의 요구조건에 대해서는 들어줄 수 없다'는 부사령관님 말씀이오."

이영생 장로가 한마디 했다.

"이보쇼. 그건 협상이 아니라 협상을 결렬시키겠다는 협박이오."

"사령관님에게 다시 전하시오. 우리의 수습조건을 다 들어주지 않으믄 우리도 결사적으로 나갈 수밖에 없다고 말이요."

계엄군 장교가 막무가내로 밀어붙이지 않고 대화를 이어가는 것은 심리전을 펴면서 다른 작전을 수행하는 중인지도 몰랐다. 박남선은 그렇게 의심했다. 어쨌든 박남선은 계엄군의 진입을 지체시킨 것 같아 조금은 마음을 놓았다. 계엄군 장교가 계엄사 분소와 다시 무전을 하고 있는 동안 박남선이 수습위원에게 말했다.

"서울에서 오는 외곽도로를 점거해 병력과 수송로를 확보할라고 이런 거 같습니다. 또 우리 시민군이 차량을 가져오는 아세아자동차 공장을 차단해 시민군의 기동력을 약화시킬라고 허는 작전인 거 같습니다."

"박 실장은 모르는 것이 읎그만."

"예비군 소대장을 험서 익힌 전술입니다."

계엄군은 더 이상 장갑차를 전진시키지는 않았다. 그 자리에 바리케이드를 칠 준비에 들어갔다. 그래도 박남선은 안심할 수 없었으므로 트럭에 탄 기동타격대원들은 그곳 지역을 방어하는 시민군과 합세시켰다. 박남선은 도청으로 돌아오면서 전옥주와 차명숙의 목소리를 들었다. 울음 섞인 목소리였다.

광주시민 여러분! 지금 계엄군들이 들어오고 있습니다. 모두 잠에서 일어나 가족들과 시민들을 보호합시다. 우리는 계엄군과 민주적으로 싸워 물리쳐야만 합니다. 빨리 잠에서 깨어나 도청 앞으로 나오십시오!

백운동 로터리에 방송승합차 한 대가 멈추어 있었다. 전옥주가 마이크를 잡고 방송하는 모습이 또렷하게 보였다. 박남선은 전옥주의 목소리를 또다시 들으면서 울컥했다. 괴롭고 참담했다. 한동안 사라졌던 그녀의 목소리를 다시 듣는다는 것 자체가 비극이었다. 한 아주머니가 날계란 두 개를 깨서 그녀들에게 내밀었다. 이영생 장로가 말했다.

"박 실장, 저것이 광주의 마음이요. 시민덜이 또다시 우리에게 힘을 줄 것 같소."

이 장로의 말은 옳았다. 시민들이 이른 아침부터 도청으로 무너진 둑에서 물 쏟아지듯 모여들었다.

죽음의 행진

　새벽 5시. 도청을 지키는 시민군들에게 비상이 걸렸다. 옥상의 확성기에서는 농성동에 계엄군 장갑차가 출현했다는 방송이 나왔다. 비상벨 소리에 시민군들이 뛰어가고 기동타격대 지프차와 트럭이 시동을 걸었다. 박남선은 기동타격대를 농성동 국군통합병원 쪽으로 출동시켰다. 김창길은 부지사실에서 한 수습위원으로부터 국군통합병원 주변에 있던 계엄군이 농촌진흥원까지 장갑차를 앞세우고 나타났다는 말을 들었다. 계엄군의 공격로가 여러 개인지, 하나인지 아직은 알 수 없었다. 상황실과 부지사실에 들어오는 첩보가 조금씩 달랐다. 김창길은 전화통을 붙들고 상무대 계엄분소 부사령관과 통화를 시도했다. 잠시 후 전화가 연결되었다. 김창길은 대뜸 항의를 쏟아냈다.

　"장군님, 이러시믄 안 됩니다. 장갑차가 진흥청 앞까지 진입했다는디 어째서 이러십니까?"

"무슨 말인가? 나는 모르는 일이네."

"장군님만 믿고 협상해온 수습위원님덜은 뭣이 됩니까? 시방 작전을 곧 중단해주십씨요. 그렇지 않으믄 모두 자폭해불겠습니다."

"작전을 중단하겠네. 뭔가 일이 잘못된 것 같네."

부사령관 김기석 소장이 황당하다는 반응을 보였다.

"수습위원님덜을 모시고 진흥청 앞으로 가겄습니다. 장군님도 나오십씨요."

"그래, 나갈 테니 시민 대표 서너 분만 모시고 오게."

홍남순은 김창길이 전화하는 소리를 듣고 덜컥 겁이 났다. 도청 지하실에 쌓아둔 다이너마이트를 터트린다면 광주의 도심은 원자폭탄을 맞은 듯 순식간에 잿더미로 변해버릴 것이었다. 시민들의 희생은 물론이고 도심지는 폐허가 돼버릴 터였다. 뒤늦게 나타난 부지사는 계엄군의 진입은 낭설이라며 무마하려고 했다. 수습위원들 중에서 갈 사람을 뽑으려 했지만 선뜻 나서는 사람이 없었다. 현직 교사인 한 수습위원이 탄식했다.

"이제 우리는 계엄군 총에 죽을 수도 있고 시민군 총에 죽을 수도 있습니다."

"긍께 다 같이 갑시다. 죽어도 같이 죽고 살아도 같이 삽시다."

부지사실에 있던 시민군들이 버스를 내어주겠다고 제의했다. 그러나 홍남순 변호사가 유권해석을 내렸다.

"계엄사는 시민군을 폭도라고 허고 있어요. 협상을 험서 계엄사가 인정허지 않은 시민군의 버스를 타선 안 됩니다. 또한 우리는 시민 대표이지 계엄사 대표는 아니지요. 긍께 계엄사가 내준 버스를 탈 수도

옳지요. 그러니 걸어서 가야 헙니다."

김성용 신부가 비장하게 말했다.

"수습위원님들이 총알받이가 된다믄 계엄군 진입을 일시적이나마 막을 수는 있습니다."

출발 전에 50여 명의 앞뒤 순서를 정했다. 농촌진흥청까지는 20여 리 길을 1열 종대로 길게 줄지어 걸어간다는 것은 불합리했다. 총알이 날아온다면 선두부터 위험했다. 50여 명이 4열 횡대로 가는 방법만이 공평했다.

이윽고 아침 7시 정각. 50여 명의 수습위원은 도청을 떠났다. 외신기자 서너 명이 따랐다. 사진을 찍기도 하고 비디오를 촬영했다. 그들은 '죽음의 행진'이라고 이름을 붙여 취재했다. 홍남순 변호사는 플래시를 번쩍번쩍 터뜨리는 외신기자들이 진실을 보도하겠구나 싶어 조금은 위안이 되었다. 조비오 신부는 발이 퉁퉁 부어 절룩거렸다. 그렇다고 '죽음의 행진'에서 이탈할 수 없었다. 신부로서 수습위원들에게 위안을 주는 처지였기 때문이었다. 한 수습위원은 '아! 나는 이제 죽는구나' 하고 두려움에 떨었다.

이윽고 수습위원들이 걸음을 멈추었다. 과연 농촌진흥원 부근 도로에는 계엄군들과 장갑차가 진을 치고 있었다. 도로에는 둥근 철조망이 쳐졌고, 계엄군은 모래자루를 쌓은 엄폐물 위에 기관단총을 거치해놓고 있었다. 수습위원들은 포신을 치켜든 장갑차를 보고 움찔했다. 그래도 철조망이 쳐진 곳까지는 가야 했다. 현장 지휘관인 소령은 권총을 차고 있었다. 곱상하게 생긴 그가 수습위원들에게 다가왔다. 홍남순 변호사가 말했다.

"당신허고는 얘기헐 수 읎으니 사령관을 오라고 하씨요."

"알았으니 따라온 시민들을 돌려보내주십시오."

행진 도중에는 10여 명이 따라왔는데 어느새 시민들이 도로를 가득 메우고 있었다. 수습위원들이 시민들에게 멀리 물러나 있으라고 부탁했다. 그때 시민들 뒤에 따라오던 검정색 경찰 지프차가 철조망 쪽으로 달려왔다. 지프차에는 총을 든 시민군이 타고 있었다. 수습위원들이 황급히 지프차를 가로막았다. 시민군이 탄 지프차는 선선히 물러섰다. 시민군이 총을 흔들면서 돌아가자 구경하던 시민들이 박수를 치며 호응했다.

잠시 후, 장군용 점퍼를 입은 김기석 소장이 지프차를 타고 왔다. 김창길이 시민 대표보다 먼저 다가가 항변했다.

"지금까지 무기 회수를 잘해오고 있는디 으째서 이러십니까?"

"미안허네. 알아보니 나도 모르게 공수부대가 작전을 했네."

계엄분소 지휘계통을 무시하고 신군부가 공수부대를 움직였다는 말이었다. 김기석 소장이 난감한 표정을 짓더니 나직하게 말했다.

"나도 전라도가 고향이네. 그동안 최선을 다했지만 더 이상 작전을 미루기는 불가능하네. 내 힘은 여기까지네. 어제가 끝이었네. 나도 광주 일이 끝나면 옷을 벗어야 할 것 같네."

한 수습위원도 김기석 소장에게 항의했다. 무기 회수를 위해 전력을 다하고 있는데 왜 계엄군을 진입시켰냐고 따졌다. 그러자 김기석 소장이 계엄사로 가서 논의해보자고 제의했다.

수습위원들은 철조망이 쳐진 '판문점' 같은 곳을 지나 전남북계엄분소가 있는 상무대로 갔다. 그러나 상무대 위병소에서 수습위원들은 위병장교에게 제지를 당했다. 일부만 출입을 시키겠다는 것이었다. 조비오 신부는 발이 너무 고통스러워 미리 빠졌다. 결국 수습위원 중에 홍남순, 이종기, 김성용 등 15명만 계엄분소 회의실로 갔다. 김성용 신부는 수습위원 대변인 자격으로 들어갔다. 윤영규 등 나머지 수습위원들은 상무대 앞에서 각자 흩어졌다.

회의는 10시에 시작했고, 계엄분소 사령관 소준열 중장이 주재했다. 수습위원들은 무기를 회수해 반납할 테니 '계엄군이 오늘 새벽 진주한 것은 약속위반이다. 원상으로 돌아갈 것', ' 보복하지 말 것', '보도를 공정히 할 것', '죽은 사람들 장례는 시민장으로 치러줄 것' 등을 약속해달라고 돌아가면서 부탁했다. 그러나 실마리는 점심 시간까지도 좀체 풀리지 않았다. '보도만은 공정히 하겠다'는 약속만 받아냈을 뿐이었다.

김수길 헌병대장은 한사코 김성용 신부와 눈을 마주치지 않으려고 했다. 어제 한바탕 고성을 주고받았기 때문이었다. 헌병대장이 "도청에 있는 사람들이 모두 건달이나 양아치들 아니냐? 그러니까 폭도다"고 비하하자, 김성용 신부가 "모두 하나님이 사랑하는 아들딸이고 우리의 형제자매다. 광주시민을 학살한 당신들이 폭도다"라고 흥분해 말했던 것이다.

오후 1시가 넘어가는데도 결론은 나지 않고 평행선만 그었다. 소준열 중장은 어제 김기석 소장이 했던 말과 엇비슷하게 반복하기만 했다.

"군은 작전명령에 의해 움직이는 조직입니다. 오늘 밤 열두 시까지는 내 권한이지만 열두 시를 넘으면 명령에 따라 진격할 수밖에 없습니다."

회의는 2시까지였다. 수습위원들은 초조했고, 홍남순 변호사는 오늘 밤 12시가 넘어가면 신군부의 명령에 따라 진격할 수밖에 없다는 소준열 중장의 말에 충격을 받았다. 70세가 가까운 홍남순 변호사는 큰아들 같은 소준열 중장에게 사정했다.

"군대가 진입하면 광주시민들은 또 죽습니다. 지금까지도 많이 죽었는데 또 죽이면 어떡헙니까? 사령관님, 일주일만 계엄군 진입을 연기해주씨요."

"안 됩니다."

"그럼, 삼 일만 시간을 주씨요."

"그것도 안 됩니다."

수습위원들은 허탈했다. 지푸라기라도 붙잡는 심정으로 계엄분소에 왔지만 입씨름만 하고 만 셈이었다. 홍남순 변호사는 참담한 심정으로 중얼거렸다.

"만사휴의(萬事休矣)로구나! 이제 끝났다. 나머지는 운명이다."

수습위원들은 2시가 넘어서 낙심한 채 군용지프차를 타고 상무대를 떠났다. 농촌진흥청 앞 철조망이 쳐진 도로에서 하차한 뒤 뿔뿔이 헤어졌다. 홍남순 변호사는 시내로 돌아오면서 김성용 신부에게 부탁했다.

"김 신부님, 김수환 추기경을 만나 광주 상황을 보고하고 계엄군 진입을 연기해달라고 부탁허십씨요. 나도 서울로 가서 윤보선 전 대통령과 호남 출신 정래혁 씨를 통해서 박충훈 총리와 최규하 대통령을 만나 광주를 살리도록 노력해야 쓰겄소."

지갑 속에 있던 지폐를 꺼내 김성용 신부에게 서울 가는 노잣돈이라며 주었다. 그런 뒤 홍남순 변호사는 곧장 귀가했다. 아내와 아들을 데리고 서울로 가기 위해서였다. 영문을 모르는 아내와 아들이 따라나섰다. 송정리까지 택시를 이용한 뒤 기차로 상경하려고 했다. 그런데 송정리를 가던 중 극락강다리에서 계엄군 검문을 걸렸다. 계엄군은 신분증을 보더니 바로 홍 변호사 부부를 상무대 영창으로 보냈다. 계엄군 장교가 홍 변호사는 뒤로, 그의 아내는 여자라고 하여 수갑을 앞으로 채웠다. 3시 반에서 4시 사이에 당한 봉변이었다.

한편, 그때 김성용 신부는 금남로 가톨릭센타에 겨우 도착했다. 도청 광장의 궐기대회 때문인지 많은 시민이 금남로에 모여들고 있었다. 김 신부는 YMCA의 한 젊은이에게 오토바이와 안전모를 빌려달라고 부탁한 뒤 인파를 뚫고 도청 부지사실로 갔다. 협상 결과를 기다리던 수습위원들이 김 신부를 주시했다. 그런데 김 신부는 침통한 얼굴로 아무 말도 하지 않고 협상보고서와 호소문을 작성하기만 했다. 조비오 신부에게 잠시 조언을 구했을 뿐이었다.

"계엄분소가 심상치 않소. 광주 사정을 서울에 알려야겄는디 어처께 생각허십니까?"

"가셔야 헙니다. 가셔서 추기경님께 보고하셔야 헙니다. 무얼 주저허십니까?"

김성용 신부는 스스로에게 묻고 있었다. 나는 지금 도청에서 도망치려고 하는 것은 아닐까? 시민들은 어떻게 생각할까? 비겁한 신부라고 욕할지 모른다. 그러나 진실을 알리는 것도 중요하지 않은가. 조 신부도 서울로 가라고 하지 않는가. 때마침 YMCA의 젊은이가 부지사실로 와서 준비를 다 해놓았다고 전했다.

"조 신부님, 제가 서울로 출발했다는 것을 비밀로 해주십씨오."

김성용 신부는 부지사실을 나와서 우연히 도지사를 보았다. 도지사가 시신을 안치한 상무관으로 가고 있었다. 김 신부는 분노가 솟구쳤다. 광주시민과 생사를 함께했어야 할 도지사가 어디론가 사라졌다가 이제야 나타나다니 철면피 같았던 것이다.

조비오 신부는 도청에 그대로 남았다. 오후 6시에 시민학생투쟁수습위원회 회의가 있기 때문이었다. 그런데 대부분의 시민 대표는 부지사실에 나타나지 않았다. 조 신부와 이종기 변호사뿐이었다. 예견했던 대로 김창길과 황금선 등은 "저항해봐야 아무런 승산이 없다. 무기를 반납하고 도청 지도부를 해산하는 것이 인명 피해를 줄이는 길이다"라고 주장했다. 그러나 김종배, 정상용, 이양현, 허규정 등은 "지금까지 희생당한 광주시민의 목숨은 어떻게 보상받느냐? 평화적인 수습 방안이 없다면 불명예스럽게 항복할 수는 없다. 그러나 우리는 도청을 나가겠다는 사람들을 붙잡지는 않겠다. 자유롭게 선택하라"고 맞섰다. 조 신부는 중간의 입장에서 양쪽을 설득하려고 했지만 실패했다.

"우리가 막강한 공수부대를 이길 수는 없소. 그건 현실적으로 비극을 초래하는 일이오. 그러나 도청을 사수하자는 주장도 일리는 있소. 운명을 피하기보다 정면으로 부닥치겠다는 실로 장하고 용감한 젊은이다운 기백이오. 어쨌든 시민을 위하는 마음은 같고, 동지요 형제이기 때문에 서로 감정을 자제하고 이성적으로 판단하고 선택했으면 좋겠소."

이후 조비오 신부는 양쪽의 의견을 듣기만 했다. 오후 8시쯤에는 계림동성당 신자들이 찾아와 도청 정문에서 조 신부를 기다렸다. 축일미사 때문이었다. 조 신부는 갈 테니 본당에 연락하여 이왕 미사참례를 위해 나온 신자들에게 묵주신공을 하면서 기다려달라고 한 뒤 다시 회의에 참석했다. 어느새 회의는 도청을 사수하자는 김종배 쪽으로 기울고 있었다. 조비오 신부는 더 이상 축일미사를 방관할 수 없어 8시 45분쯤 회의실을 나섰다. 도청 마당에서는 200여 시민군이 전열을 가다듬고 있었다.

조비오 신부는 도청 정문을 나서면서 눈물을 흘렸다. 비겁하게 혼자만 살기 위해 빠져나간다는 슬픈 심정이 들어서였다. 그뿐만 아니라 많은 젊은이가 목숨을 잃는 운명의 밤이 될지 모른다는 생각에 억장이 무너져 울었다.

계림동성당의 신자 300여 명은 조비오 주임신부를 기다리며 묵주기도를 마치고 있었다. 도청에서부터 줄곧 눈물을 흘리며 성당에 들어온 조 신부는 미사를 시작하면서 "오늘 밤 광주시민들이 또다시 비참한 상황을 맞게 될지 모른다"고 서두를 꺼내고는 흐느끼고 말았다. 신자들도 따라서 울음을 터뜨리어 울음바다가 되었다. 조 신부는 그래도 강론을 시작했다.

"아벨의 무고한 피로 인하여 카인은 하느님의 징벌을 받고 광야를 헤매는 생활을 해야만 했습니다. 국민의 세금으로 양성된 군인들이 무고한 시민을 죽인 동족상잔의 비극은 비참하게 끝나는 것이 아닙니다. 영문을 모르고 죽어간 시민들의 목숨과 불의에 항거한 젊은이들의 피는 광주뿐만 아니라 우리나라의 역사를 도탄에서 구할 수 있는 의로운 피가 될 것입니다. 의인의 억울하고 애통한 죽음과 그 피는 하늘에 사무쳐서 하느님께서는 우리의 염원을 꼭 들어주실 것입니다."

조비오 신부는 미사를 드리면서 성체를 간절한 마음으로 모셨다. 마음 깊은 곳에서 "도청에는 젊은이들밖에 없다. 가봐야 한다"는 소리가 들렸다. 조 신부는 몇 번이고 "예수님, 미사를 마치고 도청으로 가겠습니다. 저에게 용기와 힘을 주십시오"라고 되뇌었다. 미사를 마치고 나자 몸이 천길 벼랑으로 떨어지는 듯했다. 그동안 쌓였던 피로가 한꺼번에 몰려왔다. 조 신부는 신자들의 부축을 받아 사제관 소파에 걸터앉았지만 곧 쓰러져버렸다. 자신도 모르게 깊은 잠이 들고 말았다.

악행과 인간 방생

전옥주와 차명숙은 방송승합차를 타고 새벽부터 광주의 여러 동네를 돌았다. 마이크를 잡고 계엄군이 다시 쳐들어오고 있으니 도청으로 집결하자는 방송을 했다. 어제까지는 오후에 궐기대회를 했는데 26일은 오전에도 열기로 했던 것이다. 예상대로 시민들이 도청 분수대 광장으로 모여들었다. 수만 명의 시민이 또다시 인산인해를 이루었다.

방송승합차는 도청으로 바로 오지 않고 적십자병원을 들렀다. 변두리에서 발견한 시신 3구를 인계하기 위해서였다. 두 사람은 운집한 시민들 때문에 방송승합차에서 내려 도청으로 걸어왔다. 궐기대회를 막 시작하려 하고 있었다. 남녀 사회자가 분수대 위로 올랐다. 그런데 그때 전옥주를 향해서 한 청년이 소리쳤다. 뜬금없는 억지소리였다.

"방송하는 저 여자, 간첩이요! 어제 독침 사건도 저 여자 소행일 것이오!"

소리를 지른 사람은 짧게 깎은 머리에 감색 점퍼를 입은 30대 청년이었다. 시민들이 술렁거렸다. 그래도 한 시민이 전옥주를 옹호해 주었다.

"저 여자 식구덜이 국군통합병원 옆짝에 사는디 무신 간첩이라는 거요?"

"간첩이 아니고는 말을 잘할 수가 없소! 틀림없소!"

청년은 한 명이 아니고 두 명이었다. 전옥주와 차명숙을 연행했다. 권총을 소지하고 있는 것으로 보아 수사관이 분명했다. 시민들은 두 여자에게 관심을 갖지 않았다. 사회자의 유도대로 신군부와 계엄군을 규탄하는 분위기에 빨려들었다. 잠시 후에는 시민들이 분수대에 올라서 열변을 토했다. 도청 광장은 순식간에 성토장으로 변해버렸다.

두 여자가 연행되어 간 곳은 보안대였다. 흰 와이셔츠 차림을 한 여러 명의 수사관이 두 여자를 흘깃흘깃 쳐다보면서 한마디씩 했다.

"모란꽃이그만."

수사관들은 이미 전옥주를 '모란꽃'이라는 암호명으로 활동한 간첩처럼 엮어놓고 있었다. 담당 수사관은 전옥주를 간첩으로 조작해서 조서를 꾸밀 참이었다.

"개년! 누가 너보고 방송하고 다니랬어? 독하게도 생겼다."

"저 반반하게 생긴 여자는 니가 포섭했겠지."

전옥주는 담당 수사관에게 인계되어 지하실로 내려갔다. 차명숙은 지하실이 아닌 다른 데로 데리고 갔다. 백열등이 켜진 지하실에는 책상 하나와 몽둥이 등 고문기구가 놓여 있었다. 의자에 앉은 강 수사관이 전옥주에게 31년 동안 어떻게 살아왔는지 자술서를 쓰라고 지시했다. 겨드랑이 밑에 권총을 찬 수사관 두 명이 왔다 갔다 하며 위협했다.

"니 아버지는 경찰인데 니는 왜 간첩이 된 거야!"

"아버지가 경찰인 것은 맞습니다. 저는 간첩이 아닙니다."

"전춘심이 본명이그만. 전춘심, 이 년 동안 간첩교육을 받고 넘어와 모란꽃으로 활동했지? 사실대로 말해!"

"그건 사실이 아닙니다."

"증거물이 있어. 니 오빠 집에 있는 칠백팔십만 원이 공작금이야."

"오빠가 집을 사기 위해 둔 현금일 겁니다."

지하실 옆방에서 누군가가 고문당하는지 비명 소리가 들려왔다.

"니 오빠도 잡혀 왔어. 니 오빠는 공작금이라고 다 불었어. 그러니 돈의 출처를 밝히란 말이야!"

전옥주는 오빠가 붙잡혀 왔다는 말에 치가 떨렸다. 비명 소리가 들릴 때마다 피가 마르는 듯했다. 수사관이 전옥주의 핸드백 속에서 권총 모형이 달린 열쇠고리를 던지며 닦달했다.

"화약 냄새가 난다. 이걸로 몇 사람이나 죽였나?"

"백화점에서 산 열쇠고리입니다."

한 수사관이 자술서 중에 어떤 남자와 커피를 마셨다는 내용을 보더니 욕을 했다.

"이 똥갈보 같은 년아, 서방이 몇이야. 니가 처녀인지 아닌지를 봐야겠어. 옷을 벗어!"

잠시 후, 전옥주에게 고문을 하기 시작했다. 먼저 옷을 강제로 벗겼다. 자술서를 쓰다가 멈칫하자 송곳으로 무릎을 찔렀다. 하얀 무릎에서 붉은 피가 방울방울 솟았다. 알몸이 된 전옥주가 몸을 웅크리며 끝까지 버티자 수사관은 방향을 틀었다. 간첩으로 조작하는 데 실패한 듯 MBC 방화범으로 몰았다.

"야, 이년아! 니가 MBC를 방화했지?"

"아닙니다."

이윽고 책상 모서리에 세워둔 몽둥이가 날아왔다. 전옥주는 의자에서 바닥으로 픽 쓰러졌다. 순간 오른쪽 손목이 부러졌다. 전옥주는 고통스러웠지만 다행으로 여겼다. 손을 쓸 수 없으니 지긋지긋한 자술서를 수사관이 원하는 대로 고쳐 쓰지 않아도 되었던 것이다. 이번에는 다른 수사관이 김대중과 엮으려고 시도했다.

"내란음모 자금으로 돈을 얼마 받았어?"

"평소에 김대중 씨를 존경했지만 한 번도 만나지 않았습니다."

몽둥이가 음부를 향해 날아왔다. 사타구니 살이 찢어졌다. 전옥주는 두어 시간 만에 혼절해버렸다. 도청 앞의 오전 궐기대회가 끝나갈 무렵이었다.

전옥주의 방송을 듣고 궐기대회에 나온 시민들은 그녀를 까맣게 잊어버렸다. 궐기대회가 끝나자 일부 시민과 학생은 대형 태극기를 앞세우고 금남로에서 유동삼거리 쪽으로 시가행진을 했다. YWCA 홍보팀에서 제작한 플래카드가 다시 등장했다.

'우리는 결코 싸움을 포기할 수 없다'

'무기반납 결사반대'

'살인마 전두환을 찢어 죽이자!'

시민들은 구호를 외쳤고 학생들은 홀라송을 불렀다. 그러다가도 시민과 학생이 이심전심으로 마음이 모아지면 아리랑을 목 놓아 합창했다. 아리랑은 날마다 거리의 분위기에 따라서 달라졌다. 민주화를 위한 평화집회 때는 학생들이 열망의 아리랑을 불렀고, 공수부대의 만행이 극에 달했을 때는 시민들이 공포의 아리랑을 불렀다. 또 공수부대와 총격전을 치를 때는 시민군들이 분노의 아리랑을 불렀고, 공수부대의 총에 시민들이 희생당했을 때는 부모 형제들이 통곡의 아리랑을 불렀다. 그런가 하면 공수부대를 물리쳤을 때는 시민 모두가 감격의 아리랑을 불렀고, 도청을 탈환했을 때는 해방의 아리랑을 불렀으며, 계엄군이 다시 진입할 것이라는 소문이 돌자 탄식의 아리랑을 불렀다. 그럼에도 불구하고 광주시민들은 도청 광장에 다시 모여 부활의 아리랑을 부를 날이 올 것이라고 믿었다.

박남선은 긴 시위 행렬을 보면서 도청 안으로 들어와 상황실을 점검했다. 상황실은 여전히 새벽에 벌어진 계엄군의 도발 때문인지 뒤숭숭했다. 박남선은 시민군의 사기를 올리고 전투력을 향상시키기 위해서는 기동타격대를 재편성하는 것이 급선무라고 판단했다.

기동타격대 재편성은 점심 무렵에 기동타격대장 윤석루가 주도했다. 휴대용 확성기로 40여 명의 시민군을 식산국장실에 모이게 한 뒤 대여섯 명을 단위로 1조에서 7조까지 편성했다. 각 조마다 지프차 한 대와 무전기 한 대, 수류탄을 지급했다. 1조와 2조는 본부대기조였고 7조는 보급지원조였다. 방위병 이재춘은 1조, 고교 자퇴생 안성옥은

2조, 다방 주방장 염동유는 3조, 영업사원 이관택은 4조, 나주 한독고 김기광은 5조, 식당 종업원 김현채는 6조, 구두닦이 박래풍은 7조로 들어갔다. 대부분 기동순찰대로 활동한 시민군과 해체한 특수기동대 시민군 출신들이었다. 특히 6조는 전투력이 막강했다. 조장은 김현채의 친구 박인수, 특수기동대 출신인 용접공 김여수, 가구공 나일성 등이 조원이었는데, 김현채는 자신에게 준 것은 수류탄이 아니라 최루탄이라고 투덜거렸다. 지프차와 시민군들이 쓴 방석모에 각조의 번호를 표시했다. 기동타격대 대장 윤석루는 '기동타격대 선서문'을 작성한 부대장 이재호보다 나이가 10여 살 어렸지만 용감하고 저돌적이었다. 부대장 이재호가 일장연설을 한 뒤, 각조 대원들은 최후까지 싸울 것이며 광주시민을 위해 목숨을 바치겠다고 선서했다. 대동고 유석, 사레지오고 최치수, 방위병 이재춘, 가구공원 김종철, 페인트공 오인수 등도 기동타격대원이 되었다. 김동수, 박병규, 어제 도청에 들어온 목사 아들 류동운, YWCA 신협 직원인 김길섭, 전대생인 한정만, 이정연 등은 도청 자체 경비를 섰다. 새로 조사부 요원이 된 위성삼은 도청경비대장을 겸했다.

천순남은 식량보급반에서 계속 활약했다. 기동타격대원을 재편성하고 있는 시각에도 그는 무전기로 상황실에 연락을 취하며 시내를 돌았다. 백운동 돌고개를 지나면서 문을 연 슈퍼에 들어가 주인을 만났다.

"도청에 식량이 떨어졌응께 좀 도와주십씨요."

"아이고, 고생이 많그만요."

슈퍼 주인은 라면 두 상자와 빵 한 상자, 음료수 두 상자를 트럭에 실어주었다. 천순남은 국군통합병원 쪽까지 갔다가 계엄군이 친 철조망 바리케이드를 보고는 도청으로 돌아와버렸다. 도청에서는 여전히 기동타격대를 편성하고 있었다. 천순남 일행은 시내를 돌아다니며 구해 온 식량을 민원실 식당에 내려주고는 점심을 먹었다. 점심이 부실한 것 같아서 빵 한 개를 슬쩍 호주머니에 넣고 나왔다. 상황이 급한 듯 식량보급반을 해체한다고 해서 천순남도 기동타격대 보급지원조에 들어갔다. 천순남은 차번호가 없는 기동타격대 버스에 탔다.

김준봉은 조사반에서 활동해온 시민군들을 모아놓고 회의를 했다. 일부 시민군이 도청을 떠난 마당에 조사반 요원들을 붙들고 있을 수만은 없어서였다.

"도청을 떠날 사람은 지금 떠나씨요."

그러자 서너 명이 여러 가지 이유를 대며 조사반을 나갔다. 김준봉은 조사반에 들어온 돈을 교통비조로 조금씩 나누어주었다. 서울에서 내려온 고등학생이 돈을 받은 뒤 말했다.

"반장님, 저는 어디로 갑니까?"

"그래? 나를 따라와."

김준봉은 서울 학생을 데리고 자신이 다니는 고려시멘트 사무실로 갔다. 뉴스로 광주 소식을 듣고 직접 확인해보기 위해 22일에 내려왔다가 조사반에서 함께 생활해온 고등학생이었다. 김준봉은 회사 수위에게 부탁했다.

"아저씨, 재야인사덜이 계엄군들을 막으러 상무대로 갔응께 조용해지믄 이 학생을 내보내주씨요. 근디 총소리가 오랫동안 나믄 회사 옷으로 갈아입히고 숨겨주씨요"

"니는?"

"지야 뭐 죽을 목숨, 가만히 죽지는 않을라요. 지가 만약 죽는다믄 우리 식구덜에게 이것을 전해주씨요."

김준봉은 호주머니에서 주민등록증과 수첩 등을 꺼내어 수위실 책상 서랍에 넣었다. 그러자 서울 학생이 울면서 말했다.

"형! 같이 가요."

"책임은 자기 자신이 지는 거다. 니는 여그 광주를 정확하게 전해야 한다. 우리덜이 빨갱이가 아니었다고 서울로 올라가서 전해주라. 그라믄 내 죽음은 헛되지 않을 것인게."

서울 학생은 기념이라며 시민학생수습위원이라고 쓴 띠를 챙겼다. 김준봉은 서울 학생과 헤어진 뒤 도청으로 다시 들어왔다. 그사이에 계엄군 장갑차가 국군통합병원 앞까지 왔다가 물러갔다는 보고가 들어와 있었다. 그것만도 안심이 되었다. 조사반도 다시 구성했다. 양승희, 위성삼, 손용준, 신만식, 중앙여고생 경아와 검정고시를 준비하고 있다는 경아 친구 등으로 새롭게 짰다. 조사반원들이 구관이 명관이라며 김준봉더러 조사반장을 다시 맡아달라고 부탁했다. 조사반 사무실도 옮겼다. 상황실을 반으로 나눠서 이용했다. 오후 궐기대회가 끝나자마자 조사반은 또다시 시끄러워졌다. 행동거지가 수상하다는 제보로 기동타격대 대원에게 붙잡힌 사람들이 조사반 요원들과 큰 소리로 티격태격했다. 계엄군 한 명도 잡혀 와 있었다. 기동타격대 6조가 광천동 동화석유 부근에서 생포한 계엄군이었는데, 도청으로 이송한 기동타격대는 1조였다. 김준봉은 계엄군에게 수갑을 채우고 무릎을 꿇렸다. 박남선이 상기된 얼굴이 되어 조사반으로 들어왔다. 광주공원의 기동타격대와 도청 본부대기조를 광천동 현장으로 출동시킨 뒤 자신도 그곳으로 달려갔다가 돌아온 탓에 숨이 턱에 찼다.

"생포헌 계엄군 으디 있소?"

"저기 있습니다."

사무실 한쪽에서 얼룩무늬 군복 차림의 계엄군이 부들부들 떨고 있었다. 시민군들이 몰려와 계엄군에게 발길질을 했다.

"이 새끼! 니덜은 이 세상에서 영원히 꺼져야 해!"

김동수와 박병규도 민원실에 있다가 조사반으로 와서 지켜보고 있었다. 박남선은 계엄군이 찬 수갑을 풀어주라고 하더니 직접 심문했다. 그의 소속부대는 상무대 급양대였다. 급양대는 전투부대가 아니라 식량을 보급하는 부대였다. 계급과 이름은 병장 김기범이었다. 박남선은 급양대 소속인 김기범이 측은하기조차 했다.

"은제 으쩌다 잡혔나?"

"세 명이 외곽 병력에게 보급임무를 수행하고 돌아가는 길에 잡혔습니다."

갑자기 빗줄기가 창문을 때렸다. 박남선은 상황실 요원에게 경찰우의를 가져와 입히라고 지시했다. 그러자 계엄군을 지켜보던 시민군들이 놀랐다. 상황실 요원이 박남선에게 따졌다.

"실장님, 으째서 풀어줄라고 헙니까?"

"이 자는 전투를 헌 병사가 아니요. 긍께 내 지시대로 해주믄 좋겠소."

박남선은 계엄군을 데리고 나가면서 말했다.

"김 병장, 식사했나?"

"……."

"임마! 입이 붙어부렀나? 밥에 독약을 넣어 죽일까 봐! 나도 배고프니 같이 묵자."

김동수가 박병규에게 말했다.

"병규 씨, 저것이 인간 방생이여. 상황실장이 우락부락허게 생겼는디 겁나게 멋져부네."

김동수는, 사람 살리는 인간 방생이 최상의 방생이라고 법문한 송광사 구산 방장스님을 떠올리며 마음속으로 합장했다.

떠나는 자의 슬픔

시민학생투쟁위원회 홍보부장 박효선은 도청에서 있기보다 주로 YWCA 홍보 팀에서 활동했다. YWCA는 5월 이전부터 연극 연습을 하는 등 낯익고 편한 곳이었다. 오후 궐기대회 준비도 극단 광대와 들불야학 강학들이 모여 머리를 맞댔다. 궐기대회 순서는 오전을 포함해서 4차까지 성공적으로 진행했기 때문에 별 이견이 없었지만 단 한 가지 고민은 있었다. 오전 궐기대회 때와 공기가 달랐다. 그만큼 급박했다. 계엄군이 내일 새벽에 처들어올 것이라는 소문이 이미 돌았는데, 그 첩보를 시민들에게 알릴지 말지 결정해야 했다. 전용호는 공개해야 한다고 말했다.

"좀 전에 아는 사람한테서 전화를 받았그만요. 상무대 군인 아내가 아는 사람에게 전화를 했는디 낼 새벽에 계엄군이 도청으로 밀고 들어갈 것인께 집에 있으라고 알려줬다네요."

"상무대를 다녀온 이종기 변호사님 말씀인디 계엄사 사령관이 자기 권한은 오늘 열두 시뿐이고 그 이후는 어쩌게 될지 모른다며 발을 뺀 걸 보믄 새벽에 쳐들어온다고 봐야지라."

"계엄군들이 오늘밤에 돼지를 잡아놓고 회식헌다는 소문이 들리그만요."

결국 YWCA 홍보 팀은 궐기대회에 모인 시민들에게 계엄군 정보를 알리기로 합의했다. 시민들이 마음의 준비는 해야 할 것 같았다. 어차피 시민들의 마음은 더욱 결연해지든지, 아니면 절망해서 의기소침해지든지 둘 중에 하나일 것이었다. 분수대에 오른 사회자 김태종이 무겁게 입을 열었다.

"시민 여러분! 내일 새벽에 계엄군이 들어온다고 합니다. 그래도 우리는 끝까지 싸웁시다."

증심사 성연 총무스님에 이어 연사로 나선 박효선도 계엄군이 쳐들어온다는 것을 전제로 연설했다. 박효선이 연설할 때 키 작은 이희규는 까치발을 했다. 더부살이하고 있는 이모부 집이 도청 바로 뒤였으므로 집회 때마다 도청 광장으로 나올 수 있었던 것이다. 그런데 그때 곡성 석곡에서 100여 리 길을 걸어온 한 아주머니가 이희규의 팔을 잡아당겼다. 아들을 시골집으로 데리고 가기 위해 찾아온 이희규의 어머니였다. 그의 어머니가 말했다.

"니 친구 효선이 아니냐? 아이고, 저 아까운 목심 으째야쓰까!"

"엄니, 으째서 여그까지 오셨어요."

"니가 걱정이 된께 왔제. 니는 쩌그 올라가지 말어라잉."

박효선이 왼손바닥을 펴서 시민들에게 보이며 외쳤다.

"여러분, 닷새만 버티면 우리가 승리합니다. 국제 여론이 우리에게 유리하게 돌아가고 있고 시위가 전국적으로 들불처럼 번지어 신군부는 무릎을 꿇고 말 것입니다. 미군함이 부산항에 오기로 돼 있습니다. 여러분 파이브 데이입니다!"

시민들은 미군함이 광주를 구하러 온다는 박효선의 연설에 반신반의하면서도 박수를 보냈다. 그러나 이희규는 도리질을 했다. 박효선의 '파이브 데이'가 시민들의 결집을 유도한 말이지 그의 본심은 아니라고 믿었다. 평소에 박효선은 힘 있는 권력을 옹호하는 미국의 외교를 비판해왔기 때문이었다.

궐기대회가 열리고 있는 동안 도지사실에는 며칠 만에 출근한 장형태 도지사와 구용상 광주시장이 모처럼 함께 있었다. 학생투쟁위 간부들이 희생당한 시민들의 장례 문제로 면담을 요청했기 때문이었다. 어젯밤부터 학생수습위는 학생투쟁위로 불렸다. 또한 도지사실에는 조아라 YWCA 회장, 조비오 신부, 장세균 목사, 오병문 교수 등등의 시민수습위원들이 계엄분소를 찾아간 시민 대표들을 기다리고 있었다. 홍남순 변호사와 김성용 신부는 광주의 실상을 알리기 위해 서울로 떠났기 때문에 올 수 없었지만, 그래도 맨 먼저 도착한 시민 대표는 이성학 장로였다. 그런데 그의 표정은 몹시 어두웠고 기가 죽어 있었다. 조아라 회장은 이성학 장로를 붙들고 물었다.

"어찌 된 겁니까?"

"아무리 설득해도 안 됩니다. 계엄군이 쳐들어오겠다고 헙니다."

"그래요? 이 사실을 숨기지 말고 시민들에게 알려야 해요."

"이종기 변호사께서 여기저기 알리시겠다고 했습니다. 그래서 좀 늦게 오실 겁니다."

조아라 회장은 참담해하는 이성학 장로를 붙들고 더 묻지 못했다. 어제 오후부터 계엄군이 쳐들어온다는 소문이 돌았는데 이제는 받아들일 수밖에 없었다.

그제야 학생투쟁위 간부들인 김종배, 허규정, 정해직, 정상용 등이 도지사와 광주시장에게 희생한 시민들의 장례 문제를 물었다. 학생투쟁위 대변인 윤상원은 도청 현관 앞에서 프랑스 언론, 미국의 NBC, CBS, UPI통신과 일본의 NHK 등 외신기자들에게 시민군의 목적과 요구, 광주의 진상을 알리느라고 못 들어왔다. 학생들이 장례 문제를 꺼낸 까닭은 계엄군의 진입을 늦춰보자는 계산도 깔려 있었다. 또한 시신이 부패하고 있었으므로 마냥 날짜를 미룰 수는 없었다. 늦어도 28일에는 장례를 치러야 했다. 문제는 장지선정과 장례격식이었다. 학생투쟁위 위원장 김종배가 먼저 말했다.

"시장님, 장지는 시에서 내놓아야 허고 성역이 될 만헌 곳이면 더 좋겠습니다."

"시장 맘대로 아무 땅이나 허락헐 수는 읎네. 시유지 중에서 찾아봐야 허네."

도지사가 광주시장의 말을 거들었다.

"성역이 될 만헌 곳이라도 개인이 소유헌 사유지여서는 안 될 거네."

허규정이 언성을 높였다.

"시장님! 시신을 은제까지 방치허실랍니까? 장지를 내주지 않는다믄 은제 장례를 치루겠습니까!"

"장지는 내게 맡겨주믄 안 되겠는가? 양보해주시게."

광주시장의 눈에 눈물이 그렁그렁했다. 날마다 참혹한 꼴을 보고 수시로 시민들의 항의 전화를 받으면서도 어쩌지 못한 자신을 자책해 온 그였던 것이다.

"으디가 좋겠습니까?"

"시내에서 떨어지긴 했지만 망월동 묘지를 내주겠네."

학생들이 광주시장의 초췌한 얼굴을 보고는 반대하지 못했다. 시민 수습위원들도 장지를 먼저 결정해야 장례식을 치를 수 있었으므로 대체로 수긍했다. 장례날짜는 모두가 이의가 없었다. 그러나 장례격식 문제는 의견이 갈렸다. 광주시장은 시민장으로 해야 시유지인 망월동 묘지로 갈 수 있다고 했다. 그러나 학생들은 반대했다. 수습위원들도 학생들의 말에 일리가 있다고 동조했다.

"도지사님, 목포, 강진, 해남 도민들도 사망했으니 도민장으로 해야 헙니다."

"나도 상무관에 안치된 시신을 보고 왔네. 특히 일가족 세 명이 몰살된 것을 보니 가슴이 아프네. 사망자에 대해서는 이십팔 일 도민장을 치를 수 있도록 주선하겠네."

도지사가 잠시 머뭇거리더니 도민장으로 치르겠다고 승낙했다. 학생들이 만족해하며 일어서 인사를 하고 나가자마자 광주시장이 조아라 회장에게 다가와 손을 잡았다.

"회장님, 시민 행동이 옳은 줄 알면서도 저로서는 어쩔 수 없었습니다. 죄송합니다."

"사망자를 위해 장지를 내준 것은 잘헌 일이에요. 시장으로서 헐 수 있는 일을 다헌 거지요."

조아라는 사과하는 광주시장에게 오히려 위로를 해주었다. 그런 뒤 도지사실을 나와 학생투쟁위가 있는 사무실로 들어갔다. 제대로 밥도 못 먹고 날마다 잠을 설친 학생들을 격려하기 위해서였다. 그러나 학생투쟁위 사무실은 분위기가 뒤숭숭했다. 김창길이 나타나 "도청에 있으면 다 죽는다"고 외치자, 위성삼 등 학생투쟁위 간부들이 "조용히 나가라. 우린 참혹하게 죽은 시신을 놔두고 절대로 나가지 않겠다"며 소리치고 있었다. 조아라는 서로 언쟁하는 모습을 보고는 속이 뒤집어졌다. 화가 나 김창길에게 호통을 쳤다.

"비극 속에 비극을 보는 거 같그만. 서로 힘을 합쳐도 모자랄 판에 이 무슨 추탠가! 나는 이런 꼴 못 봐! 차라리 내가 나가겠어!"

정말로 조아라 회장은 이애신 총무를 데리고 도청을 떠났다. YWCA로 가서 잔무를 결재한 뒤 집에 들어가 쉬려고 했다. 방금 전에 화를 냈지만 그래도 마음이 좀 놓인 구석은 있었다. 도지사가 28일 도민장을 허락해주었으니, 설마 계엄군이 내일 새벽에 쳐들어오랴 싶었다. 조비오 신부와 오병문 교수는 조아라 회장을 YWCA까지 배웅해주었다.

도청을 떠나라는 김창길의 말은 일부 시민군과 민원실 식당의 여성 자원봉사자들에게 먹혔다. 슬그머니 하나둘 이슬비를 맞으며 떠났다. 그러나 그들을 만류하거나 욕하는 시민군은 아무도 없었다. 도청에 잔류하든 떠나든 선택은 각자의 자유였다. 도청에서 김동수와 친해진 세 명의 시민군도 김창길의 말을 따랐다. 세 명 모두 처음 만났을 때부터 이름을 부르지 않기로 약속한 사이였다. 도청에 계엄군 첩자가 있다는 소문도 있었고, 신분이 노출되면 계엄군에게 더 쉽게 붙잡힐 수도 있었기 때문이었다. 세 명 중에 한 청년이 김동수에게 말했다.

"동수, 우리는 나갈라네. 자네도 나가는 것이 으쩌겠는가?"

"내가 날씨 따라 변헐 사람 같은가? 나는 여그 있을라네."

"또다시 보세."

마침 민원실 밖에서는 이슬비가 오는 둥 마는 둥 하고 있었다. 도청 화단의 나무들이 이슬비에 젖어 촉촉하게 보였다. 모란의 붉은 꽃잎들은 이슬비에 견디지 못하고 화단에 뚝뚝 떨어졌다. 세 명의 시민군 눈에는 모란 꽃잎들이 핏방울처럼 처연하게 다가왔다. 도청 정원사가 동글동글하게 가지치기한 무표정한 측백나무들도 망연자실하게 명하니 서 있었다.

민원실 지하에 있는 임시 무기고로 가서 총을 반납한 그들은 이제 시민군이 아니었다. 세 사람은 도청을 나왔다. 차마 도청 정문으로 나오지 못하고 후문을 이용했다. 도청 정문에는 정든 시민군 몇 명이 있었다. 깐깐한 동국대생 박병규, 기타를 치며 팝송 '크레이지 러브'를 멋들어지게 부른 신학대생 류동운, 속 깊은 구두닦이 박래풍 등이 방석모 차림으로 경계를 서고 있는 중이었다.

세 청년은 이슬비를 맞으며 터벅터벅 걸었다. 광주 시내를 벗어나고 싶어 무작정 외곽으로 나갔다. 나주 가는 길목인 남평 쪽으로 나갔다. 어느새 이슬비에 옷이 흠뻑 젖었다. 청년 중 한 명이 말했다.

"이런 변두리에도 식당이 있네."

"비를 좀 피하세."

세 청년은 식당으로 들어갔다가 그냥 앉아 있기가 미안해서 소주 한 병을 시켰다. 안주는 따로 달라고 하지 않았다. 세 명 중에 나이가 가장 앳된 청년이 말했다.

"인자 우리는 으쩌지?"

앳된 청년은 도청을 나오기는 했지만 다음 행동을 어떻게 할지 몰랐다. 그의 말을 수긍하듯 모두 고개를 끄덕이기만 했다. 앳된 청년이 다시 말했다.

"동수가 생각나. 동수가 우리를 원망헐까?"

세 청년은 소주를 앞에 놓고 한동안 침묵에 빠졌다. 허름한 식당 슬레이트지붕 추녀에서 떨어지는 낙숫물 소리가 세 청년의 귓속을 아프게 파고들었다. 이윽고 한 청년이 잔에 담긴 소주를 훌쩍 입안에 털어넣으며 중얼거렸다.

"우리덜이 비겁헌 것은 아닌가?"

그의 혼잣말에 한 청년이 대답했다.

"그렇다고 여그서 돌아갈 수는 읎지 않은가."

세 청년은 소주 한 병을 앞에 놓고 원망스러운 듯 서로를 바라보기만 했다. 가끔 일과를 끝내고 즐겨 마셨던 소주도 이제는 그들을 위로해주지 못했다. 안주로 나온 김치도 누구 하나 건드리지 않았다. 그들은 모두 침통하게 앉아서 낙숫물 소리를 듣고 있을 뿐이었다. 이윽고 또 한 명이 나직하게 말했다.

"도청에 들어가믄 구십구 프로 죽음이여."

"자네 말이 맞아. 들어가믄 죽고 들어가지 않으믄 사는 거제."

말투가 느린 청년이 들어가지 말자고 말했다. 또다시 세 청년은 입을 다물었다. 식당 주인아저씨가 눈치를 주었다. 세 청년이 무려 한 시간 동안이나 소주 한 병을 시켜놓고 앉아 있기만 했기 때문이었다. 식당 주인아저씨가 방으로 들어가버리자, 앳된 청년이 슬프게 말했다.

"내가 죽으믄 우리 엄니는 날마다 우실 거여."

어머니라는 말에 다른 청년들도 침묵을 깼다.

"나도 엄니가 나를 붙잡고 있는 것 같아. 시방."

"그래, 일단 여그서 헤어지세. 우리가 갈 디라곤 고향밖에 읎네."

세 청년은 '어머니'라는 한마디에 고향으로 돌아가기로 결론을 내렸다. 그러면서도 김동수를 들먹였다.

"동수가 불쌍해."

세 청년은 식당을 나와 뿔뿔이 헤어졌다. 김동수가 불쌍하다고 말한 친구는 꺼이꺼이 울면서 나주로 가는 길로 사라졌다. 뒤돌아보니 식당 불빛은 벌써 꺼져 있었다. 사위는 캄캄했고 이슬비만 흐느끼듯 부슬부슬 내렸다.

오후 궐기대회를 마친 YWCA 홍보 팀은 비가 내리는 탓인지 우울해했다. 김태종이나 전용호도 마찬가지였다. 시위 행렬을 따라서 농촌진흥원까지 갔다가 도청 광장으로 돌아와서 전용호가 "최후까지 도청을 사수허실 분은 남아 주십씨요!" 했는데 기대보다 적은 인원이 남았기 때문이었다. 김태종은 고립감을 뼈저리게 느꼈다. 2차, 3차 때는 가두 행진의 참가자가 수천 명이었는데 오늘은 수백 명밖에 안 되었던 것이다. 시민들이 썰물처럼 빠져나간 이유는 무엇일까? 김태종의 머릿속에는 계엄군에게 패배할 것 같은 예감이 불길하게 맴돌았다. 든든한 선배 박효선도 궐기대회가 끝난 뒤 보이지 않았다.

비밀 결혼

궐기대회가 끝나기 전에 박효선은 도청 광장을 벗어났다. 끝날 때까지 기다릴 여유가 없었다. 박효선은 동리소극장을 잰걸음으로 갔다. 친구 박정권을 만나기로 했는데 20분쯤 지각이었다. 박정권이 동리소극장 앞에서 기다리다가 박효선을 맞이했다.

"미안해. 내 순서가 뒤로 밀려서 늦었어."

"내게 부탁할 일이 뭐냐?"

"놀라지 마. 반지 두 개만 부탁헌다."

"무슨 반지?"

"결혼반지. 오늘 저녁 북동성당에서 결혼허기로 했다."

"허순이 씨는?"

"친구 만나러 갔을 거다. 증인이 필요하대. 준비헐 게 뭐 있냐? 평상복 입고 허기로 했어."

허순이는 며칠 전에, 휴교령이 내리자 학생들을 데리고 목포역 앞에서 시위하다가 광주에서 내려온 시민군 트럭을 타고 올라왔던 목포 정명여중 교사였다. 박효선과 결혼을 약속한 전남대 국문과 후배였다. 박정권은 물론 극단 광대 회원들이 대부분 아는 사실이었다.

"허순이 씨 아버지, 허 장로님께서도 알고 있나?"

"어젯밤에 가서 허락을 받았제. 긍게 서두르는 거지."

"허락허시지 않았을 거 같은디. 으떤 아버지가 자기 딸을 쉽게 주겄나?"

"대범허시드라. 사람은 속일 수 있지만 하나님을 속이지 말라며 결혼헐라믄 하나님 앞에 고하고 허라시드라. 마침 정규완 신부님께 급히 만나 부탁드리고 북동성당을 정헌 거다."

"그 신부님이라믄 믿을 수 있겄다."

토마스 아퀴나스 정규완 신부는 북동성당 주임신부였고, 가톨릭 농민회 등에 관심이 많은 강직한 분이었다. 대학시절에는 대불련에서 '마하'라는 법명을 받고 활동했다가 어느 때부터인가 기독교 신자가 된 박정권도 정규완 신부의 명성을 어렴풋이나마 들어서 알고 있었던 것이다.

박정권은 친구가 결혼을 왜 서두르는지 이해할 것도 같았으므로 더 캐묻지 않았다. 단 하루 한순간이라도 마음의 안식을 갖고 싶어 했던 친구의 갈증을 누구보다도 잘 알고 있었던 것이다. 어쩌면 시위 기간 동안 자신의 뜻과 달리 보안대나 계엄당국이 요주의 인물로 지목해버린 탓에 불안해진 심리로 인한 반작용인지도 몰랐다. 박효선은 선이 굵은 듯했지만 생각보다 섬세하고 겁이 많은 친구였던 것이다. 게다가 내일 새벽에 계엄군이 쳐들어온다고 하니 친구는 자신의 불확실한 운명을 받아들이기가 고민스럽고 힘들었을 것이 틀림없었다.

아니면, 어떤 낙관이나 확신이 들어 결혼식을 치르기로 작심했는지 박정권은 알 수 없었다. 그렇지 않다면 불확실한 운명을 앞두고 무모하게 결혼식을 치른다는 것은 만용이나 다름없었다. 친구의 성격으로 보아, 도청을 사수하다가 죽기 전에 결혼식이나 한번 치르자는 속셈은 결코 아닐 것이었다. 그것은 친구 자신을 속이는 일이기도 하고 허순이의 하나님을 속이는 일이기 때문이었다. 아무리 절체절명의 위급한 상황이 오더라도 결혼식은 친구에게 불안한 삶이 아니라 축복이 내려지는 새로운 삶이어야 했다. 박정권은 슬쩍 친구의 마음을 떠보았다.

"효선아, 이왕 결혼한다믄 가족 친지 친구들 축복을 받으면서 치르는 것이 으쩌겠냐?"

"장인어른께 약속했어. 때를 보아 언젠가 반드시 허순이에게 드레스를 입혀주기로. 그때 또 한 번 더 헐란다."

"허순이 씨는 오늘 낼 상황을 모르냐?"

"나보다 훨씬 더 낙관적이드라."

실제로 허순이는 오늘 밤, 내일 새벽이 최후의 날이라고 믿지 않았다. 내일도 모레도 항쟁이 지속되리라고 낙관했다. 며칠만 견딘다면 시민군이 계엄군을 물리치고, 신군부의 권력 야욕을 꺾을 것이라고 믿었다. 여자가 의심이 많다고들 하지만 실상은 남자가 더 의심이 많고 소심한지도 몰랐다. 박정권은 털털하고 단순한 허순이를 그런 여자로 생각했다.

박정권은 마음이 급했다. 오늘 저녁에 혼배미사를 올리려면 반지

살 시간도 없을 것 같았다. 더구나 지갑에 든 돈으로는 반지값이 부족할지도 몰랐다.

"으떤 반지를 원허냐? 그래도 결혼반진디 좀 제대로 해야 되지 않냐?"

"정권아, 난 실반지가 좋아. 참말로."

박정권은 친구가 자신의 호주머니 사정을 짐작하고는 그렇게 말한다고 생각했다.

"그러믄 여기 잠시 있을래? 금은방을 다녀올게."

"시간이 읇웅게 빨리 갔다가 와."

박정권은 충장로로 서둘러 갔다. 다행이었다. 며칠간 문을 닫았던 금은방 한 곳이 영업을 하고 있었다. 박정권은 지갑을 털어 금으로 만든 실반지 두 개를 겨우 샀다. 동리소극장으로 돌아온 박정권이 박효선을 찾았다. 박효선은 소극장으로 내려가는 계단에 앉아 있었다. 초조했던지 그의 발밑에 담배꽁초들이 뒹굴었다.

"효선아, 반지다."

"고맙다. 북동성당으로 여섯 시 삼십 분까지 와라. 약식 혼배미사를 비밀로 올리기로 했다. 신부님과 방금 통화했어."

박효선은 신부가 될 허순이와 다른 장소에서 만나기로 했는지 안절부절못했다. 박정권은 달아나듯 뛰는 박효선에게 말했다.

"비밀인디 내가 가도 되냐?"

"아무리 약식이라 하드라도 신랑, 신부 증인이 한 사람씩 필요허대. 니가 내 증인이 돼주라. 순이는 증인을 구했대. 거, 중앙여고 교사 있잖아."

허순이는 중앙여고 교사 친구를 이미 증인으로 정한 모양이었다. 박정권은 박효선을 쫓아가다시피 하면서 물었다.

"비밀이라믄 본당 문을 잠글 것인디, 내가 니 증인이라고 누구에게 말허고 들어가냐?"

"성당 정원에 있으믄 누가 나와서 '무슨 일로 왔습니까?'라고 물을 거야. 그러믄 '신부님을 뵈러 왔습니다'라고 대답허믄 돼. 그렇게 말하믄 들여보내줄 거다."

박효선은 잠깐 사이에 시위 행렬 속으로 사라져버렸다. 도청 광장에서 출발했던 시위 행렬이 농촌진흥원 앞까지 갔다가 이제야 돌아오고 있었다. 가두 행진의 열기는 어제처럼 뜨겁지 않았다. 계엄군이 진입할 것이라는 소문이 퍼진 탓에 시위 규모가 수백 명으로 줄어 있었다.

박정권은 학생과 시민들의 가두 행진을 보면서 북동성당으로 갔다. 금남로에서 북동성당까지는 걸어서 30여 분 거리였다. 좀 전에 갰던 이슬비가 다시 언뜻언뜻 나타나 어스름을 몰고 왔다. 우산을 써야 했지만 박정권은 마음이 바빠 그냥 걸었다. 이윽고 성당에 도착하자마자 이슬비가 다시 내렸다. 박정권은 친구와 약속한 대로 본당으로 바로 가지 않고 정원에 섰다. 잠시 후, 우산을 쓴 사내가 은밀하게 물었다.

"무슨 일로 왔습니까?"

"신부님을 뵈러 왔습니다."

박정권은 접선하듯 다가온 사내의 말에 암구호처럼 대답했다.

"아, 혼배미사에 오셨그만요."

사내가 희미하게 웃으면서 사제관으로 안내했다. 사제관으로 들어가자 사제복 차림의 정규완 신부가 경건하게 앉아 있다가 말했다.

"증인이시군요."

"네, 박효선 친구입니다."

"갑시다."

정규완 신부는 말수가 적은 듯 필요한 말만 했다. 박정권은 정규완 신부를 따라서 본당으로 들어갔다. 본당에는 박효선과 허순이, 그리고 신부 측 증인이 먼저 와 있었다. 본당 천정에 매달린 전등불이 환하게 켜져 세 사람에게 빛을 뿌렸다. 허순이는 작은 프리지아 꽃다발을 들고 있었다. 박정권은 프리지아 노란 꽃 무더기가 아름다웠지만 까닭 없이 슬프게 보였다. 친구의 결혼식이 프리지아 노란 꽃다발 같다는 느낌 때문이었을까? 텅 빈 본당에 비해 프리지아 노란 꽃다발은 병아리처럼 작고 애처로웠다.

이윽고 정규완 신부가 혼배미사를 주관했다.

"성부와 성자와 성령의 이름으로. 아멘. 우리는 오늘 박효선과 허순이의 혼례식에 기쁜 마음으로 하느님 성전에 있습니다. 이제 혼인을 맺으려는 이들을 주님께서 자애로이 강복하시어 평생 하나가 되도록 우리 주 그리스도를 통하여 하느님 아버지께 겸손되이 청합니다. 기도합시다. 주님, 저희의 기도를 들으시고 이 신랑 신부에게 주님의 은총을 너그러이 내리시어, 주님의 제단 앞에서 혼인하는 이들로 하여금 진정 서로 사랑하게 하소서. 성부와 성령과 함께 천주로서 영원히 살아 계시며, 다스리시는 성자 우리 주 예수 그리스도를 통하여 비나이다."

이어서 정규완 신부의 짧은 강론과 결혼서약, 반지 교환, 기도 순서 등으로 단거리경주처럼 20여 분만에 혼배미사를 끝냈다. 원래는 한 시간쯤 하는데, 정규완 신부가 박효선의 입장을 배려하여 약식으로 속히 집전했던 것이다. 그러나 혼배미사는 시종 경건하고 엄숙했다. 복음성가를 생략한 때문인지 결혼식은 더없이 조용했다. 스치듯 지나간 바람에 허망한 느낌이 들기조차 했다. 박정권은 성당을 나서면서 겨우 입을 뗐다.

"신혼집은 구했어?"

"응, 주월동 다세대주택에."

박정권은 두 사람에게 택시를 불러주었다. 날은 어둑어둑해져 있었다. 주월동은 북동성당에서 먼 거리는 아니었다. 광주천을 건너면 양동이고 지름길로 올라가면 바로 주월동이었다. 박효선이 말했다.

"정권아, 우리 함께 가자. 집에서 한잔해야지."

"그럴까?"

"신혼여행이라는 거 있잖나. 바로 가지 말고 조대 앞으로 빙 돌아서 들어가자."

"세상에서 젤로 짧은 신혼여행이네. 하하하."

택시는 주월동 반대 방향인 산수동오거리로 갔다가 조대 앞, 전남대병원 옆을 지나 광주천 천변도로에서 주월동 개천이 있는 무등시장 쪽으로 달렸다. 40여 분 정도의 초고속 신혼여행이었다. 네 사람은 박효선이 장만한 다세대주택 2층으로 올라갔다.

"빈손으로 와서 미안한디?"

"결혼반지 선물했응께 됐다."

"그래, 딱 한 잔만 허고 갈게. 니 신혼방에 있기가 쫌 뭐허다."

"아니여, 우리도 다시 도청으로 나가봐야 해. 아마도 지금쯤 내가 도망쳐부렀다고 난리가 났을지도 몰라."

박정권은 자신이 말한 대로 한 잔만 하고 일어섰다. 허순이 증인으로 섰던 여교사도 따라나섰다. 두 사람은 주월동 무등시장 다리를 건넌 뒤 헤어졌다. 날은 이제 캄캄해져 있었다. 박정권은 단 몇 시간이 어떻게 흘러갔는지 꿈을 꾼 듯했다. 이런 일이 실제로 벌어질 수 있는 일인지 믿기지 않았다. 그러나 현실이었던 것은 분명했다. 친구의 부탁으로 자신이 충장로 금은방으로 뛰어가 실반지를 샀고, 북동성당 정규완 신부님은 혼배미사를 엄숙하게 집전했던 것이다. 또 박효선과 허순이는 실반지를 나누어 꼈고, 혼배미사가 끝나자 신혼부부는 이 세상에서 가장 짧은 신혼여행을 했으며, 남녀 증인은 신혼부부 신혼방에서 술을 한 잔씩 했던 것이다. 박정권은 계엄군이 진입할 것이라는 초비상상황에서 또 다른 세상을 다녀온 것 같은, 마치 꿈을 꾼 성싶어 머리를 세차게 흔들었다.

박효선과 허순이는 박정권이 신혼방을 떠난 지 불과 10여 분만에 일어섰다. 허순이도 선선히 응했다. 박효선이 웃으며 말했다.

"태종이 같은 후배들이 우리가 도망쳐분 줄 알겠네."

"그래요. 얼능 Y로 갑시다."

비는 개어 있었지만 공기는 축축했다. 다세대주택 현관을 나서자마자 기동타격대 지프차 한 대가 보였다. 시민군 한 명이 작은 고무 물통에 담긴 물을 벌컥벌컥 마시고 있었다. 박효선이 말했다.

"YWCA까지 갈 수 있소?"

손전등을 켜서 박효선의 얼굴을 비치더니 지프차 조수석에 앉아 있던 시민군이 소리쳤다.

"워미, 강학 선생님이요잉!"

"니는 으쩐 일이냐?"

"투사회보 제작허다가 답답해서 진작에 기동타격대차를 타부렀습니다."

"으째서 여그까지 왔냐고?"

"아, 물을 마시러 왔그만요. 이짝 달동네는 주민덜이 골목 입구에 쬐깐헌 물통들을 내놓고 있그만이라. 시민군에게 줄 것이 읎웅께 물이라도 내놓은 것이지라."

"이 동네로 이사 잘 왔그만. 물인심이 좋은께 말여."

들불야학 제자는 박효선과 허순이를 금남로 가톨릭센터 앞에서 내려주고 주월동, 농성동, 화정동, 백운동을 돌아야 한다며 광주천 쪽으로 달려갔다. 두 사람은 손을 잡고 걸었다. 금남로 공기는 어제와 달랐다. 비온 뒤에 일렁이는 냉기가 아니었다. 목덜미를 파고드는 불길한 공기였다.

"효선 씨, 오늘도 도청에서 자요?"

"아니, Y에서. 도청에선 시끄럽고 무서워서 못 자겠어. 어린 시민군들이 꿈을 꾸는지 자다가 갑자기 총을 쏘고 그라드라고."

"잘 생각했어요. 오늘은 Y에서 자요."

어느새 YWCA 현관에도 들불야학생들이 경계를 서고 있었다. 한 사람만 다닐 수 있게 바리케이드를 쳐놓고 현관 양쪽에 두 사람이 총을 메고 있었다. 건물 안쪽도 마찬가지였다. 윤순호와 나명관이 소심당의 도로 쪽 창문 왼쪽, 오른쪽에 배치되어 있었다.

마지막 밤

　용접공 출신 들불야학생 나명관은 더러워진 옷도 갈아입고 병환 중인 아버지를 뵙고 싶었다. 오후 궐기대회가 끝나자마자 YWCA를 나와 농성동 집으로 갔다. 이슬비가 오는 둥 마는 둥 했지만 웃옷이 축축하게 젖었다. 마루벽 거울에 비친 자신의 모습은 불쑥 나타난 산적 같았다. 옷은 등사용 잉크가 군데군데 묻어 지저분했고 수염은 길게 자라 부스스했다. 나명관은 우선 속옷만 갈아입었다. 그의 아버지는 핏기 없는 창백한 얼굴로 누워 있었다.

　"니 엄니는 니를 찾을라고 나갔다."

　"아부지 절 받으씨요."

　나명관은 누워 있는 아버지에게 큰절을 했다. 그러자 그의 아버지가 겨우 일어나 눈물을 주르르 흘리면서 나명관의 손을 잡았다.

　"명관아, 으디를 가느냐? 가지 말그라."

"엄니를 찾아 금방 올께라우."

나명관은 아버지에게 거짓말을 했다. 내일 새벽에 계엄군이 진입하면 자신은 죽을지도 몰랐다. 그렇다면 아버지에게 드린 절이 마지막 인사였다. 동생 나용관이 있으니까 자신이 죽더라도 대가 끊어질 염려는 없었다. 신군부 권력에 맞서서 민주화와 노동3권을 외치다가 죽는 처지였으므로 개죽음은 아니었다. 나명관은 시위 행렬이 지나가는 금남로를 가로질러 YWCA에 도착했다. 빗방울이 좀 더 굵어졌다. 차가운 이슬비가 목덜미를 파고들었다. 머리에 묻은 빗방울을 털어내고 있는데, 들불야학 동기가 말했다.

"명관아, 니 엄니가 여그서 한참 지다리시다가 집으로 가셨다."

"집에 안 갈란다. 엄니헌테 붙잡히믄 여그 다시는 못 오니까. 통금도 있고."

"밥 안 묵었지?"

"아부지가 아직도 누워 겨시드라고. 큰절만 허고 핑 나와부렀다."

"도청에서 '최후의 만찬'이라고 험서 제과점 빵허고 음료수를 잔뜩 보내왔응께 같이 묵자."

투사회보 팀과 대자보 팀, 궐기대회 진행 팀 사람들이 임시 식당으로 하나둘 모였다. 그러고 보니 투사회보 팀이나 대자보 팀이 밥을 제대로 먹어본 지 며칠 지난 것 같았다. 라면을 끓이거나 그마저도 없으면 소금 뿌린 주먹밥을 만들어 허기를 면했던 까닭은 도청 민원실 식당으로 건너갈 시간이 없을 만큼 바빴기 때문이었다.

윤상원과 박용준이 지침을 내리는 투사회보 팀은 이른바 '최후의 만찬'을 저녁 식사 대신 먹고 등사기가 있는 사무실로 돌아갔다. 하루에 8,000여 장을 등사하는데, 오늘은 궐기대회를 두 번 치른 탓에 현재까지 고작 2,000여 장밖에 만들지 못한 상태였다. 박효선 등이 원고 초안을 잡아주는 대자보 팀에는 주로 여성이 많았다. 글을 베끼기만 하면 되었다. 전남대생 김한중은 도청에서 정문 경계를 서다가 YWCA 대자보 홍보 팀으로 건너와서 투덜거렸다.

"시체운반이나 보초 등 잡부 노릇만 허다가 이리 와부렀지라. 나 말고도 도청으로 들어간 대학생 대부분은 다 떠나부렀그만요."

"오메, 대자보 쓰는 일도 팔목만 아픈 복사기나 다름없는디요. 호호호."

여자들이 깔깔거리며 웃었다. 김한중은 속으로 놀랐다. 여자들에게서 긴장감이라고는 찾아볼 수 없었다. 여자들 대부분은 앞으로 벌어질 상황에 대해서 까맣게 모르고 있었다.

투사회보팀에서 팀장 격인 윤순호가 말했다.

"앞으로 오륙천 장을 더 만들라믄 밤 열두 시까지는 가야겄는디. 자, 여자분덜은 으쩔라요?"

전남대생 한정만은 투사회보팀은 아니었지만 도청에서 무기고 및 정문 경계를 서는 등 잡다한 일을 하다가 싫증을 내고 YWCA로 와 있었다. 한정만이 말했다.

"계엄군이 곧 쳐들어올 거라고 도청은 살벌헌디 여그는 딴 세상 같소."

"한정만 씨 말이 맞은께 여자분덜은 오늘만큼은 집으로 들어가써요."

윤순호가 신은주, 노영란, 조순임, 양오숙을 쳐다보면서 말했다. 실제로 여자들은 단순한 일밖에 할 일이 별로 없었다. 갱지를 반듯하게 추려주거나 간식 등을 조달하는 역할이 고작이었다. 필경이나 등사 및 보급하는 일은 남자들이 했다. 한정만이 전하는 소식을 들은 데다 윤순호가 거듭 귀가하라고 채근하자 여자 몇 명이 자리를 떴다. 그뿐만 아니라 총을 들고 YWCA에서 경비를 서왔던 청년들도 많이 빠져나갔다.

그때, YWCA 신협 직원인 김길식도 도청에서 돌아왔다. 그의 어머니가 도청으로 찾아와 "집으로 가자"고 울면서 통사정하자, YWCA에 놓아두었던 자전거를 가지러 왔던 것이다. 김길식을 잘 아는 전남대 여학생이 말했다.

"도청 일은 어때요?"

"국내 기자에게 내가 개머리판으로 위협했지라. 당신은 취재해봤자 우리에게 불리헌 기사만 쓰니까 꺼져, 하고 말이요. 하하하."

여학생이 웃다가 자전거를 끌고 나오는 김길식의 행동을 보고는 의아해했다.

"길식 씨, 가려고요? 우리 여자들도 이렇게 남아 있는디."

순간, 부끄러워진 김길식은 태도를 바꾸었다.

"아니, 안 가요. 내가 뭣을 도와줬으믄 쓰겠소?"

"투사회보 종이가 부족헌께 좀 사 오세요."

김길식은 여학생에게 돈을 받아들고 문방구로 갔다. 적은 돈을 내밀었는데도 주인이 박스에 든 종이를 다 주었다. 기분 좋은 심부름이었다. 김길식은 종이를 박스째 들고 YWCA 현관을 막 들어섰다. 그때였다. 김영철이 흥분한 얼굴로 다가왔다. 김영철은 어젯밤 시민학생투쟁위원회 기획실장을 맡은 들불야학 교장이었다.

"길식아, 빨리 도청으로 가서 총 다섯 자루만 가져와라."

"형, 무슨 일이 있었어요?"

"더러운 자식들! 할라믄 끝까지 싸와야제, 비겁해. 김창길이나 황금선 말이야."

"우리한테는 그자들이 도청을 나간담서 떠들고 댕겼는디요?"

"꼴도 보기 싫은께 난 여그 있다가 그놈덜이 사라지믄 갈란다."

"형, 저녁이나 묵고 나서 도청에 댕겨올께라."

김길식은 종이 박스를 들고 투사회보 등사실로 갔다. 필경을 도맡아서 하는 박용준이 크게 만족했다. 박용준이 벌떡 일어나더니 "니 배고프지?" 하면서 김길식을 YWCA 임시 식당으로 데리고 갔다. 임시 식당에는 도청에서 보내온 빵과 음료수가 몇 상자나 쌓여 있었다. 투사회보를 시내에 뿌리고 돌아온 고아 출신들이 박용준을 보고는 모두 인사를 했다. 김길식은 그들과 함께 이른바 '최후의 만찬'을 먹었다. 뒤늦게 박효선도 들어와 함께했다. 박용준이 자신보다 두어 살 위인 박효선에게 말했다.

"형, 으디서 카빈을 구했소?"

"도청에서 가져왔네. 실탄까지."

"형도 싸울 줄 아요?"

"이 총은 방어용이여. 계엄군이 날 쏘믄 나도 응사는 해야제. 상원이 형이 나보고 YMCA로 가서 고등학생들을 귀가시키라고 하대."

'최후의 만찬'을 마친 박효선은 허순이와 함께 길 건너편에 있는 YMCA로 갔다. 그리고 박용준은 YWCA 2층 소강당으로 올라갔다. 2층에는 김길식, 김성섭, 한정만, 김한중과 대동고생 두세 명이 있었다.

갈 사람은 이미 떠났기 때문에 숫자는 적었다. 썰물 때의 바닷가처럼 스산했다. 김성섭이 분위기를 바꾸려고 말했다.

"낮에 현관에서 보초를 서고 있는디 으뜬 아저씨가 계속 서성거립디다. 그래서 지가 '아저씨 뭐요?' 허고 물었지라. 아저씨가 기어들어가는 목소리로 '여러분덜이 고상을 많이 허는 것을 보고 쌀을 쬐깐 보내고 잦은디 어쩌께 해야 헐지 모르겄소' 헙디다. 듣고 본께 가슴이 뿌듯허드라고요. 내가 옳은 일을 허고 있구나, 허는 자신감이 생기드랑께요."

박용준이 김성섭의 말을 받았다.

"우리는 절대로 질 수 없어. 지지 않아야 되고. 계엄군덜이 밀고 들어오겄지만 날만 새믄 전세는 바로 역전되불고 말 거다."

마침 김길식이 도청에서 가져온 총 다섯 정과 실탄으로 먼저 무장했다. 박용준이 말했다.

"요것으로는 안 되고 열다섯 자루 정도는 더 있어야 헌께 좀 있다가 가질러 가자."

잠시 후에는 투사회보 제작을 마친 들불야학생들이 합류했는데 윤순호와 나명관은 1조가 되어 소심당으로 내려가 경계를 했다.

한편, 도청은 이미 팽팽한 긴장감이 돌고 있었다. 초저녁 때보다 한층 더 긴박한 공기가 감돌았다. 태풍 전야 같은 분위기였다. 그런데도 일부 시민군은 기묘하게 들떠 있었다. 귀에 익은 팝송을 흥얼거리면서 우스갯소리를 주고받았다. 초조한 태도를 보이다가 변덕을 부렸다. 평소에 보지 못했던 이질적인 모습이었다. 누군가가 중얼거렸다.

"미친놈덜!"

김동수는 류동운과 함께 작은 소리로 '아리랑'을 부르며 눈물을 흘렸다. 장성에 사는 고향 사람들과 영영 작별이라도 하는 것처럼 자꾸만 아득해졌다. 옆에서 '아리랑'을 듣던 박병규는 여동생이 생각나 식산국장실로 올라갔다. 밤중에 가끔 들어와 잠을 잤던 국장실이었다. 마침 식산국장실은 비어 있었다. 박병규는 여동생에게 바로 전화를 했다. 다행히 어머니가 받지 않았다. 동생의 음성이 들렸다.

"누구셔요?"

"경순이구나."

"오빠, 빨리 들어와. 엄마가 오빠 만날라고 갔다가 주민증을 놓고 가서 못 들어갔대."

동생의 말은 사실이었다. 도청으로 갔던 어머니는 긴 줄 끝에 서서 기다리다가 주민등록증이 없어 못 들어갔다. 집으로 돌아와 주민등록증을 갖고 다시 갔지만 이제는 늦었으니 내일 오라고 해서 맥없이 발걸음을 돌렸던 것이다.

"엄마가 오빠 지다리다 눈이 빠져불 것 같대."

"알았어. 근디 경순아, 여기가 으딘 줄 아냐?"

"오빠는 시신을 다루는 데 있다며."

"지금은 니헌테 전화할라고 식산국장실에 올라와 있어."

여동생이 퉁명스럽게 말했다.

"거그서 전화만 허믄 뭣 해. 엄마 속 어지간히 썩이고 집으로 들어와."

"하하. 시방 국장님 의자에 앉아서 전화허고 있다. 은제 앉아보겄냐.

엄마 좀 바꿔봐라."

박병규는 동생을 안심시키려고 일부러 농담을 했다. 잠시 침묵이 흐른 뒤 그의 어머니가 전화를 받았다.

"오메, 병규냐? 밥은 묵었냐? 니 만나러 갔다가 주민증을 집에 놓고 가서 못 들어갔어야. 겁나게 까다롭드라."

"내 이름을 대지 그랬소?"

"이놈아, 그럴 거 읎이 니가 집에 들어오믄 되야불제."

이번에는 박병규가 할 말을 잃었다. 어머니 입장에서 보면 자신이 집에 들어가는 것이 맞았다. 그러나 박병규 입장에서는 집에 들어갈 시간이 오늘만 있는 것은 아니었다. 내일도 모레도 있었다.

"엄나가 걱정허시는 거 알지만 여그 친구덜이 고생허는 걸 보믄 외면헐 수 읎어요."

"그래, 낼 아침에는 집에 와서 밥 묵자."

"엄마, 낼 아침에 일찍 갈게라."

박병규는 전화가 끊어지고 난 뒤에도 한참 수화기를 놓지 않았다. 그대로 들고 있었다. 여동생에게 혼잣말로 작별했다.

"잘 있거라. 사랑하는 경순아. 니를 더 사랑해주지 못해 미안허구나."

내일의 운명은 알 수 없었다. 그래도 운명이 허락한다면 집에 들어가 동생과 어머니와 작은 상에 둘러앉아 밥을 먹고 싶었다. 끝내 박병규는 어머니와도 작별했다.

"엄마, 용서해주씨요. 호강시켜드리지 못해서 죄송허요."

박병규는 전화기를 놓고 나서야 눈물을 흘렸다. 무슨 감정이 갑자기 사무친 것도 아니었다. 어디선가 다가오지 못하던 막연한 슬픔 같은 것이 서서히 밀려왔다. 그러자 어머니와 동생을 슬프게 한 계엄군이 야속했다. 박병규는 카빈소총을 들고 1층으로 내려갔다. 민원실에서 시신안치를 돕던 여고생과 여대생 들을 보자 여동생 생각이 났다. 똑똑하고 귀엽고 예쁜 여시민군들이었다. 박병규가 말했다.

"오늘은 집에서 쉬고 낼 다시 나오씨요. 오늘이 고빈께 내 말을 들으씨요!"

민원실에서 함께 활동해온 여고생들은 박병규의 말을 믿고 따랐다. 서너 명이 아무렇지도 않게 "오빠! 낼 봐요" 하면서 가볍게 도청을 나갔다.

그래도 도청에는 200여 명이 남아 열댓 명씩 무리를 지어 웅성거리고 있었다. 오후 궐기대회가 끝나고 들어온 청년 시민도 있었고, 시민학생투쟁위원들의 지시를 받아 일하는 시민군도 있었다. 조선대 서양화학과 졸업생인 공수부대 출신의 예비군과 위성삼이 총기 다루는 교육을 시키는 소리도 가까운 곳에서 들려왔다.

"차렷! 열중쉬어, 엎드려쏴. 서서쏴!"

나상옥과 그의 후배는 조교처럼 옆에서 거들었다. 또 한쪽에서는 평상복 차림의 윤상원이 천영진 같은 대학생과 고등학생 수십 명을 모아놓고 말했다.

"여러분, 계엄군이 선전포고헌 상황이요. 여러분의 굳은 각오가 읎으믄 지금 상황을 돌파허기가 어렵소. 굳은 각오와 결의가 읎는 사람은 여기서 나간다고 해도 말리지 않겄소."

와이셔츠 차림의 천영진은 윤상원의 말을 듣고는 움찔했다. 계엄군의 공격이 눈앞의 현실로 다가왔다. 갑자기 허기가 졌다. 배까지 고프다면 억울할 것 같았다. 천영진은 민원실 식당으로 가서 밥을 먹었다. 마침 옆에서 밥을 먹고 있던 사람과 이런저런 잡담을 했다. 그래야 긴장감이 덜어졌다. 천영진은 식당을 나와서도 밤색 파카를 입고 있는 그 사람과 이야기를 나누었다. 인연을 찾다 보니 서석고 동창이었다. 두 사람은 별것도 아닌 이야기를 계속 나누다가 복도에 누워 스르르 잠이 들었다. 자정을 앞두고 대부분의 시민군도 잠들어버렸다. 상황실마저 한 명만 빼고 피곤에 지쳐 약속이나 한 듯 모두가 곯아떨어졌다.

5월 27일

자정 전후

이슬비는 그쳤지만 공기는 축축하고 차가웠다. 천영진은 와이셔츠 차림으로 도청 복도에서 웅크리고 자다가 눈을 떴다. 일렁이는 냉기에 진저리를 쳤다. 서석고 동창은 밤색 파카를 벗어 모포처럼 뒤집어 쓴 채 자고 있었다. 궐기대회 이후 YWCA에서 들어온 시민군들을 누군가가 깨우고 다녔다. 천영진은 밤색 파카 동창을 깨운 뒤 일어났다. 도청 마당에는 벌써 20여 명씩 조를 만들어 도청 주변에 배치할 준비를 하고 있었다. 천영진은 YWCA 시민군 결사대에 들어가 M1소총과 실탄이 든 탄창 한 개를 받았다. YWCA에 있던 작업복 차림의 전남대생, 한정만 등을 더 보강하여 소대를 만들었다. 소대장은 군대를 다녀온 예비군이 맡았다. 천영진은 금남로가 보이는 창이 달린 사무실에서 방어했다. 계엄군이 들어오면 바로 총을 쏠 수 있는 위치였다. 천영진은 총을 벽에 세워두고 자신도 벽에 기대어 섰다.

YWCA와 YMCA는 지휘본부인 도청 앞에서 두 개의 벙커 역할을 했다. 도청은 박남선, 김영철, 윤상원이, YWCA는 박용준이, YMCA는 박효선이 맡은 셈이었다. 박효선은 YMCA의 각 사무실을 돌아다니며 도청에서 온 시민군 결사대를 격려했다. 결사대는 박효선을 궐기대회 때 보고 감동한 바가 있었으므로 잘 따랐다.

"선배님, 정말로 닷새만 기다리믄 미군함이 우리를 도와주러 온 다요?"

"설마, 전두환 편을 들겄냐? 만약 그런다믄 두고두고 반미데모를 헐 것인디."

집으로 돌아가라고 했던 여고생 두 명이 보였다. 한 남고생이 느긋 하게 담배를 피우다가 박효선을 보고는 슬그머니 감췄다.

"정연아, 여고생들을 귀가시키라고 했는디 으째서 아직도 있다냐? 얼능 보내거라."

그제야 전남대생 이정연은 여고생들을 데리고 YMCA를 나갔다. 마침 1조 기동타격대가 YMCA 현관 앞에 있었다. 이정연은 조장 이재춘을 잘 알고 있었으므로 부탁했다.

"형, 이 여학생들 집까정 좀 데려다줄 수 있소?"

"차에 타라고 해."

여고생 두 명이 지프차에 타려고 하자, 이재춘과 대원 한 명이 하차 했다.

"학생을 집에까지 태워주고 오씨요. 기동타격대 사무실에서 기다 리고 있을랑께."

이재춘이 1조 기동타격대원인 양동남, 구성회, 임성택, 오정호에게 말했다. 그들 모두는 기동순찰대 대원이었다가 지금은 기동타격대 대원이 되어 전투경찰복 차림에 방석모를 쓰고 수류탄을 한 개씩 소지하고 있었다. 경찰혁대에 수갑까지 차고 있어 경찰과 군인을 합쳐놓은 사람 같았다. 다만, 조장인 이재춘은 공수부대가 버리고 간 철모를 썼는데 거기에는 '1조 백곰'이라고 쓰여 있었다.

"형, 모자에 쓴 백곰은 일 조 암구호인가? 이 조는 뭣이여?"

"이 조는 '범'일 거다. 다른 조도 다 동물 이름이여. 이 조는 오늘 허탕만 치고 댕기는 모냥이든디."

이재춘은 기동타격대 2조가 지프차 기름만 축내고 돌아다닌다는 투로 말하고는 도청 쪽으로 걸어갔다. 이재춘은 도청 기동타격대 사무실로 가서 타격대장 윤석루가 주는 생과자를 먹었다. 그뿐만 아니라 양담배까지 한 갑 받았다.

이재춘이 틀린 말을 한 것은 아니었다. 기동타격대 2조는 간첩신고를 두 번이나 받고 출동했다가 허탕을 쳤다. 한 번은 사직공원 팔각정에 간첩이 나타났다고 해서 가보니 신혼부부가 카메라로 기념사진을 찍고 있었다. 또 한 번은 산수동오거리 쪽에서 공사장에 사람은 없는데 불빛이 보인다고 신고가 들어왔다. 출동해보니 이상하기는 했다. 불빛은 보이지만 인기척이 없었다. 즉시 안성옥이 다가가 공포를 쐈다. 그러자 베니어판 밑에서 사람이 기어나왔다. 그는 간첩이 아니라 공사장 자재를 지키는 인부였다.

기동타격대 3조 역시 백운동로터리에서 전남대병원까지 경계를 섰는데, 경적을 울리며 달려보지 못했다. 오토바이를 타고 가다 전봇대에 부딪쳐 쓰러진 술 취한 청년을 발견하고는 전남대병원 응급실로 데려다준 것 말고는 별로 한 일이 없었다. 기동타격대 사무실에서 온 무전을 받고 출동해보면 이미 다른 조가 왔다 가버린 경우도 많았다. 기동타격대도 줄을 잘 서야 마음에 맞는 사람과 한 조가 될 수 있었다. 3조 염동유는 모르는 사람들과 한 조가 되었다. 한 번 만난 적 있는 박래풍이나 고향이 화순인 김용호 등과는 늘 엇갈렸다. 기동순찰대 대원이었을 때도 마찬가지였다. 현재 3조에서 이름을 아는 사람은 정광호 한 명뿐이었다. 굳이 서로 이름을 묻지 않았다. 기동타격대 부대장 이재호가 대원들이 모여 선서할 때부터 이름을 부르지 말고 동물 이름 같은 별명을 부르라고 했던 것이다. 이름이 알려지면 나중에 피해를 볼지 모르기 때문이었다.

기동타격대 4조는 광천동에서 독일기자 한 사람을 만났다. 기동타격대 대원들은 국내기자보다 외국기자를 더 믿었다. 특히 윤상원 대변인이 외국기자에게 협조하라고 당부한 적도 있었다. 4조 대원들도 광천동 일대를 경계하던 중 독일기자 한 사람을 만나 호의를 베풀었다. 그는 함부르크에 본사를 둔 TV방송의 카메라 기자 유르겐 힌츠피터였다. 그가 손짓 발짓을 해가며 차에 기름이 떨어져간다며 주유소를 알려달라고 했다. 조장인 이관택은 그를 부근의 주유소로 데리고 간 뒤 사장에게 부탁했다.

"독일기자라는디 차에 기름 좀 넣어주씨요."

주유소 사장은 독일기자에게 "헬로우!" 하면서 그의 차에 기름을 넣어주었다. 그러자 그가 이관택에게 만 원을 내밀었다. 이관택은 받지 않았다.

"아껴두었다가 필요헐 때 쓰씨요."

그가 고개를 끄덕이며 '당케!'를 연발했다. 4조 대원들은 간식거리를 주기 위해 도청으로 갔다가 자정이 지나서 잠을 좀 자두려고 충장로 우체국 부근의 여관으로 갔다. 여관 주인에게 사정했더니 곧 방을 두 개 내주었다. 시민들은 어디서나 시민군의 부탁을 잘 들어주었다. 좀 전에도 빵공장 '구본식품'을 들러 빵 서너 박스를 얻어 도청 기동타격대 사무실에 넣어주었던 것이다. 10대 후반에서 20대 초반인 대원들은 두 팀으로 나누어 방에 들었다. 젊은 대원들은 곧 코를 골았다. 그러나 이관택은 잠이 오지 않아 벽에 기댄 채 담배를 피워 물었다. 그때 누군가가 문을 두드리며 불렀다.

"아저씨, 아저씨!"

"누구야?"

"여관에서 일하는 사람이어라."

중학생 정도로 보이는 소년이었다. 소년이 말했다.

"계엄군인지도 모르겄어요. 창문을 막 부술라고 해요."

이관택은 동료가 가지고 다니는 권총을 빌려서 들었다. 대원 모두 총을 도청 정문 수위실에 놓고 왔던 것이다. 이관택은 소년이 가리키는 창문 쪽으로 조심스럽게 다가갔다. 4조가 자는 방이 아니라 다른 빈 방의 창문이었다. 이관택은 계엄군이 아닌 것 같아 말했다.

"암호!"

"저는 시민이어라. 문 좀 열어주씨요."

창문을 열자 갓 스무 살 정도의 청년이 보였다. 이관택은 청년을 방으로 불러들인 뒤 주민등록증을 확인했다. 청년은 재수생이었다.

"대문이 있는디 어째 이짝으로 들어올라고 했냐?"

"뭐가 뭔지 모르겠습니다."

청년이 부들부들 떨면서 말했다.

"계엄군이 쳐들어온다고 YWCA에서 총을 받아 도청 앞으로 갔는디 개미 새끼 한 마리 읎고…… 도저히 무서와서 못 있겠길래 이리 도망왔어라."

재수생이 얼마나 떠는지 들고 있는 총이 벽에 딱딱 부딪혔다. 이관택은 재수생을 진정시킨 뒤 대원들이 잠든 방으로 돌아와 누웠다. 그러나 잠은 오지 않았다. 불안해하던 재수생의 모습이 자꾸 떠올랐다. 이관택은 한동안 엎치락뒤치락했다. 전남방직과 북동, 광주역, 중흥동, 대인동을 돌던 기동타격대 5조는 자정이 넘어 공용터미널 지하도 입구에서 지프차를 세워두고 담배를 피웠다. 그러나 너무 졸린 탓에 담배 맛이 나지 않았다. 대원들은 조장 김기광의 제의로 잠시 눈을 붙이려고 옆에 있는 여관 2층으로 올라갔다. 헤드라이트를 켜지 않은 채 달리는 것도 눈을 몹시 피곤하게 했다. 적막한 거리를 달리는 지프차의 소리는 심장을 쿡쿡 찌르는 듯했다. 몸을 빨리 지치게 했다.

김현채가 속한 기동타격대 6조는 광천동에서 지원동까지 돌았다. 지프차가 무등중학교 앞을 지날 때 김현채는 집에 들러 아버지에게 인사라도 할까 망설였지만 그대로 지나쳤다. 계엄군이 언제 도청으로 들이닥칠지 모르기 때문이었다. 다행히 친구 집에서 몸을 대강 씻고 속옷이나마 갈아입어 나름 결전에 대한 준비를 해둔 상태였다. 더구나 친구가 라면을 끓여주어 마지막으로 배불리 먹었고, 못내 아쉬운 듯 담배 한 갑까지 건네주어 흡족한 기분이 충만해 있었다.

YMCA에 있던 박효선은 몇 번을 망설이다가 전화기를 들었다. 친구 이희규에게 걸었다. 이희규는 그의 어머니가 곡성으로 데려가려고 왔지만 아직 더부살이하는 이모부 집에 있었다.

"희규냐?"

"그래, 오후 집회 때 니 봤다. 근디 뭔 일이냐?"

"어머니께 전화해줄래? 지금 스님을 따라간다고."

"알았어, 조심해."

그러나 박효선이 스님을 따라 YMCA를 나간다는 것은 거짓말이었다. 증심사 신도인 어머니가 애간장을 태우며 밤새울 것 같아서 "스님을 따라간다"고 둘러댔던 것이다. 어머니를 안심시키려면 그 방법밖에 없었다.

박효선은 도청으로 김영철을 만나러 갔다. 약속은 없었지만 마음속으로 가끔 흠모하던 들불야학 교장이었다. 박효선이 친형처럼 여기는 선배가 두 사람 있었는데, 광주일고 동기인 김영철과 김상윤이었다. 김영철은 들불야학에서 만났고 전남대 국문과 선배이기도 한 김상윤은 녹두서점에 드나들면서 인연을 맺은 사이였다.

금남로 거리는 보름달빛이 한 켜 한 켜 재이고 있었다. 어제 초저녁만 해도 이슬비에 흠뻑 젖었던 거리였다. 거리는 악령이 활보하고 있는 것처럼 으스스했다. 보름달이 뜬 밤하늘은 삶과 죽음 같은 푸른빛과 검은빛이 소용돌이쳤다. 은하수 한 자락이 실개천처럼 길게 흘렀다. 자정을 분기점으로 돌변한 밤은 또 다른 세상 같았다. 이따금 산짐승처럼 달리는 기동타격대 지프차들도 박효선의 눈에는 비현실적으로 보였다. 저 지프차들이 막강한 계엄군을 어떻게 막아낸단 말일까. 박효선은 분수대 앞에서는 낮은 포복으로 기었다. 시민군 결사대의 총구 몇 개가 암구호를 댔지만 어설프게도 자신을 겨냥하고 있었다. 민원실 2층에 있던 김영철과 윤상원이 놀랐다. 윤상원은 연극반 선배였다.

"효선아, 어처께 왔냐?"

"형들 보러 낮은 포복으로 왔제."

"미안허다."

"뭔 말이요. 내가 선택해서 싸우고 있는 일인디 뭣이 미안허다요."

김영철이 말했다.

"그 좋은 교사도 내던져불고 연극헌다고 나왔다가 시방 여그서 총 들고 있은께 말여."

"영철이 형, 요 며칠 동안 많은 걸 깨달았어라. 참말로."

"항쟁이 뭐 수도자덜의 수행 정진인가? 깨닫기는 뭘 깨달아."

한때 연극을 해본 적이 있는 윤상원이 말했다.

"난 뭔 얘긴지 알 거 같다야."

"상원이 형은 이해헐 것이요. 판소리도 허고 연극도 해봤응께. 궐기대회를 험서 느꼈는디 시민들의 자발적인 참여에다 대본이 읎는 즉흥적인 대사로 허는 마당극이 진짜 연극이라는 것을 깨달았단 말이요."

"니는 너무 진지해서 탈이여. 시방 계엄군이 밀고 들어올라고 허는디 여그서 꼭 연극 얘기를 해야 쓰겄냐? 근디 정권이헌테 들었는디 니 뭐 결혼했다고?"

"사실은 아까 북동성당에서 허고 이리 왔그만요."

"워미, 징헌 놈!"

"형들이 여그 있는디 내가 어쩌께 집에 들어가 다리 뻗고 자겄소."

"어허! 얼능 집에 안 들어갈랑가?"

김영철이 발끈 화를 냈다. 윤상원도 박효선의 팔을 잡아끌며 거들었다. 박효선은 내쫓기다시피 도청을 나왔다. 금남로는 여전히 검고 푸른 어둠이 완고하게 버티고 있었다. 복면한 것 같은 거무튀튀한 건물들 사이로 기동타격대 지프차들은 헤드라이트를 끈 채 오가곤 했다. 박효선은 분수대 옆으로 빠져나와 YMCA 건물로 조심스럽게 갔다. 허순이가 현관까지 나와서 발을 동동 굴렀다.

"어디 갔다 오는 길이요?"

"형들 만나고 왔어. 왠지 한번 보고 싶드라고."

"효선 씨, 하늘 한번 봐요. 은하수가 너무 맑고 고와요. 은하수 흐르는 소리가 들리는 것 같아요."

"은하수?"

"우리가 또 볼 수 있을지 모르겄어요. 효선 씨, 내 부탁 하나 들어줘요."

"부탁이라고?"

"지금 집으로 들어가요. 처음이자 마지막 부탁이에요."

때마침 계엄군이 진입한다는 다급한 방송이 들렸다. 박효선은 무엇에 홀린 듯 허순이의 손을 잡아끌었다. 허순이는 박효선이 끄는 대로 따라나섰다. 두 사람은 시신을 안치한 상무관으로 갔다가 청운학원 쪽 골목을 찾아서 달렸다. 보름달이 두 사람을 쫓아오고 있었다. 보름달빛이 쏟아지는 골목의 지붕들이 번뜩였다. 박효선의 집은 도청에서 가까운 동명동에 있었다. 두려움이 사라지자 비로소 깊고 푸른 하늘이 보였다. 허순이가 본 은하수 한 자락은 여전히 맑고 곱게 흘렀다.

계엄군 진입

헤드라이트를 켜지 않아도 될 만큼 달빛이 쏟아졌다. 어제 초저녁에 내린 이슬비가 하늘을 씻겨서인지 검푸른 어둠조차 투명했다. 자정 무렵에 외곽순찰을 나간 기동타격대 6조는 농성동과 화정동에서 계엄군의 장갑차가 시내로 진입하는 것을 처음 발견했다. 새벽 1시 30분쯤이었다. 김현채와 친구 박인수가 귓속말을 주고받았다.

"인수야, 공수가 오고 있다!"

"워미, 장갑차가 이짝으로 온다잉."

나일성은 기동타격대 사무실로 급하게 무전을 쳤다. 윤석루 기동타격대장은 급보를 받자마자 부지사실에 있던 윤상원 대변인을 찾아가서 알렸다. 졸고 있던 윤상원은 깜짝 놀라 일어났다. 어젯밤에 YWCA와 YMCA를 수시로 들락거렸던 탓에 너무 피곤하여 잠깐 졸았던 것이다. 그는 고등학생 수습위원장인 최치수에게 고등학생 시민군들을 모

으로도록 했다. 예상했던 대로 일반 시민군들보다 고등학생 시민군들이
더 허둥댔다. 그는 학생들에게 구령을 네댓 번 반복했다.

"앉아! 일어섯! 열중쉬어! 차렷!"

그제야 고등학생들이 잠에서 깨어나 정신을 차렸다. 줄을 맞추어
섰다. 윤상원은 어젯밤에 고등학생들에게 했던 말을 다시 한 번 상기
시켰다.

"고등학생들은 나가라. 우리가 싸와서 도청을 사수헐 테니 니들은
집으로 돌아가거라. 니들은 역사의 증인이 되거라. 우리는 오늘 계엄
군에게 죽을지도 모른다. 그러나 니들이 우리를 잊지 않는다믄 역사는
우리를 승리자로 기록헐 것이다. 도청을 나가는 니들은 비겁자가 아니
다. 역사의 증인이 되기 위해 나가는 것이다."

고등학생 대여섯 명이 그 자리에 총을 놓고 나갔다. 그러나 계엄군
이 광주시민을 죽이고 있는데 어떻게 집에 갈 수 있냐고 하던 조대부
고 3학년 박승룡, 선배들 심부름이라도 하겠다는 교련복 차림의 광주
상고 1학년 안종필과 문재학은 민원실 박병규에게 갔다. 박병규는 도
청 정문에 있다가 김대중 지지자라는 40대 중반의 기종도 씨와 졸음
을 쫓을 겸 소소한 얘기를 나누고 있었다.

기동타격대 6조 지프차는 농성동에서 양동을 거쳐 도청으로 쏜살
같이 달렸다. 대원들은 두려움보다는 비애감에 빠져들었다. 공수부대
가 새벽에 쳐들어올 것이라고 듣기는 했지만 설마 대한민국 군인이 광
주시민을 죽이러 올까 싶어 반신반의했던 것이다.

6조 대원들은 도청에 도착하여 상황실에 직접 보고했다. 박남선은
비상을 걸었다. 토막잠을 자던 시민군들이 자기가 방어할 위치로 뛰어

갔다. 사이렌 소리가 계속해서 도청 안팎의 적막을 깨트렸다. 박남선은 총이 없는 도청 안 시민군들에게 카빈소총과 실탄 2클립을 지급하라고 지시했다. 오발사고를 막기 위해 일부 시민군과 기동타격대 대원들에게서 총을 잠시 회수해두었던 것이다. 시민군 간부들은 임시 무기고에 가서 아무 제지 없이 총과 실탄을 가져갔다. 시민군들이 우왕좌왕 동요하자 질서가 차츰 흔들렸다.

공수부대 출신 화가가 다시 나와서 총을 잡은 시민군들에게 사격자세를 바로 잡아주었다. 조사반으로 간 위성삼은 보이지 않았다. 나상옥은 후배 조병철과 함께 도청 본관 2층 복도로 올라갔다. 본관 2층을 지키던 시민군들이 무릎을 꿇고 창턱 위에 총구를 내밀었다. 금남로 쪽으로 들어올 계엄군을 방어하는 대오였다. 구면인 공수부대 출신 선배 화가가 또 다가왔다. 그가 고맙게도 '적을 죽이고 내가 사는 시가전 사격요령'을 가르쳐주었다. 복도에서는 창턱 밑까지 허리를 굽혀서 움직여야 하고, 사격은 대각선으로 해야 적에게 노출되지 않는다고 당부했다. 그러니까 적이 왼쪽에 있으면 오른쪽으로 가서 사격해야만 한다는 것이었다. 선배 화가가 직접 사격자세를 보여주었다. 그가 간 뒤 조병철이 말했다.

"형, 여그서 본께 우리 화실이 바로 보이요잉."

"근디 인자 생각나네. 차량 시위 그림을 그리다 말고 왔어야."

"그라믄 시방 들어갑시다. 여그는 또 오믄 된께."

"니도 그리다 만 그림이 있냐?"

"아니요, 한바탕 싸울라믄 작업복을 입고 왔어야 헌디 다림질헌 바지를 입고 와서 오늘 밤 어처께 밤을 새울까 고민을 좀 허고 있었그만요."

"니는 사람 목숨이 달려 있는 이 판국에 바지 타령이냐?"

"형, 겁나게 피곤헌께 바지를 핑계댔그만요. 일단 화실에 들립시다."

"알았어."

나상옥과 조병철은 도청을 나와 어두운 분수대를 조심스럽게 돌았다. 도청에서 화실까지는 5분 거리밖에 안 됐다. 시민군들이 이리저리 달리고 있었다. 총성이 변두리 쪽에서 간헐적으로 울렸다. 일부 기동타격대 대원은 도청 앞 화분대를 엄폐물로 삼아 방어를 준비했다. 보름달 빛에 그들이 쓴 방석모가 번들거렸다.

기동타격대 3조는 도청 정문과 바로 앞쪽을 지켰다. 염동유와 정광호는 도청 정문 앞의 화분 뒤에 쪼그려 앉아서 계엄군을 기다렸다. 시멘트로 만든 화분대가 방패인 셈이었다. 3조 대원의 나머지 세 명은 정문에서 경계를 지원했다. 기동타격대 7조는 분수대 오른쪽 상무관에서 호흡을 가다듬었다.

상무관 앞에 엎드려 있던 천순남은 갑자기 아내가 보고 싶었다. 7조 운전수 임영록에게 쌀을 구하러 나왔다가 시민군이 된 사연을 이야기했다. 그러자 임영록이 선선히 지프차 시동을 걸었다. 그러나 광주은행 본점 앞에서 방어하던 기동타격대 1조, 2조, 5조에게 걸렸다. 도청을 사수하지 않고 밖으로 나가는 차량은 무조건 발포한다는 것이었다. 할 수 없이 천순남은 상무관으로 돌아와 체념한 채 잠이 들고 말았다. 총성도 그의 잠을 깨우지 못했다.

민원실을 지키던 김동수는 염을 잘하는 40대 중반의 기종도 씨에게 매력을 느꼈다. 오치에 사는 그는 31사단에서 식당 일을 하던 사람인데 외골수 야당 지지자였다. 기종도 역시도 김동수가 보통 학생이 아니라고 여겼다. 눈초리가 위로 치켜 올라가 눈매가 매서웠다. 기종도는 속으로 '이놈 봐라' 하고 중얼거리곤 했다. 김동수가 고백 아닌 고백을 했다.

"아저씨, 아저씨야말로 지장보살이십니다. 시신을 염허고 입관허시는 아저씨를 볼 때마다 그런 생각이 듭니다."

"근디 지장보살이 뭔가?"

"지옥문 앞에서 지옥에 온 중생이 모두 성불헐 때까지 기도허는 보살이지요."

"자네가 지장보살이네 그랴."

"지장보살은 지옥문 앞에 있다니까요."

"아, 이 사람아. 계엄군이 광주시민을 쏴죽이는 여그가 천국인가? 여그야말로 생지옥이제, 긍께 자네가 지장보살 같다는 말이네."

"아이고, 그런 말씀 마십시오. 지장보살님이 저를 보고 웃습니다."

"하하하."

기종도의 웃음소리는 곧 들려오는 총성에 묻혀버렸다. 그런데도 김동수는 두렵지 않았다. 지장보살이 계시니 자신의 삶도 여기서 끝나지 않을 것 같았다. 설령 계엄군의 총에 맞아 죽는다고 해도 지장보살이 지옥문 앞에서 자신을 맞아줄 것이라고 믿었다.

새벽 3시 30분. 김종배는 한 시간 전쯤 목포전문대 1학년 이경희에게 경찰 페퍼포그차를 내주면서 계엄군 진입을 알리라고 지시한 적이 있었다. 도청 방송실에 방송요원이 아직 있을 터였다. 방송요원은 송원전문대 1학년 박영순이었다. 박영순은 박남선의 지시로 여고생 두 명과 충장로에서 DJ로 아르바이트하는 남학생과 함께 방송실을 지키고 있었다. 김종배는 마음이 급해져 방송실로 뛰어왔다. 박영순을 본 김종배는 계엄군이 도청 앞까지 쳐들어왔다며 "방송하라"고 지시했다. 남학생이 도청 옥상의 대형 스피커 볼륨을 최대한 높였다. 네 개의 나팔이 붙은 것 같은 대형 스피커였다. 박영순이 가냘픈 목소리로 방송을 시작했다.

광주시민 여러분, 지금 계엄군이 도청으로 쳐들어오고 있습니다. 어서 도청으로 오셔서 우리 형제자매들을 살려주세요. 사랑하는 우리 엄마 아빠 형제들이 계엄군의 총칼에 죽어가고 있습니다. 시민들이 나오셔서 학생들을 살려주세요.

같은 내용을 다급하게 계속해서 내보냈다. 처음에는 또박또박 방송했지만 20여 분쯤 지나서는 울먹이는 소리로 바뀌었다. 방송 소리는 멀리 서명원이 사는 동네까지 들렸다. 서명원은 하느님, 부처님을 찾으며 아까운 학생들의 목숨을 제발 살려달라고 빌었다.

최치수는 상황실에서 나와 도청 정문을 바라보면서 심호흡을 했다. 방송을 들으면서 눈물이 나오려고 해서 밖으로 나왔던 것이다. 그런데 갑자기 도청 1층 유리창이 와장창 한꺼번에 깨졌다. 계엄군이 좌측 전방 YMCA 쪽에서 사격을 했다. 상황실에 혼자 있던 박남선이 문을 박차고 나오면서 큰 소리로 외쳤다.

"이층으로 뛰엇!"

최치수는 박남선을 따라서 2층으로 허둥지둥 올라갔다. 두 사람이 들어간 곳은 부지사실이었다. 시민학생투쟁위원들이 회의를 하던 곳이었다. 10여 명의 시민군이 창가에 붙어 두려움에 떨면서 서성거렸다. 시민수습위원들은 모두 떠나고 이종기 변호사 혼자 남아서 가만히 눈을 감고 있었다. 어제 초저녁 집에서 떠날 때 마지막 날이 될지 모른다며 몸을 깨끗이 하고 도청에 왔다는 이종기 변호사였다. 최치수는 숨을 몰아쉰 뒤 몸을 살펴봤다. 다친 데는 없었다. 이제는 도청 안팎에서 총격전이 벌어졌다. 2층 창문 너머로 공수부대원들이 총을 난사하면서 뛰어다니고 있는 것이 보였다. 최치수는 총을 집어 들었다. 그러자 이종기 변호사가 말했다.

"쏘지 말게."

박남선도 말했다.

"우리 위치가 탄로난께 쏘지 마."

최치수는 총을 맥없이 놓아버렸다. 분노가 치밀어 오르자 눈물이 나왔다. 방송은 4시쯤에 뚝 끊어졌다. 이양원 기획위원이 도청의 전원을 차단해버렸기 때문이었다. 도청의 모든 사무실이 숯덩이처럼 까맣게 변했다. 공수부대원들이 이제는 도청 건물 안으로 들어와 난사했다. 공수부대원들은 방송실부터 들이닥쳤다. 박영순은 여학생과 함께 바닥에 납작 엎드렸다. 여학생이 비명을 질렀다.

"여학생이에요, 살려주세요!"

"기어 나왓!"

박영순과 여학생 한 명은 공수부대원이 시키는 대로 기어 나갔다. 공수부대원은 개머리판을 휘둘렀다. 두 사람은 머리를 맞아 정신을 잃어버렸다. 기절한 채 끌려가다가 겨우 정신을 차렸다. 공수부대원 하나가 총을 들이밀며 소리쳤다.

"어떤 년이 방송했어. 옷을 벗겨서 갈가리 찢어 죽일 거야."

박영순은 그 말을 듣고는 또다시 기절해버렸다. 여학생은 너무 놀라 오줌을 지렸다. 2층 부지사실에 있던 정해민은 도청을 빠져나갈 엄두를 내지 못했다. 어디에서 공수부대원이 총을 쏠지 몰랐다. 또한 도청 부근에 숨어서 방어하는 시민군들에게 오인사격을 받을 위험도 컸다. 그렇다고 무작정 부지사실에 있을 수만은 없었다. 정해민은 가만히 문을 열고 살폈다. 그 순간 복도 끝에서 총알이 날아와 벽에 부딪쳤다. 정해민은 기동타격대 대원이 쏜 총알일 수도 있다고 생각했다. 정해민이 박남선에게 말했다.

"상황실장님, 오해헐 수 있은께 총을 놓고 나갑시다."

박남선이 총을 내려놓자, 정해민이 다시 말했다.

"상황실장님이나 총무인 내 얼굴을 아는디 설마 쏘겠습니까?"

정해민은 복도 건너편을 향해서 "상황실장과 총무니까 총을 쏘지 말라"고 말하면서 복도를 가로질러갔다. 그런데 갑자기 박남선이 기기 시작했다. 정해민이 어리둥절해하면서 서 있자 공수부대원이 소리쳤다.

"야, 이 새끼야! 너는 안 기어?"

계단 벽에 몸을 붙이고 있던 공수부대원에게 다가가자 냅다 군홧발로 짓이겼다.

"일층으로 굴러가!"

정해민은 계단을 굴러가는 동안 물컹한 물체에 부딪혔다. 공수부대원 총을 맞고 죽은 시민군 시신이었다. 도청 앞마당까지 구른 박남선과 정해민은 진압봉으로 사정없이 두들겨 맞았다. 그런 뒤에도 군홧발로 한동안 짓밟혔다. 몸이 너덜너덜해진 뒤에야 먼저 와 엎드려 있는 시민군들 위로 짐짝처럼 던져졌다. 한쪽에서는 공수부대원들이 시신을 질질 끌고 와서 쌓았다. 기종도는 죽은 체하며 시체 더미 속으로 들어가 숨었다. 그는 문득 시신들이야말로 김동수가 말한 지장보살이라고 여겼다.

4시가 조금 지나서는 공수부대가 쏜 총알이 비 오듯 했다. 그런데 도청 정면 쪽에서만 날아오지 않았다. 공수부대원들이 후문 쪽에서도 공격했다. 좀 전에 도청 앞쪽에서 사격한 것은 후문으로 공격하기 위한 위장전술이었다. 실제로 11공수여단은 광주공원을 점령한 뒤 YMCA로, 7공수여단은 YWCA로 공격해왔고, 3공수여단은 전광석화처럼 도청 후문 쪽으로 들어오고 있었다. 도청 쪽에서 날아온 총알이 화분대에 맞자 날카로운 시멘트 조각이 튀었다. 염동유 얼굴에서 피가 흘렀다. 염동유는 흥분한 채 도청 안으로 뛰어가 소리쳤다.

"으따 대고 총질허냐! 모두 다 죽여분다!"

염동유는 악을 쓴 뒤 제 자리로 돌아왔다. 이번에는 화분대 앞으로 자리를 옮겼다. 그래야만 도청 쪽에서 쏘는 총을 맞지 않았다. 염동유는 담배를 3분의 2쯤 피우고 난 뒤 정광호와 함께 도청을 향해 마구 카빈소총을 쏘았다. 그러나 M16소총의 위력 앞에서는 무력했다. 두 사람은 M16소총 연발에 기가 죽었다. 도청 담벼락 너머에서 투항하라는 소리가 들려왔다. 투항이라는 말에 두 사람은 자괴감이 들었다. 그러나 누가 먼저랄 것도 없이 서로 방석모와 군복 상의를 벗어 던졌다. 군복하의와 경찰혁대, 수갑 등은 버리지 못했다. 총소리가 조금 뜸해졌을 때 두 사람은 손을 들고 도청 안으로 들어갔다. 공수부대원들이 두 사람을 앞마당 한쪽으로 보냈다. 붙잡힌 시민군들이 납작 엎드려 있었다. 두 사람도 시민군들 옆에 엎드렸다. 공수부대원들이 개머리판을 휘두르며 군홧발로 잘근잘근 밟고 다녔다. 조금이라도 고개를 처들면 여지없이 진압봉으로 머리를 가격했다.

짐승의 시간 1

시민학생투쟁위원회 핵심 간부인 김영철, 윤상원, 이양현, 윤강옥 등은 계엄군이 도청을 점거한다면 자폭하자고 약속했다. YMCA와 YWCA 쪽에서 M16소총 총성이 고막을 찢을 정도로 15여 분쯤 연달아 났다가 그쳤다. 네 사람은 싸움에서 질 것이라고 예감했다. 그러나 오늘 밤만 버틴다면 시민들이 합세해주리라고 믿었다. 또 도청 지하실에 다이너마이트가 있기 때문에 계엄군이 함부로 진입하지 못할 것이라고 판단했다.

그런데 다이너마이트만 의지할 수는 없었다. 계엄군 첩자 같은 순천 출신의 사내가 김창길과 도청 지하실 드나드는 것을 목격한 시민군들이 의심했기 때문이었다. 폭약 전문가라는 그가 다이너마이트 뇌관을 미리 제거했을지도 모른다는 것이었다. 윤강옥은 자리를 옮겨갔고 카빈소총으로 무장한 세 사람은 도청 민원실 2층 회의실에 있었다. 세 사람뿐만 아니라 식당을 겸한 2층 회의실에는 기동타격대 7조 대원인 박래풍 등 30여 명이 더 있었다.

김동수는 민원실 안에 앉아 경계를 서고 있었다. 총성이 울렸지만 마음은 박영순의 방송을 처음 들었을 때처럼 흔들리지 않았다. 창문 너머 보이는 보름달은 허옇게 빛을 잃어가고 있었다. 새벽안개가 도청 광장에 스멀스멀 들이찼다. 김동수의 옷에 단 대불련 배지를 부러워하던 기종도 씨는 도청 본관으로 갔다. 총성이 한동안 계속된 뒤부터는 나타나지 않았다. 김동수는 두 손을 모으고 기도했다.

"지장보살님, 우리 모두가 지장보살이 되게 해주시옵소서. 그리하여 지옥 같은 세상에 살고 있는 중생을 구원하여주시옵소서."

김동수의 기도는 짧았다. 거기까지밖에 할 수 없었다. 도청 후문 쪽에서 울린 총성에 김동수는 서늘해진 자신의 목 왼쪽을 만졌다. 도청 앞쪽만 주시하면서 경계를 섰지 생각지도 못한 방향이었다. 손바닥에 검붉은 피가 묻어났다. 김동수는 희멀건 보름달을 흘깃 한 번 쳐다보고는 스르르 무너졌다. 동전 몇 개가 그의 호주머니 속에서 굴러 나왔다. 그의 두 팔이 축 늘어지자, 손목에 차고 있던 단주가 오롯이 드러났다. 2층 회의실에 모인 시민군들을 잘 웃기던 막노동꾼 노가대도 김동수 옆에서 맥없이 쓰러졌다. 마침 학생 시민군 구천서가 총기를 가지러 도청 지하실로 뛰어가다가 그를 발견하고는 엉엉 울었다.

"형님, 으디를 가든 지를 웃겨줄 거지라우?"

먼동이 터오자, 화단의 나무들이 어슴푸레하게 보였다. 짙은 안개 속에서 검은 나뭇잎들이 미세하게 움직였다. 윤상원이 김영철에게 말했다.

"영철이 형, 어저께 제가 외신기자들에게 말했지라. 우리는 패배헐지 모르지만 역사는 우리를 승리자로 기억헐 거라고. 인자 받아들일 운명의 시간 같습니다."

"시방 나는 심장이 벌렁벌렁헌디 뭔 고상헌 말인가?"

"시방 부모 형제가 떠올라 맘이 약해질라고 허지만 희생한 시민들을 생각허믄 운명이지라."

"나는 상원이 자네 대금 소리나 쑥대머리를 한번 듣고 잪네."

이양현은 혼잣말로 중얼거렸다.

"아, 진압을 당허는구나. 우리는 여그서 죽는구나. 잽혀도 구뎅이에 파묻히겠지."

상황은 절망적이었다. 도청 광장의 왼편 수협 쪽에 공수부대원 예닐곱 명이 그림자처럼 나타났다가 사라졌다. 특등사수 출신 이양현은 조준해서 쏘았지만 한 발도 맞지 않았다. 심장이 쿵쿵 뛰는 탓에 총구가 흔들렸다. 공수부대원 몇 명은 시민군이 중기관총 LMG를 거치해 놓은 전일빌딩으로 들어갔다. 어느새 공수부대원들이 도청 본관까지 들어와 시민군들을 마구 짓밟았다. 도청 본관 사무실에서는 시민군을 사살하는 듯 총성이 울리곤 했다.

기동타격대 7조인 박래풍도 민원실 2층 회의실 창문 너머로 총을 쏘았다. 식당에 밥을 먹으러 들어왔다가 벌이는 총격전이었다. M16소총 총성은 YMCA 쪽에서 계속 들려왔다. M16소총은 드릴로 바위를 뚫는 것처럼 드르륵 드르륵 기분 나쁜 소리를 냈다. 카빈소총이나 M1소총의 "따콩!" 하는 소리와는 달랐다. 그런데 M16소총 총성이 또다시 울리자마자 식당에서 뒤늦게 밥을 먹던 대원 한 명이 쓰러졌다. 2

층 회의실에 있던 시민군들이 일제히 엎드렸다.

박래풍은 기어서 총상을 입은 대원에게 다가갔다. 총알이 그의 허리를 관통했다. 박래풍은 자신의 빨간 러닝셔츠를 벗어 그의 허리를 동여매어 지혈했다. 대원이 추운 듯 덜덜 떨었다. 박래풍은 옆에 있던 홑이불을 덮어주고는 돌아섰다. 그런데 그때 수류탄이 "쾅!" 하고 터졌다. 순간, 동료 대원은 온데간데없었고 방금 그에게 덮어주었던 홑이불은 천장 형광등에 걸려 있었다. 박래풍은 어이가 없어 헛웃음이 나왔다. 자신의 카빈소총도 반쪽은 날아가버린 채 잡고 있는 개머리판만 남아 있었다. 공수부대원들이 계단을 타고 2층 식당으로 올라오는 것이 보였다. 박래풍은 더 이상 동료 대원을 보살펴주지 못하고 화장실로 숨었다. 화장실에는 이미 두 명이 숨어 있었다. 공수부대원들이 화장실 문을 두드리며 소리쳤다.

"총 버리고 나왓!"

"수류탄 깐다!"

세 사람은 '수류탄 터트린다'는 말에 화장실 문을 열고 두 손을 들었다. 화장실에서 나오자 공수부대원 병사가 말했다.

"너희들은 폭도들이니까 계단으로 내려갈 자격도 없어. 나무 타고 내려가!"

도청 회의실 창문 옆에는 잎이 바늘처럼 뾰쪽한 침엽수 몇 그루가 심어져 있었다. 세 사람은 반항하지 못하고 나무가 있는 곳까지 뛰어 간신히 나뭇가지를 붙잡고 내려갔다. 땅에 엎드리자마자 공수부대원들이 군홧발로 짓밟고 다녔다.

2층 회의실에는 기동타격대 7조의 김선문 등 아직도 20여 명 이상이 남아 있었다. 이양현이 윤상원에게 귓속말을 했다.

"우리 저승 가서 만납시다. 거그 가서도 학생운동협시다."

"그럽시다."

그 순간 사과 모양의 최루탄이 굴러오더니 "펑!" 하고 터졌다. 곧이어 공수부대원이 M16 소총을 드르륵 드르륵 난사하면서 "총 버리고 나와! 나와!" 하고 소리쳤다. 총을 버리고 투항하라는 소리였다. 윤상원이 김영철에게 말했다.

"형, 나갑시다."

그런데 뒷창문 쪽에서 M16소총 총성이 드르륵 하고 났다. 그 순간 도청 앞쪽을 바라보고 있던 윤상원이 오른쪽 배를 움켜잡고 흐느적거렸다. 총알이 오른쪽 등에서 배로 관통해 피가 꾸역꾸역 흘러나왔다. 김영철은 윤상원의 왼팔을 잡고 이양현은 그의 오른팔을 부축해서 바닥에 뉘였다. 이양현은 최루탄 가스에 눈물을 흘리면서 숙직실로 뛰어가 이불을 가져와서 폈다. 김영철과 함께 윤상원을 이불 위에 눕혔다. 윤상원이 모기 소리만 하게 중얼거렸다.

"영철이 형, 난 틀린 거 같소."

"어흑!"

김영철이 흐느꼈다. 그러나 이양현이 뒤를 돌아보았을 때는 김영철은 보이지 않았다. 최루탄이 또 터졌다. 그뿐만 아니라 창문 커튼에 불이 붙어 윤상원에게 떨어졌다. 커튼의 불길이 윤상원의 옷을 태웠다.

이양현은 김영철을 옆 사무실에서 찾았다. 기동타격대 사무실인 듯했다. 김영철이 미닫이문 밑에 엎드려 있었다. 카빈소총을 들고 달려온 이양현이 소리쳤다.

"형, 죽지 마!"

"붙잡히믄 죽음보다 더 고통스러울 거네."

김영철이 자신의 목에다 총구를 댄 채 방아쇠에 손가락을 걸고 있었다. 그런데 그때였다. 공수부대원이 M16소총을 예닐곱 번쯤 갈겨댔다. 화약 냄새가 사무실 안에 진동했다. 동시에 뜨거운 금속이 김영철의 머리 위를 스쳤다. 김영철은 자신도 모르게 움찔했다. 그러자 총구가 목을 벗어나버렸고, 두 발이 연발로 나갔다. 이양현이 "어이쿠!" 하면서 쭈그려 앉았다. 총알이 콘크리트 바닥에서 튀어 이양현의 오른쪽 어깨와 등을 찢었다. 이양현은 공수부대원에게 총을 쏘려고 했지만 그만두었다. 그 대신 '항복'이라는 말이 먼저 떠올랐다.

"항복! 항복!"

"총 버리고 나왓!"

공수부대원이 복도에서 소리쳤다. 이양현이 김영철에게 말했다.

"영철이 형, 항복헙시다. 그냥 죽을지 모른께 살아서 증언이라도 남깁시다."

김영철은 차라리 죽고 싶을 뿐이었다. 체념이나 다름없었다. 이양현이 또다시 말했다.

"영철이 형, 항복헙시다."

이양현이 먼저 복도에 총을 던지고 나갔다. 체념해버린 김영철도 더 이상 어찌할 수 없어서 뒤따랐다. 나가자마자 오른쪽 호주머니에 있던 실탄 1클립을 내놓았다. 공수부대원 중사가 김영철을 보고는 비아냥댔다.

"너, 한 발도 안 맞었어?"

여닫이문 밑에 누워 있는 김영철에게 일곱 발을 한두 걸음 떨어진 거리에서 쏘았는데, 한 발도 맞지 않은 사실이 이상했던 것이다. 김영철이 바닥에 납작 누워 있었기 때문이었다. 김영철이 슬쩍 올려다보니 그는 전투복에 중사 계급장을 달고 있었다. 윤상원을 쏘아 죽인 장본인이 분명했다. 중사가 또 말했다.

"너, 두 발 쏘았지?"

김영철이 자살하려다가 빗나간 오발탄 두 발이었다. 김영철이 대답하지 않자 공수부대 중사가 사무실 안에 M16소총을 자동으로 놓고 난사하면서 "나와! 나와!"라고 외쳤다. 김영철이 모두 죽을지도 모른다는 직감에 소리쳤다.

"다 나오씨요!"

그제야 기동타격대장 윤석루, 부대장 이재호 등이 두 손을 들고 나왔다. 아무도 없는 줄 알았는데 어린 시민군 열댓 명이 총을 내밀고 항복했다. 중사가 2층 복도 베란다에 모두 꿇어앉으라고 지시했다. 그때 이양현이 김영철에게 말했다.

"영철이 형, 이십 년만 삽시다."

"감방에서?"

김영철은 치가 떨려 내일의 일은 생각하고 싶지 않았다. 중사가 포승줄로 묶으려다가 그만두면서 말했다.

"이 폭도 새끼들을 이층에서 던져버려야지."

그러나 던지지는 않고 원숭이처럼 까칠까칠한 침엽수를 타고 내려가게 했다. 김영철이 먼저 내려가자마자 한 공수부대원이 그의 목덜미를 사정없이 발길질을 했다. 김영철은 곤두박질하며 땅바닥에 입술을 찧어 피를 흘렸다.

잠시 후에는 공수부대원들이 도청 민원실 2층 회의실 소탕작전을 했다. 공수부대원들이 문을 열어놓고 난사하자, 김선문 등 20여 명이 엄폐물을 찾아 피신했다. 큰 기둥 뒤에 20여 명이 매달렸다. 워커를 벗어던진 김선문은 맨발이었다. 총과 수류탄은 물론이고 군복 상의를 내팽개쳤다. 다른 대원들도 마찬가지였다. 어떤 대원이 큰 소리로 "항복! 항복!" 하고 외치자 공수부대원이 복도에서 "한 줄로! 나와!" 했다. 그러나 불안한 나머지 아무도 먼저 나가려고 하지 않았다. 할 수 없이 기동타격대 7조 대원인 손석기가 앞으로 나와 두 손을 들고 나갔다. 김선문은 두 번째로 복도 벽에 바짝 붙어서 기다시피 했다.

"이 새끼들아! 한 줄로 나왓!"

공수부대원이 꾸물거리는 대원들에게 총을 쏘면서 소리쳤다. 선두로 나선 손석기가 총을 맞고 쓰러졌다. 그래도 손석기는 5미터 정도를 기었다. 김선문은 그에게 다가가 총알이 스친 허벅지를 눌렀다. 손석기가 허리에 둘렀던 무슨 끈 하나를 내밀었다. 김선문이 어떻게 묶을지 몰라 허둥대자 공수부대원이 욕을 했다.

"이 새끼야! 빨리 묶어."

그래도 묶을 곳을 찾지 못하고 있자 공수부대원이 다가와 능숙하게 처리했다. 뒤에 나온 대원들 중에는 수류탄 파편으로 다친 사람이 많았다. 김선문도 무릎이 깨졌지만 통증을 못 느꼈다.

도청 앞마당에는 붙잡힌 시민군들이 20줄 정도 얻어맞은 채 엎드려 있었다. 정상용은 스스로 투항한 쪽이었다. 본관 2층에서 "아, 이렇게 죽어가는구나. 내가 이렇게 죽는데 그동안 잘 살아왔는가. 저들에게 지는 것은 한스럽기는 하지만 그래도 이렇게 싸우다 가니 큰 후회는 없다"고 자위하다가 극도의 공포를 이기지 못하고 자포자기한 채 두 손을 들어버렸던 것이다. 싸우다 붙잡혀 온 시민군 속에 섞인 정상용은 죽지 못한 것이 부끄러워서 눈을 감고만 있었다.

이윽고 공수부대 상사가 김영철에게 직업과 나이를 묻고는 등에 '선동, 총기소지자'라고 매직펜으로 썼다. 정상용, 이양현, 박남선, 이재호, 박래풍도 마찬가지였다. 잡혀온 시민군들도 족족 조사를 받았다. 이번에는 공수부대 하사가 한쪽에서부터 기합 받고 있는 시민군의 인상을 살펴본 뒤 그들의 등에 '극렬'이라는 글자를 매직펜으로 썼다. 김선문도 인상이 강한 데다 얼굴에 피딱지가 붙어 있어 '극렬, 총기소지'로 분류했다. '극렬'이라는 표현도 부족했는지 한 공수부대원이 M16 소총 개머리판으로 김선문의 등을 찍었다.

"이놈은 극렬의 극렬이야."

마침 김선문의 얼굴 바로 밑에는 돌맹이 한 개가 박혀 있었다. 그의 얼굴이 방아 찧듯 그대로 돌부리에 부딪혔다.

"아악!"

"이 새끼는 자해까지 하는구만."

공수부대원이 욕설을 지껄이며 지나갔다. 김선문은 입안에 고인 피를 퉤 하고 뱉어냈다. 눈앞에 이 네 개가 담배꽁초처럼 떨어졌다. 도청 정문 쪽에서는 외신기자들이 카메라 셔터를 눌러댔다. 김영철은 자신을 촬영하라고 고개를 쳐들었다. 그러자 공수부대 병사가 달려와 M16 소총 개머리판으로 머리를 쳤다. 그래도 김영철은 공포감 때문인지 아프지 않았다. 감각이 마비된 듯했다.

짐승의 시간 2

공수부대원들은 도청 본관을 4시부터 한 번 공격한 뒤 30여 분쯤 지나서는 소탕작전을 개시했다. 전원을 차단한 상태였으므로 본관의 모든 사무실은 캄캄했다. 상황실과 조사반은 한 사무실을 철제 캐비닛으로 막아 서로 나눠 쓰고 있었다. 경비대장을 하다가 그제 조사반으로 자리를 옮긴 위성삼은 너무 피곤하여 잠이 들었다가 고막을 후벼 파는 총성에 깨어났다. 불이 꺼진 도청 안팎은 먹물을 풀어놓은 듯했다. 그래도 상황실만은 희미한 불빛이 한 가닥 비쳤다. 무전기 전원에서 새어나오는 불빛이었다.

그때 교련복 차림의 학생이 상황실로 들어왔다. 그는 시민군의 부축을 받고 있었다. 학생은 혼자서 걷지를 못했다. 총알이 종아리를 뚫어 살점 한 주먹이 떨어져 나가고 없었다. 학생을 부축했던 시민군이 학생의 교련복 호주머니를 뒤져서 하복맞춤 영수증을 찾았다. 무전기 전원 불빛에 드러난 학생의 신분이 밝혀졌다. 광주상고 1학년 안종필이었다. 방송실에서 좀 전까지 방송했던 박영순이 붙잡혀 나간 뒤였다. 그제야 책상 밑에 숨어 있던 동신여고생이 기어나와 학생의 다리를 스카프로 동여맸다. 응급치료는 그뿐이었다. 상황실 문을 박차고 들어온 공수부대원이 M16소총으로 콘크리트 바닥에 난사했다. 파편이 튀어 위성삼의 팔에 박혔다. 칼에 찔린 듯 아팠지만 위성삼은 이를 악물고 엎드려 있었다. 동신여고생은 기절한 듯 숨도 안 쉬었다. 공수부대원은 위성삼을 발견하지 못하고 휙 지나갔다.

위성삼은 두려움에 떠는 동신여고생을 불러냈다. 함께 옆 사무실로 피했다. 사무실 집기로 문에 바리케이드를 쳤다. 그런 뒤 총을 거치했다. 옆 사무실에도 시민군들이 책상 밑에 여러 명 숨어 있었다. 위성삼이 총을 쏘려 하자 동신여고생이 막았다.

"오빠, 오빠 쏘지 마!"

동신여고생이 위성삼의 호주머니에 든 실탄을 달라고 했다. 그제야 위성삼은 '나도 이렇게 두려운디 애들은 얼마나 무서울까' 하고 생각했다. 위성삼이 동신여고생을 안심시켰다.

"너무 걱정허지 마라. 날이 새믄 우리는 산다. 광주시민이 다 일어날 것이다."

책상 밑에 피신해 있던 시민군들이 나직하게 말했다.

"경비대장님, 정말로 살 수 있습니까?"

"시방 다 죽고 우리만 살아 있는 거 아닙니까?"

책상 밑에 있는 시민군들은 위성삼이 아직도 경비책임자인 줄 알고 있었다. 임시학생수습위, 학생수습위, 시민학생투쟁위 등 이름과 직책이 수시로 바뀌었으므로 시민군들은 자세히 몰랐다. 조금 수그러들었던 총성이 다시 들렸다.

김준봉은 위성삼보다 한발 빠르게 상황실을 나와 2층의 한 사무실에 와 있었다. 15분쯤 전에 조사반 요원들에게 총 한 정과 실탄 한 클립을 나누어주고 자신은 2층으로 피했던 것이다. 사무실에 들어가자 시민군 한 명이 캄캄한데도 김준봉을 알아보고 말했다.

"조사반장님, 일층은 으쩝니까?"

"상황실장님은 부지사실로 갔고 방송실에 사람이 있는지 읎는지 모르겠소."

"거그도 공수들이 휘젓어부렀겄지라."

"일층이 타킷인께 이리 왔소."

김준봉은 전등이 꺼져 있기도 하고 부서가 다르기 때문에 그들이 누구인지 알지 못했다. 그런데 2층이라고 안전한 곳은 아니었다. 잠시 후 유리창 깨지는 소리가 났다. 공수부대원들이 2층으로 올라와 지시를 받았다.

"김 하사, 이 하사, 이쪽으로!"

2층 소탕작전 개시신호로 유리창을 하나 깬 듯했다. 이윽고 김준봉이 든 사무실 문이 확 열렸다. 동시에 M16소총이 드르륵 드르륵 불을 뿜었다. 공수부대원들이 맹수같이 나타났다가는 바람처럼 사라졌다. 복도 창문 너머로 분수대와 금남로가 짙은 안개 속에서 어렴풋이 보였다. 시민군 모두가 기다리던 날이 새고 있었다. 공수부대원의 목소리가 다시 들려왔다.

"항복하고 나왓! 총을 버리면 살려주겠다!"

김준봉은 방아쇠에 손가락을 걸었다. 공수부대원이라면 단 한 명이라도 죽이고 싶었다. 그러나 김준봉은 방아쇠를 당기지 못했다. 자신 때문에 사무실에 있는 시민군들이 몰살을 당할 수도 있었다. 공수부대원이 다시 투항하라고 외치자 한 시민군이 소리쳤다.

"나가요!"

"총을 던지고 나왓!"

누군가가 먼저 총을 복도에 던지고 나갔다. 김준봉도 두 손을 들고 뒤따랐다. 공수부대 하사가 M16소총 개머리판으로 김준봉의 명치를 후려쳤다. 김준봉은 "악!" 하고 비명을 지르며 나동그라졌다. 뒤늦게 나온 시민군들도 M16소총 개머리판으로 두들겨 맞았다.

2층 부지사실에 남은 시민군은 생각보다 적었다. 공수부대원들이 1층을 점거하자 바로 김종배, 김윤기, 안길정 등 다섯 명이 4층으로 올라가버렸던 것이다. 좀 전에는 정해민 등이 몹시 혼란스러워하며 부지사실을 나갔는데, 특히 정해민은 기동타격대 대원들이 2층에 있는 시민군들을 구하러 왔을지도 모른다고 했던 것이다. 기동타격대 대원들을 과신했다. 정해민의 생각에 동조하는 교련복 차림의 시민군도 있었다.

"형들이 공수를 물리치고 말 거지라?"

"군대를 갔다 온 역전의 용사들이 많지."

"날이 샐 때까지 버티기만 허믄 우리가 이길 것인디."

그런데 학생 시민군의 말을 거들었던 시민군은 박남선과 정해민을 따라서 투항하고 말았다. 마지막까지 부지사실에 남게 된 시민군은 고작 서너 명밖에 없었다. 이종기 변호사와 최치수, 또 한 명의 시민군뿐이었다. 최치수와 시민군은 아예 투항하려고 총을 던져놓은 상태였다. 이윽고 공수부대 병사가 총을 난사하며 들어왔다. 그런데도 이종기 변호사는 동요하지 않고 차분했다.

"나가겠으니 총을 쏘지 마시요."

"개새끼들! 기어서 나와."

최치수와 시민군 한 명은 복도로 기어갔지만 이종기 변호사는 공수부대 병사에게 목숨을 맡긴 듯 천천히 걸어서 나갔다. 그러자 공수부대 병사는 재수 없다는 표정을 지으며 총구를 밑으로 내려버렸다. 이종기 변호사가 참담한 얼굴로 한숨을 쉬었다. 복도에 쭈그려 앉아 있던 열댓 명의 시민군들이 이종기 변호사를 보고는 슬쩍 눈인사를 했다.

그러나 이종기 변호사는 아무 힘이 돼주지 못했다. 여러 사무실에서 붙잡혀 온 시민군들은 복도에서부터 공수부대원들의 군홧발에 지근지근 짓밟혔다. 이종기 변호사라고 예외는 아니었다. 경상도 출신 공수부대 하사가 말했다.

"니덜은 복이 많아서 살아난 기다!"

2층 소탕작전에서 붙잡힌 시민군 몇 명은 공수부대 하사를 따라 도청 뒷마당의 방공호 같은 곳으로 들어갔다. 이종기 변호사와 최치수는 공수부대 병사를 따라서 도청 앞마당으로 바로 갔다.

방공호 같은 곳에는 시민군 네 사람이 먼저 와 있었다. 본보기를 보이자는 것인지 김준봉은 M16소총 개머리판으로 곤죽이 되도록 맞았다. 그런 뒤에야 경상도 출신 공수부대 하사가 호주머니를 뒤졌다. 그의 호주머니 속에서 5월 22일에 등사한 투사회보 한 장이 나왔다. 제목이 '민주투사들이여! 더욱더 힘을 내자! 승리의 날은 오고야 만다'

였다. 경상도 출신 공수부대 하사가 코웃음을 치며 다시 M16소총 개머리판을 휘둘렀다.

"아나, 온몸으로 싸워라!"

그사이에도 공수부대원 병사 한 명이 민원실 쪽에서 다 죽어가는 시민군의 뒷덜미를 잡은 채 끌고 왔다. 뒤쪽에서 총을 맞았는지 가슴에 큰 구멍이 뚫려 있었다. M16소총 실탄을 맞은 것이 분명했다. 아직 숨은 붙어 있었다. 가슴이 온통 피범벅인데도 입술을 달싹였다.

"이놈 어떻게 할까요?"

"글마 디질 끼다. 나둬뿌라."

공수부대 병사가 죽어가는 그의 뒷덜미를 놓자 맥없이 쓰러졌다. 그의 입에서 "엄마, 엄마" 하는 소리가 두어 번 나오다가 그마저도 끊어졌다. 축 늘어진 그의 손목에는 동국대 박병규라고 쓰여 있었다. 민원실 쪽 10여 미터 전방에도 교련복 바지 차림의 고등학생이 엎어져 있었다. 민원실에서 심부름하던 광주상고생 안종필의 친구 문재학 같았다. 김준봉은 광주상고생을 측은하게 보다가 공수부대 하사에게 군홧발로 채였다.

"이 새끼, 뭘 쳐다보는 기야!"

한편, 4층으로 피신한 김종배 일행은 공수부대원이 4층 복도에 총을 쏘며 올라오자 순간적으로 체념해버렸다. 공수부대원이 휴대용 확성기로 투항하라고 말했다.

"도청 상황은 끝났다. 총을 버리고 나와라."

아래층에서 총성은 더 이상 나지 않았다. 공수부대원의 말대로 상황은 허망하게 끝나버린 듯했다. 군용헬기의 프로펠러 소리가 시끄럽게 들렸다. 군용헬기가 기총소사라도 할 기세로 도청 상공을 빙빙 돌았다. 김종배는 맥이 풀렸다. 옆에 서 있던 시민군이 멍해져버린 김종배에게 권유했다.

"결정헐 순간인 거 같은디. 싸우다 죽을 건지 나갈 것인지요."

김종배가 대답하지 않자 또 다른 시민군이 말했다.

"어차피 다 끝난 모냥인디 나갑시다."

김종배는 바닥에 총을 놓았다. 그러자 김윤기, 안길정 등도 총을 던졌다. 사무실 바닥에 던져진 총은 모두 카빈소총이었다. 다섯 명 모두 호주머니 속에서 실탄을 꺼내 책상 위에 놓았다. 다섯 명이 꺼내놓은 실탄은 30개쯤 되었다. 실탄은 잘 익은 도토리 같았다. 두 손을 들고 나가자 휴대용 확성기를 들고 있던 공수부대 하사가 말했다.

"이 새끼들, 니들은 최후까지 발악한 놈들이어서 사형 아니면 무기야. 그러느니 여기서 뛰어내려 죽지 그래."

부하인 공수부대 병사도 거들었다.

"나 같았으면 뛰어내리겠다, 이 빨갱이 새끼들아!"

공수부대 병사가 김종배 일행이 도망치지 못하게 굴비 엮듯 포승줄에 묶었다. 김종배는 4층에서 내려가는 동안 마치 지옥으로 한 발 한 발 내딛는 기분이 들어 정말로 건물 밖으로 뛰어내리고 싶은 충동을 느꼈다. 그러나 포승줄에 묶이어 옴짝달싹하지 못했다.

김준봉은 도청 본관 오른쪽 앞마당으로 끌려갔다. 앞마당에는 이미 붙잡혀 온 시민군 수십 명이 기합을 받거나 엎드려 있었다. 공수부대 병사가 소리쳤다.

"가지고 있는 실탄 꺼내. 조사해서 들키면 당장 총살이야."

공수부대 병사의 말에 한 학생 시민군이 벌떡 일어났다. 부지사실에서 붙잡혀 온 최치수였다. 그가 호주머니에 넣어둔 실탄을 한 주먹 꺼냈다. 공수부대가 실탄을 건네받은 뒤 최치수를 군홧발로 차 넘어뜨렸다. 옆에 있던 공수부대 상사가 아무 말도 않고 최치수의 등에 '극렬, 총기소지'라고 매직펜으로 표시했다.

김준봉은 두 번째 줄로 가서 공수부대 상사가 묻는 말에 대답했다. 직업과 이름을 대자 그의 등에도 매직펜으로 '극렬, 총기소지'라고 썼다. 눈을 슬쩍 뜬 채 고개를 돌려보니 옆줄에 위성삼도 붙잡혀 와 공수부대 병사에게 M16소총 개머리판으로 두들겨 맞고 있었다. 김준봉이 아는 체를 했지만 정신없이 맞느라고 위성삼은 그를 보지 못했다. 매직펜을 든 공수부대 상사가 위성삼에게도 다가가서 '극렬, 총기소지'라고 낙인찍듯 휘갈겨 썼다.

군용버스가 정문으로 들어왔을 때 김종배 등도 마지막 줄에 엎드려 통과의례처럼 공수부대 병사에게 M16소총 개머리판으로 흠씬 당했다.

이윽고 도청 앞마당에 엎드려 있던 시민군들은 포승줄에 묶인 '극렬, 총기소지'자부터 군용버스에 실렸다. 군용버스가 움직이자마자 위성삼은 창문 커튼을 슬쩍 들어 밖을 살폈다. 정문 옆에도 시신 몇 구가 널려 있었다. 정문 경비를 섰던 전남대생 이정현 군도 죽어 있었다. 정문에서 자주 마주쳤기 때문에 위성삼은 그의 얼굴을 확실하게 기억했다.

그런데 다른 시신과 달리 쳐다볼 수 없을 정도로 참혹했다. 상의가 벗겨져 가슴과 배가 다 드러나 보였다. 살갗이 벗겨진 듯 가슴과 배가 온통 붉게 부풀어 올라 있었다. 그의 얼굴은 차마 눈 뜨고는 볼 수 없었다. 혀는 길게 빠져 있었고, 입은 피거품을 물고 있었다. 왼쪽 눈썹 위에 목도장만 한 구멍이 뚫려 있었는데, 그것은 몸에 수포가 생기는 수포탄을 맞고 쓰러진 그를 확인 사살했다는 증거였다.

또 한 구의 시신도 상무대로 이송해가는 시민군들을 진저리치게 했다. 복부에 총구멍이 난 시신은 화염방사기를 맞은 듯 검게 그을려 있었다. 군홧발에 짓밟힌 얼굴 한쪽은 흐물흐물 뭉개져 있었다. 기타를 잘 치고 팝송을 불러 시민군들에게 인기가 많았던 한신대생 2학년 류동운이었다. 명랑하고 매사에 열정적인 신학대생이었다.

어제, 아버지 류연창 목사가 도청에 있는 그를 집으로 데리고 갔지만 "아버지 붙잡지 마씨요. 다른 집 자녀들은 다 희생허고 있는디, 으째서 아들만 보호할라고 허요? 아버지 평소 소신이 으째서 변헌다요? 아버지 설교 중에 역사가 병들었을 때, 누군가 역사를 위해 십자가를 져야만 이 역사가 큰 생명으로 부활헌다고 말씀허시지 않으셨는게라우? 저는 지금 도청으로 갈라요" 하고 다시 총을 든 시민군으로 돌아와버렸던 것이다. 집을 떠나기 전에 목욕을 한 뒤 유서 같은 일기를 짧게 썼다.

나는 이 병든 역사를 위해 갑니다.
이 역사를 위해 한 줌의 재로 변합니다.
이름 없는 강물에 띄워주세요.

자신의 운명을 예감하고 도청에 들어온 류동운은 결국 공수부대원의 총에 쓰러지고 말았다. 공수부대원이 쏜 M16소총 실탄은 정확하게 그의 배를 관통해버렸던 것이다. 도청 정문 옆에 쓰러진 뒤에도 그는 공수부대원들의 군홧발에 인정사정없이 짓밟혔다.

신이여, 무엇이오니까?

새벽 2시. 윤상원이 YWCA 박용준에게 시민군을 보냈다. 시민군은 농성동 쪽으로 계엄군이 쳐들어오고 있다는 급보를 전했다. 시내 전화가 불통이 돼버렸으므로 직접 시민군이 왔다. 박용준은 비상을 걸었다. YWCA 층마다 비상벨이 울렸다. 박용준은 결사대를 불러모았다. 예비군 서한성, 들불야학팀 나명관, 윤순호, 김성섭, 김길식, 전남대생 천영진, 김한중, 한정만, 대동고생 김효석 등이 강당으로 모였다. 시민군 중에 대학생은 YWCA에, 고등학생은 대부분 YMCA에 있었다. 투사회보 제작팀은 등사용 잉크가 옷에 묻어 시큼한 냄새를 풍겼다. 박용준이 의견을 물었다.

"으째야쓰까? 계엄군 놈덜이 한 시 삼십 분쯤 돌고개까지 쳐들어 왔다는디."

"우리도 총을 들고 싸와부러야지라."

"죽기로 싸와봅시다."

"글믄 여그도 총이 있기는 헌디 부족헌께 도청으로 가질러 갑시다."

김길식이 어젯밤에 김영철의 당부로 도청에서 카빈소총 다섯 정을 가져왔지만 그것만으로는 어림도 없었다. YWCA에 있는 사람들을 모두 합치면 20여 명은 되었다. 나명관이 말했다.

"용준이 형, 여자들은 어쩌께 피신시킬까요?"

"지금은 정신없은께 녹두서점 사람들에게 맽겨라."

녹두서점에 자주 출입하는 전용호나 서점 주인 김상윤의 동생 김상집도 YWCA에 와서 궐기대회 준비 팀으로 일하고 있었던 것이다.

"시간이 읎응께 빨리 갔다가 오자."

박용준은 총과 실탄을 가져올 10여 명을 뽑았다. 그러고는 자신이 인솔해서 YWCA를 나갔다. YWCA에서 도청까지는 5분 거리였지만 차츰 가깝게 들려오는 총성의 공포 때문에 멀게만 느껴졌다. 박용준이 인솔하는 10여 명은 기다시피 해서 도청 정문 안으로 들어갔다. 달빛이 분수대 위로 쏟아졌다. 일렬종대로 허리를 굽히고 가는 일행 모두 길고양이 같았다. 마침 윤상원은 민원실 지하 임시무기고에서 시민군들에게 총을 나눠주고 있었다. 윤상원이 YWCA에서 온 일행 중에 들 불야학생들을 보고는 놀랐다.

"군대도 안 갔다 온 니들, 총 쏠 수 있냐?"

"괜찮아요. 지가 을매나 총을 잘 쏘는디요."

윤상원은 마지못해 총을 YWCA 일행에게 내주었다.

"조심해라."

"명관이 허믄 싸움대장 아닙니까? 하하하."

나명관은 윤상원을 또 만나 반가운 마음에 일부러 장난스럽게 말했다. 손에 총을 쥐고 있어서인지 돌아오는 길은 떨리지 않았다. 한정만은 '출정가'를 마음속으로 흥얼거렸다.

노래 부르세 즐거운 노래 이른 아침 안개를 뚫고
내일은 전선 멀리 떠나갈 이 밤을 노래 부르세
사랑하는 조국 내일은 멀리 산으로, 산으로
이른 아침에 먼 산을 보니 낯익은 붉은 손수건.

일행은 허리를 펴고 YWCA 결사대답게 걸었다. 분수대 주변의 화분대에는 기동타격대 6조와 1조, 상무관에는 7조 대원들이 방어할 자리를 찾고 있었다. 나명관은 그들과 마주칠 때마다 큰 소리로 말했다.

"수고 많으시요. 파이팅입니다."

예비군 서한성은 YWCA로 돌아온 일행에게 총기 조작법을 짧게 가르쳤다. 방어위치는 박용준이 정해주었다. 박용준, 김성섭, 신은주와 강학들은 2층, 나명관과 윤순호는 1층 소심당으로 배치했다. 현관 보초는 서너 명씩 5개 조로 나누었다. 그런데 조원들은 자기 불침번 시간을 정확하게 지키지는 않았다. 김한중은 12시까지 경계를 서기로 했는데 시국 이야기, 농담하는 시간이 재미있었으므로 3시까지 보초를 섰다. 2시에 비상벨이 울리기는 했지만 아직은 눈앞에 계엄군이 보이지는 않았다. 보초들은 편안한 마음으로 이야기꽃을 피웠다.

김한중은 3시에 보초교대를 막 하고 잠자리를 찾아 누웠다. 그런데 또다시 비상벨이 요란하게 울렸다. 누군가가 복도를 뛰어가면서 "비상! 비상!" 하고 외쳤다. 할 수 없이 김한중은 잠자리에서 일어나 도청에서 함께 온 친구 현철에게 실탄을 2클립 받아 1클립은 카빈소총에 장전하고 또 1클립은 호주머니에 넣었다. 20여 분이 지나도 총소리가 들리지 않았기 때문이었다. 김한중은 혼잣말로 중얼거리면서 다시 잠자리에 누웠다.

'계엄군이 겁줄라고 시내로 왔다가 시민군에게 쫓겨서 달아났는갑다.'

김한중은 누가 장난을 쳤는지도 모르겠다고 생각했다. 그러나 장난일 수는 없었다. 도청 대형 확성기에서 가냘픈 여자의 목소리가 흘러나왔다.

광주시민 여러분, 지금 계엄군이 도청으로 쳐들어오고 있습니다. 어서 도청으로 오셔서 우리 형제자매들을 살려주세요…….

울먹이는 여자의 목소리는 계속 들려왔다. 그제야 김한중은 총을 들고 복도로 나갔다. 복도에서는 벌써 YWCA 홍보팀이자 전남대 선배인 전용호가 녹두서점 김상집과 함께 여성들을 뒷문으로 대피시키고 있었다.

"형, 어디로 가?"

"여자분들을 산수동 쪽으로 보내고 이짝으로 다시 올게."

천영진도 총을 들고 복도에 나와 있었다. 그러나 다른 사람들을 흉내 내어 총을 들고 있을 뿐이었다. 천영진은 여러 상념에 잠겼다. 정말로 내가 총을 쏠 수 있을까? 며칠 동안 많은 죽음을 보았지만 나도 그렇게 죽는 것일까? 무엇이라고 분명하게 답을 내릴 수 없자 갑자기 두려워졌다. 천영진은 차츰 두려움에 휩싸였다. 도청 가까운 곳에서 드르륵 드르륵 들려오는 총성이 자신의 목을 옥죄는 것 같았다.

'Y에는 언제쯤 공수들이 나타날까?'

잠시 후 천영진은 소스라치게 놀랐다. 공수부대 병사들이 YWCA 건물 앞에 나타나 서성거렸다. 흰 띠를 두른 철모들이 저승사자처럼 움직이고 있었다. 안개가 보름달을 야금야금 삼켜버린 듯 거리는 어두컴컴했다. 달빛이 스러진 거리에는 새벽안개가 희부옇게 일렁였다. 먼동이 트는데도 꼭두새벽의 거리는 흐릿한 안개 저편으로 숨었다. 공수부대원이 소리쳤다.

"Y에 있는 놈 나와! 모두 손들고 나왔!"

갑자기 도청 안팎에서 총성이 연달아 들려왔다. 공수부대원들이 YWCA 건물도 진입할 것 같았다. 몇 명의 공수부대원이 골목의 담벼락에 붙어서 YWCA 2층을 겨냥하고 있었다. 이윽고 누가 먼저 쏘았는지는 모르지만 총격전이 벌어졌다. 총알이 사무실 안에까지 날아와 박혔다. 천영진은 총을 쏠 엄두도 못 냈다. 뒷걸음질을 치면서 사무실 안으로 들어와 고개를 처박았다. 옆 사무실에서 누군가가 외쳤다.

"소대장님, 소대장님! 소대장님이 죽었다!"

어젯밤 YWCA 결사대에게 사격술을 가르쳐준 나이 든 예비군이었다. 천영진은 1학년 때 입영 훈련 가서 총을 만져본 정도였으므로 소대장이 죽었다는 말에 '아, 인자 정말 나는 죽는구나' 하는 두려움이 들었다. 어느새 공수부대원들이 1층까지 들어와 "항복하라!"고 소리쳤다.

"나가요! 쏘지 마씨요!"

어느 사무실에서 투항하는 소리가 났다. 그러나 천영진은 순간적으로 "손들고 나가면 항복인데"라고 하며 어설프게 자존심을 지켰다.

나명관은 소심당보다 2층이 더 위험하다고 느꼈다. 2층 창문 너머로 김성섭이 총을 들고 있었는데, 그쪽으로 공수부대원의 총알이 빗발치곤 했다. 그러나 나명관이 있는 소심당도 위험하기는 마찬가지였다. 소심당 맞은편 관사의 지붕에서 보면 소심당 안이 훤히 들여다보였다. 서한성의 지적이 없었더라면 나명관이나 윤순호는 진즉 총에 맞아 죽었을지도 몰랐다. 서한성이 총격전 중에도 "야! 이놈들아, 이러고 있으믄 니들 죽겠다" 하고는 은폐물로 탁자를 끌어다가 주었던 것이다. 나명관과 윤순호는 소심당 1층을 버리고 안쪽 2층 입구로 올라가 밖을 살폈다. 공수부대원의 모습이 훨씬 잘 보였다.

김길식과 김성섭은 공수부대원들이 YWCA 건물 2층을 향해서 집중사격을 하는데도 운 좋게 무사했다. 이제 공수부대원들은 YWCA 정문 쪽에서뿐만 아니라 건물 뒤쪽인 관사 쪽에서도 공격을 했다. 김성섭은 위치를 바꾸어 관사 쪽을 응시하며 총을 쏘았다.

김길식은 움직이는 공수부대원을 향해서 카빈소총 실탄 두 발을 쏘았다. 그러나 총알은 두 발 다 건물 벽을 맞히고 말았다. 건물 벽에서 불꽃이 튀었다. 공수부대원을 죽인다는 생각보다 겁이 나서 사격을 했다. 공수부대원들이 김길식의 위치를 알고 집중사격을 했다. 김길식은 손이 떨려 응사하지도 못했다. 벌벌 떠는 그를 보고는 도청에서 온 시민군이 말했다.

"야, 넌 안 되겠다. 도망가!"

"무섭냐? 사층 간호보조양성소로 올라가 숨어 있어."

박용준의 따뜻한 말은 진심이었다. 김길식은 새삼 박용준이 친형 같다고 느꼈다. 박용준이 무언가를 웅얼거렸다. 강학 신영일이 기타를 치며 만든 들불야학 '학당가'였다. 김길식은 가끔 부르곤 했으므로 박용준의 입술 모양만 보고도 '학당가'인 줄 알았다.

너희는 새벽마다 밝아 오른다/ 너희는 새암마다 솟아 오른다/ 심지에 불당기고 앞서 나서자/ 민족의 새 아침이 밝아 오른다/ 땀과 눈물 삼켜가면서 뛰어가자/ 친구! 사랑하는 친구! 들불이 되어.

박용준은 창턱에 카빈소총을 올려놓고 광주경찰서 방향의 거리를 바라보고 있었다. 김길식은 허리를 굽혀서 복도로 나갔다. 복도 쪽에서도 광주경찰서가 잘 보였다. 공수부대 병사들이 상사에게 무언가 지시를 받고 있었다. 김길식은 미안한 생각이 들어 박용준에게 말했다.

"용준이 형, 조심해."

김길식은 차마 발걸음을 떼지 못했다. 그런 김길식을 박용준이 뒤돌아보았다. 김길식이 말했다.

"용준이 형, 총 쏘지 말고 도망가부러요."

"걱정허지 마."

박용준이 카빈소총을 들어 보이며 피식 웃었다. 두렵지 않다는 표정이었다.

"길식아, 얼능 가. 투사회보 등사기 옆에 내 일기장이나 챙겨줘."

김길식은 빨리 가라고 손짓하는 박용준을 보고 나서야 기어갔다.

공수부대원들이 무서웠다. 총알이 또 복도로 날아와 부딪치면서 불이 번쩍 튀었다. 김길식은 3층을 오르기 전에 다시 뒤돌아보았다. 갑자기 박용준의 몸이 수그러들었다. 풍선에 바람이 빠지듯 서서히 유리창 가에서 쓰러졌다.

"용준이 혀엉!"

김길식은 박용준 옆으로 올챙이처럼 기어가서 박용준의 팔을 잡고 흔들었다. 그러나 박용준은 아무런 반응도 하지 않았다. 총을 맞은 얼굴에서 피가 흘러내렸다. 눈을 뜬 채로 죽어가고 있었다. 김길식은 평소에 좋아했고 친했던 형인데도 무서워서 뒷걸음질 쳤다. "내 일기장이나 챙겨줘"라고 한 박용준의 말만 떠올랐다. 김길식은 더 이상 기지 않고 투사회보 등사실로 뛰어가 박용준의 일기장을 품에 넣었다. 그런 뒤 4층 간호보조양성소로 올라가 탁자 밑에 숨었다.

눈을 감고 "하느님, 살려주십시오. 살려만 주신다믄 착하게 살겠습니다"라고 짧은 기도를 서너 번 했다. 눈을 뜨자 학원 벽에 걸려 있던 그림이 바닥에 떨어져 있었다. 성모 마리아가 꽃을 들고 아이를 데리고 있는 그림이었다. 그가 문을 박차고 들어올 때 떨어진 성화였다. 그림은 그의 마음을 편안하게 해주었다. 숨을 돌린 그는 천장 바로 밑에 있는 2미터 높이의 선반 위로 훌쩍 뛰어올라가 납작 엎드렸다. 문득 "길식아" 하던 박용준의 목소리가 그리웠다. 어느새 환한 날빛이 창문으로 들어와 맴돌았다. 김길식은 품에서 박용준의 일기장을 꺼냈다. 그리운 박용준의 목소리는 일기장에도 담겨 있었다.

5월 21일. 밤. 간간이 들리는 총소리는 밤의 정적을 깨고 있다. 악몽의 며칠, 모든 게 그립다. 파란 잔디의 캠퍼스, 즐겁던 학우들, 또 총소리, 불안? 불안은 차라리 덜하다. 걱정, 그렇게 표현하는 게 더 좋을 것 같구나. 오늘 오후 그들은 드디어 우리를 향해 총격을 가했다. 쓰러지는 몇몇 우리의 학우와 시민들, 품에 번지는 피! 모든 걸 확인했다. 죽음! 파란 캠퍼스의 잔디 위에 내려 쪼이는 따스한 햇볕, 우리들의 피를 원한다면 이 조그마한 한 몸의 희생으로 자유(악몽의 며칠, 이런 게 지옥이란 걸 느낀다.)라는 대가를 얻을 수 있다면 희생하겠다……

5월 25일. 비. 조용한 밖, 흐느끼듯이 비가 내린다. 모든 걸 씻어버리듯이 조용히. 라디오에선 최규하 대통령의 힘없는 목소리가 들린다. 신이여! 무엇이오니까? 무엇 때문이오니까?

5월 26일. 우리의 피를 원한다면 하느님, 이 조그만 한 몸의 희생으로 자유를 얻을 수 있다면 희생하겠습니다. 하느님, 나는 무엇이오니까? 너무 가냘픈 존재이올시다. 너무 비참한 생활을 하고 있는 자올시다. 주님, 한 점 부끄럼 없는 삶을 위해 살려고 노력했습니다. 더 큰 고통과 번뇌와 시련을 듬뿍 주셔서 세상을 이겨나갈 힘과 지혜를 주십시오. 고아라면 모두 이를 갈겠지요. 내 형제들, 어린 동생들, 이렇게 죽는 나로 말미암아 두세 겹의 고통과 멍에를 짊어지고 쓰레기로 태어나 쓰레기처럼 살 수밖에 별 도리가 없겠지요. 하느님, 어찌해야 좋겠습니까. 양심이 그 무엇입니까. 왜 이토록 무거운 멍에를 매게 하십니까. 이렇게 주께 갈급하게 구해야만 세상일을 할 수 있을까요. 그렇다면 하렵니다. 하느님, 도와주소서. 모든 것을 용서하시고 세상에는 관용과 사랑을……

김길식은 일기장에 눈물이 떨어질 것 같아 고개를 돌렸다. 그런데 그 순간 공수부대 병사 두 명이 들이닥쳤다. 김길식은 두 손으로 쿵쾅거리는 심장을 눌렀다. 다행히 공수부대원들은 간호보조양성소를 한 바퀴 돈 뒤 나갔다.

산 자의 아침

6시 30분. 도청 정문 수위실 옆에 유리창이 다 깨진 버스 한 대가 있었다. 기동타격대 6조 대원인 김현채, 윤석루 기동타격대장, 이재춘 1조 조장, 교련복을 입은 고등학생 등은 차 밑에 숨어서 도망갈 기회를 엿보았다. 그러나 도청을 점령해버린 공수부대원들이 경계를 서고 있었으므로 도망은 불가능했다. 6조 대원인 김여수와 박인수가 보였다. 줄지어 엎드려 있는 시민군들 한쪽에 열외로 앉아 있었다. 김여수가 목에 총알이 스친 박인수를 부축하고 있었기 때문이었다. 6조 대원 나일성은 후문으로 가다가 공수부대원에게 붙잡혀 충장로 쪽으로 간 바람에 보이지 않았다. 이재춘은 기동타격대가 공수부대를 퇴각시킨 줄 알고 겁 없이 도청 2층까지 올라갔다가 뒤늦게 알고 버스 밑으로 들어왔고, 윤석루는 기동타격대 사무실에서 붙잡혀 도청 앞마당으로 끌려오는 중에 공수부대 병사를 따돌리고 피신해 와 있었다.

날이 훤해지자 버스 밑도 불안했다. 참새 몇 마리가 땅을 쪼며 짹짹거렸다. 장갑차와 군용버스 몇 대가 도열해 있었다. 붙잡힌 시민군들은 군용버스에 실려 차례차례 상무대로 떠났다. 공수부대원들이 버스 뒤로 와서 소변을 해결했다. 오줌 줄기가 버스 밑으로 흘러 교련복 차림의 고등학생 신발을 적셨지만 꼼짝을 못했다. 발각되지 않으려고 서로가 몸을 더욱 움츠렸다. 그러나 또 다른 공수부대원 병사가 소변을 보러 왔다가 그들을 발견하고는 버스 밑으로 총을 한 발 쏘았다.

"야! 빨갱이 새끼들아. 나왓!"

이재춘이 먼저 버스 밖으로 몸을 내밀었다. 공수부대원이 군홧발로 여지없이 짓밟았다. 카빈소총을 든 다른 대원과 달리 이재춘은 M16소총을 가지고 있었던 것이다. 한 공수부대원은 M16소총 개머리판으로 그의 등짝을 내리찍었다. 나일성은 6조 동료 대원들이 얻어터지는 모습을 보면서도 알은체를 못 했다.

모두가 시민군들이 묶여 있는 앞마당으로 끌려갔다. 김현채부터 소지품 검사를 받았다. 공수부대 상사가 하나같이 6조 대원 등에 매직펜으로 '극렬, 총기소지'라고 썼다. 광주미문화원 옆의 여관 지하실에 숨어 있다가 자수한 4조 대원들도 도청까지 끌려와 조사를 받았다. 광주미문화원을 경계하는 공수부대 1개 지대가 있었으므로 자수하지 않을 수 없었던 것이다. 이관택은 여관을 나서면서부터 M16소총 개머리판으로 맞았다. 간밤에 도청 정문 수위실에다 대원들 모두 총을 맡기고 여관으로 간 것이 그렇게 후회스러울 수 없었다. 총이 있다면 악랄하게 구는 공수부대원 병사를 쏴버리고 싶었던 것이다. 기동타격대에서 활동하다가 26일에는 시민수송을 했던 페인트공 오인수도 동료

두 사람과 도청에서 50미터쯤 떨어진 여관 지하실로 피신했다가 자수한 경우였다. 모르는 시민군 두 명과 함께 모두 다섯 명이 방에서 곤하게 자다가 지하실로 숨었는데, 여관 주인은 그들에게 가마니를 덮고 그 위에 연탄과 잡동사니 물건을 쌓아 위장해주었다. 그러나 물건 무게 때문에 숨을 쉬지 못할 정도로 고통스러웠다. 30분쯤 지난 뒤에는 더 이상 견딜 수 없었다. 게다가 공수부대원들이 여관을 수색하고 있다며 주인아주머니가 지하실로 내려와 자수를 권유했다.

공용터미널을 지키던 기동타격대 5조 대원들도 공수부대원들과 제대로 싸움 한 번 못해보고 붙잡혔다. 새벽 2시까지 경계를 서다가 여관에서 정신없이 잠을 잤는데, 이른 아침에야 "투항하라!"는 헬리콥터 방송 소리에 깨어났던 것이다. 항복하라니. 시민군들은 다 어디로 갔단 말인가. 모두가 놀라서 잠자리를 박차고 일어났지만 장갑차 한 대가 공용터미널 로터리에 와 있었다. 공수부대원들은 벌써 자동차보험회사 4층 건물 옥상에서 시가전을 준비하고 있었다. 부근 여관의 시민군들과 한바탕 총격전을 벌이기도 했다. 5조 대원들은 여관을 나와 앞집으로 넘어갔다. 집주인이 아이스박스를 주면서 군복을 벗어 숨기라고 도와주었다. 또 그 집에서 뒷집으로 넘어갔다. 잠을 잤던 여관에서 멀리 벗어나기 위해서였다. 마침 아침 식사를 하던 뒷집주인이 고생한다며 함께 먹자고 했다. 김기광은 마음이 급해 먹지 못하고 2층으로 올라갔다. 이윽고 5조 대원들을 찾던 공수부대원들이 집으로 들이닥쳤다. 김기광은 공수부대원을 먼저 보고도 총을 쏘지 못했다. 그러자 공수부대원이 그의 등을 대검으로 찔렀다. 아래층에서 밥을 먹던 대원들은 어느새 포승줄에 묶여 있었다. 5조 대원들은 공용터미널로 끌려가서 도청으로 가는 군용트럭이 올 때까지 두 손을 들고 있었다. 그사이에 공수부대원 두 명이 가마니에 시체 하나를 끌고 왔다. 시체는 가슴이 온통 피범벅이었다. 한 공수부대 중사가 말했다.

"이 새끼 한 방 쐈더니 안 죽더라. 가로수 뒤에 숨는 거 보고 또 쐈더니 떨어지더만. 이 새끼 때문에 총알을 여러 발이나 썼네."

김기광은 트럭에 짐짝처럼 던져지고 나서야 자신이 붙잡혔다는 사실을 실감했다. 대검에 찔린 등이 쩌릿쩌릿했다. 피가 흘러내리는지 러닝셔츠가 축축했다.

좀 전에 공수부대원들과 총격전을 벌였던 시민군들은 도청 앞을 방어하던 기동타격대 3조 소속이었다. 도청 앞에서 방어하다가 잠깐 이탈했는데 돌아가지 못하고 여관에서 잤던 대원들이었다. 그들 역시도 5조 대원들처럼 가정집에 숨어 있다가 한 시간 만에 집주인 아주머니가 자수하라고 사정하자 두 손을 들고 투항했다. 특히 총격전 중에 다리를 부상당한 대원은 공수부대원 병사에게 무자비하게 맞았다.

"이 새끼, 아까 나하고 교전한 놈이잖아!"

절룩거리는 한쪽 다리를 M16소총 개머리판으로 내리찍었다. 옆에 있던 공수부대원은 군홧발로 부상당한 그의 다리를 걸어찼다.

"아주 악질이구만. 총을 맞받아 쏘다니."

"총알이 날아오는디 죽지 않을라믄 나도 쏴야지라."

10대 후반쯤으로 보이는 그가 대꾸하자, 공수부대원이 이번에는 그의 부상당한 다리를 짓밟았다. 앳된 시민군은 다리 한쪽을 아예 쓰지 못해 군용트럭에 탈 때는 동료 대원들이 부축했다. 기동타격대 2조는 공용터미널 일대의 방어가 아니라 자정 무렵 그곳으로 순찰을 나갔다가 뜻밖에 운전사고가 났기 때문에 복귀하지 못하고 만 경우였다. 본부대기조인 1조와 2조 대원들은 박남선 상황실장이나 윤석루 기동타격대장의 지시를 수시로 받아 순찰을 돌았던 것이다. 운전수의 운전미숙으로 지프차가 굴렀다. 조장 박승연이 타박상을 입고 그의 총이 부러졌다. 지프차를 일으켜 세운 뒤 대원들은 기독병원으로 달려갔다. 그러나 기독병원에서는 중상환자가 넘쳤다. 단순한 외상 환자는 입원을 거절했다. 할 수 없이 응급조치만 받고 공용터미널로 갔다. 조장이 타박상을 입은 탓에 사기가 떨어졌다. 조장이 대원들에게 여인숙을 찾아볼 것을 지시했다.

"피곤헌께 시방 도청으로 가지 말고 잠이나 자불자."

대원들은 조장 말을 따랐다. 대한극장 앞에 있는 구일여인숙으로 가서 곧 곯아떨어졌다. 그러나 꼭두새벽에 도청 대형 확성기가 단잠을 깨웠다. 계엄군이 시내로 진입하고 있다고 여자가 반복해서 방송했다. 2조 대원 모두 놀란 채 불안에 떨었다. 도청으로 돌아가는 것을 포기하고 아침 8시쯤까지 꼼짝도 안 했다. 여인숙 대문 앞에 지프차를 세워둔 것조차 잊어버렸다. 지프차를 발견한 계엄군이 여인숙 대문에 총을 난사했다. 지프차에는 기동타격대 대원용 무전기, 경찰우의, 실탄 등이 있었던 것이다. 안성옥은 드디어 올 것이 왔다는 생각에 실탄을 장전한 뒤 노리쇠를 후퇴시켰다. 타박상을 당한 박승연 조장은 마루 밑으로 들어갔다. 전투할 수 있는 네 명은 화단에 엎드려 대문 쪽으로 총구를 겨누었다. 안성옥은 방에서 정면인 대문을 향해 사격할 준비를 했다. 방아쇠에 손가락을 걸었다. 그런데 박승연 조장이 마루 밑에서 짧게 소리쳤다.

"저놈덜은 엠십육이고 우리는 카빈이여."

"글믄 으쩌란 말이요?"

"계란으로 바우 치긴께. 이보 전진을 위해 일보 후퇴허자고."

웬일인지 대원들이 조건을 달지 않았다. 모두가 여인숙에서 담을 넘어 뒷집으로 갔다. 뒷집 부엌으로 들어가서 항복할지, 항전할지를 두고 서로 말을 주고받았다. 항복 세 명, 항전 세 명으로 갈렸다. 안성옥은 끝까지 싸우자고 우겼다. 그사이에 한 공수부대원들이 가까이 다가와 총구를 내밀었다.

"나와! 죽지 않으려면 총을 던지고 나왓!"

다른 공수부대원들은 주인집의 방과 화단에 총을 난사했다. 화들짝 놀란 주인집 가족들이 비명을 질렀다. 불안을 참지 못한 세 명의 대원이 먼저 손을 들고 나갔다. 투항하자는 대원들이었다. 대원들 중에 한 사람이 공수부대 하사에게 사정했다.

"으째서 죄없는 시민덜까지 이러요."

"이 새끼, 폭도새끼가 말이 많다. 엎드려!"

부엌 찬장 밑에 숨어 있던 세 명 중에 누군가가 흐느꼈다. 지금 죽는 것이 억울하다고 말했다. 잠시 후, 공수부대 지휘관인 듯한 장교가 부엌으로 들어왔다. 안성옥은 실탄을 장전했기 때문에 방아쇠를 당기려고 했다. 그런데 공수부대 지휘관과 눈이 마주쳤다. 그는 방탄조끼를 입고 있었다. 그가 아무렇지도 않은 듯 침착하게 말했다.

"너희들 총을 던지고 나와라. 죽이지는 않겠다."

장교의 말이 떨어지자마자 두 명이 총을 앞에 던지고 찬장 밑에서 기어 나왔다. 안성옥도 더 이상 버티지 못했다. 즉시 대원 모두에게 허리띠를 풀게 한 뒤 뒤로 손을 묶고 여섯 명을 엮었다. 그러고 나서는 대한극장 앞으로 끌고 가서 엎드리게 한 뒤 매직펜으로 '극렬, 기동타격대 총기소지'라고 썼다. 공수부대원이 무전을 치자 군용트럭이 금세 달려왔다. 군용트럭에 탄 공수부대원이 그물코를 잡아당기듯 맨 앞에 선 대원의 머리채를 세차게 낚아챘다. 그러자 나머지 대원들도 맥없이 군용트럭 위로 끌려서 올라갔다. 공수부대원은 대원들을 가만 놔두지 않았다. 무릎을 꿇린 뒤 한참 동안 군홧발로 걷어찼다. 공수부대 하사가 협박도 했다.

"이 빨갱이 새끼들! 너희들은 총알도 아까우니까 대검으로 쑤셔서 죽여야 돼."

금남로 상공에는 군용헬기가 어지럽게 날았다. 프로펠러 소리가 거친 군용헬기는 장갑차처럼 위협적이었다. 시민군들의 사기를 완전히 꺾어버렸다. 투항하라고 방송하는 헬리콥터도 떠다녔다.

폭도들에게 알린다. 자수하라. 목숨만은 살려준다. 무기를 버리고 투항하라.

여자 목소리였다. 시민군들에게는 여자의 목소리가 지긋지긋하게 들렸다. 헬리콥터는 도청과 금남로 상공을 여러 번 왔다 갔다 하다가 사라졌다.

YWCA를 방어하던 시민군들도 도청 앞으로 끌려갔다. 그냥 연행당한 것이 아니라 YWCA 로비에서 곤죽이 되도록 두들겨 맞았다. 한정만은 머리를 바닥에 처박은 채 구타를 당했다. 김한중, 천영진, 이연도 마찬가지였다. 손목이 뒤로 묶인 탓에 피하지도 못했다. 김한중의 친구 현철은 박용준이 머리에 총을 맞았을 때 흘렸던 피가 옷에 묻어 있어 더욱더 맞았다. 도청 앞으로 가기 전 초화당제과점 옆 골목에서는 '취침, 기상'이라는 기합을 반복해서 받았다. 그런 뒤에야 공수부대 병사가 소지품 검사를 했다. 한정만은 호주머니에서 칫솔과 비누가 나와 다른 학생 시민군보다 한 차례 더 얻어터졌다. 집에 가지 않고 날마다 시위를 했다는 증거라는 것이었다. 한정만은 M16소총 개머리판으로 얼굴을 맞아서 안경이 깨져버렸다. YMCA에서 온 대동고생 유석, 이덕준 등도 일렬종대로 포승줄에 묶여 뒤따랐다. 발이 뒤엉키면 서너 명이 한꺼번에 넘어졌다. 항상 3총사처럼 YMCA에서 밤낮으로 함께 있었는데, 새벽에 윤기권은 샤워장 창문을 뜯어내고 도망쳐버려 두 학생만 끌려오고 있었다.

　이희규는 도청 뒤 이모부 집에서 뜬눈으로 밤을 새웠다. 그는 도청 상황이 너무도 궁금하여 참지 못했다. 아침 9시 30시쯤에 잠옷 차림으로 나가 대문을 조금 열었다. "삐걱!" 하고 대문 열리는 소리가 유난히 크게 났다. 순간, 목덜미가 서늘했다. 반사적으로 몸이 움츠러들었다. 공수부대원 한 명이 옆집 옥상에서 그에게 총구를 겨누고 있었다. 등골이 오싹했다. 방으로 들어온 이희규는 문고리를 걸어 잠갔다. 그때 이불을 뒤집어쓴 채 부르르 떠는 가슴을 두 손으로 눌렀다.
　한참 만에 아련한 상념 하나가 그의 머릿속을 스쳤다. 그는 방바닥에 굴러다니는 노트에다가 '고결한 분노'라고 먼저 쓰고 나서 상처 같은 그 기억을 꺼내 허둥지둥 적었다.

어릴 적, 뒷산에 올라
장엄하게 스러지는 황혼을 본 적이 있었다.
가슴이 설레면서도 얼마나 아렸는지.

황혼이 슬퍼서가 아니라
저 장엄한 황혼녘이 내게는 상관없는 아름다움일 거라는 비감,
나는 어쩌면 40대에 세상을 등질지도 모른다는 예감이
온몸을 엄습해왔기 때문이었다.

알 수 없는 불길한 육감이 내 생을 지나는 동안
내 10대는 무지개처럼 사라지고
내 대학 시절은 최루탄 연기 속에서 눈물만 흘렸었는데
아, 저 총구멍
저 총구가 이제 나를 겨누는 것은
나의 옛 그 비감이 적중하고 있다는 증좌는 아닐까.

두렵다, 무섭다. 소름 돋는다.
내 등에 쭈뼛쭈뼛 곤두서는 솜털의 긴장을
감내할 수 있을까, 이겨내며 살아갈 수 있을까.
총구를 겨누는 저 계엄군의 눈살에서 나는 안전하게 비껴날 수 있을까.

손가락만 당겼더라면

방아쇠 닿은 검지에 조금이라도 힘을 주었더라면

나는 이미 대문 안 화장실 앞에서 그대로 쓰러지고

꼭두새벽 그 무서운 총소리에 사라졌을 많은 사람들 중

폭도의 이름으로 묻힌 이름 없는 시민의 하나에 불과할 텐데

운 좋게도 지금 살아 있구나.

이불 속에서 부들부들 떨며 가슴을 움츠리고 운다.

따다다다다다 따앙

운명의 총소리에 심장이 벌렁대고

나를 겨눈 총 끝에 내 손이 부들거리고

나를 노리는 계엄군의 앉아쏴 자세에 온몸이 움찔거린다.

어디에 있는가, 친구는

어디로 갔는가, 친구들은

그리고 어디로, 어디로 나는 갈 것인가

어디에 내 몸과 마음을 기대며 살아갈 것인가

이 공포, 이 울분, 이 부끄러움, 이 슬픈 회피의 망령을

어디에 숨겨두고 걸어갈 것인가.

이불을 통째로 둘러쓰고

이빨로 홑청을 물어뜯으며 소리 죽여 운다.

비겁하게, 서럽게, 수치스러움을 삼키며 운다.

누렇게 오래된 노트에 고백하듯 쓰고 나자 쿵쾅거리던 심장이 편안해졌다. 창문을 통해 비집고 들어온 투명한 5월의 아침 햇살이 방바닥 한쪽에 누웠다. 그러나 비스듬히 누운 아침 햇살은 무심코 아름다울 뿐 그에게 위안 따위는 아니었다. 사방에서 공포와 울분, 부끄러움과 슬픔이 밑도 끝도 없이 밀려왔다. 끝내 총을 들지 못한 자신이 비겁하고 서럽고 수치스러웠다. 〈끝〉

따뜻한 가슴들로 모자이크한 벽화, 5월문학의 원본

이경철(문학평론가 · 전 중앙일보 문화부장)

장편《광주 아리랑》을 숨 가쁘게 다 읽고 나니 청량한 샘물을 벌컥 벌컥 마신 것 같다. 정수기로 걸러내지 않은, 철분 등 갖은 요소가 녹아든 원천수 같은 맛, 탄산이나 감미료를 섞지 않은, 본디 물맛 그대로다.

'어? 이게 기록인가, 소설 작품인가' 묻게 하면서도 개결한 맛과 품위가 뭔지 보여주는 작품이다. 이야기의 군더더기나 의도적이거나 감상적인 마음의 치장을 다 치워버리고 있는 그대로만 냉정히 그려나간다. 치를 떨든지 마음 다잡든지 그건 독자들 몫으로 돌려주고 있다.

《광주 아리랑》은 1980년 5월 광주민주화운동 14일간을 다룬 소설이다. 무수한 매체와 예술 작품들을 통해 이미 알려진 사건의 줄거리와 진실, 의미 등은 이 소설에선 중요치 않다. 14일간 날짜별, 시간별로 광주 일원에서 벌어진 사건과 인물들의 수많은 현장, 현장들을 모자이크해 거대한 벽화처럼 그려나가고 있다. 그런 인물과 사건 현장의 벽화 속에서 따뜻한 가슴, 순정한 마음이 절로 베어 나오게 한 소설이다.

광주민주화운동 40년을 맞아 출간된 이 소설을 읽기 전 '왜 또, 아직도 5월 광주 소설인가' 묻지 않을 수 없었다. 현장을 다룬 작품들은 물론 5월 광주 세대 뒷이야기까지 다룬 소위 '후(後)소설' 등도 많이 나오고 있는 현 시점에.

'살아남은 자로서의 책임과 사명을 통감하지만 앞으로는 5월에 대한 소설은 쓰지 않기로 결심했다. 그 첫 번째 이유는 대부분의 사람들로부터 5월문학은 이제 식상했다는 말이 너무너무 듣기 싫기 때문이다. 두 번째는 거대한 역사적 경직성 때문에 소설적 형상화가 너무 어렵다는 것을 실감했기 때문이다.'

소설가 문순태 씨가 광주민주화운동 20년을 맞아 항쟁 전모를 밝힌 장편《그들의 새벽》을 펴내며 '작가 후기'에서 밝힌 말이다. 항쟁 당시 전남매일신문 편집국장으로 있던 문 씨는 김준태 시인한테 급히 청탁해 1980년 6월 2일자 신문 1면에 〈아아, 광주여 우리나라의 십자가여!〉를 실었다.

'광주여 무등산이여/아아, 우리들의 영원한 깃발이여/꿈이여 십자가여/세월이 흐르면 흐를수록/더욱 젊어져갈 청춘의 도시여'로 맺어지는 이 장시가 바로 광주민주화운동을 다룬 최초의 문학 작품, 소위 '5월문학'의 효시다. 그렇게 5월문학을 열게 하고 끊임없이 5월문학을 창작해오고 있는 문 씨도 '5월문학에 식상했다'는 말에 진저리친 그런 소재를 왜 다시 작품화하고 있는 것인가.

바로 '살아남은 자로서의 책임과 사명' 때문이다. 그 죽음의 현장, 같이 죽었어야만이 한이 안 될 그 시대, 그 공간에서 살아남은 양심의 죄책감 때문이다. 이 죄책감에 기인한 책임과 사명, 그리고 어쩔 수 없는 한풀이 씻김굿이 지금까지 산출된 5월문학과 예술 전반은 물론 5월세대 삶의 패러다임이다.

그해 5월 난 대학 4학년생으로 구름같이 몰려든 학생 시위대와 전경이 대치하고 있던 서울역을 빠져나가 영산포로 갔다. 그곳 대학 동창 집에서 술타령만 하다 5월 18일 영산포역에서 새벽 기차를 타고 서울로 올라왔다. 올라와 5.18 광주참상 소식을 들으며 씻을 수 없는 죄책감에 시달려야만 했다.

내 고향 친구들을 비롯해 수많은 사람이 '민주'를 외치다 수없이 죽어갈 때 도망 나온 꼴이니 살아남은 자의 자책감으로 수백 수천 일을 악몽에 시달려야 했다. 등단을 앞두고 시는 물론 그 어떤 글이든 한 줄도 쓸 수 없었다.

그해 5월을 겪고 들은 모든 사람에게 살아남은 자의 자책이야말로 그 이후의 문학은 물론 삶과 시대를 변혁하고 이끈 추동력이 돼오고 있음은 누구도 부인할 수 없다. 그래 문민정부, 국민의 정부를 거쳐 잘못된 대통령을 탄핵하고 코로나 괴질 팬데믹 시국에 나를 위한 국가의 존재를 피부로 느끼는 시대를 부른 것이다.

'아아, 광주여 우리나라의 십자가여!'라며 그 어이없는 죽임과 죽음 앞에 한탄으로만 읊조릴 수밖에 없었던 5월문학은 증언과 고발의 형태로 가다듬어지고 민주화 대동 세상을 향해 정치, 사회과학화 돼가며 시대적 책무를 다하고 있다.

5월세대의 트라우마라고도 할 수 있는 살아남은 자의 죄책감, 자책감을 각자의 소설문법으로 피워낸 작품들도 많이 보았다. 5월 광주 실상은 흔적 없이 녹아들어 알레고리화, 추상화되면서 권력과 자유와 평화와 화엄세상 등의 본질을 파고드는 형이상학적 소설들도 나오며 5월소설은 심화, 확장돼가고 있다.

그런데 왜 5월문학에 식상하다는 불만은 터져 나오고 있는가. 문 씨가 실감으로 토로했듯 '거대한 역사의 경직성' 때문이다. 거대한 역사적 중압감이 5월 광주의 실상을 역사적으로든, 문학 예술적으로든 제대로 형상화하지 못했다는 반성이 진작부터 있어왔다. 개인적 감상에 함몰됐다든지, 사회적 이념 쪽으로 경직됐다든지 하는 자성이 그 처절한 광주의 현실과 역사와 마주쳤던 작가들의 고뇌와 함께해왔다.

《광주 아리랑》에는 그런 역사적 중압감이 없다. 개인적 감상이나 이념을 애써 떨쳐버리고 있다. 14일간 항쟁의 시공(時空)을 함께했던 다양한 인물들의 실상만 숨 가쁘게 그리고 있다. 그들의 순정한 가슴들이 훼손, 왜곡되지 않게 하려는 간절한 마음으로 당시 현장들을 여여(如如)하게 모자이크하고 있다.

1983년 〈한국문학〉 신인상에 당선돼 문단에 나온 정찬주 씨는 우리 시대 큰 스승 성철스님과 법정스님의 삶과 정신을 다룬 장편소설 《산은 산 물은 물》,《소설 무소유》 등으로 일반에 널리 알려진 작가다. 한글창제에 관련된 역사나 이순신 등 역사 인물들의 진실을 파고든 역사소설도 수십 권 펴내고 있는 작가다. 그래 진실을 밝혀내는 소설문법 가지가지에도 통달했을 작가가 이번엔 실상을 실상으로 짜깁기한 '여여한 모자이크문법'을 택한 것이다.

《광주 아리랑》은 1980년 5월 14일 40대 초반의 전남대 학생과장 서명원이 교정에서 바라보고 느낀 봄날과 학생들 시위에서 시작된다. 끝은 5월 27일 새벽 계엄군의 시민군 살육 현장에서 끝내 총을 들지 못하고 비켜나 이불 뒤집어쓰고 떨면서 쓴 이희규의 비망록이다.

'어디에 있는가, 친구는/어디로 갔는가, 친구들은/그리고 어디로, 어디로 나는 갈 것인가/어디에 내 몸과 마음을 기대며 살아갈 것인가/이 공포, 이 울분, 이 부끄러움, 이 슬픈 회피의 망령을/어디에 숨겨두고 걸어갈 것인가./이불을 통째로 둘러쓰고/이빨로 홑청을 물어뜯으며 소리 죽여 운다./비겁하게, 서럽게, 수치스러움을 삼키며 운다'며 살아남은 5월세대를 대변하는 '고결한 분노'라는 비망록 마지막 대목으로 소설은 끝난다.

그 사이에 어느 대하소설보다 적지 않은 인물들이 등장해 행동하며 심경을 밝힌다. 광주천 하류에 길게 들어선 양동시장. 날품팔이 맨몸이거나 함지박 하나로 들어와 시장을 일구고 살아가는 상인들은 시위대에 음식물을 흔쾌히 나누어준다. 그들은 또 희생자들의 어머니요 형제자매들이기도 하다.

서울서 식당 종업원으로 일하다 광주로 온 19세 김현채. 광주 삼화다방 주방장 염동유. 학내 시위와 잔인한 진압을 목도하는 전남대 수위 김웅산. 쫓아오는 계엄군을 피해 들어간 곳에서 자신의 비겁함을 즉시 뉘우치며 기도하는 방철호 목사. 무등산 증심사에서 초파일 앞두고 불전에 올릴 과일 등을 사러 시내로 내려와 항쟁에 섞이는 진각과 성연 스님 등등이 14일간의 엄연한 시공 속으로 들어온다.

공수부대의 만행을 더 이상 못 봐주겠다며 화순서 구두닦이하다 온 박래풍. 피를 뽑아 시민군을 돕는 여고생 박금희. 도청을 끝까지 사수하는 재수생, 넝마주이, 구두닦이, 날품팔이 등이 실명으로 등장해 현장서 죽고 산다.

계엄군으로 광주로 내려온 신학대생 이경남 일병과 전남대 출신 공수부대 군의관 위계룡 등 광주에 투입된 군인의 눈으로 당시 계엄군 실상도 그린다. 시민군이 계엄군을 몰아내고 광주를 장악하자 계엄당국과 협상하려는 시민 대표와 시민군, 그리고 학생 대표들 간의 알력과 실상 또한 그들의 눈과 마음으로 드러나게 하고 있다.

널리 알려지고 평가받는 조비오 신부나 송기숙 교수, 그리고 윤상원 등도 등장한다. 그들도 거대한 모자이크 벽화의 한 조각들로 드러날 뿐이다.《광주 아리랑》에서 14일간 광주의 시공은 인물과 사건에 따라 조각조각 나눠져 편편이 동등하게 나름의 역할을 다하고 있을 뿐 한 줄거리로 엮이지 않는다. 이야기, 줄거리가 된 현장은 원본이 아니라 이미 가공된 것일지니.

작가는《광주 아리랑》에서 작가, 주관의 개입을 철저히 차단하는 소설문법을 취하고 있다. 느낌이나 이해 너머 인간 군상과 행위와 사건을 있는 그대로 보여주기 위한 전략에서다.

여느 상황이나 풍경 등도 사진이나 글로 기록되는 순간 기록자의 주관이 배어들 수밖에 없다. 취사선택해 앵글을 맞춰야 하기 때문이다. 더구나 문자 행위는 사실적이어서 건조해 보이는 보고서에서조차도 작성자의 주관 개입을 피할 수 없는 게 사실. 그래 작가는 느낌이나 감정, 평가 등을 최대한 자제해가며 인물과 행위 스스로가 독자들의 판단을 받게 했다.

작품 속에서 14일간의 광주는 날짜순으로 무작위로 인물과 그 인물의 현장을 따라가고 있다. 앞뒤 날이나 장면의 맥락 구성이 없이. 굳이 소설 장르로 따지자면 옴니버스 소설로 볼 수도 있다. 등장인물을 태우고 가는 그 버스는 그러나 무작위로 승객이 타고 내려 딱히 목적지는 없다. 목적지, 주제를 내세우지 않고 인물들과 행동 하나하나의 진실을 밝히고 전하기 위해서다.

소설 속 인물들은 다 실명으로 등장해 행동하고 말하고 생각한다. 축적된 현장 자료와 증언들을 섭렵하고 취재해 있는 그대로의 사실에 충실하기 위해 실명을 내건 것이다. 그런 실명소설이기에 1980년 5월 14일간의 광주, 삶과 죽음이 갈리는 처절하고 드라마틱한 시공, 그 실존의 진실성을 보증하고 있다.

이렇게 작가의 개입을 차단하고, 주인공과 줄거리 중심의 익숙한 소설문법도 거스르고, 실명으로 인물들과 행동들을 그린《광주 아리랑》에서는 등장인물 하나하나가 다 주인공이다. 죽었든 살았든, 필연이든 운명이든, 옳든 그르든 극한 상황에서 나름의 선택을 했던 주인공들이다.

그런 인물들과 행위들을 모자이크해 14일간 광주민주화운동의 실상을 눈앞에 펼쳐놓은 거대한 벽화가《광주 아리랑》이다. 작가를 드러내지 않으려 몰인정한 가슴으로 그린 그 벽화에서는 되레 따뜻한 가슴들의 이야기가 직접 흘러나오고 있다.

이러저러한 주제와 기법으로 가지를 쳐가고 있는 5월문학 40년. 무엇보다 당시의 실상이 전설화, 풍문화, 관념화돼가고 있는 시점에서 나온《광주 아리랑》은 5월문학의 원본이 될 것이다. 아리랑 민요가 수없이 편곡, 개사되며 오늘도 불리고 감상되듯《광주 아리랑》인물들 각자가 다 주인공이 돼 제 세상 펼칠 작품들이 나올 것이다. 그러면서 그날 광주의 따뜻한 가슴들의 진실을 영원히, 감동적으로 전할 것이다.

《광주 아리랑》같은 작품이 나옴으로써 40년 전 광주민주화운동은 '40주년'의 기념식으로 박제화되지 않고 좀 더 사람다운 나라를 만들기 위한 현재진행형이 되는 것이다. 광주는 이념에 주박당한 일부 진영의 성지 논란을 넘어 인간적인 따뜻한 가슴들 모두의 영원한 성지가 되는 것이다.

아, 그러나 이해를 돕기 위해 쓴 이 글도 역사적 강박에 짓눌린 또 다른 군더더기 허사인 것을. 1980년 5월 그 처절한 실존의 현장과 그걸 여여하게 보여주고 있는《광주 아리랑》앞에서는.

삽화 | **이정기**

전남대학교 미술학과 졸업. 광주신세계미술제 대상 및 광주미술상 수상. 광주시립미술
관 국제레시던시 입주작가 활동.

광주 아리랑 2

초판 1쇄 인쇄 2020년 5월 8일
초판 1쇄 발행 2020년 5월 18일

지은이 | 정찬주 펴낸이 | 전영화 펴낸곳 | 다연
주소 | (10477) 경기도 고양시 덕양구 은빛로 41, 502호
전화 | 070-8700-8767 팩스 | (031) 814-8769 이메일 | dayeonbook@naver.com
본문 | 미토스 표지 | 강희연

ⓒ 정찬주

ISBN 979-11-90456-12-8 (04810)
ISBN 979-11-90456-13-5 (세트)

※ 잘못 만들어진 책은 구입처에서 교환 가능합니다.

이 도서의 국립중앙도서관 출판예정도서목록(CIP)은 서지정보유통지원시스템 홈페이지
(http://seoji.nl.go.kr)와 국가자료종합목록 구축시스템(http://kolis-net.nl.go.kr)에서 이용
하실 수 있습니다. (CIP제어번호 : CIP2020014433)